LOCUS

LOCUS

神奇之書

謹將本書獻給
艾琳・甘迺迪、傑森・甘迺迪。

設計：傑洛米・澤爾法斯、
傑夫・凡德米爾、約翰・卡爾哈特

獻給媽媽、阿姨、我長期活受罪的朋友及家人，
獻給無償提供設計素材的各位。
我愛大家。——傑洛米・澤爾法斯

神奇之書：超越想像的圖解創意寫作指南

美術、插畫：傑洛米·澤爾法斯
（等多位藝術家）

大塊文化

catch 258

神奇之書：超越想像的圖解創意寫作指南（絕世擴充版）

作者：傑夫・凡德米爾（Jeff VanderMeer）
封面與內頁設計：傑洛米・澤爾法斯（Jeremy Zerfoss）、 傑夫・凡德米爾、
約翰・卡爾哈特（John Coulthart）

譯者：吳品儒
責任編輯：潘乃慧
內頁編排：許慈力
校對：呂佳真
出版者：大塊文化出版股份有限公司
www.locuspublishing.com
台北市105022南京東路四段25號11樓
讀者服務專線：0800-006689
TEL：(02) 87123898　FAX：(02)87123897
郵撥帳號：18955675
戶名：大塊文化出版股份有限公司
法律顧問：董安丹律師、顧慕堯律師
版權所有　翻印必究

總經銷：大和書報圖書股份有限公司
地址：新北市新莊區五工五路2號
TEL：(02) 89902588　FAX：(02) 22901658

初版一刷：2020年8月
定價：新台幣1000元
Printed in Taiwan

國家圖書館出版品預行編目(CIP)資料

神奇之書：超越想像的圖解創作指南 / 傑夫・凡德
米爾（Jeff VanderMeer）著；吳品儒譯. -- 初版. -- 臺
北市：大塊文化, 2020.08
　面；　公分. -- (catch ; 258)
譯自：Wonderbook : the illustrated guide to creating
imaginative fiction.
ISBN 978-986-5406-93-6(平裝)

1.小說 2.寫作法

812.71　　　　　　　　　109008863

目次

文章：〈繆思總以翅膀翱翔〉，瑞奇·達可奈特（頁4）；〈「那是什麼」、「如果做了會怎樣」：〈不可說的美麗〉，凱倫·羅德（頁27）；〈寫作卡關〉，馬修·錢尼（頁34）

焦點：史考特·伊果（頁23）

寫作挑戰：一個荒謬的提示（頁25）

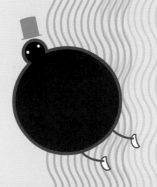

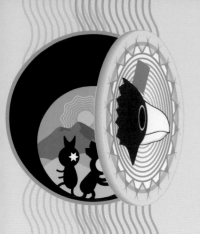

文章：〈觀點：主觀vs. 客觀，以及「移動」的敘事〉，尼克·馬馬塔斯（頁49）；〈思考何謂闡述〉，金姆·史丹利·羅賓遜（頁56）；〈關於訊息的訊息〉，娥蘇拉·勒瑰恩（頁67）

寫作挑戰：調性、語態、質感（頁61）

第三章　開頭與結尾

文章：〈《美國眾神》如何起頭〉，尼爾·蓋曼（頁88）；〈結尾的挑戰〉，黛瑟琳娜·波斯科維奇（頁127）

寫作挑戰：「北海巨妖！」──如何起頭？（頁78）

第四章　敘事設計

文章：〈關於修改二三事〉，萊夫・葛羅斯曼（頁265）；〈找到自己的路〉，凱倫・喬依・富勒（頁275）

焦點：彼得・史超伯（頁258）

寫作挑戰：循序漸進，改頭換面（頁260）

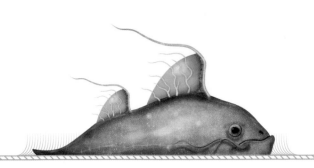

歡迎進入《神奇之書》的世界。出發前檢查裝備，確認飲水食物充足，登山設備不可少。睡飽飽，紙筆隨時準備好，電子裝置不太牢。冒險多變化，見人說人話，見鬼說鬼話，準備充分不用怕。莫忘靈活機智快刀亂麻，也須慢工細活堅忍不拔。就緒出發，各種寶物等你抓。

前言

從前頁插圖〈後院〉（The Backyard）可知，即便是最無趣的存在，也隱藏著複雜性，令人驚奇。有一些我非常珍愛的寫作書籍認為創作是一種解釋方式，讓人明白世界是如何複雜、如何神祕，也認為世上處處都有故事存在。最好的寫作書不但肯定創意，同時也能扎實提供讓人受用的建議，不但實用，讀者讀起來也開心。

你手上這本《神奇之書》於焉誕生。本書的首要功能在於提供小說寫作藝術和技巧一般的指南。此外，書中也有各式令人好奇的事物，刺激讀者的想像力。本書反映了我的信念：有機的寫作方式應搭配系統化的練習以及測試，才能改善創作。本書刻意避免提及過於容易的寫作工作坊術語和解法——不過**實用**的解法屬於另一套系統。你能從本書學到寫作的基礎，也會不時在書中發現更具挑戰性的閱讀材料。本書不隸屬任何流派，因為書中提到的技巧教學適用於「文學類」和「商業類」小說。不管你的作品是跨世紀

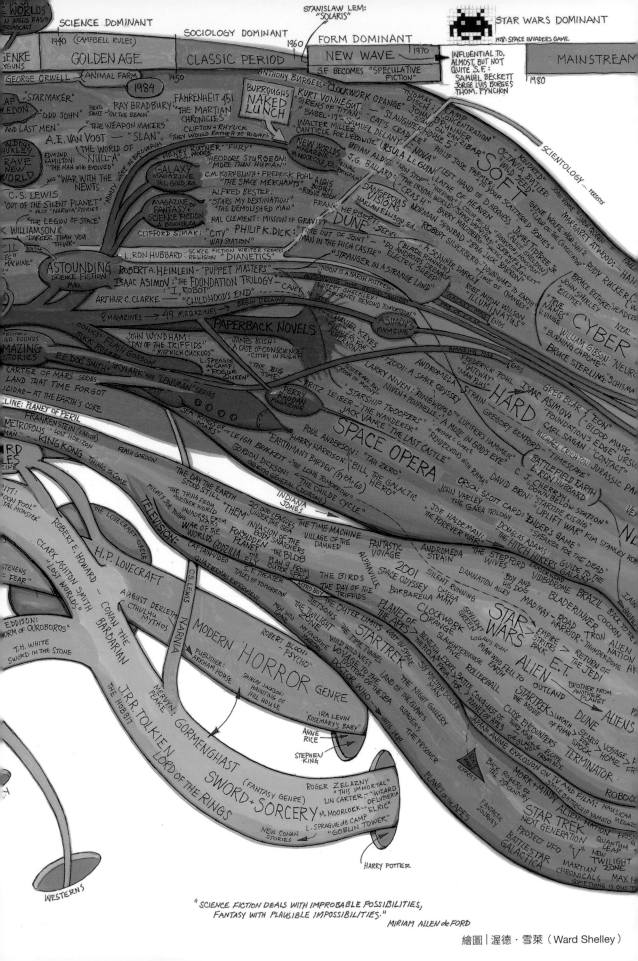

"SCIENCE FICTION DEALS WITH IMPROBABLE POSSIBILITIES,
FANTASY WITH PLAUSIBLE IMPOSSIBILITIES."
MIRIAM ALLEN de FORD

繪圖｜渥德・雪萊（Ward Shelley）

英雄奇幻三部曲、探索寂寞男子一日生活的長篇小說，或是介於兩者之間，都能從本書獲益。

特色

　　本書與一般寫作書最不同的地方有兩點：第一，插圖取代、提升了解說文字。超過三十位的藝術家為本書貢獻作品，然而所有圖表都是傑洛米・澤爾法斯（Jeremy Zerfoss）根據我的速寫和概念繪製而成。本書的示意圖和其他視覺刺激（實用、美觀兩相宜）的數量，可能超過目前市面上的其他寫作書。圖像無法永遠取代文字，卻能強而有力地傳達關鍵概念，化整為零。　希望這些插圖能活化你的創造力。

　　第二，雖然本書對於剛起步或已上手的各類型作家都很受用，書中教學主要針對奇幻文學，而非寫實派別。一般的寫作書通常以寫實作品為出發點，而奇幻寫作工具書又與奇幻以外的故事寫作差別太遠。如果你寫的是奇幻、科幻、恐怖、魔幻寫實作品，或各種荒謬、超現實作品，希望閱讀本書能讓

〈魚手〉（Fishhands, 2010），史考特・伊果（Scott Eagle）。

你覺得找對方向。如果你不是創作以上文類，希望你也能藉此發現尋常事物的嶄新視角（透過本書提到的基礎打地基）。經過一番思考，理論分析，實際操作，你可能會發現寫實作品和奇幻作品並沒有什麼差別。當然，不管是哪一種類型的說故事，都需要想像力的作用。

　　一開始，我從主流文學起步發展，但是不久之後就發現自己的作品偏向奇幻。我拿給朋友看，自己覺得很寫實的部分，他們卻覺得很超現實。我受到各種寫作的影響，在兩種截然不同的領域優游自得。還有，因為家族旅遊，我最早對世界產生的體會，在在證明詭麗奇異的事物會滲進現實生活。不管是晚上拿著手電筒、走在斐濟小島礁岩上看到棘冠大海星，或是在庫茲科（Cuzco）飯店犯氣喘，卻吃驚看著窗外一綠一紅的蜂鳥一邊飛、一邊交配，不管看到什麼事情，我都覺得這個世界欠缺更為深沉的解釋，欠缺老實文字

描述不來的記錄。我需要調和這些經驗，所以才說故事；至於我會選擇說奇幻故事，多半是因為我們搬家搬過太多地方，唯有湊合各段經驗碎片，才能建構出真正的家。我只能透過虛構來表達世界的複雜、美麗，有時還有恐懼。

結構與章節安排

這本書可以隨意翻，隨意看。想充分吸收的話，最好還是**從頭看到尾**。本書的結構一開始幫你打地基，說明什麼是靈感，也介紹故事元素。之後，你就可以自己去探索不同類型的故事。第三章到第六章介紹虛構文類的不同切入點。有些作家想到好玩的**開頭和結尾**，就急著開始寫，也有作家先想完**情節、結構、角色或場景**才寫，畢竟每個人的腦袋運作方式不同。全書在討論寫作技巧時，有時我會混用「短篇」（short story）和「長篇」（novel）這兩個詞彙，不過當討論的主題、子題符合某個體例時，我會特別強調。許多的寫作建議，不論長、短篇都能兼用，即使展現的效果不一樣也無妨。

各章的教學方式為符合章節主旨，會有所變動。例如第三章主要以我的作品舉例說明。拆解我自己的某部小說，能讓各位看見我寫一般小說開頭時要面臨的全盤抉擇。如果用他人作品來說明，就得依賴假設，或猜測其他作家抉擇背後的理由。此外，我為本書採訪了十幾位我最喜愛的作家，訪談內容融合了我的意見，大都用於角色塑造的章節。談世界建構時，說明圖表用得比較少，說明設定類型的插圖和照片用得倒是挺多的——圖片的解說文字分量較為吃重。至於改稿的訣竅，各章節固然隨處可見，不過到了第七章，我特開一個改稿章節，直接處理這個主題，也談談其他作家的經驗。由此看來，雖然不太連貫，免不了有幾處重複，不過我希望能在最適合的情況下，提供最實用的建議，不連貫也不要緊。

上述考量並不適用於主要章節之後的寫作練習附錄。該部分的練習無法預測、變幻莫測，還可能帶你寫出非常奇怪的東西，目的主要是希望讀者實作練習，別只是看過去。附錄的寫作練習複雜費力，此外，也收錄其他領域專家對於虛構文類的看法，包括實境角色扮演遊戲（live-action roleplay）專家、桌遊專家，還有喬治·馬汀（George R. R. Martin）的小說技巧專訪。祝你玩得開心，不要迷惘。迷惘也無所謂，有時候這樣反而最好玩。

除了我所寫的主文以外，還有其他專文補充，增添章節深度。

• 作家專文：為主文提及的主題延伸，或提供額外細節，多數專為本書

作家兼教師馬修·錢尼（Matthew Cheney）為本書顧問。在我寫作期間的討論讓部分章節豐富許多。

xv

《神奇之書》的五位導遊

本書有五位導遊，解說易懂，寓教於樂，分別介紹如下：奇怪先生、小外星人、魔鬼代言人、全視線筆仙、網路管理員。

奇怪先生：把奇怪先生想成家族聚會中那些進場氣勢驚人的怪叔叔、怪阿姨吧。這種人沒辦法交代清楚自己到底在忙什麼，但要是你認真聽他們說話，會聽到好玩的小道消息。奇怪先生會教你有用的東西，賣弄技巧又神祕兮兮。說到手上那把槍——只是水槍啦。

小外星人：小外星人做人實際，偶爾也會稍微放鬆、晃來晃去，不過多半都在幫忙解釋概念或基本術語；要是奇怪先生想講超複雜的事情時，也會過去幫他一把。小外星人是從很遠很遠的星球過來的，他們講話最好注意聽，不然會像格列佛一樣被五花大綁喔。

惡魔代言人：跟小外星人完全不同，提供跟圖表訊息對立的觀點，所以這人有點煩。魔鬼代言人讓你腦中同時擁有兩個互相打架的對立概念。

全視線筆仙：跟小外星人同夥，不同之處在於他目標專一：只要你注意力開始渙散，或者需要額外刺激，就會看到筆仙突然跳出來，叫你接受相關主題的寫作挑戰。

網路管理員：是《神奇之書》最常出現的導遊，意義非比尋常。要是看到哪個主題或作家在本書網站上有更多資料，他就會跳出來提醒。本書搭配網站一起使用，能提升閱讀經驗，網路管理員個頭雖小，卻懂得不少。

所寫。頁面周圍有綠框，專文作家包括尼爾・蓋曼（Neil Gaiman）、娥蘇拉・勒瑰恩（Ursula K. Le Guin）、萊夫・葛羅斯曼（Lev Grossman）。

- 我所寫的專文：提供進一步的脈絡描述，跟上述專文不同之處，除了少了作家頭銜以外，還有邊框顏色，我的是藍色。
- 焦點系列：篇幅較短，引用作家或藝術家的文章，傳達特定主題令人玩味之處。
- 寫作挑戰：隨題附上圖片，題目迷你，讓你練習討論的主題。有些挑戰目標實際，有些只是故意寫得艱澀，為的是激發想像力。想挑戰更為複雜的寫作，請翻閱附錄的寫作練習單元。

邊欄部分還有：

- 藍字：術語解釋或額外的觀察。
- 圖說：有時也會指導你如何欣賞圖片。
- 紅字：提醒可上本書網站參考的額外資料。

頁緣還有頗為顯眼的障礙物，看起來像一條龍，裡面的白字是傑出作家的想法或考量（我大力推薦這些作家的作品）。內文若非質疑主文的特定內容，就是延伸某個要點。書中會出現各種干擾，提醒讀者不要硬記資訊，實際參與及投入更為重要。

WONDERBOOKNOW.COM

讀者可上本書網站查看與寫作技巧有關的補充資料。書中使用的網路記號，代表網站上有參考資料，實際瀏覽會發現資料更多。網站中梜具分量的是「編輯圓桌」（editorial roundtable），由多位受人推崇的編輯負責閱讀並評論有潛力卻有缺失的作品。網站也有連結，連至附錄寫作工作坊的額外資源，以及本書節錄的訪談全文。網站上的全部資料都跟寫作技巧或藝術有關。若要尋找技巧相關的資訊，可前往 Booklifenow.com，有更多的討論，還有生涯建議、克服現代出版業生態等等。這是我之前的著作《書的生命：二十一世紀作家的策略和生存技巧》（*Booklife: Strategies and Survival Tips for the 21st-Century Writer*）的官網。

我是專門搗亂的龍，目的是讓你思考一下其他層面。只要激起什麼火花，我就開心。但那個想法真的是好想法嗎？好不好，你自己判斷，因為我什麼都矛盾。——搗亂龍 敬啟

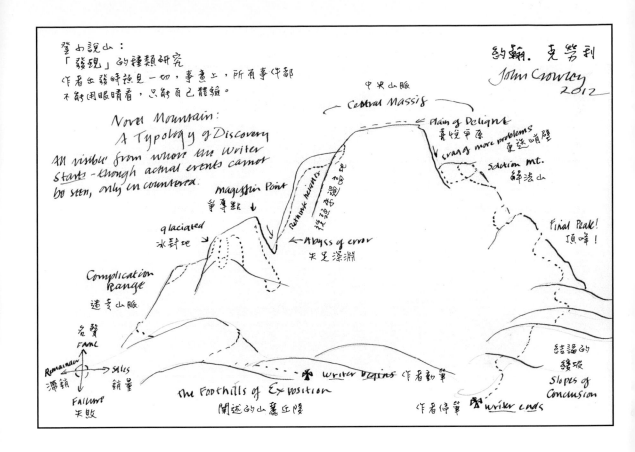

旅程

　　寫作是困難的行業，需要一定程度的心智強健，從上面約翰·克勞利（John Crowley）的草稿可略見一二。寫作會有收穫，但困難也等在後頭。有些障礙一定得經過，有些要是順著正確的指南，就可以避免。指南指得好，可以省下好幾年的卡關時間。希望在你成為作家並堅持不輟的漫漫長路上，本書都能當作你誠實可靠的好夥伴。如果哪裡與你不合，你一定要堅持自己的方向。

　　希望你的作品能讓你喜悅、滿足、要什麼有什麼。也希望你寫得快樂，非常快樂。

次頁〈旅程的想法書櫃〉（Shelves of Ideas for the Journey, 2010），史考特·伊果。

創意遊戲和想像力是作家生涯的核心元素。灌溉想像力的方式，會對寫作內容和形式帶來全面性的影響。榮格曾說過：「奇幻充滿活力的原則來自於遊戲，而遊戲也是孩童的特質，因此奇幻和嚴肅工作的根本原則顯得互相抵觸。不過，少了奇幻的運用，創意作品無由產生。」

第一章　靈感與創作生活

　　創造力令人嘆為觀止，能將看似無意義的意象、人物、敘事拼湊在一起：創造力接受靈感刺激，轉換為紙上文字。我認為這個轉換過程是奇幻中的奇幻。想像力什麼都吃，任何生鮮素材皆可轉換為敘事。蜂鳥振翅的圖片，排版出錯的報紙文章、不經意聽來的隻字片語、令人印象深刻的小說台詞，都能成為素材。有一次，我妻子吃到長大後沒再吃過的水果，果肉入口後回憶湧現，讓她想起祖母後院的果樹。她在吃水果前，許久未曾想起那片果林。一瞬之間，有關祖母的往事卻宣泄而出。咬下水果，個人歷史的藏寶箱應聲開啟。

　　「靈感」的定義往往有失精確。靈感不只是開啟故事寫作的火種、火花，其實也是某部小說情節發展中的**持續過程**——在這過程中，意識和潛意識合作無間，揭發一系列的事實，串接一個個故事元素。進一步舉例說明，兩個角色關係轉變後出現重大轉折，揭露更多的背景設定，甚至只是作者發現某個場景不需要寫，另一個才需要。寫著寫著，發現故事開頭出現的持槍女子，可能是筆下企鵝主角的朋友，他們出現在此處一點也不奇怪，反而是回到家。

對於部分作家而言，這些額外的靈感迸發時刻，衝擊力道或許永遠比不上故事首度成形的原初時光——就算某個靈感火花能啟動某種持續的連鎖反應，仍算不上數。話說得沒錯，作家往往認為討論寫作技巧、用心程度、**創作甘苦**，會比討論靈感來得更加容易。這樣想或許有點道理：畢竟寫作會耗費許多時間，咬牙走完不得不通過的苦行，才能把小說寫完。靈感不是每天都有，正如同你不會天天激烈、深刻、失去理智地談戀愛。但是當你與世界互相擦撞、前進，這些無愛、無靈感的時刻是如何呈現，決定了你這個人的創造力核心。

山謬爾·德雷（Sam-uel Delany）的工作空間（2009 年 4 月）。攝影：凱爾·卡西迪（Kyle Cassidy）。

在本章，你會讀到有關靈感和想像力的各種看法和見解，有助於開拓健康、高產量的創意生活。閱讀時請注意，本書分開討論靈感和寫作，只是為了闡明這兩者如何運作。此外，由於本章將談及作家的核心性格，請謹記以下聲明：要是有什麼說法觸及你的獨特性和個人創意，請拋棄無法產生共鳴的部分，挑選你覺得有道理的就好。

想像力遊戲的重要性

凱羅·布萊（Carol Bly）的創意寫作工具書《熱情而不失準確的故事》（*The Passionate, Accurate Story*）中，出現以下假設橋段：晚餐時間，小女孩向父母大聲宣布，有一窩熊搬到隔壁當鄰居。接下來出現兩種情況，其一是，爸爸說：「熊？妳在做夢喔？」接著叫小孩認真一點別說笑。其二，爸爸會問：「熊？好哇。有幾隻？叫什麼名字啊？喜歡做什麼呀？穿什麼衣服呀？」女兒聽了喜孜孜，一一回答。熊來當鄰居卻能正面鼓勵，凸顯創意遊戲足以培養並強化想像力的重要性，進一步練習如何說故事。上述以熊為鄰的橋段，也強調創意遊戲的溝通功能。雖然我明知小女孩不過是個故事角色，卻還是為她感到心酸，因為爸爸看不出女兒在努力嘗試跟他搭話，跟他建立連結（這裡頭又還有個故事啊）。

在我的繼女成長過程中，熊熊話題在家中占有重要分量；我們父女靠著胡說八道來互動，我淨跟她說些唬爛話，說是創意鬼話也可以。比方說，她會在枕頭下找到一封信，寄件者不是牙仙而是蛙仙，隨信還附上幾枚古錢。蛙仙在信中致歉，表示自己缺美金，牙齒套現的匯率現在不優云云。

捉弄到後來，女兒打算反擊。她知道我這個不可知論者想要弄清楚她母親的猶太教信仰。於是我們第一次度假時，她告訴我一大堆「光明節之熊」的榮耀事蹟，後來我把她說的「事蹟」講給妻子常去的禮拜堂的拉比聽。結果發現我被女兒騙了，大家笑到不行，我一點也不生氣，反而覺得很驚奇，

布萊的書也深入探討更為實際的主題，例如角色的道德觀，此觀念如何主導行為。

〈迷幻三熊〉（The Three Psychedelic），傑洛米·澤爾法斯。

次頁〈繆思〉（The Muse），瑞奇·達可奈特（Rikki Ducornet）。

THE MUSE always has wings

緲思總以
翅膀翱翔

... AND NESTS IN FIRE!

I think our species is wired to tell stories, just as we are wired to be curious, loving, playful. We tumble into the world with this extraordinary thing: a creative imagination. And it is erotic — inspirited by the breath of life. In other words, the impulse to create, is like the impulse to breathe. (Did you know that people who have been shut down often have trouble breathing?)

The imagination is often distrusted and feared — as much as it is misunderstood. Perhaps because it mirrors the world's mutability. It is supremely restless. It does not accept things as they "are." It is impatient with received ideas. In this way it is subversive. When the child asks "why" (the first great COSMOGONIC QUESTION) and the parent says "Because I say so." that child has been betrayed. Perhaps we all carry a thorn from Kaspar Hauser's stolen crown. Perhaps we have all been betrayed somehow. Somehow compromised. Writing is a place to reclaim the initial impulse, to ask all the questions, to EXPLORE THE MYSTERIES OF BEING and BECOMING. Writing is a great adventure.

……火焰築巢！

　　我想人類生來就有說故事的本能，這跟好奇、關愛、玩耍一樣自然。人跌跌撞撞來到世上時，都帶著一個寶物：奔放的想像力。這寶物可誘人，吹口氣就有生命。換句話說，創造的衝動就跟呼吸一樣不得不。（你哪時看過死人還會呼吸困難？）

　　不過，人通常不相信想像力，而且害怕想像力，誤解想像力。或許想像力呼應了世界的無常。想像力極度騷動，並不接受事情「原本的樣子」。習以為常的概念，也令它不耐，所以說，想像力是具有顛覆性的。要是小孩問「為什麼」（**質疑宇宙起源的第一個絕妙問題**），大人卻說「因為我說了算」，這是背叛小孩。或許我們都帶著賈斯伯·荷西失竊王冠上的荊棘，或許我們都曾遭背叛，或許都曾妥協。但是寫作讓人重拾原初的衝動，讓人盡情發問，**發掘「存在」和「轉變」的祕密**。寫作是一場激烈的冒險。

　　冒險經常是寂寞的，卻不一定自戀——這

The fact that the adventure is often lonely doesn't mean it is narcissistic — a common (and lethal!) misunderstanding. The beautiful paradox of art is that what is a private journey is released to the world where it enters into the fabric of other lives.

At least, this is how I see it. Which means I am not interested in writing a book that has already been written. I want my book to teach me how to see the world differently. I want it to ask me vital questions, questions I never dreamed of asking. A novel is a great excuse to investigate things one knows all too little about. Sometimes a book will stimulate a series of VIBRANT DREAMS. Sometimes a book will be ENGENDERED BY A DREAM: My first novel was precipitated by a dream of such power it sustained me for ten years and enabled me to write four novels in that time. CHARACTERS have a way of intruding and demanding their OWN BOOK! When that happens, you are IN LUCK! YOU ARE IN GOOD HANDS!

I have no "SYSTEM" other than never taking the easy way out; Not writing a book that bores me - Not for an instant!; above all: WRITING A book I WANT TO READ! Taking the path that has not been taken, seeing each book as A RIDDLE TO BE SOLVED, A RIDDLE and a

REVELATION!

My WATCHWORDS ARE, have ALWAYS been and will always be:

RIGOR + IMAGINATION

Rikki Ducornet

可真是常見而要命的誤解啊。藝術的矛盾之美在於，所謂的個人之旅對世界有所開放，藉此進入他人的生命。至少我是這麼認為的，所以我不想寫有人寫過的書。我的書要能夠教導我用不同方式看待世界。我的書要能對我提出重要的問題，質疑我連做夢也沒有想過的事情。小說讓人巧妙遁世，挖掘所知甚少的領域。有時看書會刺激人做一系列生動的夢，有時則是**做夢啟發**寫書的靈感。我的第一本小說就是由這種力量的夢境啟動。有個連續十年的夢境，讓我在那段時間裡寫了四本書。**角色**會以自己的方式干涉寫作，要求**為他們而寫**！遇到這種情況算你走運，穩得很呢！

我寫作的「系統」，就是絕不走輕鬆路，也不寫讓自己無聊的書，片刻無聊也不行；最重要的是寫一本我自己想看的書！選沒有人走過的路，把書看成待解開的謎語，解謎、**啟發**！有條規則我謹記在心，往後也不會忘記，那就是**縝密＋想像力**。

——瑞奇・達可奈特

她的想像力太優秀了，能以許多美好的方式呈現。比方說她去公園，會指著雪貂說：「身體很長的老鼠～」我不確定她是在開玩笑，還是在幫沒看過的動物取最適合的名字，但我能確定這件小事後來會變成一個故事。

我們也曾父女聯手展開創意行動。有一次，她邀朋友來家裡玩，我要她「別忘了把綠鬣蜥找出來，餵牠吃東西」。我們家才沒有綠鬣蜥，但艾琳依舊聽話地搜遍全家，把她的朋友全給嚇傻瞪大眼。之後我胡扯，說有隻剛死掉的綠鬣蜥變成鬼糾纏我們，以故事的發展來說挺合理的，我們也覺得沒什麼，結果其他人卻覺得有點困擾。綠鬣蜥鬼魂和光明節之熊在我腦中徘徊了超過十年；這些角色後來發展成一個中篇〈科摩多〉（Komodo），更拓展成

〈綠鬣蜥鬼魂〉（Ghost Iguana），伊維卡·史迪法諾維奇（Ivica Stevanovic）。

跨星系科幻小說《摩馬克博士的日記》（*The Journals of Doctor Mormeck*），故事亮點是不死巨熊，還有身形龐大的智慧蜥蜴，能夠進行跨次元跳躍。

少了文字化的負擔，想像力通常會以無私而充滿愛的形態出現：有趣不枯燥，慷慨不設限，變形無極限。最好的小說往往由這種看不見的引擎驅動，一邊壓縮工作，一邊嗡嗡運轉，呼嚕呼嚕，有時還會嘆氣。正因為好故事的中心都會如此閃爍、振動，才能賦予故事生命力。也正是這樣的律動，永遠不同，永遠無法預測，才讓故事變得獨特。你要歡迎想像力進入生命，多多

益善，就比較不會將之貶為虛言妄語，也能讓自己的生命更加豐富。舉一個非常實際的例子，世界歷史其實也可視為善與惡的兩種想像在角力。我們在世上所創造的一切存在，因此帶有悲傷和勵志的雙重性。你的想像力、你的故事存在於「世界」這個寬闊的設定裡，但有時你會發現自己也得跳脫別人的想像，讓自己的獨特處展露鋒芒。

或許想像所擁有的力量和影響遠超過一般所想，所以我們有時態度矛盾。舉個文化上的例子，中世紀的歐洲經常將想像力與感官體驗畫上等號，因此被視為人類與禽獸的連結之一。天主教會相信，想像力不過是種機制，用途在於讓人背誦、消化經書上的神聖文字，亦即想像力是低階的心智活動。手稿插圖繪製的奇獸想像，用途往往是為了解釋天堂、地獄。怪誕裝飾風格（Grotesques）的興起——通常出自金銀工匠之手的粗鄙波希（Bosch）風格作品，或許更富遊戲的戲謔感，有時連帶降低了宗教意味，不過也難以從宗教的幸福牢籠中解放想像力。

直到文藝復興，想像力才與思維能力產生連結，有一部分得歸功於哲學故事（contes philosophiques）的誕生。這些文藝復興的「科普故事」奠基於培根和克卜勒的作品，都使用奇幻元素解釋哥白尼的宇宙觀。此類故事通常由幻想旅程或夢境開場，否則無法解釋主角如何遨遊太陽系或深入地心。例如克卜勒的《夢》（*Somnium*）實為討論行星運動的論文，卻偽裝成奇幻作品，成了女巫兒子被惡魔運送到月球上的故事。

時至今日，想像力的運作方式有了不同面貌。現代人追求理想中的機能性，技術方面又獨鍾毫無破綻的巧妙設計，死命追求完美，讓人產生誤以為想像力已臻完美境界（說來諷刺，這樣反而非常沒有人味）。在這種環境下，有些作家事後批評他們的直覺，貶低創意工作中遊戲的重要性。這些作家強人所難：「要是有一盞第凡內古董檯燈，一定要會亮，**就算還沒裝燈泡、沒插電也要亮**，不然就沒價值了。」在他們眼中，就算情況好一點，想像力也只是地平線上無聲的閃電，沒有實際重量或作用，算不上真正的**能源**。最差的情況，想像力就遭批為不正經、浪費時間，對世界沒有實際的用處。

上圖 約翰·卡爾哈特
（John Coulthart）詮
釋的《愛麗絲夢遊仙
境》（2010）。

右頁《魯特瑞爾詩篇》
（Luttrell Psalter, 約
1325-1335）頁緣的鮮
豔怪獸，收藏於大英
圖書館。

主角在單純的三幕結
構中嘗試、失敗，有
如畫數字油畫般有一
定的步驟。

我多多少少能理解為什麼他們會有這種態度。創意遊戲來自於想像力，而想像力拒絕簡單的量化。如果熱心的寫作人士心中已充滿各種主觀意見，遊戲的概念又會添加一層不確定性。不管是作家或讀者聽到了都會感到不舒服，因為這個世界就是想要相信確定的東西，如「技術」、「技巧」，想要相信練習和努力是成功的主成分。來說個跟這個概念有關的警世小故事：從前從前有兩個作家，一個想像力豐富驚人（姑且稱為阿豐），另一個略輸一籌，稱為阿平。然而，阿平的毅力和動力都勝過阿豐，所以阿豐後來就失敗了，阿平繼續寫，以文為生。沒什麼人討論阿豐後來怎麼了（有什麼不見了？），僅剩下瀰漫不去的欲言又止，偷偷可憐那位寫不下去的作家……可能是因為我們都害怕變成阿豐。也或許，當我們不時抬頭瞥見房間遠處，想像力形成一團不祥的陰影反撲過來，我們這才明白，有時想像力帶給自己的不適感，真的無法控制（若說世上有太多人想像力過剩，其實不過是他們周遭的人想像力太貧乏）。

一提到「遊戲」的概念，就會讓人想到不成熟、不正經，彷彿一說到創意的產生流程，便想到商業化流程，應該效率高、時機好，直線前進，有條有理，方便歸納。**如果不是明確能達成目的的手段，其餘都是浪費時間**。品質堪憂的創意寫作工具書中，以簡單圖示和**七步驟流程圖**來呈現創意流程，並不提供練習，幫助讀者以自己的方式自然發展創意。這種條列化的方式，有時反映出人會害怕想像力的**不可預測性**，也誤以為想瞭解宇宙，得先創下一套規矩。

話說回來，正是上述觀念，否認了光明節之熊和鬼魂綠鬣蜥的創意價值。**熊就是熊。綠鬣蜥死了不可能變成鬼**。當然，光憑綠鬣蜥不能寫出劇情大綱，但牠可以替大綱起個頭，創意可以發生在任何地方，化作各種形式。故事結構變換自如，從咖啡杯底狀若陸塊的殘渣，到報紙上看來的英雄事蹟，都能發展成故事。重點在於，讓潛意識以遊戲的方式活動，形成必要的連結來發展敘事。

奇幻與想像力

一說到「奇幻」、「科幻」的價值（評價這類小說時仍偏重觀念和設定，而非角色），就產生「想像力＝不正經」的連結。這聯想其實來自社會觀感——什麼是正經？什麼是不正經？奇幻作家娥蘇拉·勒瑰恩、波赫士（Jorge Luis Borges）、卡爾維諾（Italo Calvino）在探索複雜思維（intellectual）概念時，緊密膠合**遊戲**的概念。然而，書評通常忽略這個環節，或許是因為他們認為構成好小說的「條件」和遊戲無關。遊戲不必要，非核心，可以**分離**。

諸如此類的言論隱含著「不正經」的批評意味，也預設奇幻作品會跟現實脫節，有些人認為作品一定要跟現實有點關係。有些奇幻「文件」卻看來極廢、毫無用處，例如名書《塞拉菲尼寫本》（*Codex Seraphinianus*，路易吉·塞拉菲尼〔Luigi Serafini〕於一九七〇年代的創作）、十五世紀神祕的伏尼契手稿（Voynich Manuscript），或是作家兼藝術家理查·柯克（Richard A. Kirk）的「偶像破壞者」（Iconoclast）系列。無論我們能從上述作品搜括出什麼樣的實際意味，本身依舊具有驚奇無比的特質。姑且不論路易斯·卡羅的《愛麗絲夢遊仙境》是否傳達了有趣的人生哲理，全書瘋狂不正經的審慎機智才是重點。澳洲得獎作家麗莎·L·韓內特（Lisa L. Hannett）指出：「讀書讀得不正經，和創意遊戲一樣重要。讀書是為了樂趣，為了灌溉想像力，為了看到出神陶醉，像小孩一般。」

不管是像《愛麗絲夢遊仙境》那樣為主流所接受，或是像《塞拉菲尼寫本》那樣置身邊緣，這些作品都具體呈現出「奇幻中的純粹想像力遊戲」。《塞拉菲尼寫本》的圖片百科，以及想像世界裡的自創文字，其實沒有實際用途。伏尼契手稿同樣是無解天書，書中的植物和天文學段落，不管原本實際用途為何，明顯就是奇幻；這份手稿是為了自己而存在。相較之下，柯克的「偶像破壞者」系列或許稍微實際一些——稍微而已。書中假設有個平行宇宙會使用複雜的圖像當作溝通語言，因此連最基本的溝通都得花上數週；因為所有人講「畫」的方式各有不同，所有的理解充其量只能算是「粗陋」，不免產生誤解，戰爭因此爆發。然而上述作品中發展到極致的想像表達方式，其實都有一個共通點：藉由置身實用性的外部邊緣，

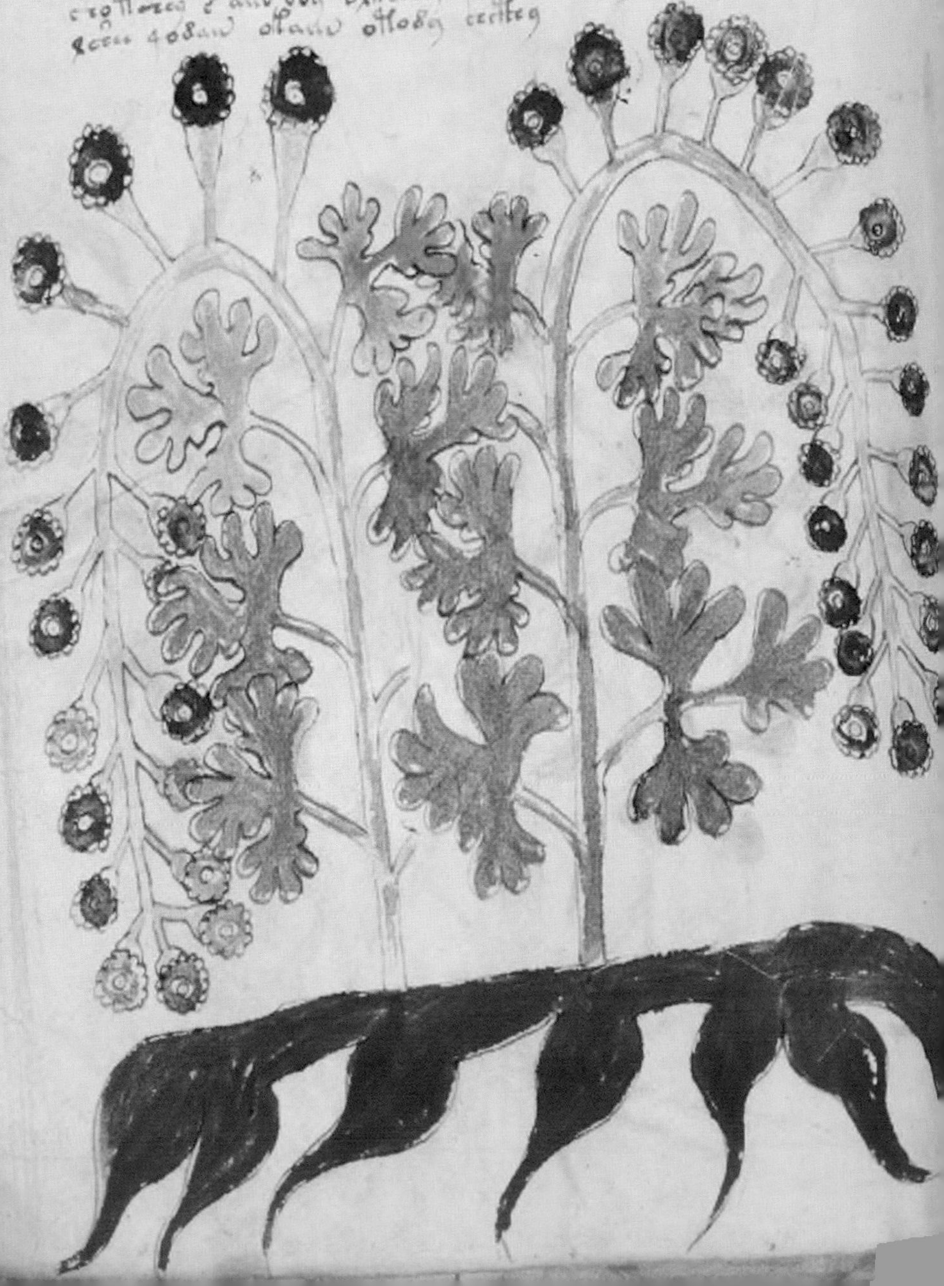

替世人延伸了可能性的範圍。

不過，認定奇幻一定會**跟現實脫節**，也會產生問題。這種認定會助長「奇幻沒有因果」的謊言，更暗指想像力正是導致奇幻與現實脫節的元凶。其中沒說出的微言大義是：奇幻作品中，遊戲成分雖然與奇幻密切相關，也能直接引導創作，但遊戲不需要發展得太明確（試圖描繪日常事物似乎更複雜、更煩人），說得好像不需要下工夫轉化，綠鬣蜥鬼魂就能具象化似的。可是，想像力不光是亂想而已，不光是想像出會說話的鱷魚、有如鄉鎮一般大的巨人、會飛的女人或超級英雄。細節設定也需要想像力，例如：其實鱷魚比所有人都清楚故事情節；飛天女子有仰慕者把她綁住，不然會飛離地球；想像力使人明白為什麼巨人會哀泣，超級英雄為了生活得工作。

即便單純討論何謂想像、何謂奇幻，都會遭人誤解，斤斤計較文學類型的傢伙尤其如此。試問，如果作品寫著寫著生出了想像力的衝動，寫出「一般明顯的奇幻情節」，而被歸類為奇幻，那又怎樣？不怎麼樣啊。具有想像

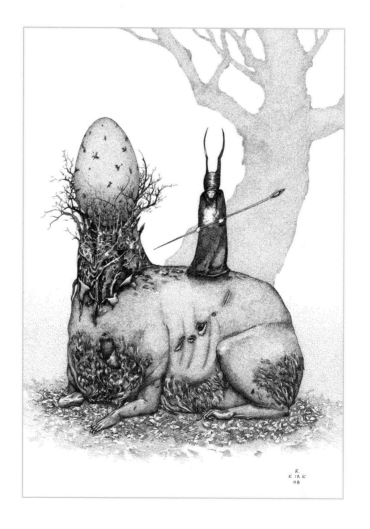

前頁 伏尼契手稿（約1404-1438）的部分頁面。

右圖 理查‧柯克「偶像破壞者」系列中的一圖：將文字化為藝術（2008）。

力的寫作可見於各種文類和次文類中。對於特定作家而言，書中一直不乏奇幻性質的遊戲。

我問村上春樹，為什麼他作品中會出現超現實。他回答：「我不是想把以結果論而言顯得超現實的元素或情況加到故事裡。我只想描繪對我自己真實的東西，想更真切一點地呈現而已。不過愈是努力用寫實筆法描繪實際的事物，故事愈是往不真實的傾向發展。反過來說，從不真實的透鏡看出去，世界卻顯得更為寫實。」

所謂真正的作者**聲音**，通常就像這樣。「會說話的熊搬到隔壁」如果是暗喻，箇中含義難道不比現實重要嗎？那倒未必。試想馬克・赫平（Mark Helprin）的《冬天的故事》（*A Winter's Tale*）和他的一戰小說《一戰中的士兵》（*A Soldier of the Great War*）。前者出現長翅膀的馬以及其他奇幻元素，後者毫無奇幻成分，然而透過書中描述，透過敘事聲音，透過作者活靈活現的想像力，《一戰中的士兵》也和奇幻沾上了邊。瑞奇・達可奈特可以寫出如夢似幻的《夢土中的麟光》（*Phosphor in Dreamland*），也能寫猛烈刺激的寫實系列作品《欲望這回事》（*The Word "Desire"*）。然而，這兩者其實屬於同一範疇，甚至根出同源。這就是想像不同凡響的一種力量。

想像力的輸出形式

以下幾項特質有助於想像力的定義和維持。不同的作家擁有相異的特質比例，但是都會全面性地影響寫作，而且最先表現在靈感方面。

好奇心：對作家而言，最重要的是保持求知欲旺盛，也就是積極關心世界、世人。好奇心反映一個人在追求知識的同時，也願意承擔失望。好奇心驅策你提出一連串疑問，不為別的，只為了問而問。好奇心會收集發現的結果並且轉化。真正好奇的人，試圖以孩童的清新觀點、成人的心智觀看一切。在收集的過程中，不管是質地、軼事、氣味、歷史，都不該帶有批判意味，從看似毫無關聯、甚至互相衝突的元素中尋找樂趣。這些元素融合之後，會催生出創造力的精髓。以某種層面說來，好奇心會跟聰敏等特性和隨機的挑選結合，就像駝鼠不在乎來源那樣，忙著收集鈕扣、瓶蓋、紙屑。再怎麼忙，再怎麼深信日常環境已經沒有驚奇，也不要忘記對周遭的世界保持好奇。

接受度：僅僅是對世界、世人感到好奇，不會產生開放和同感，必須「接受」才行。所謂接受，是接受資訊以外的東西。打破障礙，去感知他人的情

靈感輸出

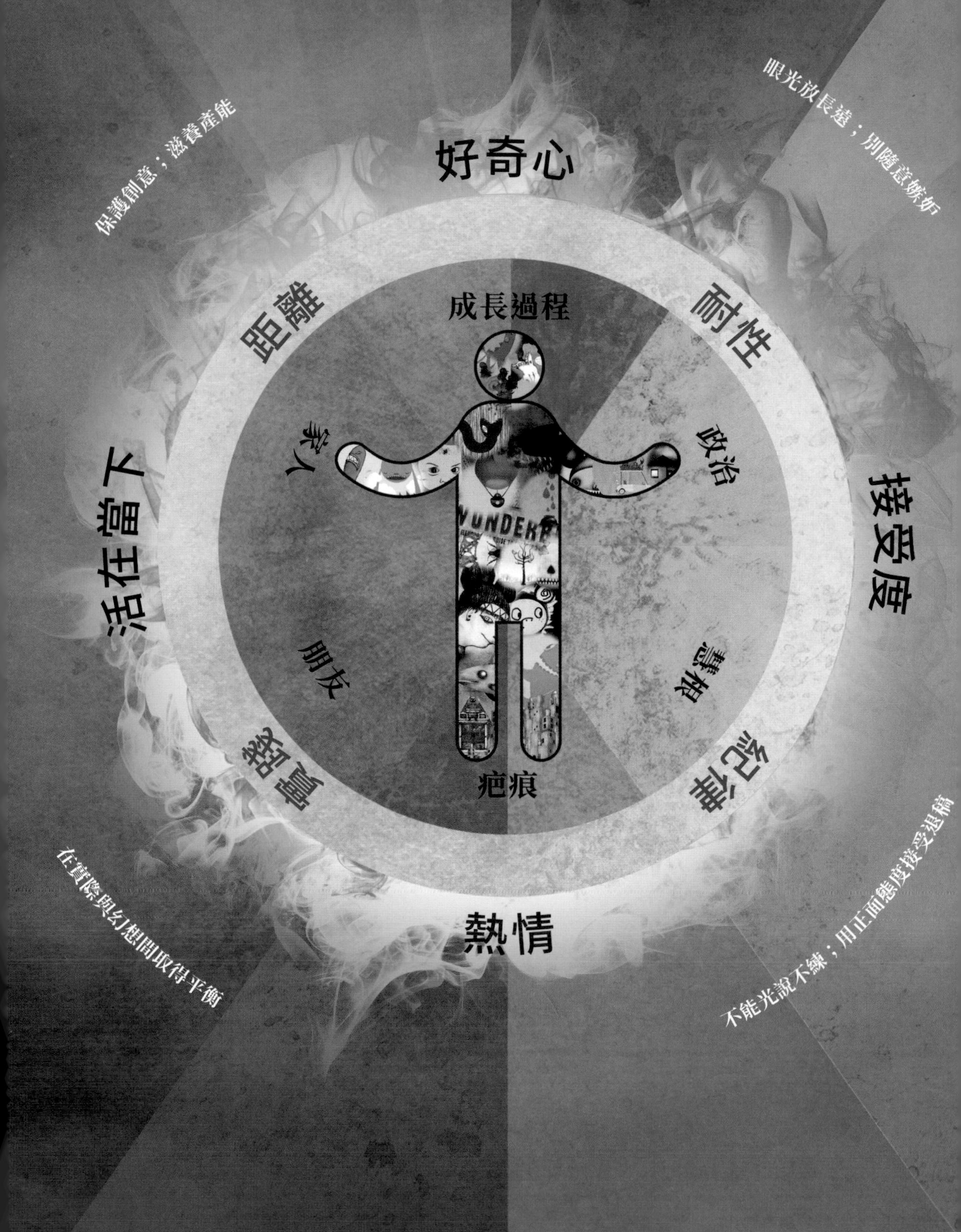
保護創意；滋養產能
好奇心
眼光放長遠，別隨意嫉妒
距離
成長過程
耐性
家人
政治
活在當下
接受度
朋友
慧根
實踐
疤痕
紀律
熱情
在實際與幻想間取得平衡
不能光說不練；用正面態度接受退稿

緒、困境、悲劇，以及人類各種境遇，對作家而言相當重要。就算很痛苦、不舒服也要接受，愈痛愈好，讓自己成為神經末端，內化生命體驗到的一切。這些感受不僅能成為培養故事、虛構、非虛構文類的沃土，也讓你更瞭解人類。築起高牆避免受傷，或許能暫時解決人生問題，卻也可能關閉個人創意的重要來源。想像力需要好奇心與接受度的火苗，才能點燃嚴肅／非嚴肅的深度面向。不過每天二十四小時掛在社群媒體上，不算高接受度，只是吸收片段訊息罷了。

熱情：犬儒主義者對任何事都難有熱情，因此熱情源自於堅持理想，理想又能回過頭來維持開放性。如果你對自己寫的東西沒有熱情，也不在乎自己寫了什麼，再怎麼努力也無法讓作品起死回生。作品會一直了無生氣，等著新生命力注入。熱情像鮮血一般在創意的血管中流動，於是系統得以循環，想像力得以呼吸。所謂走火入魔，就是想像力和熱情拉到極限。然而，正因為寫作領域跟「真實生活」互相對立，要創作流傳後世的藝術作品，走火入魔是必然的（要是情況不順利，首先你會失去好奇心，接著接受度被關掉，最後熱情也跟著短路）。

活在當下：想像力最豐富時，便是你活在當下、沉浸在周遭事物的狀態。就算是奇幻作家（尤其是他們），也得接受周遭的刺激。所有事物都有轉變的可能，會變成可信度極高的故事，也有可能變成什麼都不是。不注意周遭環境其實會直接阻礙你的想像力，阻礙你接受訊息，將熱情導向別處，最終將想像力導上老生常談的無趣路子。「活在當下」可能也是陳腔濫調，但處於社群媒體時代的作家格外需要注意，要成為好作家一定要「全力以活」。

上述特質並非空話，反而具有條理、形狀、目的，才能配合其他輔助特質發揮作用，其中不可或缺的是紀律和毅力。寫作的紀律等於專注和良好的工作習慣，缺少紀律，想像力將會萎縮。作家利用紀律建立務實與結構的基礎，想像力得以保持平衡。所謂紀律，是學習的技能，也是練習的技能，而且能在最細微的層次，抓出須用想像力解決的問題，獨立出來處理。

毅力，是隨著時間過去展現出來的堅韌或**堅持**──完美的作者會持續活動，而非呆滯不動；工作能帶來什麼可能性，得堅持下去才知道。藉著不斷補充創造力，使其成形，強化自身的**作者**認同，想像和紀律得以創造堅毅，以及長壽的寫作生涯。

總的來說，上述特質都代表持續更新、再生的循環，餵養、灌溉著想像力。這些特質或許也能使你成為更踏實、更滿足的人。

關鍵在紀律

疤痕／肉中刺

還有其他因素會影響創意行為，我要在此補充說明——那就是傷痕。傷痕就是創傷的鬼魂，本身具有矛盾性，所以我才會在這一章開頭討論何謂喜悅、開放、無私。從這個前提發展，「傷痕」其實算是很強烈的字眼，或許強烈過頭，有時我也稱之為「肉中刺」。其實，創造力高低並非取決於肉中刺或傷疤的嚴重程度，重點在於如何利用創傷經驗。最要緊的是，起先帶著擾人痛感、某種**強烈而揮之不去的衝動**，結合了溝通及說故事的必要……接著便產生靈感，寫出第一個故事，之後水到渠成。

肉中刺或傷疤往往來自於失去、失落、回過頭才發現鑄下大錯的回憶，想著想著讓人驚擾、難受，有時甚至悲痛。舔舐傷口時，作家極自然地體會到悲傷、後悔、寂寞等情緒，這些感受都會成為寫作的材料。多數作家之所以能獲得靈感，持續寫作，負面情緒是主要因素。

我雖然喜歡說故事，卻也深信自己會成為作家，源自孩提時父母互相傷害的漫長離婚過程。我們那時住在天堂一般的斐濟島上，離婚的醜、斐濟的美，對照之下更顯可怕。我的傷疤讓我學到和事件保持距離，待在邊緣注視、觀察。在成為作家的過程中，我將保持距離的工夫化為藝術，而非特意隔絕朋友和家人。藉此，我的傷痛感受找到了出口，也能派上實際用場。

我的傷疤是那樣來的。不過每個作家的傷疤不同，或深或淺，私密程度有高有低。以新手作家珍妮佛·許（Jennifer Hsyu）為例，她的傷疤是「錯綜複雜、跨文化、跨世代的母女關係」。她說：「我最愛母親，但她是典型專制的華人母親，我一靠近她，就退化成搞叛逆的美國少女。**語言的藩籬更是無濟於事；憤怒、沮喪、無條件的愛，往往與『（瞭解的）失落』是同根生**」。在她早期創作的故事中，她偏向「一心學習技巧，而不是以我的視角述說自己的故事」。然而參加過某個工作坊後，她回家探親，「跟我媽去看失智住在安養院的外婆，她就像是碳足跡那樣記錄著我媽的身世。」後續令人崩潰的探視過程，後來發展成一篇魔幻寫實短篇故事，結合了「一廂情願與教人痛苦的現實」。她坦承，書寫極為痛苦，「因為重新活過那些時刻，一遍又一遍，真的很辛苦。還要尋找自己周遭和心境的細節和細微表現，試著跟『角色』保持互相尊重的距離。」但與此同時，她「之前從未感受到自己與紙上的文字如此緊密，因為那都是從內在某處挖出來的。那個地方當然會痛，卻也真實、真誠。」

上述例子直接示範創傷、傷疤如何以小說的形式發揮作用。不過在某種

程度上，儘管我的傷疤對
我來說很私人，卻也不過
是一個寫作起點，藉由召
喚自己的憤怒和悲傷，聚
焦創作出角色的嚴肅性和
深度。每當我心情低落、
坐下來寫作時，就彷彿將
自己生命中的什麼轉化過
來，包括徘徊不去的創傷
記憶，而書寫就是排出記
憶之毒的方式。不過我並
非因此而持續寫作。

作品曾經進入菲利
普·K·迪克獎（Philip K.
Dick）決選的作家凱琳·
洛瓦基（Karin Lowachee）

《文字怪獸》（Word Beast, 2010），莫莉·克萊伯普（Molly Crabapple）。

稱此為某種「方法寫作」。「我寫的主題較為沉重、跟自身經驗較無關係時，
我會抽取出自己生命或性格中的黑暗面，而情緒上的真實就是我想以文字呈
現的，於是方法寫作就此誕生。某位演員說過，演戲是『在虛幻的場景裡尋
找事實』。我認為就投入過程的方式和最終作品而言，作家跟演員非常接近。
差別只在於演員透過動作和言語呈現，作家則是透過文字。」

上述寫作方法可能有多種變形。麗莎·韓內特表示：「真實生活中的渴
望，也以同樣的方式運作。這種渴望有時跟感情有關，卻不見得總是如此，
但是難以忘懷又沒有回報的欲望、尚未滿足的欲望，甚至在得知欲望永遠不
可能滿足時，就如同傷疤，都有可能帶來創造性的刺激。你**希望**、你**想要**、
你**渴望**——種種情緒都可能導入小說中轉化；這些情緒也想要說話。」

靈感的輸入形式

一如前述，想像力像貪婪無厭的雜食動物，幾乎什麼都吃，什麼東西都
能化為故事。身為作家，得致力學習寫作的技巧和藝術，主要工作在於架構
想像力創造的東西；這是個永無止境的精進過程，設法打開竅門（卻總有其
他門等待開啟）。然而，寫作過程也包含最初激起靈感的火花，隨著經驗增

達米茲三世的系列畫
作,作家瑞爾西(Cas-
sandra N. Railsea)所
寫的記事卡(1970)。
圖中所繪為瑞爾西的
小說《博啟‧克里斯波
了不起的性生活》(*The
Incredible Sex Life of
Boggie Crisper*)一景。

加,激發靈感的難度也隨之下降——只要別壓抑衝動就好。也就是說,如果
你回應自己的想像力,寫下想法並進一步探索,連最小的碎片也不放過,那
麼想像力也會回報或緩或急的創意水流。如果關閉、鈍化潛意識的熱情,遏
止創意遊戲,意識流也會隨之乾涸。

　　這些年來,我已經養成隨身攜帶紙筆的習慣,連夜燈旁也有,要是我半
夜醒來,便能盡量縮短靈感浮現與記錄下來的時間差。有時我會打在手機上,
但手機電池會沒電,而且可能會恢復原廠設定、刪掉筆記,所以我還是偏好
紙筆。就算是參加典禮或是社交場合上有人在旁邊,我也不管,點子來了就
打斷對話趕快寫。要是乖乖按照社會規矩,可能會喪失重要的東西。畫面、
人物、對話碎片都極容易被周遭環境銷磨。我曾經寫過一本很長的小說《長
鳴:後話》(*Shriek: An Afterword*),大部分內容來自整理過的紙條,都是靈
感游移時記錄下來的;若非我熱心記錄每個想法,就寫不出這本書。這是從
納博科夫(Vladimir Nabokov)那裡學來的,他喜歡在索引卡上記錄;他將想
法或場景片段寫在每張卡片上,之後便能按照章節順序排列。

　　至於靈感來源的種類,以下場景能讓你想想靈感是怎麼來的:

- 家族聚會、家族軼事、家族歷史
- 工作經驗
- 旅遊
- 宗教
- 歷史／研究
- 偷聽的對話
- 朋友
- 環境主題(大自然／野生環境)
- 嗜好
- 其他小說和故事
- 社會、政治議題
- 對特定主題的關切
- 科學
- 報章雜誌
- 圖像(照片／電視／電影)
- **夢境**

以上來源通常可歸類為以下幾種：

- 直接觀察，轉化為故事（例如將真實的細節完整挪至角色的塑造）
- 反應（例如讀完科幻故事後，認為自己可以將同樣概念處理得更好）
- 轉化（例如將不巧聽到的對話片段，用奇幻的方式解讀：「她飛奔穿過閘門」延伸為飛天女子）

　　幾乎身邊所有的事物，都能順理成章變成為進行中的故事或小說的第一道靈感火花，接著點燃第二道、第三道火焰。我在寫橫跨多代的長篇奇幻冒險小說《長鳴》時，我周圍所有的事物都被寫進小說裡，無一幸免。從某位女子的特殊笑聲到報紙頭條，都迅速在我的故事裡落腳。有次我去聽演唱會，還坐在後方的桌子寫作，樂團的歌詞進入我腦中的方式也寫進某個章節裡。那時候，敘事者正漫無目的地閒晃，恰巧聽到一場即興演唱。

　　再舉另一個例子。作家凱莉・瓦力斯（Kali Wallace）曾在《奇幻與科幻雜誌》（ *The Magazine of Fantasy & Science Fiction* ）及其他刊物發表作品。她最近完成一本小說，主角是居住於俄亥俄州的時下青少年。她說：「我利用許

把夢當作靈感來源，要注意夢的邏輯跟故事不一樣。夢雖然可以刺激靈感，但通常沒辦法好好記錄下來，寫成一個除了對你之外、對其他人也有意義的故事。

多收集而來的資料，包括筆記、隨手寫下的東西，其中有一條中世紀初修道院的小道消息，記錄在主題為小冰河時期的科普書中。此外，也有十九世紀歐洲停屍間的古怪傳統、伊斯蘭教古神話、還有從《犯罪心理》（*Criminal Minds*）某一集隨便看來的小事。」她強調，自己的小說「並不是刻意要寫這些事情，完全不是，也不是一邊想自己的故事，一邊閱讀／收看／思考上述這些相關議題」。她會閱讀小冰河時期的書籍，是因為「天氣學這個科學主題很吸引我。有一次，我剛好讀到十四世紀的英國僧侶在氣候突變、連下五年的雨時觀察到什麼，我便把這件事記下來，因為那件事很怪、很吸引我」。多年後，她才驚覺，「我就是需要這個細節，為自己創造的現代奇幻世界增添歷史感與厚度，即便那個故事跟氣候變遷、天文物理完全無關。」

有個事實很嚇人卻也令人暈陶陶：你處於恍如夢境的狀態、深深陷入故事難以自拔時，腦袋可以將所有東西轉化為**正在進行中的寫作計畫**，而且故事還說得通。要是境界再高一點，瞭解哪一種寫作的切入點最吸引你，也可幫助你集中靈感。以下有五點可供參考：

寫吸引你的事物：許多書籍和網路文章提供過來人的經驗，建議你要寫自己知道的事物。不過這項建議有個問題：已知的未必吸引你，就像你可能不想將自己的天賦發展成事業。作家往往得當個善良的騙子，設法在欠缺專業的情況下，讓讀者相信自己是專家。要瞭解不知道的事情並不困難，可是吸引力引起的好奇火花無法假裝。寫不熟悉的主題，需要更多想像力之外的努力——藉此確保你在寫作／非寫作的生活之間取得平衡。此外，有時得繞點遠路，才能水到渠成。如果先寫有興趣的事情，最後可能漸漸回到你所熟悉的主題。傑出的奇幻作家安潔拉・卡特（Angela Carter）曾寫過她在日本的工作經驗；在研究童話故事之後，出版了女性主義故事集《血紅房間》（*The Bloody Chamber*）。

寫個人的事：你要是覺得非寫自己知道的事情不可，就寫個人的事吧。寫自己的人生事件（坦白說，就是寫身邊人的故事），想辦法把事件小說化，這種寫作過程的淨化力量強大，所以靈感源源不絕。個人事件和已知事件寫起來的差別在於，前者較著重個人在故事中的分量，但分量不需太重也能寫成小說。游朝凱（Charles Yu）的《時光機器與消失的父親》（*How to Live Safely in a*

游朝凱第一本小說的北美精裝版封面（2010）。

不可否認的是，小說設定的範圍愈廣，通常能捕捉到更多的元素，且不會偏離主題。

宗教

個人經驗　　研究

環境　　　　　　辛運/機會

家族　　　　　　　　其他文本

在此下鐵軌的聲響
聽到店員問「就這樣了嗎？」
大吼
材頁
魔浴哥哥面襲裹
句語聲
對《哈利波特》的
奇幻元素感到厭煩
想像寵物漸漸變得
跟龍一樣大
迷戀聖書之中
所描述的天使
朋友看起來像是
凌晨跟蹤的殭屍
埋葬家裡的狗狗
結果變成整晚都在探險
父親的舊煙囱
藏著微膠片

小孩的鞋子卡
會補屍
在刺網上
母親少女時期的
相片
小說《夜巡者》的
某句話
遠方黑漆漆的
燈塔

接受度　　想像力　　共感

創意遊戲　　聆聽　　視覺化

＊《神奇之書》將一般作者的通性視覺化

史考特·伊果的〈伊卡魯斯·艾克〉（Icarus Elck, 2013），部分靈感來自老彼得·布勒哲爾的畫作〈艾克〉（Elck, 1558），以及此作品附帶的解說：「每個人都在所有事物中尋找自己／不管在世上何處；命運早已註定；／如果人總是尋找自己／怎麼會迷失？」

Science Fictional Universe），用上個人經驗中的大量細節，為大部頭的架空故事畫龍點睛。「像我爸其實是工程師，非常具有實業家精神，算是我認識的人之中，少數又聰明又好奇的人。我媽是佛教徒，很愛擔心。」不過，自我坦白或極為私密的寫作要能冒出頭來，往往需要時間消化——書寫距離自己太近的事情，可能會阻礙靈感。朱中宜（John Chu）的作品可見於《波士頓書評》（Boston Review）和《艾西莫夫科幻雜誌》（Asimov's Science Fiction）。他提到自己一直要等到「母親過世六年後」，才有辦法處理極私密的故事〈重心愛〉（Restore the Heart into Love）中的素材。「即便如此，我寫這個故事時，還是不時在各場景穿插了『你看，太空船！』」

寫讓人不舒服的事情：私人／非私人的有趣主題可能會困擾你。如果你刻意逃避某個主題或方法，原因有二：一是你認為那種觀點不會寫出有料的作品，二是因為動手寫那主題，得將自己的祕密公諸於世。如果是後者，問

焦點 ： 史考特‧伊果

研究其他媒介的創作者的創意流程，有助於寫作。改變視角，能幫助你用全新的角度審視靈感。若將他人的創作過程化為寫作，也能有所收穫。以下為藝術家史考特‧伊果創作〈伊卡魯斯‧艾克〉（Icarus Elck）的過程。

「以我來說，繪畫或其他各種創作過程，就像家有青少年，或是出車禍。在創作中，如果有人喊停，叫我解釋我在做什麼，或問我：『你的作品有什麼意義？』答案很簡單，我會說：『等我過了這場劫難沒死，再跟你解釋。』艾克這名字出自老彼得‧布勒哲爾（Pieter Bruegel）的同名畫作，代表『人人』。他的主題在說，我們所有人都會到處觀看，到處投射，想要找到自己，卻是徒勞。手持蠟燭的男人形象是從拼貼藝術書籍看來的。看到他，我

會產生以下的聯想：他看起來在找東西，此外，我還想到馬克斯‧恩斯特（Max Ernst）的拼貼、鍊金術士的朝聖、歌德的《浮士德》（Faust）。在我看來，這代表跨出漂泊旅行的第一步：面對未知事物，並且最好在旅途中瞭解到「我就是這樣的人」，進而使對抗意識得以昇華。這系列對我而言是對抗的開始，我作品中有個一貫的對抗主題——龍捲風。以超級簡化的方式來說，龍捲風代表我無法控制、預測的東西。為了達到概念上、程序上的抵抗，我決定先將數位檔案圖像套印到油畫和素描上，再印到紙上。紙是自己找來或別人給我的，之後反覆踩蹬，拿去自動繪圖，我也會跟別人聯手破壞。最後再把數位圖像輸出到破破爛爛的紙上、油畫上、拼貼上，如此形成全新而獨特的作品，相異的形體和質地並列共陳。◆◆

題並非靈感，而是你怎麼看待讀者。

跟你說個好消息：你不用跟**任何人**分享自己的作品。艾蜜莉·狄瑾蓀在世時幾乎不公開詩作，現在卻永垂不朽。如果你特別喜歡寫令人不快的主題，先假設是**為了自己**而寫，這樣較有幫助。任何有關發表的決定，都不能跟一開始的決定性考量（及自由）混為一談。忽視令人不悅的主題對自己的吸引力，可能會阻塞想像力。克蘭·基爾南（Caitlín R. Kiernan）最近的幾本小說，從令人不快的主題擷取力量，算是很好的例子，其中《溺水的女子》（*The Drowning Girl*）處理了棘手的自傳性素材。這樣的小說不僅私密，還從作家的生命擷取可能讓讀者十分不舒服的元素。

看到什麼就寫什麼：有些作家非得在混亂中尋找靈感。或許你需要刺激，才能進入狀況，例如你看見小孩牽著戴遮陽帽的鴨鴨時，可能會刻意告訴自己：「鴨子、帽子、小孩，我都要寫下來！」其實你只需要意外以及非預期的靈感片刻就夠了。突如其來的驚嚇，也就是某種日常的混亂，能催化你的寫作，寫出有趣、具私密性或令人不悅的故事。

自己挖掘練習主題，或尋找外在提示：有些作家為了找到靈感，得透過某種規格的寫作練習。什麼樣的練習呢？像是自己出的技術性練習，或者接受編輯、審稿人的建議，例如隨便選張照片，寫個故事。說到外在提示，可以提一提獲獎作家傑佛瑞·福

莫莉·克萊伯普重製達利的〈掙扎〉（My Struggle），原圖取自 Brain Pickings 部落格（2012）。

寫 作 挑 戰

如果你突然瞥到這張一九○○年左右《青年》（*Jugend*）雜誌的插圖，你能看圖說故事嗎？現在就開始寫吧。

特（Jeffery Ford）的例子。他的作品收錄於《牛津美國短篇小說選集》（*The Oxford Book of American Short Stories*）。通常他接到特定主題選集的邀稿時，寫得最好。或許別人限制他「就寫這個吧」，挑戰他說故事的方式，反而讓他有所收穫。有時限制反而能激發想像力。我和妻子開過一個寫作坊，其中一位芬蘭作家麗娜·利迪達洛（Leena Likitalo）寫了一個練習的故事〈窺伺者〉（The Watcher），後來一字未改刊登在《怪談誌》（*Weird Tales*）上。像超現實主義這樣的文學運動，以及「烏力波」＊寫作派主張的寫作方針，都提供了大量寫作練習的機會。

以上這些方法互有關聯，可觸類旁通，就像蜂窩內有相通的隧道。你自己要練習的心法是考量每個項目如何觸發寫作靈感。只要第一道火花產生，你大概就會發現自己可以串連不同項目的靈感，但你對各個寫作可能性的看法也會改變，從無感或負面變為正面。過一陣子或許就需要改變最初的步驟，因為缺乏靈感通常代表你潛意識覺得無聊，需要接受新的挑戰。

依據過來人的經驗談，寫私密主題需要保持距離，這點也需要再斟酌——不管一開始的靈感是什麼，可能都需要保持距離。比方說，如果研究某個題目時點燃了靈感火花，你可能要花時間將所學消化，才能寫出來。「保持距離」這個概念本身帶有一層含義：你必須樂於接受——在內化外部世界的同時，也要**脫離**自己的寫作主題，才能有效率地寫作。要細心觀察，留神注意，也得讓腦袋的某些區塊以作家的方式運作，處理刺激。

普立茲獎得主尤諾·迪亞茲（Junot Díaz）曾經跟我說：「發生在自己身上的事，我完全沒辦法直接寫出來：必須將事情解構成陌生的模樣才行。要先充分改變，我才能『遊戲』其中，自由發揮。我創作是因為不想坦誠面對

＊「烏力波」（Oulipo）：Oulipo 是 Ouvroir de Littérature Potentielle 的縮寫，意為「潛力文學工作坊」，是一九六○年法語系作家及數學家創立的鬆散組織，主張藉由系統化、架構限制的寫作技法，來刺激靈感，啟發創意。代表人物有數學家弗朗斯瓦·德·李歐奈（François Le Lionnais）、作家雷蒙·格諾（Raymond Queneau）等人。

網路超現實遊戲和烏力波寫作練習

人生——如果我過著法庭速記般的生活，就沒有遊戲的餘裕，紙上文字也就因此失去生命力。全靠著遊戲，我才能想出事物之間的奇怪連結。遊戲時我構思的細微結構慢慢活了過來，那是情節開展的最好時機。」

　　保持距離，也代表作家需要暫時抽離，好讓故事在腦中成形。凱琳‧洛瓦基表示，她「經常做白日夢，不管是做瑣事、坐地鐵、使用跑步機時都會。我認為這極有必要。但也不必非把一個想法或故事想個透徹，而是讓自己完全沉浸在想法、小說的感受及氛圍之中，讓心思活在我想創造的世界裡，摸索紛亂的可能性，或是隨意幻想我的角色可能會有什麼對話，以及沒有對話的場景。我會在夏天散步，讓自己反覆做一樣的事，同時讓思緒翻飛如風箏。有個主張自然療法的醫生告訴我，並非所有冥想都需要靜靜坐著，盯著牆壁放空，有些人透過『散步冥想』得到心靈平靜。我聽了恍然大悟，明白那對我的創作過程非常重要」。

　　別忘了以下這一點也很重要：個人靈感也可能來自普遍的文化認同。出版《山怪》（*Troll*）的芬蘭作者尤罕娜‧西尼沙羅（Johanna Sinisalo）曾說過：「我的人生有大量時光幾乎都在森林裡度過。芬蘭人認為野外沒什麼好怕的，那是一個可以汲取營養、冒險又平靜的所在。我的許多作品處理人類與環境的關係。」要注意自己通常用什麼方法創造故事；補充故事養分很重要，不但能提升寫作品質，也能讓自己心靈平靜。

自然與小說

「那是什麼」、「如果做了會怎樣」：不可說的美麗

凱倫‧羅德（Karen Lord）是個作家，也是巴貝多（Barbados）的研究員。她的第一本小說《靛藍贖罪》（*Redemption in Indigo*）獲得世界奇幻獎提名，並贏得法蘭克‧克利摩爾文學獎（Frank Collymore Literary Award）、威廉‧F‧克勞福德獎（William F. Crawford Award）、神話幻想獎（Mythopoetic Award for Adult Literature）。她的第二本小說《可能世界中最好的那個》（*The Best of All Possible Worlds*）由戴爾瑞（Del Rey）出版社於二○一三年推出。

我是作家——護照上是這樣登記的。寫作可以當嗜好、技藝、職業，甚至可能是無味的工作。我發現寫作這份工作涵蓋範圍很廣，尤其是我原本按照學術寫作的規格撰寫研究報告，轉而構想小角色在大框架之下的發展及重要性。到頭來，不論寫作風格或目的，不管是小說或非小說，我的工作就是書寫，我要用文字說什麼，文字就得表現出來。有時，我利用文字呈現事實，有時是真相，有時我則想讓其他人看到不可說之美，那和真相之美一樣富有詩意。

寫作的藝術包含真相與神祕。寫作確實和其他技巧一樣，需要學習、練習、改進。關於寫作的書籍、文章、老生常談，提出了許多風格技巧的規範和指南，要多少有多少。然而寫作依舊神神祕祕，是解不開的謎題，更不是可以分析、應用的單純過程。寫作是不可說的神祕，只能嘗試、體驗。如果是寫報告，「知道多少寫多少」的建議簡單、實際、有用，但如果是寫小說，就不夠用了。把事實轉為虛構並非不可能，例如你可以直接把生命事件、科學發現放進情節。然而作家更富有一種特殊能力，能說出他們理解程度之外的故事。

小說是一種過程，神祕事件，包含知識和想像。若有一道光譜起點為詩、終點為統計，小說便落在其中某處。小說是藝術，繼承真實世界的形式與形體，再以全新的感知回頭檢視：從不真實的那一面，以及潛意識的光影、質地、分量來看這世界。

許多故事只能從自己所知的層面出發。珍‧奧斯汀寫她的生命經驗，寫她身邊人的故事：那是音樂盒般的世界，都是那些階級的人，隨著類似的婚姻負擔起舞。只要有熟悉的背景知識、一個小舞台，故事材料就算完備。作家若充分自我檢視、觀察入微，便能生動如實地描繪愛與喪失，家人與童年，成長與衰老。換句話說，就是描繪成為人、作為人，在人群中究竟是何種經驗。這是文學版本的靜物畫：描繪尋常場景中的日常事物。

寫作時，利用知識勾勒線條，加上特殊質地及顏色帶出變化，讓小說不只是「把事實再說一遍」。跳入意外而未知的領域，就像把照片轉為發夢般模糊的印象派畫作，或是立體派素描那有稜有角、不知所云的平面。藝術上的矛盾於焉誕生：如果無法從所謂的「真實生活」觀點理解一個意象，那意象會比現實更能召喚現實。同理，以平面為媒介的藝術如寫作，更需要原原本本的事實，以點亮真相。

瑪麗‧雪萊（Mary Shelley）的《科學怪人》超出她所知的範圍，當代歷史不可能預知那樣的事情。她結合電擊假說和解剖，再加上自己的臆測、戲劇成分和恐懼元素。科學怪人不只是無生命的人體獲得生命甦醒的故事，也並非

擠滿無聊助教的枯燥實驗室。科學怪人是孤獨天才將解剖取得的四肢和器官組合起來，以閃電的原始力量對肉塊「施法」。瑪麗・雪萊在書中重新審視珍・奧斯汀一貫的追求過程，以社會認可的方式尋求伴侶。瑪麗・雪萊將此譜成求偶悲劇：不該創造出來的怪物及不該結婚的新娘。

瑪麗・雪萊所寫的真的屬於未知範圍嗎？寫作時，她正值孕期，之前孩子過世。她自己可說是科學怪人本人——能夠創造生命、擁有某種奇蹟能力，可將生命和靈魂注入血肉與骨骸之中。不過，她也見證及注入生命相反的情況，如果生命和靈魂真的離開，再也無法喚回，打雷閃電、傷心失望都沒用。瑪麗未婚，保守的社會刻意避開她，她還跟一個不適合一夫一妻制的男人在一起。這樣的瑪麗應該瞭解對配偶、家庭的渴望，更明白渴望無法達成的感受。她將自己所知的事物打碎成細小的片段，看起來一點也不像她的人生，再將這些經驗片段重組成想像的嶄新故事。

瑪麗的寫作方法包含各種已知事實，大力撼動常規的牢固邊界。讀者無法自拔，因為作品張力來自書中的不確定性、不守規矩，也因為讀者明白作者可能寫一寫就罷手離開（並非把你留在祭壇上，這還在預料之內），你會被困在已知世界邊緣的浮冰上。

拿科學怪人和達西先生相比，或許會讓我顯得對推想小說（speculative fiction）很有偏見，但我認為自己多少能為此辯護。在歷史上，每個社會都會透過「如果……會怎樣」這個問題檢視美夢與噩夢，既是好玩的胡說八道，也是灰暗的偏執。在處理未知的過程中，誕生了童話故事、聖經，甚至文學。當然並非每位作家都會拿「猜測」當寫作工具。所謂的「未知」，不一定非得是超自然；可以奇幻，可以寫實。關鍵在於，這個未知要和已知產生某種程度的連結。小說角色代表的是拐了彎的人生，代表平行宇宙中的另一個自己，因為時間的不同、危機的產生、工作選擇的不同而產生分歧。那個角色的故事，可以完全扎根於可觀察的現實中。故事扎實得很，一點也沒變形，不管角色變成了父親或囚犯，還是巫師或甲蟲，分量都一樣。

編寫故事感覺很像集中心力表演，要扮演不只一個角色，還要探索世界、發掘常識以外的領域。造訪異地和訪問，能問到嘖嘖稱奇的內容，不過我們有些人永遠也無法如此全盤浸入。不管再怎麼研究，有些人就是全然不知何謂教養、何謂囚禁，也不知道魔法，不懂怎麼用六隻腳竄動。不管是新手或專家，總會遇到那麼一刻，需要發揮想像力，透過角色習性、情節需求、故事設定，過濾或多或少的已知訊息。不管表現得無趣或神奇，角色是靈魂的象徵，情節是具有風格的人生浮世繪，設定則往往來自灰暗的想像力，甚至是更為灰暗的記憶。這些薄弱的呈現，也以某種形式賦予深刻的含義。藝術家利用陰影、線條、角度，就能在平面畫布上創造立體的假象，這種技巧，作家也擁有。

小說是試驗場，讓你提出「如果……會怎樣」，在場上發問會比抱持肯定的態度走得更遠。你不但可以探索，更應該主動探索。接受挑戰，書寫未知，自己同時成為學生，也成為老師。你利用調查、想法的實驗、觀察研究及全然的運氣，創造出多層次、質感豐富而真實的作品。有時候，走向如你所預測，有時跳脫意識的掌握。這是內容與過程的不可說之處，非常美麗。◆◆

參考作品

Holmes, Richard. *The Age of Wonder: How the Romantic Generation Discovered the Beauty and Terror of Science.* New York: Pantheon Books, 2009.

Shields, Carol. *Jane Austen.* New York: Viking, 2001.

想像力的奇異之處

　　想像力通常會使人開心愉悅，卻也十分奇異、變態、令人不快，有時更是嚇人。然而，我們不該逃避想像力的黑暗面。如果你想像出的美好事物合理又能派上用場，那麼想像出無法解釋又狂野的惡事，也具有同等功能。

　　若你願意認真想像，不管什麼念頭或點子都來者不拒，運用在小說裡，這樣就是對靈感**臣服**。接受靈感的全部，不光是喜歡有趣的部分。此時，你可能會被巨大的力量掌握。你的顯意識甚至會嘗試審查自己的想法，但這種冒險舉動侷限了心靈容納外來、邪惡、殘酷面向的能力。

　　舉個直接的例子：我的想像力以擾人的方式運作，才讓我寫出〈馬汀·雷克的風格轉變〉（The Transformation of Martin Lake）這篇故事。走過一段創傷情緒期之後幾年，我開始夢見一個模糊的人影。在夢中，我靠近一間房子，手臂伸過紗門上的洞。那個模糊人影打開門，抓住我的手，逼我攤開手掌，用刀子猛然刺進掌心。他會刺上好一陣子，我也讓他繼續刺。這種接近

〈水平線〉（Horizon, 2017），亞曼多·維維（Armando Veve）。創作者表示，他的取材範圍無所不包，「可能會用到卡通、植物插圖、北方矯飾主義雕刻（Northern Mannerist engraving）、現代風的家具設計。我再透過繪圖和拼貼，把素材延伸、變形，化身為新作品的『結締組織』。」

真實痛感的暴力夢境，是我夢過最激烈的了。這夢做了一陣子，我再也無法忍受，必須有所行動。於是，我將這場景寫進〈馬汀・雷克的風格轉變〉中，後來成了故事的主要場景之一。一旦把夢寫進故事之後，我就沒再做那個夢了。這篇故事之後獲得了世界奇幻獎。

將潛意識的東西直接寫成故事是一回事，然而大多數時候，潛意識只負責起個頭，期待作家自己找到弦外之音。我的小說《滅絕》（*Annihilation*）改編於我自己的夢：我在半露出地表、半隱沒的塔中，沿著螺旋梯往下走。塔內的黑暗被不明光源照亮。走著走著，我很快就發現彎曲的石牆上寫著英文，大概是成人身高所寫的高度。那些字不是用墨水或噴漆書寫，而是用某種活體組織寫在牆上。我愈走愈深，發現字體有點晃動，而且字跡愈來愈**新鮮**。我一陣驚慌，明白過來，不管是誰、是什麼在寫字，**都還走在我前面，仍然繼續寫著**。我愈來愈深入，最後看見一道光，在樓梯下一個轉彎處發亮。我即將知道那些文字從何而來……就在那時，夢醒了，我馬上寫下來，再衝到電腦前做筆記。

以某種意義上來說，那是我的潛意識給意識「交貨」，也可以說，我的意識嚇阻潛意識：「夠了——不用多說，剩下的我自己找。」而我的潛意識也相信，不管夢境有多怪異，**我都不會逃避，我會採取後續行動**。

不過，體驗這種情緒的時間不盡相同——頓悟有可能遲來。我二〇〇九年出的小說《芬奇》（*Finch*）有個搞革命的角色，綽號藍夫人。第一次遇見真人版藍夫人，是我一九九六年去英國的時候。那時她在地鐵裡當街頭藝人賣 CD。我不經意地看見她，在微暗的通道上，在趕車的路上，她的歌聲聽起來簡直如夢似幻。我猶豫是不是要停下來跟她買 CD，但因為趕時間，後來沒買。我心裡一直有好幾個問題：「CD 聽起來怎麼樣？跟她現場唱得一樣好聽嗎？她是不是知名歌手，閒來無事上街頭賣藝？她叫什麼名字？」

四年之後，我坐地鐵要去波士頓，車上發生一些事，讓我想起那天在英國地鐵發生的事，也讓我想起藍夫人。突然間，我的潛意識替她想出完整的生平。我在地鐵上整整花了半小時，記錄在心中自動浮現的故事。在我還沒意識到，藍夫人已經成了奇幻故事中龍涎香城（Ambergris）的反叛軍領導，她的童年、她的成人生涯我一清二楚。要是當初在倫敦有時間停下來跟她買 CD，得知她的名字和背景，我還會想出這些故事嗎？大概想不出來吧。

考量的時間推遲愈久，愈能涵納更多激烈的轉變。記得我在前言提到的兩個童年事件嗎？斐濟的棘冠海星，以及祕魯飯店窗邊的蜂鳥。我一直想辦法解釋這些事情，不過事情慢慢合在一起，出現在〈曼柯・圖帕克幽舞〉

一條走了十五年的步道，後來竟轉化為小說設定。如果我的潛意識想往非理性且怪異的方面探索，某部分的我確實有本事利用寫實又個人的材料，來包裝怪異的主題。

右頁〈令人窒息的果實在那裡〉(There Lies the Strangling Fruit)，伊維卡・史迪法諾維奇。

There is always a tension between
wanting to see more and needing
to pull back before you see too much.
想看又不敢看，一定會有所拉鋸。
讓想像力活動，帶你走向黑暗……
Leave space for your imagination to lead you dark places...
那裡有來自罪人之手、會勒死人的水果，我將帶來死亡的種子，與蠕蟲分享……
Where lies the strangling fruit that came from the hand of the sinner
I shall bring forth the seeds of the dead to share with the worms that...

（Ghost Dancing with Manco Tupac）這篇故事中。故事發展到後來，奎楚阿的嚮導帶領一個上年紀、很像西班牙征服者的角色穿過安地斯山脈。這名嚮導見到異象。在初早的陽光中，「西班牙征服者的馬匹小心翼翼，踩過石板參差的古老印加道路。」嚮導看見「一群漆黑的蜂鳥繞著征服者的頭部，像是他所信奉的基督之神所戴的棘冠」。我打草稿寫到這一句時，點燃了兩道童年往事的火花，我的潛意識結合兩個意象，給了我一個微小而優雅的答案。

距離不會影響記憶幻化、激發創造力的強度。作家凡達娜・辛（Vandana Singh）說：「我在寫一個故事，毫無預警地就召喚出一個童年場景，非常鮮明。那天我放學從公車站走回家，看到妹妹在跟朋友玩，還看到盛開的鳳凰木下有隻狗。我當時不明白，但現在懂了。這些年來我一直記得那個畫面，是因為我突然察覺到時光的流逝。那個畫面跟我在寫的故事有關，但我絲毫不知道那個場景就要被挪用，實際寫出來之前我才明白過來。」

有時一陣變了形的靈感襲來，的確可以拯救開始動工的小說，比方說我那遙遠未來的小說《地下之城威尼斯》（*Veniss Underground*）。我的主角闖進地下器官移植集團拯救愛人，但是我無法想像那個地方

出自《約克大教堂》手冊（1897, 倫敦），繪圖：亞歷山大・安史泰德（Alexander Ansted）。

的模樣。不知為何，要是想不出來器官銀行的樣子，後面就沒法繼續寫，於是好幾個月都撇下不寫。後來我跟太太一起參觀英國約克大教堂（York Minster cathedral）。那裡比倫敦西敏寺還要古老，我們一進去，我順著一排圓柱看見高得嚇人的天花板，手臂上的汗毛豎起直發抖。那些柱子看來像是多根捆在一起的管子，真是前所未見。我從沒看過那種東西，頭皮都刺痛起來了。我可以感覺體內有什麼往上竄，器官銀行漸漸活生生出現在我眼前。

後來我拐過一個轉角，看見有樓梯通往牆邊的門窗，窗上有木條，那時我像是腦袋爆炸般無法呼吸。我看見自己筆下的主角像我剛才那樣繞過轉角，走到有著同樣階梯的小房間裡，目擊但丁《神曲》般的地獄場景。在我的想像中，那小房間延伸出去，通到較大的房間，室內掛著腐爛程度不一的人體。隨著這幅景象開展的同時，教堂的其餘部分也隨之轉變，柱子運輸血液，柱上的聖人雕像變成嵌在裡頭的軀體，而天花板的裝飾都變成飄浮的監視器。我站在原地筆記良久，寫出那些被**寫進**我身體的文字。我跟不上腦中浮現意象和想法的速度，需要更多紙張，一刻也不能停下來。那些東西一傾而出，化為真實。

要是幸運的話，你的寫作生涯中大概會出現五到六次這種情況。我只能說自己徹底為此魔法般的異象所捕捉。不管我寫了什麼，都是我當下血肉之軀體驗的幻影、鬼魂、殘響罷了。不過以宏觀的角度看來，此經驗使人回想自己為何寫作：寫作是為了那些微小卻深遠的時刻，在那些時刻你突然瞭解不是自己在寫，而是**被寫**。以我為例，在約克大教堂的半小時帶我走過最難走的部分。雖然還有許多苦工等在前面，不過已經看得到盡頭了。

盲目靈感時期創造出來的東西，不一定優於瓶頸期的產出。大家都知道無法寫出腦海中的景象，有多令人失望。但以愛情關係為例，要不是有時會陷入熱戀，你怎麼繼續下去——何況有時談談戀愛會有實際的結果。一九六○年代的另類作家卡珊卓拉・瑞爾西（Cassandra Railsea）曾經說過：「即使在小說中表達焦慮、挫敗、絕望，也還是一種尋求樂趣的形式。這樣的表達具有淨化的功能，如果沒有，起碼能使痛苦顯露出來。」

約克大教堂化為《地下之城威尼斯》波蘭版的書封（2009）；繪圖：托馬斯・馬隆斯基（Tomasz Mronski）。

寫作卡關

馬修‧錢尼（Matthew Cheney）的作品曾刊登於以下網站或媒體：《英語雜誌》（*English Journal*）、「下一個故事」（One Story）寫作網站、「連接」創新寫作網路論壇（Web Conjunctions）、《奇特的地平線》（*Strange Horizons*）週刊、《好好失敗》文學雜誌網站（Failbetter.com）、《意象魔法師》（*Ideomancer*）線上雜誌、「浮躁狀態」地下團體（Pindeldyboz）、《雨天計程車》（*Rain Taxi*）書評、《軌跡》（*Locus*）雜誌、《科幻小說網路評論》（*The Internet Review of Science Fiction*）、科幻與奇幻小說網站（SF Site）。曾任《美國最佳奇幻作品》（*Best American Fantasy*）編輯。現於普利茅斯州立大學教授英文、女性研究、傳播與媒體課程。

　　過去，我以為「卡關」是一道真正存在的關卡，就像小時候玩的積木，上頭寫了字母。儘管後來我才瞭解真正的意思，我覺得這樣想還是有點作用。想像所謂的寫作卡關是一道牆，近看外觀堅固，牢不可破，但要是願意用力推，製造破壞，牆是有可能會被推翻的。這樣一來，便產生以下幾個相關的想法。

1. 卡關可以是自我設限，也有可能是事實。席奧多爾‧史鐸金（Theodore Sturgeon）經常抱怨自己寫到卡關，卻寫了非常多短篇，多到可以出十三本書。要是史鐸金哪天在咖啡店遇到《紐約客》的作家喬瑟夫‧米切爾（Joseph Mitchell），會發生什麼事呢？米切爾寫過《喬‧古爾德的祕密》（*Joe Gould's Secret*），書中主角深受卡關所苦。一九六五年這本書出版後，直到一九九六年米切爾過世為止，他每天都去自己在《紐約客》的辦公室，卻什麼都沒寫。

2. 還有提莉‧歐爾森（Tillie Olsen）。她是非常傑出的短篇作家，主要作品是一本小書《說個謎語來聽聽》（*Tell Me a Riddle*），收錄四篇故事。她還出版了一本沒寫完的小說，從十九歲開始動筆，稱為 *Yonnondio*。此外還有一部非小說作品《沉默》（*Silences*），討論是什麼原因讓作家無法繼續寫作或出版，尤其是女性／貧困作家。她寫了什麼、不寫什麼，都讓她出了名。這樣的她成了珍貴的象徵，指出社會不平等，剝奪作家專心寫作所需的時間和金錢。《說個謎語來聽聽》引發一陣好評，即便是最偉大的作家，也無法跨過多年來她的讀者設下的期望門檻（參照：拉爾夫‧艾里森〔Ralph Ellison〕和哈波‧李〔Harper Lee〕）。藉由拒寫，更強化她神祕作家的面貌。

3. 不管是哪一種藝術家，都可能被期望毀滅。期望像是抱負的表親，不過抱負又是另一回事（算是遠親）：抱負是希望自己比別人都好，

希望自己的技巧能與最厲害的前人匹敵，希望讓自己的美學毫無瑕疵，代價在所不惜（變得性格傲慢、友誼及家庭崩壞、自我厭惡）。抱負像燃料，讓作家衝出遠大的成就。相較之下，期望更為沉重，在腦中放送不切實際的廣播。如果你有抱負，會聽到：「要寫得很好喔！」期望太高，則會聽見：「一定要寫得很好，不然就是個屁。」

4. 山謬爾·德雷尼在評論集《右舷的紅酒》（*Starboard Wine*）寫過一篇評論史鐸金的文章，主張科幻作家和「自以為純文學」作家的決定性差別在於修稿態度。他提出許多理由，堅稱下苦工修改作品的形象，對科幻作家而言不太重要，但若作家想在文學（或學術）上受人推崇，便會採取完全相反的行動。話說回來，任何人想靠寫作過活，最好速度快、產量高。這種情況在類型寫作的領域更為人所接受、鼓勵，不過文學可敬度高低就不是這樣衡量了。喬伊思·凱蘿·歐慈（Joyce Carol Oates）出版過數百篇短篇、五十多本小說。受訪時，她的步調經常受到質疑，書評更是對此「另眼看待」。幾乎每個不喜歡她作品的評論者都會質疑她是不是寫太多、寫太快。若非是知名文學獎的萬年提名作家，根本不太會被問到這種問題。像喬治·馬汀即可證明，許多讀者不會大聲疾呼，要作家耐住性子、慢工出細活，而是寫快一點。

5. 在研究寫作卡關的資料時，我在想為何多數資料來自充滿聖光的純文學領域。當然，各文類作家都會承認有時寫得很痛苦，寫特定作品時尤其如此。不過根據本人不科學的調查，我所見的專訪或傳記都無法確認，知名類型作家的卡關經驗是否跟已建立些許文學地位的作家一樣公開。前者少見，可能在於類型作家較少出版傳記、接受訪問（像《巴黎評論》〔*The Paris Review*〕那種刊物上的傳記或訪問，確實比較有助於建立地位）。但我認為德雷尼有一個地方說對了：類型作家和文學作家之間有差別，他們對於何謂有益理解不同。先不論卡關對寫作為生的人造成收入困難，事實是：這一百年來，類型作家幾乎沒法光靠少數作品維持名聲；文學作家要是多產，也幾乎不能避免隨之而來的質疑與輕蔑。

6. 卡關這種事很少發生在我身上，因為我對自己的作品沒什麼期望。就算有，我也不認為我的作品必須歸到什麼文類。各種想像得到的文類我都寫過，就算沒什麼天分的也照寫，像新聞就是一例（記者要打電話跟人談話，但我討厭電話，梭羅也是。此外記者還得查證，那很煩，跟打電話和工作一樣煩）。大概因為這樣，我喜歡葛楚·斯坦（Gertrude Stein）的《如何寫作》（*How to Write*），它跟其他寫作書完全不一樣，自成一格，什麼都像、什麼都不像。這種怪書很對我的胃口，書中不會教你怎麼在三個月內寫出暢銷書，或是教你怎麼找經紀人，怎麼讓詩押韻。但裡面有這樣的段落：「這裡有三句，請照樣造句。這裡有三句，請勿照樣造句。」我最喜歡她這個寫作建議：「別管文法了，你吃過馬鈴薯嗎？」

7. 如果你問我：「要是有截稿期限怎麼辦？」很高興你問了，因為我也不知道。比方說，我現在寫的這篇就有截稿期限，雖然不是很急，有幾週的時間，不過再過幾週我會很忙。如果我想快點寫完，最好現在別再拖延。但寫作卡關這種東西要怎麼寫？用寫作討論不寫作，這題目本身就很矛盾。除此之外，還有個實際的大問題：我說的其實都沒用。我不是你聽過的大人物，也不是你關注的什麼人，看看我寫了什麼東西！垃圾！誰都寫得比我好。我的文章沒有意義，過度簡化又愚蠢，文章沒有想法，

什麼也沒溝通到。如果硬是寫完一定會被退稿，那我還寫個屁？簡直是垃圾！就是垃圾！

8. 我學過最受用的寫作課程，是紐約大學的「進階闡述課程」。講師要求我們讀《聖境預言書》（*The Celestine Prophecy*），因為他熱切相信學生必須知道什麼才叫寫得爛。老師說得沒錯，真是醍醐灌頂，不管我再怎麼努力，也沒辦法像詹姆士·雷德非（James Redfield）寫得那樣爛，也沒辦法像他靠那本書大賣。不管了，我們不是在講銷量，我是在擔心自己不是莎士比亞、喬伊斯、葛楚·斯坦或其他令人嘆為觀止的作家，比如布希納（Georg Büchner）。他去世前留下兩齣史上最傑出的劇本《丹頓之死》（*Danton's Death*）、《沃伊采克》（*Woyzeck*）、一本原創性驚人的小說《藍茨》（*Lenz*）、娛樂效果十足的諷刺喜劇《萊昂斯和萊娜》（*Leonce and Lena*）、激進的政治手冊〈賀錫安快遞〉（The Hessian Courier），以及一篇前無古人的科學論文，主題竟是尋常河魚的神經系統。布希納過世時才二十三歲，跟我同一天生日。每次我忍不住跟自己抱怨：「布希納在我這年紀，都已經死了十四年啦。」這時就會趕快看看自己的作品，安慰自己：「也沒比《聖境預言書》差啦。」

9. 有幾個重大期望愈早放棄愈好，其中一個是原創性。你沒有原創性。世界上最沒有原創性的人是蘇美史詩《吉爾伽美什》（*Gilgamesh*）的國王。他不用工作，不用查證，也沒有電話，所以負擔比後世所有人都來得輕。你還該感謝他呢。原創性負擔重啊。

但你會說：「大家都在想辦法搞原創啊。」這可能也對，但沒事擔這麼大的責任做什麼？把原創性標準拉這麼高，你還有辦法寫東西嗎？當然還是有可能，畢竟我懂什麼呢？我又不是全知全能，我連你這位讀者都不認識呢，

或許你就是吉爾伽美什。

10. 什麼都能寫，真的。寫點什麼，什麼，什麼，什麼，什麼，什麼。葛楚·斯坦。什麼，什麼，葛楚什麼。葛楚，葛楚，斯坦什麼。什麼，什麼。嗝——

11. 但是不寫也不會怎樣吧。你會說：「你是說我應該閉嘴囉？」我不是那個意思，抱歉，那樣說沒規矩。我知道卡關很可怕，就算你是其他藝術家，卡關也一樣可怕。我二十出頭對寫作感到幻滅之後，我以為寫作可以讓我成名致富，受人喜愛。除了爛詩和膚淺的學術寫作以外，我什麼都寫不出來。卡關時間大概一年，我躲起來，想要掃除破碎的期望、抱負、欲望、夢想。那是我人生最低潮的時期之一，感覺到體內還有文字，還有等待組合的句子，還有等待填補的結構，但我寫出來的東西看來都很拙劣、生硬、做作、斷裂、幼稚、愚蠢、虛弱、平淡。有陣子我什麼都沒寫，連爛詩和膚淺的學術論文也不寫，因為看到拙劣生硬做作斷裂幼稚愚蠢虛弱平淡的拙作，讓我自我厭惡。我想要逃離，看著世界毀滅。我討厭自己有所不足，無法成功。寫作讓一切無所遁形，暴露在紙上，充滿恨意和苦澀的墨水瞪視著我。我難以忍耐。我不寫了，我閉嘴了。這是最接近死亡的時刻。

12. 隨著時間過去，我再度找回文字。隨著時間過去，我不再討厭找回的文字。隨著時間過去，我學會放棄期待自己只用某種方式、文類、風格或模式寫作。我不再關心自己創造出來的是不是藝術。有些人只因為能寫出某一類作品就很開心，但我不是那種人。一發現這點，我就放開自己的侷限，不為了工作、原創性或為擊敗布希納而寫，我再也不會卡關。這個經驗讓我學到，要突破寫作障礙，得先認清

身為作家的那個自己。瞭解那個自己之後，還要接受自己。你不是莎士比亞、喬伊斯，不是葛楚・斯坦，也不是史鐸金、米切爾・歐爾森，不是芙蘭・雷伯維茲（Fran Lebowitz），也不是雷德非。不管是好是壞，你就是你。

13. 大衛・馬克森（David Markson）是極具原創性的美國作家，寫過一系列小說，將尋常生活片段散落於大段事實與引文中，多半與作家藝術家有關。這系列之中有一本叫《讀者卡關》（Reader's Block），書中有許多小段落，像是「笛卡兒出生在稻田裡」、「克莉絲汀娜・羅賽提（Christina Rossetti）差點沒做過就死了」、「康德說，沒什麼令人滿意的證據可證明真有外部世界存在，這可是哲學圈的醜聞啊」。《讀者卡關》開頭出現這句話：「小說到底是什麼？」此問題引導後續的閱讀，讓形式更具說服力。這也是個好問題，讓你思考自己在寫什麼文類。以方程式來比喻，可寫成「X到底是什麼」的問題。你可以討論文類本身（X＝線性描述），討論自己的期望（X＝刻畫完整的角色），這些未知數都在扯你後腿，讓你寫不出來。或許你應該自己列算式，多添幾個變數。為什麼不把小說寫成詩？把短篇寫成散文？把便條寫成歌詞？為什麼你不試試看？

14. 我電腦裡有個資料夾叫「失敗之作」，大概是十年前建的。我用過好幾台電腦，資料夾都還在，我想之後可以從頭來過，至少撈點什麼碎片回來另起爐灶。不過我從來沒這樣做過，從來沒有讓失敗的作品回魂。我大可把那些作品刪掉，不過我很慶幸沒這麼做，而是收進那個資料夾；東西寫壞、放置不管的罪惡感因此得到舒緩。現在我可以快樂地放手，把檔案拖到失敗資料夾，解脫後，再動筆寫不一樣的新文章。我告訴自己，我和被捨棄的作品算是暫時擺脫彼此，要回頭總是有機會，要是有

必要都能從資料夾裡叫出來。失敗不一定等於永遠失敗，想想以下這個代數式的恆等性：X＝失敗之作，失敗之作＝X。

15. 你會問我：「你還是沒回答我截稿期限的問題啊。」沒有嗎？真是抱歉，我分心了。轉移注意力其實對突破關卡很重要，你得先讓自己迷路一會。假設現在手中有地圖，你決定了行路方向，順著地圖指示走啊走，路中出現一道不在地圖上、無限高的牆。你大可揮舞手腳，翻牆翻到時間盡頭，但牆永遠比你強。你要做的就是丟掉地圖，離開那條路。你要讓自己迷點路，至少迷上一陣子（做點其他事情、看世界毀滅）。

16. 不然，想想馬鈴薯的事情吧。

捷克布拉格的斯特拉霍大修道院（Strahov Theological Hall）圖書館（攝影：侯黑·羅楊〔Jorge Royan〕）。

　　有些元素啟發靈感、開啟故事，使想像力成形、固定。這些元素與潛意識合作密切，但你可以創造最適合激發靈感的情況和環境，訓練自己進入這種內省狀態。創造**較難**疏導靈感和創造力的情境，可能會誘發卡關的現象。

　　有時候，表面意識需要告知潛意識要進行什麼計畫。本書多數的文字，都是在想辦法讓你進入作家身上常發生的狀態。我想要你明白，你經歷過的某種或所有衝動，或者你「出神」的狀態，其實都很正常。還有，不時讓親朋好友覺得你很怪、不合群的部分特質，其實都是寫作的過程之一。想像力如果好好保護、充分滋養，不會真的一睡不醒，即使有時必須冬眠。

若說本章有什麼是你一定要記住的，我希望是以下這些：

- 若有人說你想像力過剩，小心那些傢伙。根本沒有想像力過剩這回事。
- 靈光一閃而過時，千萬不要自我審查，批評自己「愚笨」、「輕浮」、「奇怪」、「令人不安」。即使後來沒用到那些靈感，你的潛意識還是相信「熊會來我家當鄰居」。
- 給他人機會加入你的想像力遊戲，並且明白進行創意遊戲時，想像力肌群能夠伸展。這樣一來，他人也得到相同的訓練機會。

- 故事或小說在腦海中成形會花上一些時間，下筆前不要不耐煩。仔細思考自己要寫什麼，也是寫作的重要環節。
- 不要排斥在奇幻作品放進自傳性元素——原本看似無趣的作品可能會因此得救。
- 請強烈保護想像力並灌溉養分。

　　當然想像力並不是無所限制，也不是所有人都具有寫小說所需的創造力。部分原因是，想像力有時必須無中生有，也就是**撒謊**。藉由編造謊言（這謊言並不存在），才能產生真實。

　　瓦力斯說過一個故事。她大學時代有個非常聰明的朋友，研究神經學，寫的文章都屬於非虛構文類。那朋友主張自己「沒有半點想像力」。她回憶：「我們有過許多精彩對話，說著說著，對方到底在想什麼，讓我們感到徹底不解且興味盎然。我朋友想知道如何把腦中的想像力套出來，但我完全不知道該如何幫她忙。隨口胡謅對我來說是那麼自然，我連怎麼從她的觀點看世界都不知道。」

ღ　　ღ　　ღ

　　想像力沒有極限，只要不加以限制，要涵蓋多廣就多廣。我們眼前所見的一切，不管是具有機能性或裝飾性的事物，都曾是某人的想像。從建築、室內設備、桌椅、花瓶、道路到烤吐司機，我們生活的世界，絕大部分都曾是許多個人和集體的想像，在實際改變現狀後所呈現的樣貌。所以關於想像，應該要思考：「要如何產生美好的想像？」

你的小說屬於複雜生態系的一環。在那系統中，小說就是構造複雜的有機體。弄懂「敘事元素」，解開「大小謎團」，應該就能明白各元素是如何運作。只要稍稍掌握這些元素，你剛創造出來、行走水面的吐火企鵝，會在巧妙設計下多長三隻眼睛，而不顯得胡來。這樣一來，你也會有一、兩個讀者。

第二章　故事的生態系統

笛卡兒說錯了：世界其實不像機器，比較像生物——故事也是這樣。以奇幻文學而言，故事比較像中世紀的動物寓言。故事跟生物一樣，適應環境和突變的方式族繁不及備載。文字雖然有限，排列組合卻將近無窮，故事因此變化多端。要是有人說故事只有幾種，無異於主張「動物都一樣嘛」，應該好好質疑一番。企鵝不是倉鼠啊，龍蝦也不是海參，大象不是花枝，食蟻獸不是龍。有不一樣的動物，也有不一樣的故事。

話雖如此，每種故事生物還是有其形體、習性、機能。故事跟動物一樣會吃會喝，還會打噴嚏，到處亂跑、獵食，透過五官或更多感官體驗生命。動物通常有頭、有身體，要是有尾巴更好。如果你堅持，我也可以說成故事要有起承轉合。故事的風格來自文體的質感。雖然讀者看不見故事的肌群、骨頭、內臟，這些部分依舊合作無間，會律動、思考、行動、反應，創造各種機能。絕妙好故事跟動物很像，牠會眼巴巴盯著讀者，那股不可思議的靈活衝勁，超越作者的意圖，突破精準的計算。

就如故事、小說的元素屬於奇幻動物的一部分，故事屬於複雜共生敘事

生態的一環——甚至有點像羅伯·康奈特（Robert Connett）的畫作〈夜間拖網漁船〉（Night Trawler）。虛構文類可大可小，從大型動物（如小說）一路縮小到顯微鏡才看得見的微生物（如小小說）。生命體的大小絕無法反映每個故事的品質和重要性。好看的短篇小說靈活敏捷又機智，情節交錯的程度可能超過無邊無際的長篇小說——沉重得像踐踏灌木叢，吃力得像在海底推岩石。以讀者觀點看來，好小說的共同點是閱讀時發現、體會到的神祕，兩者都會讓人**心頭一震**，好像嘗到另外一種人生滋味。如果進入書中，你不會看見自己待在後台看著舞台布景和梯子，反而置身**另一個世界**。

　　寫虛構性文類，一定要解剖故事，解剖自己的作品，也解剖別人的作品。同時也必須成為敘事的**動物學家、博物學家**。觀察有機活體需要另一種截然不同的方法，不太需要記錄個別動作，但要設法瞭解整體如何運作（再怎麼研究內臟，也無法重現或說明閱讀好小說、好故事的實際體驗）。

　　矛盾的是，討論寫作的工具書為探究寫作本質，至少一開始必須將許多元素分開討論，而且寫作書的存在意義通常就是定義，所以會刻意凍結一直變動的大段脈絡。這是為後續章節的探討建立基礎。後來你會發現，這些元素其實皆以複雜的方式動作、運作。此時你再度想起**故事其實是活著**的暗喻，不但有力，而且有用。

敘事方式的生命形態

長篇小說

長篇小說（Novel）：這是文學界的大型動物群，字數從八萬到四十五萬字不等，有些甚至超過。舉某些慘痛的例子，出版社會堅持長篇小說要分成兩部以上較短的作品出版，此舉可能造成永久性的骨骼、肌肉傷害。而有些其他作家會胡亂添加，出現不必要的場景和段落，替長篇小說的循環、呼吸及內臟系統帶來負面影響。長篇有離題的空間，看起來無關緊要，卻能以有趣的方式支持主題或人物塑造。長篇小說可以用好幾個章節講同一主題，如捕鯨活動（《白鯨記》），或使用許多不同的觀點角色。這種寫法不光是增加篇幅，也能讓敘事深入、開展，跟中篇、短篇區隔。左圖中的小說還在「施工中」，有些結構還沒到位，乘客（角色）也還沒登船。

中篇

中篇（Novella）：中篇或許是文學界最純粹的生命形態，字數約二萬至八萬（字數二萬至三萬或稱為中短篇〔novelette〕）。中篇結合長篇和短篇的特質，最好看的中篇有充分的餘裕發展角色的旅程，也能探索故事主題，產生不同局面，但比較無法描寫不相干的場景。中篇可容納好幾個觀點角色，不過重點往往集中在單一角色上。中篇和短篇一樣，語言精準度須達到一定程度。左圖為夜視鏡難得拍攝到的中篇生物，牠正在活動，還有一群夜行性小小說在身邊環繞。

中短篇

短篇

短篇（Short Story）：短篇既靈活又有深度，字數從二千七百至一萬八千不等，比這還短的或許可稱為「小小說」。與一般認知相異的是，短篇其實能跟長篇一樣深奧。短篇之中，有壓縮的概念、人物塑造、故事結構，三者合作無間，讓讀者產生難以忘懷的閱讀經驗。最好的短篇可以流傳一世紀之久，只要一段、一頁就能與現代產生共鳴。短篇的觀點角色很少超過兩個，通常只有一個。火力集中讓故事更貼近個人，每個句子都能仔細閱讀。技巧熟練的短篇，每個細節除了裝飾功能之外，都具有含義。左圖的短篇生物已經吸引到一位熱情讀者，無法自拔，不想放開短篇生物。

小小說

詩

《夜間地鐵釣魚船》第二版 羅伯 · 康奈特（R. S. Connett · 2009）

文學中的元素

敘事的主要元素有哪些？典型故事能見到以下這七項元素獨立存在，就算交雜運作的方式繁複多變、無法預測，還是能夠辨認。敘事元素像細胞、血液、內臟，是維持故事生命的根本。

角色塑造：讓主、配角（或外星人、會說話的動物、怒氣沖沖的怪獸）在故事中顯得真實、有趣，得借助角色塑造。方法包括觀點的選擇、闡述、所有其他元素的配合。角色塑造將於第五章詳述。

觀點：包含第一人稱（我）、第二人稱（你）、第三人稱（她），或以全知觀點、有限的全知觀點來描寫主角，甚至是配角。

背景設定：故事發生的實際環境，又稱為「建構世界」，將於第六章詳述。

事件／情況：發生在故事裡的事情。若描述一**連串**事件，則稱為**情節**（plot），並且分成**場景**（scene）來表達。透過**結構**（structure），可賦予事件／情況重要性並加以強調。虛構文類的布局將於第四章詳述。

對話：使場景更有戲劇張力的角色對話和簡短言詞。添加對話確實可讓純描述的場景有所不同。

描述：將場景「定調」的細節，與對話搭配使用，能讓場景真實、有臨場感。描述也能創造調性（tone）。「闡述」（exposition）則是次一級的描述，有其特定用途，會直接告知讀者必要訊息，而非透過演示或誇大的方式。詳見本章金姆·史丹利·羅賓遜（Kim Stanley Robinson）的專文討論。

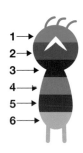

風格：風格不好定義，大概就是故事說出來的方式，也是作者為了達到特定效果，用字遣詞、造句的模式。有些作者會以「大、小謎團」來歸類，本章稍後會詳述。

近看元素，略知一二

能夠成為故事靈感的元素通常為敘事設計（事件／情節／結構）、角色塑造、世界建構（設定）；這些將於後續章節中討論。在這裡要探討的是大部分故事中會出現的元素，但也可以視為「層次」、「文字部署」，也就是觀點、對話、描述、風格。

觀點

故事的講者是誰？跟講者的看法距離有多近？這多少和觀點有些關聯。在某些故事中，讀者會以為自己站在角色的肩上或躲在誰的腦中似的。在其他故事中，讀者則會感到疏遠一些。距離遠近足以影響其他的故事元素，影響層面包含故事風格和作者想傳達的細節。

使用**第一人稱**時，「我」是敘事者。第一人稱聽起來很自然（我們每天都在使用第一人稱），也讓讀者輕易理解敘事者的想法。倘若敘事者不是主角，也能藉此輕易模糊主角的想法。知名作家尼克・馬馬塔斯（Nick Mamatas）指出：「柯南・道爾利用華生當福爾摩斯系列的敘事者，便能跟筆下主角拉開距離。」也因此，每個第一人稱敘事者在某種程度上都不可靠，我們可以利用這一點為故事增添懸疑、意外感。

第一人稱也可以用得複雜。馬馬塔斯說：「別忘了，我們一直在用敘事描述他人。像《大亨小傳》的敘事者尼克，以法醫般的細節描述蓋茲比之死：『他在車庫停下來要拿充氣墊，夏天時賓客都喜歡這玩意。司機幫他充氣。』尼克並沒有目擊這一切，而是跟蓋茲比的理髮師、管家、園丁談話之後再拼湊起來。不過他講得跟真的一樣，因為尼克就是這種人，過分關注蓋茲比。第一人稱的真正極限來自於該角色的性格。」只是使用上要注意，第一人稱敘事者講笑話跟講廢話是不一樣的。

第二人稱中，「你」是敘事者。讀者處於敘事者腦中，隨著敘事者體驗生活。第二人稱很少使用，卻能呈現臨場感，看事情更為投入。不過馬馬塔斯指出：「許多讀者拒絕被告知自己是誰。例如以下句子：『你是娃娃兵，拿著AK-47，站在母親屍體旁。』有些讀者看到會想：『我才不是娃娃兵！』」好的第二人稱故事給讀者一點空間融入敘事。馬馬塔斯以傑伊・麥金納尼（Jay McInerney）的《如此燦爛，這個城市》（*Bright Lights, Big City*）。以開頭為例：「你這種人不會在早上這種時間出現在這種地方。」作者告訴讀者「你不是那種人」，才「有機會贏得注意，描述夜店的放蕩夜晚和清晨時分」。

這一段的許多資料節錄自馬馬塔斯的觀點課程，十分有用。

馬修・錢尼討論〈誰在說話〉（Who Speaks）

第三人稱主要有兩種形式：全知觀點和有限觀點，這兩種又有主、客觀之分。第三人稱全知觀點的故事中，敘事者像神一般，充分掌握角色與背景設定。因此要是有真正的祕密不說，讀者會覺得被騙。全知敘事者雖然什麼都知道，往往跟故事角色疏遠一些。全知觀點的好處在於，敘事者瞭解的不只有角色。馬馬塔斯說：「從潛水艇內部的運作方式到未出生孩子的命運等等，知道這些都無妨，對作者來說卻有點棘手。讀者看了一堆說教似的文字，還會有興趣嗎？此外，全知敘事者通常主觀，讀者有時會將敘事者的想法跟作者混為一談。作者最好確定自己的想法不膚淺……」

若是第三人稱有限觀點，敘事者為特定人物。作者能寫的受制於該人物的體驗或感受。這是商業小說最常採用的觀點。但此技法深受電影、電視的影響，問題很大。馬馬塔斯說：「作家和讀者講到某角色時，彷彿該角只是暫時『出鏡』，而非『沒有被描寫』。不然就是有『攝影機』跟拍主角，卻不是觀察者跟著主角，決定什麼該說、什麼該省略。攝影機這比喻或許會誤導，因為攝影機所見比第三人稱有限觀點還多，卻可能違反該觀點的寫法。」

很多時候，觀點也會適度夾雜第二人稱。「你」坐下打草稿，「你」知道該寫那個角色，「你」知道為何要用第一、第二、第三人稱。村上春樹於生涯早期打算使用第三人稱時，覺得很丟臉。他與古川日出男對談時表示：「我覺得寫第三人稱感覺像在扮演神的角色，你高高在上看著底下的角色。」不過第一人稱「感覺就很自然」。

《地下之城威尼斯》
各種版本

要是寫作卡住或寫完感覺不對勁，嘗試改變人稱觀點或許能重新激發故事靈感，呈現新的可能。我寫《地下之城威尼斯》時，不知該如何寫某個角色，試過第一、第三人稱都不行，最後用了第二人稱才讓角色活起來。

對話

虛構文類中出現對話，從讀者的角度看來輕鬆、少一點「刻意」，不過在這個功能之外，對話也有集中特定主題的目的。除了作為催化劑，賦予場景即時感，「像」真實人生（臨場感），對話更有以下功能：

- 傳達氛圍
- 披露角色性格特質、行事動機
- 提供訊息
- 創造／反映出衝突、張力，或讓角色互相瞭解
- 推動情節前進或（且）加速

觀點：主觀 vs. 客觀，
以及「移動」的敘事

尼克・馬馬塔斯寫過數本小說，作品《子彈時間》（*Bullettime*）使用三種不同的第一人稱（觀點來自同一人，但是身處不同宇宙！），再加上第三人稱現在式。另一本作品《感官》（*Sensation*）是第一人稱、多重觀點，全部來自同一隻具有集體智能蜘蛛身上的感覺器官。馬馬塔斯其他作品也十分古怪。

觀點本身和形式及感受力有關——觀點的形式和觀點在虛構文類中的運作方式，其實和你自己的觀點有部分關係。在小說發展史上，觀點的概念歷經了演變。在現代，有限的第三人稱和第一人稱觀點，比全知第三人稱還要普遍，不過要是十九世紀小說看得夠多，也會習慣全知敘事者的描述。此時期的故事不僅探索角色內心和外在衝突，也能描述角色所處的社會環境，其中不乏當代的集體論點、階級差異、歷史背景及各種細節。全知敘事者不需要為了角色開始深思功利主義的成立基礎或金價高低而中斷故事，替讀者解釋相關的哲學和經濟概念。而且什麼都能說，只要適合放在故事裡，符合當下氛圍。

全知觀點在現代不如過往吸引人，是因為「建構引發共鳴的書中社會」的需求逐漸降低。現代人不需要讀小說，才能知道「現代人如何生活」；有些人認為當代社會分裂，卻也有人贊同現在的小說家為各階級，而非只為一小撮中產階級寫作。我們不再只渴望婚姻良緣或是莊園大宅。不過現代人還是有一點沒變，那就是想從他人眼中看世界。主觀 vs. 客觀，以及移動敘事者的部署，這兩種觀念的運用使得虛構文類更為錯綜複雜。

主觀敘事 vs. 客觀敘事

客觀敘事代表擔任觀察工作的敘事者沒有個人意見，也不發表評論，例如海明威的〈殺手〉（The Killers）。或許其敘事可稱為「攝影機觀點」，但我比較喜歡稱為「不太熱中的觀察者」。過度使用電影的方式來理解，細節切換可能會很奇怪，例如寫一寫突然跳到某人襯衫鈕扣上，或從這個角色移到那個角色。鏡頭伸縮特寫儘管容易，但是最好不要輕易使用。拍電影時要是鏡頭一路往耳朵深處照進去，或是往月球盤旋而去，代表電影開始變得深奧了吧？所以寫作時，注意力的切換最好也要具有意義。

客觀觀點有時很像在「看戲」，就像從**觀眾**的視角，看著舞台上的戲劇開演。觀眾能看見台上所有的東西，但是外在世界或內部深處的一切都看不見，像是與角色外在行為形成

對比的真正想法。

注意，客觀敘事的標準很嚴苛：要是客觀敘事者說出一句主觀論述，敘事就變得主觀。反過來說，主觀敘事者卻可以想客觀就客觀。

主觀敘事能讓讀者看見角色的內心想法，有時則用對話披露（並非總是如此）。這些想法和感受簡單描述即可，替敘事畫龍點睛。如果故事角色起床時，看見天色灰暗，這是客觀說法。同一個角色起床，發現天色荒涼、醜惡如糞便，這是主觀寫法。主觀敘事中，要使人充分瞭解訊息，不能光是觀察描寫場景。此外，還要注意一點，如果角色的內心想法符合外在行動，那麼角色的想法其實不吸引人，或許不值一提。

至於全知觀點敘事，如果我們要得知角色的內心想法，就得將整個場景讀完。如果角色有祕密計畫，敘事者不能想省就省。主觀敘事也會影響敘事的修辭。「某個糟糕的週一早晨，山姆醒來。」這是主觀敘事。評論出現，敘事就變得主觀（注意，〈殺手〉中幾乎沒有這種評論）。

主觀敘事能看見鏡頭看不見的東西。主觀敘事者當然能做客觀評論，但敘事者的主觀看法替一切評論染上色彩。我們作為讀者，不但能聽見角色的心聲（事實上是**不得不聽見他們**重要到不行的心聲），也能跟著角色的眼光、透過他們的想法觀看世界，而不光是站在他們身後窺伺。

移動的觀點

將第三人稱敘事者的工作從 A 角交付給 B 角的過程，稱為「移動」（從第三人稱換到第一、第二人稱，則為「抽換」）。許多剛起步的作家因為電影、電視的影響，濫用了移動觀點。記住，觀點本身是一種指令，告知讀者哪些角色最具重要性。我們不需要每個角色都掃過一遍，也不需要聆聽所有人心裡最深處的想法。

現代流行的移動觀點，只發生於切換場景或章節時。同一個場景，觀點在兩個角色之間跳來跳去，多半讓編輯看了搖頭，有時讀者也不喜歡。不過也有例外存在，例如言情小說中，常見到男、女主角初見面時的觀點移動。讀者看到女主角對男主角的反應，也看到他對她的反應，這樣便製造出「一見鍾情」或命中註定的感覺。

觀點移動有其效果，不過要小心別動不動就「跳來跳去」。電影的拍攝手法已經讓讀者習慣了觀點移動，然而電影那樣拍是因為觀眾幾乎無法同時進入兩個角色的腦中。攝影機觀點很貼近角色，所以寫作時如要製造類似效果，許多作家會誤以為角色隨便想到什麼無聊念頭，都要寫出來。拍電影時，觀點會隨著快速進行的「動作—反應」場景而改變，不過電影的場景觀點其實是客觀而非移動的。

觀點要移動得適切，得先考慮場景的張力衝擊。突然將觀點切換到某個角色，在同一場景中或許可行，但是一本小說中使用一、兩次就好，切換時該角最好是正值思考、體驗深奧事物的當下。在場景中切換觀點，就像電影交叉剪接，這種絕招最好省著點用。

然而，情況要是反過來倒是行得通。譬如兩個角色體驗、觀察、思考同一件事的時候，同一場景用上兩人觀點也不是不行。最經典的例子是言情小說的「邂逅場景」——女主角看到男主角一眼，一見鍾情，接著整個情境再從男性觀點重播一遍。此時能切換，是因為男女兩人都感受到幾乎相同的情緒。觀點的最終目的是提供訊息，而作者能提供讀者的最重要訊息，都帶有情緒分量。•◆

- 埋伏筆
- 提醒讀者他們可能已經忘記的事情
- 披露角色間的複雜關係

理論上，沒有兩個角色說話方式一模一樣，就算說話方式很像，也可能因為不同脈絡採取不同的表達方式。一樣是屠龍獵人被怪獸逼到角落時，有人大喊：「可惡！」有人會說：「給你黃金，不要殺我！」也有人說：「靠北，我好白癡。」或者語無倫次，完全沉浸在回憶裡，想起剛才在附近客棧喝下最後一杯好啤酒。有些人甚至無意識地模仿起說話對象的講話模式。

深入角色和對話，有
時不需多說。

如果卡住、不知該讓角色說什麼，試著從角色的心境、情況衝突、至今說過的話（以及說話方式）拼湊出線索。不要一直想「我要讓企鵝說：『你這王八，對我的羽毛、我的人生一無所知！』」這種台詞，多想想「這一幕的張力會帶出什麼？」。

加入對話，目的在於模仿真實談話，而非再現。完整重現對話大都顯得混亂無聊，把喝酒的對話如實記錄下來就知道了。寫對話應該盡量貼近真人說話，但要經過修飾，「嗯」、「啊」、咳嗽之類的通常不會寫進去。也別忘了多數人說話並不會使用完美的文法，還會掉字、插話，也會產生誤解。嘴上說一套，心裡想一套。人會說些自己也不相信的事情，只不過想讓別人印象深刻，或想偽裝成跟自己相反的人。地方習慣也會影響對話，我罵人時都說「jeeze louise」*，因為我家裡有人來自芝加哥（而且是路德教派）。不過對我太太而言，她在邁阿密長大，這種話聽起來跟外國話沒兩樣。

＊譯註：為了避諱而
不說 Jesus Christ。

以下是對話的大致規則，不過每一條都有例外：

- 人會對話，通常不是要聊大家都知道、**連**談話者也知道的基本資料。「鮑伯，我是一隻企鵝。你知道，畢竟你也是企鵝，我們身上有羽毛，儘管企鵝羽毛看起來跟毛皮沒什麼兩樣。」把讀者需要知道的訊息塞到對話裡，像在宣告你不太會寫故事。如果某角色需要對另一角色長篇大論，也要在對話中披露角色性格、施壓程度或其他因素，不然對話就不夠**有戲**。有些科幻作品中，科學家利用對話跟門外漢傳遞訊息——「今天找你來，是要討論瘋癲博士開發的殺企鵝射線。」但除了以上籠統帶過的方式，還有其他更優雅的解決辦法。

推理小說顯然不在此
限，讀者希望透過對
話瞭解情節發展。

- 使用方言可能會對讀者造成障礙。為了角色塑造或凸顯文化差異而不得不使用方言，這雖然可以理解，但也可以採取其他方式，例如在角

動作中的對話

色第一次說話前，描述大致的說話模式，或者再加上幾個反覆出現的地方性口頭禪，也能為其差異定位。不然，要是作者不熟悉角色使用的方言，也沒幾個方式能讓自己在作品中出糗。

- 有些作家用太多對話附加說明（dialogue tags），像是「他興奮地說」或「企鵝元氣十足地驚呼」。通常這種附加說明不但沒必要，還會過度干擾讀者享受文字，說難聽點根本是侮辱讀者（以為他們看不懂嗎？）。好的對話藉由角色的舉止或態度自然流露，傳達語調和說話情緒。不過在某些情境下（如反諷），對話可能寫得比較模糊，需要額外說明。例如：「你真是學問淵博喔。」緬姆博士語帶嘲諷地跟企鵝說。「對啊，要不是我聰明，還以為你是披著人皮的危險鴨子呢。」企鵝不耐煩地小聲回嘴。

濫用／爛用對話通常包含兩種形式：**說到昏頭、開場太長**。前者代表好幾頁都是對話，沒有可供讀者定位的描述或上下文。有些作家喜歡不詳述就來上好幾段對話，可是沒讀幾頁，還是需要作家**提醒故事背景**和角色是誰。

「開場太長」則是一次安排太多對話。這代表你寫的場景飄移不定、形式渙散，連帶拖慢步調，同時對讀者也沒啥好處。遇到這種情況，你該自問：

除非你像美國犯罪小說家艾莫‧李納德（Elmore Leonard）一樣是對話高手。

- 這段對話中，有沒有哪裡刪掉了，也絲毫不損場景？（也就是刪掉後，怎麼找也找不出對話曾經存在的痕跡。）
- 我是不是讓對話太早開始或太晚結束？
- 是不是有些對話用文字交代過去就好？

還有一點一定要記住，好的對話來自**正確**使用引號或其他容易辨識的格式。讀者需要段落稍微休息，也需要引號方便他們辨識——少了引號會引發煩躁及混亂。企鵝說，緬姆博士，你送花給我。花裡下毒啦？你看看這種對話。我還是認為美國的傑出作家愛德華‧惠特莫爾（Edward Whittemore）拒用引號，造成了定程度的曖昧性。

寫對話不知該如何是好，請想起作家斯蒂芬‧格拉漢姆‧瓊斯（Stephen Graham Jones）的話：「讀者才不想知道一般人講話有多蠢，真的不想。他們要聽角色講話像在作詩，像電視節目《死木》（Deadwood）那樣。讀者只要對話的精髓，有時甚至要用力壓，壓到精髓出血為止。作者的工作是輕輕沾點血，繼續寫。」

描述

　　對話賦予角色生命力，推動故事前進。不過要讓角色、地點、情境顯得立體，描述可是重點之一。不管是描寫主角穿什麼衣服或沒完沒了地挑眉等等，這些描述都能讓讀者以你想要的方式，感受到故事或小說中的每一時刻。有些作家（其實也要看風格）特別仰賴豐富的描述文字，有些則多用對話，不太在意修飾性描述。如果有適合自己的聲音和風格，哪種描述方法都適用。我不想限制你做決定，要讓事情變得簡單或困難，讓讀者看得清楚或辛苦，其端都看你自己。以下注意事項記住一、兩項，應該對你有幫助：

- **描述到位的關鍵**：明確、有意義的細節。在這個被流行文化和貓咪趣圖統治的世界，凸顯原創性的方法之一，是使用跟現實沒脫節太遠的特定細節。要做到這點，你必須密切、積極觀察周遭環境，收集能替虛構作品創造極佳效果的素材。如果你所接受的刺激多半來自電影、電視、電玩，或許會限縮自己描述到位的能力。避免使用陳腔濫調其實也不簡單；坐在公園裡練習速記周遭人物的對話，或許會有幫助。你還要學習提供讀者細節，不但要明確，必要時還得**具有意義**。換句話說，描述夕陽驚人之美或許很動人，但是日落時分又如何點亮了角色和情境？或許企鵝坐在海邊酒吧看著海面時，夕陽對牠而言富有意義。或許隔天牠得做一件困難且不愉快的事，夕陽餘暉讓牠想起自己很快就得動手。不是每個細節都要寫成這樣，你可以讓夕陽為動人而動人，但是你可以多注意發展細節的機會。

- **利用五種感官豐富你的描述能力**。最好的作家不只是告訴讀者自己所見所聞，也讓讀者體驗到自己聞到、吃到、摸到什麼。雖然有些現代

小說不再耽溺於感官描寫，經常替換細節還是很重要。如果你想要傳達逼真的效果，讀者不能只看到角色臉上很驚恐，只聽到「老實說，我真的不知道企鵝在哪裡」；讀者還要看到說話者緊緊抓住甲板扶手時，木紋摩擦他的手掌，同時一扇玻璃拉門開著，一間長年使用的房間飄出淡淡酸味，還有角色一分鐘前吞下某個苦苦的東西時舌頭嘗到的味道。注意這個範例結合了感官和事發情況，不會過度描寫或偏離方向。使用五感描述，並不代表要寫上大段文字，拖慢速度（雖然也可以這樣做），也不需要穿插一堆廢話。時常有人誤會，導致偏好留白的初學者創作時惶惶不安。

- **以正確的步調描述人物、設定、事情。** 混亂的敘述可能會讓讀者不快，腦袋不知該如何處理讀到的文字。根據山謬爾・德雷尼及其他人的觀察，閱讀時只能一次看一行，縮小範圍的話，一次只能看一、兩個字。如果跳來跳去，會讓人困惑。比方說描述衣著時，如果先寫上衣，再寫眼睛、鞋子、皮帶，描述效果劣於眼睛、上衣、皮帶、雙腳的順序。切記，描述要有點邏輯順序，只有重點細節除外。比方說，要是有人走向主角，那人手臂大量出血，主角不太可能第一眼就看見那人披著鮮豔圍巾。相反地，如果那人好好的，卻裹著大紅圍巾，這個細節會蓋過其他部分。

- **描述行動時，身心合一。** 身心是無法分開的；你並不是待在腦海駕駛艙裡指揮四肢。想法和行動會瞬間接受意識的指令。「她轉動眼珠看向窗邊，看見有鳥。」這種句子不比「她望向窗外，也看見鳥」來得精準。以這個例子來說，得獎作家瑪戈・拉納岡（Margo Lanagan）甚至會簡化，「我通常會把看的動作一併刪除，變成『鳥停在窗外的金合歡上，用樹枝摩擦、清潔鳥喙』。」要是把這種一個口令、一個動作的機械式寫法發揮到極致，會變得很可笑：「他用自己的手拍拍她的肩膀，轉動眼珠，盯著她的臉看。」（類似的錯誤寫法還有不說眼神，而說眼睛「在室內移動」。這在超現實和奇幻小說中，會讓人以為眼睛真的跑出來了。）不過身心分離也有例外，像是角色受傷、不得不靠意志力移動肢體時。

- **適當使用比喻。** 這是指寫作虛構文類時，使用明喻及暗喻。明喻以此喻彼，一般會搭配「如」、「像」。暗喻則是用看似不相干的詞彙比喻東西或動作。明喻的例子如下：「她頭髮白得像雪。」暗喻則是「我又被不熟的人搭話，簡直是被蟾蜍荼毒。」（除非你寫的是奇幻小說，

然而，描述可讓人得知角色如何感受世界。因此，要是你的角色真的跟自身或周遭環境有些許距離，這種寫法也會產生實際效果。——凱琳・提德貝克（Karin Tidbeck）

思考何謂闡述

金姆・史丹利・羅賓遜曾贏得雨果獎、星雲獎、軌跡獎。寫作二十部書籍，其中包含暢銷作「火星三部曲」，廣受好評的《2312》、《下雨的四十種徵兆》（*Forty Signs of Rain*）、《米與鹽之年》（*The Years of Rice and Salt*）、《南極大陸》（*Antarctica*）。《時代》雜誌稱其為「環境英雄」。現居加州。

「闡述」（exposition）這個詞彙有兩種極端的意思，其中一種常見於寫作坊和相關閱讀社群，另一種則有多種稱呼，如情節、戲劇化，或是說虛構作品本身就是一種闡述。因此闡述其實可化身為故事中所有的寫作形式——描述或分析、摘要或概述——顯然第二重意思比較不討喜，應該避免。如果要認真落實闡述，應該要打碎、分散到文字之中，故事才不會中斷。要是沒做到這一點，就算不上專業，闡述的文字東一塊、西一塊，可以直接丟進訊息垃圾桶。換句話說，闡述是演示而非說明。寫出情節就會有戲，一直闡述就像不停碎念。

其實以上全是廢話。說闡述具有正、負兩面，大錯特錯，因為寫作就是說故事。故事的機能在於「及時抓住」。不管故事主角是人還是石頭，不管故事有敘事者還是純描寫，吸引人的機率一樣高。「演示，不要說明」的建議已經殭屍化，四十年前馬奎斯的《百年孤寂》英文版出版後就打倒了這個殭屍，但這觀念依舊在文學圈悲傷地徘徊不去，使人困惑。

話說成這樣，仍然有討論和澄清的空間。假設真的有種寫作模式稱為闡述好了，我不但喜歡，就算寫出一塊塊闡述文字，我還是要為其辯護。我忍不住想大聲宣告：闡述的雙極性正好相反。小說會無聊往往是因為情節老套、內容疲敝，而真正的趣味往往出現在闡述之中，也就是書寫「我們」以外的所有事情。

然而，以上假設和宣告也是錯的，因為我們絕對會被人味給吸引；我們讀虛構故事，為的是其中的角色，為了知道他們的言行，以及**接下來會發生什麼事**。閱讀張力飽滿的場景，進入心流狀態，彷彿活了別人的生活，任何事情打斷流動，很快就會令人不耐。

闡述如果能寫到這種地步，一定得小心使用。艾茲拉・龐德（Erza Pound）曾說過，寫詩應該跟寫文章一般講究；同理可證，如同故事張力爆滿、情節精彩，闡述至少要寫得一樣好才對，或許更好也不一定（我想龐德這麼比較寫作和寫詩，也帶著些許嘲諷之意）。闡述寫得好，閱讀樂趣就大得多，文字充滿特色、質地，豐富而有深度。這樣耽溺的形容也別太意外，要是我們的自戀都耗盡，世界還是會甩我們耳光，就像電影《月球旅行記》（*Le Voyage Dans la Lune*）戳進眼中的火箭。「非我」是永遠存在、無法逃避的他者；文學之所以存在，就是為了書寫他者。

作品形式的流行來來去去，十九世紀的小說比二十世紀的更愛闡述。通常有個主要敘事者對故事情節發表意見，詳細描述設定及歷史背景，主導讀者的反應，展開哲學沉思，評論角色，報告氣象，或用其他形式概括敘事。現代主義反抗上述一切形式，其中一個作法是

去除作為角色的敘事者，單純呈現故事而不評論，宛如透過「攝影機」視角（加上其錄音功能）。採用這類敘事，代表多種闡述都派不上用場。於是往後的虛構文類結構往往由一連串戲劇化場景組合而成，讀者藉由摸索細微或不細微的線索自己詮釋。文壇此時正值珀西·盧伯克（Percy Lubbock）提倡「演示而非說明」（《小說技巧》〔*The Craft Fiction*, 1921〕）。海明威的知名度或許推了此類型寫作一把；達許·漢密特（Dashiell Hammett）可能推波助瀾；在科幻寫作領域，羅伯特·海萊因（Robert Heinlein）以「門如瞳孔般打開」這句話，摒棄《銀河百科全書》（*Encyclopedia Galactica*）中所有過時的闡述而廣為人知。

此後，「攝影機」視角和戲劇化場景取得主導地位。接著《百年孤寂》出版，這本小說沒有對話與完整的戲劇化場景，說書人似的說故事方式，回響熱烈。「演示而非說明」完全無法解釋其偉大程度，導致文學範式崩壞，於是我們現在處於一個較開闊的時代。虛構文類依然擁有許多戲劇場景，敘事方法卻更有彈性、更多元。有些作家以闡述為寫作框架，獲得成功，包括卡爾維諾、波蘭科幻小說作家萊姆（Stanisław Lem）、英國科幻作家巴拉德（J. G. Ballard）、波赫士、喬安娜·拉斯（Joanna Russ）、娥蘇拉·勒瑰恩、蓋伊·戴文坡（Guy Davenport）、阿根廷作家科塔薩爾（Julio Cortázar）、美國作家羅伯·庫佛（Robert Coover）。故事形式更是多變，從索引、科學報告、前言、字彙表、塔羅牌、論文摘要、憲法、便利貼、百科全書條目、書評、賽車卡，應有盡有。

上述聽起來都很美好，不過闡述要完整發揮功能，還是得處理妥當。妥不妥當主要和寫得好有關，不管寫什麼類型的故事，寫得好都是關鍵。雖然小說的闡述部署的確有技巧，不過都很簡單淺顯。如果故事發展來自一個概念（科幻小說通常如此），那麼「充分闡述概念」便是寫故事的要務，這樣一來，闡述便等於情節。你可以透過角色對話解釋事情，但請不要寫得像「博士，你知道……」這麼直接尷尬，因為在現實生活中，我們一直在跟人解釋事情，有時也解釋重要事物；所以解釋會同時用到闡述、角色塑造、情節。這種情況實在太多，闡述的雙極性再度因此崩壞。這其實很像書中角色在想接下來該怎麼做；間接描述的方式讓敘事者得以自由發揮，以大雜燴的方式傳遞各種訊息。

要是故事中的敘事者不是作者本身，而是書中一角，闡述會較簡單有趣（包含故事其他部分）。如果這個敘事者信心滿滿，牽起讀者的手，以含蓄或奔放的方式開口：「要怎樣才能瞭解、感受這個故事，我最懂了。」敘事者用什麼方式說話，讀者都會接受，相信讀到最後會有所回報。這就是說故事。

當然，攝影機視角仍有其作用，能製造獨特的效果。故事的闡述也能拆解成充滿訊息的團塊，硬塞到連續動作中。有時這樣會讓敘事者看起來像過動兒，不過沒關係。

還有另一個策略，我比較喜歡，因為有點像是憑空捏造：你可以創造一個敘事者，他喜歡闡述，無法自拔，簡直到了刻意闡述的地步。這種設定可以明確區分書中使用的不同模式，同時也顯示出作者沒有保留，所有的闡述方式都同樣有價值。此外，由於敘事者刻意強調的部分較少出現，場時一定更加顯眼，或許會成為故事中最凝鍊、最詩意的部分。通常都是如此。

我是不是在鼓勵大家重讀《銀河百科全書》？沒錯，該書所有條目皆具有奧拉夫·斯塔普雷頓（Olaf Stapledon）式的詩意行文風格（至少意圖仿效），猶如鳳凰般要飛出故事。面對現實吧，有時世界本身比人還有趣，即使那股趣味永遠是人味。❖◆

而裡頭的蟾蜍會說話，這就算不上暗喻）。

明喻和暗喻在使用上其實不太可靠，影響因素除了喻體和喻依是否適合以外，更包含調性和質感。例如剛才的「她頭髮像雪一樣白」雖然很老套，但若說成「她頭髮像奶一樣白」卻很奇怪，因為牛奶的質地和頭髮差很多。沒錯，這裡的頭髮和牛奶都是白色，但應該要有更多觸感上的共同點。改寫成「她打濕的頭髮白得跟牛奶一樣」，多了「濕」，質感變得較為適合，不過還是有點牽強，不太妥當。同樣地，說直升機像空中蝌蚪，可能形狀上是有一點像（如果沒有螺旋槳），可是蝌蚪滑溜溜的，直升機卻是硬的呀。將直升機比喻為蜂鳥可能較為接近。讀者從直升機的律動聯想到蜂鳥振翅，而蜂鳥羽毛的金屬光澤可連結直升機的金屬質感。如果你是比喻方面的「音癡」，你很早就會發現或許應該限制自己使用譬喻的方式。

另外還有幾個問題需要注意。首要記住的是，譬喻是比較「不一樣的東西」。如果你寫「黑豹像大貓一樣跳躍」，根本就是在寫「大貓像大貓一樣跳躍」，浪費讀者時間。此外要記得，跟一般文字相較，譬喻通常較能吸引讀者注意（除非你的作品裡只有譬喻）。但也避免誇大譬喻，不然會寫出史上最無聊的情節，帶有不必要的額外意義，而你大概也不想讓讀者看到這些，因為結果可能喧賓奪主。

如果想進一步瞭解譬喻，我強烈推薦馬克・多蒂（Mark Doty）所寫的《描述的藝術》（*The Art of Description*），這或許是同類型書籍中我讀過最好的一本。你會在書中發現奇妙的譬喻概念，像是譬喻有必要呈現出「抗拒性」，譬喻會讓我們耳目一新，同時夾帶自然性與人工性，諸如此類。

「請把奶油傳過來。」她說，看起來像是被肥胖烏鴉吞吃的米格魯。「我要離開妳。」他回應。

- **讀詩，尋找有趣的描述。**詩中的確富有大量描述手法，譬喻尤其多。詩中的概念壓縮和文字重量不適用於多數小說，研讀詩作卻能延伸描述技巧。例如詩人亞歷克斯・萊蒙（Alex Lemon）以下的詩句：「麻醉、手術刀／舌頭刺痛，發現／自己像天上的海星／日日旋轉……」敏捷捕捉到失去方向感的感受，用字乾淨精準，卻十分逼真。
- **謹記某些描述的（非理性）力量。**意象帶有強大的力量，承載潛文本的重量。潛意識通常能讓極怪異又吸引人的意象躍然紙上，不但引起共鳴，又具有夢境般的意義。麥可・摩考克（Michael Moorcock）在其文〈陌生的風景〉（Exotic Landscape）提到，意象寫作者的作品「不

應由一般標準評斷；意象的寫作方式如何誘發想像力、力道有多強，才是評斷標準。不管這股力道想要傳達瘋狂、怪異、魅力，還是如梅爾維爾、巴拉德、澳洲作家派翠克·懷特（Patrick White）、古巴作家亞里喬·卡本提爾（Alejo Carpentier），將意象轉化為激烈的個人暗喻，或是像班揚（Bunyan）寫出簡單的寓言。」如果你覺得自己寫出不太能解釋或不合邏輯的意象，卻依然能凝聚力量，看起來好像會發光，似乎隱藏著什麼含義，小心別大幅改動，也不要因為它不能在敘事中完全發揮作用就刪去。

風格

誠如前述，虛構文類的風格，便是作者排列文字的方式。如果某作家號稱風格特出，那是因為該作家已經為自己的聲音尋獲獨特的表達方式，引發讀者的共鳴。風格之所以能夠形成，來自於作者的主題、熱情、興趣在紙上飽滿呈現。多數作家的風格並不能截然二分為海明威或安潔拉·卡特兩種，也可以夏卡爾和畢卡索來區分。你知道我在說什麼嗎？夏卡爾的作畫風格多少有一貫性，只有調性和主題稍微變動，畫風自成一格。另一方面，畢卡索則是精通多種風格，並透過繪畫呈現。

多數作家的風格既不如海明威那般白描（sparse），也不如卡特繁複（lush），更不是單一風格的夏卡爾或是多變的畢卡索。風格發展的範圍其實很廣，可從基礎的風格出發，視特定故事或小說的需求再加以變化。讓問題變複雜的是其他元素，例如使用措辭特殊的第一人稱敘事者，以及使用第三或第二人稱敘事時，多少必須複製另一種風格，也就是主角的風格。

有了這個大前提，再來看以下關於風格的見解，應該能激發思考，或是讓你想到崩潰。思考也好，崩潰也好，冷淡面對最不好。

- **每一種故事都要用最適合的風格呈現，可以是樸素無華，或是精心布置**。風格範圍愈廣，能操作的故事和角色類型就愈多。因此在發展作家生涯的同時，想想自己的風格基本盤有哪些成分，想辦法隨著故事脈絡變化，或藉由改變技巧來創造不同的效果。

- **故事挖得愈深（或想得愈深），品質愈好**。深度並非只取決於故事有無思考人類處境、社會、個別角色，也在於是否透過**有深度的風格**表達故事核心的情感或焦點，說得庸俗一點，就是「多工」。有技巧的寫作並非只是「說個好故事」，要是你的作品風格與自身不合，就寫

三種風格的三條龍

史考特·伊果為傑夫·范德米爾的小說《聖徒與狂人之城》（*City of Saints and Madmen*, 2001）所繪的書封。

不出來。每一句話、每一段落都會同時達到多種複雜的功能，而且對作家而言都是獨特的。要取得複雜的效果，不一定要寫得華麗；許多創造出複雜、細微、多層次效果的傑出風格，根本不著痕跡。

- **有些作家不會多工，也就是無法看情況靈活調整**，只能負擔龐然的重量吃力轉身，像燃燒中的葬船或鑲滿珠寶的巴洛克大象工藝品。這種特質也是一種長處，但不一定來自白描或繁複的風格，反而比較是調性、脈絡、片段場景組合起來的效果。如果你不是破浪的帆船，而是燃燒中的葬船，也不用動怒：坐上自己的船，盡量發揮自己的風格。

- **以風格來說，藝術家和作家有點類似**，不過他們對於「故事」的組成有不同目標和想法。粗略說來，藝術家作畫憑的是筆觸呈現的用色。停留在畫布上的色塊大小、形狀、質地完全取決於筆刷類型、顏料種類，以及畫家每一次決定如何落筆在哪裡。藝術家混合、疊畫的方式也會影響效果。或許有人以為最後的圖像成果無關上述因素的總和，不過這種「自治性」是不存在的。讀者思考自己喜不喜歡一個故事時，可能不會想到作家的風格透露什麼決定，但要是那個讀者看畫，可能會思考炭筆和水彩的差別、油畫和壓克力的優劣，也可能思考畫布中

寫 作 挑 戰

　　藝術家伊果在創作上面這幅作品時，用許多不同的方式「找風格」。不同名家如布勒哲爾的畫作重組成一幅拼貼的城市，不規則石頭的圖片看起來像街道。有些部分是手繪的，如背景的火焰。為了讓光線均勻，從其他畫作上剪下的圖片，伊果也再處理過，所以最後的效果具一致性。雖然拼湊了許多相異的元素，整體卻維持一貫的怪異感。

　　這個練習要你選一個主題（如蘑菇或跳水板），然後從四篇風格、觀點相異的文章（含評論文和短篇），收集與主題相關的文字。先找出可當敘述的兩、三段文字，拼在一起，但不改動原文順序。在盡量保留原文的情況下，改寫不合調性、語態、質感的部分。最後重寫整段文字，不但要能反映出你的風格，還要包含一個角色的觀點（或許描述時就會呈現出自己的風格）。

四種風格

範例

「他走到外面的大路上，轉身一拐一拐走向大門。有人死了、被殺了、有人或許還活跳跳的。波克之前在跟他玩，或許其他人也一起吧。夜晚沁涼，沒有雲。這到底是哪裡？他轉身往後看，看見自己待著的房子，唯一的光源來自自己的房間。」

——布萊恩·伊凡森（Brian Evenson），〈破碎的兄弟情〉（The Brotherhood of Mutilation）

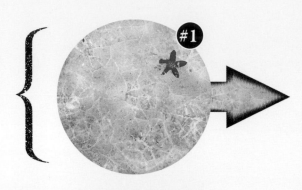

「艾咪·福萊蒙起身離開搖椅，穿過前廊。她瘦高，眼神缺乏笑意。大約一年前，安東尼氣她氣得要命，因為她說他不應該把貓變成貓地毯。雖然他總是比較聽她的話（這已經很難得了），這次他卻打斷她說話，用念力＊。此後她的明亮眼神消失，眾人所認識的艾咪也消失了。」——傑洛米·比克斯比（Jerome Bixby），〈好人生〉（It's a Good Life）

「有那麼一會兒，我飄在她上方，像閃爍的幽影。遠方峽谷鬼火跳動，像神經細胞放電，我探進詩人內心，在那黑暗核心中，欲望和恐懼融合。摩根又再度轉身看巴士窗外。黑暗退去。有那麼一刻，我嘗到一口膽汁，象徵療程的開始，接著離開。」

——伊莉莎白·韓德（Elizabeth Hand），〈樹上的男孩〉（The Boy in the Tree）

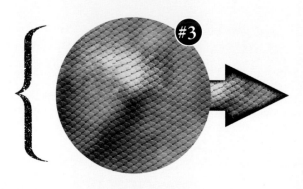

「纖腿如剪，上下跳動，鳥神們舞動著。老鴉力未窮，細眼流轉情鮮活。頸項如蛇，行路尾羽晃，恍若調情郎，雀躍如喜劇演員。賦格、反行賦格，鳴囀如樂，蹦蹦跳跳，躲躲藏藏。烏鴉踮起腳尖，莊嚴地跳動翻躍，快速轉動長而彎曲的鳥喙。」

——葛瑞爾·吉爾曼（Greer Gilman），〈沿牆而去〉（Down the Wall）

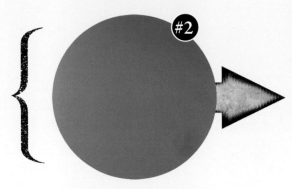

＊ 譯註：強調念力的原因在於，故事主角安東尼是具有念力的三歲小童，稍微不高興就害別人。

魔鬼代言人
- 絕大多數風格在適合的脈絡下，
  都能呈現出繁複／不顯眼的效果。
- 任何風格都能發揮不同的作用。

代表作家

（有多位作家在作品中呈現不同風格）

#1　極簡／荒涼

行文鬆散樸素，讀者需要暗示或自行猜想。細節
極少，但相形之下更顯力道。幾乎不描述，常見
詩歌意味深長的手法。寫得不好的話，會讓讀者
抓不到著力點，覺得無聊，有時甚至產生輕蔑感。
角色塑造來自沒有表達的留白。

- 山謬爾‧貝克特（Samuel Beckett）
- 瑞蒙‧卡佛（Raymond Carver）
- 布萊恩‧伊凡森（Brian Evenson）
- 海明威（Ernest Hemingway）
- 艾咪‧漢坡（Amy Hempel）

過渡 ➤ 凱羅‧埃姆什威勒（Carol Emshwiller）

#2　不顯眼／普通

多數虛構文類都具備的「基本」風格，商業類作
品尤其明顯。場景和概述的比例剛剛好，並且審
慎使用感官描寫。其目的通常在於沉浸式閱讀。
少有長句，寫得不好就會產生「平庸」感。

- 奧克塔維婭‧巴特勒（Octavia Butler）
- 戴芬尼‧杜‧莫里耶（Daphne Du Maurier）
- 喬‧霍爾德曼（Joe Haldeman）
- 瑪麗‧多瑞亞‧羅素（Mary Doria Russell）
- 凱琳‧提德貝克（Karin Tidbeck）
- 柯特‧馮內果（Kurt Vonnegut）

過渡 ➤ 凱倫‧喬伊‧富勒（Karen Joy Fowler）

#3　扎實／惹眼

句子結構通常較為複雜，以多層次的方式部署半
場景／概述文字，時間因素或許因此更容易操控。
角色觀點受風格和內容影響而凸顯。充分使用延
伸的暗喻和感官描寫。要是寫得不好，會讓讀者
覺得「作者太聰明了」或「摸不著頭緒」。

- 馬丁‧艾米斯（Martin Amis）
- 麥克‧希斯可（Michael Cisco）
- 伊莉莎白‧韓德（Elizabeth Hand）
- 娥蘇拉‧勒瑰恩（Ursula K. Le Guin）
- 凱莉‧林克（Kelly Link）
- 喬伊思‧凱蘿‧歐慈（Joyce Carol Oates）
- 班‧歐克里（Ben Okri）

過渡 ➤ 柴納‧米耶維（China Miéville）

#4　繁複／帶妝感

喜歡文字遊戲，使用（有時玩過頭的）延伸暗喻。
句子和描述段落愈寫愈長時，容易發生不大自在
的情況。很多段落只是為了推進故事，賣弄文字。
透過誇大作家自身的風格，塑造角色。也可能會
按照寫詩的格律行文。白日夢和誇飾法較為突出。
要是寫得不好，會讓讀者覺得作品厚重，好像鑲
滿寶石，缺乏情感共鳴。

- K‧J‧畢夏普（K. J. Bishop）
- 安潔拉‧卡特（Angela Carter）
- 羅伯‧庫佛（Robert Coover）
- 瑞奇‧達可奈特（Rikki Ducornet）
- 牙買加‧金凱德（Jamaica Kincaid）
- 泰尼斯‧李（Tanith Lee）
- 馬溫‧皮克（Mervyn Peake）
- 薩爾曼‧魯西迪（Salman Rushdie）
- 凱薩琳‧M‧瓦倫特（Catherynne M. Valente）

央的點狀短筆觸和畫布邊緣的長寬筆觸，效果有何不同。然而這種思考過程，在某種程度上和作家寫作時的決定是一樣的。

◦ ◦ ◦

　　有些人認為風格不過是一種覆蓋整體的外衣，並不存在於故事的血肉皮膚之中。他們會這樣認為，可能是因為風格可以像對話一般，以元素的方式單獨提出討論，但風格的運作方式其實和對話不同。在單一故事裡，故事元素像對話一樣，形成無限多個碎裂的小單位：元素只處於特定位置，而非四散各處。然而，風格**俯拾皆是**，**棲息**在文字裡，像分子一般存在於虛構文類這種生物裡。假如你像葛瑞爾‧吉爾曼一樣，對語言很敏銳，你的風格就不會只存在於句子和音節之中。打從人類開始用文字記錄歷史，每一個字的變化和含義之中都有風格存在。所以閱讀時，文字才能堆砌出層層聯想，建構出非常獨特的風格。

　　換句話說，「風格不是故事本身。」如果風格等於故事，那麼會和作家錢尼說得一樣，經過翻譯的虛構文類（由於原作者風格被削弱一些），無法傳達故事情節的真正含義，連作者原創風格的調性、質感也絲毫無法呈現。不過，整篇小說中部署的情節、角色、結構的每個元素，勢必會影響到故事，風格自然也會，並且是以極為個人而微小的程度影響著。找三個有才華、敘事聲音獨特的作家寫同一個事件，規定事發順序要相同，發揮自己的風格，三個故事會有很大的不同。風格化為分子**堆疊再堆疊**，以細微又能撼動天地的方式，讀者一句句看過，堆疊、改變自己對角色、調性、事件的觀感。作品承擔了每個決定的重量（許多決定來自直覺），最後的成品可能和作家原來料想的不同。拋棄的語彙，化成幽魂在一旁打轉，創造出好幾百萬個小小的平行宇宙，內部充滿發展性複雜的故事。藉由同樣的風格化過程，我們得以標記自己異於作家 A，不像作家 B，更不會是坐在角落，一邊對抗噪音和鬧劇，一邊寫這撰寫篇寫作教學的企鵝。

大小謎團

　　除了上述七元素之外，還有其他成分能影響敘事的創造。這些成分並不能稱為「元素」，因為嚴格說來，這些成分都不能量化，不然就是位階高低不同。希望以下簡短的討論能釐清各種疑慮，例如形式和結構有何不同，聲音和調性有何差異。

聲音：聲音和風格一樣是個滑溜溜的術語，不過基本上，聲音是作者風格和世界觀的一些特質，不管作者風格如何隨著故事變化，文中各處都會透露作者的聲音。許多作家表示，在自身發展的過程中會逐漸找到自己的聲音，通常這代表作家充分掌握了故事元素，將各元素的核心作用統整到一定程度，讓所有元素的獨特性以更為濃縮的形式呈現於書中。作家可以多加嘗試，讓自己更輕鬆地找到獨特的聲音。不過大致說來，找聲音是一種私密的發現與探索過程，讓發聲成熟的方式也無從量化解釋。

調性：虛構文類的調性，指的是文章創造的氛圍、引發的情緒。在同一個故事中，調性起伏不定，程度取決於個別場景所需的效果。調性可為嚴肅、調皮、可怕、刺激、陰森、悲傷。調性不僅來自選字，節奏、句長、文字引發的意象、描述都能創造調性。調性的主人是風格，風格一定要富有彈性，才能容納敘事調性的必然變化。故事為了達到特定效果，一定要在調性方面展現些許靈活度。寫長篇敘事要避免發展**單調**，所以柔軟度和變化更為重要。控制調性也有其他用途。不適合的調性可以作為故事描寫的事件的對照，有時能產生幽默反差的效果。此外，有些寫到爛而令人無感的人類處境，也能藉由控制調性**產生新的效果**。

結構：結構亦稱為故事的安排、模式、設計，將於第四章探討。雖然我們習慣用情節的概念去理解結構，其實結構關心的是，事情發生的「形式」與發生的「時機」。這兩者跟**事件本身**同等重要。

主題：說到故事潛文本，或書中事件以外的其他含義，通常就是所謂的主題。主題很狡猾，即使作家打算寫社會不公或是愛與死，結果都會比原先設定的主題更為複雜，無法縮減為一句簡單的話或抽象的概念。因此討論故事「主題」，意味著抹殺、無視敘事的其他特質。跟虛構文類生態系統裡的其他族群相較，主題對作家較無用處，原因在於主題經常自然誕生於作品或草稿裡，這模式和**聲音**有點類似。兩者相同之處在於，不管表面意識如何前進，主題和聲音都可能一再浮現。大致瞭解何謂主題並提供主題的範例，對作家雖然有益，寫作時過度檢視主題，卻會讓作家卡住，或是變得自以為是、聽不進別人的意見。然而，要是作家想出自己到底在探索什麼主題，改稿時便能派上用場。認清主題能幫助你決定取捨，但是考慮主題的同時，也要一併考量其他因素。

形式：和情節、結構不同，**形式**是故事結構創造出來的形狀，或是你所創造的敘事類型，不管你寫的是長篇、中篇、短篇或詩。有些寫作教學認為形式類似聲音，屬於某種無定性的元素，同時也傳遞整體故事的含義。這多

納博科夫在《扭曲的邪惡》（*Bend Sinister*）中，利用度假手冊的文字風格描述拘留營，讀者不想進入其中的恐懼氛圍也很難。

〈浮游生物〉（Plan-konauts, 2012），第二版，羅伯·康奈特。

半是指故事中的所有元素合作無間，完美呈現作者腦中的意象，效果十足，讓讀者覺得有如奇蹟，讀來有種淨化感。

故事元素之間的複雜關係

想像自己沿著海灘散步，右手邊是延伸的海洋，左手邊是熱帶雨林。走著走著，你在潮池遇到奇特的美麗生物，動作和形體完美結合。再想像你要抓這個生物，切來吃掉。你或許會頗有興味地發現，那生物的心肌和動脈、靜脈是如何牽連。後來你咬一口，肉塊淋上濃厚醬汁，或許你會驚嘆口感有多豐富。但不管哪一種觀察，都比不上初次看見生物輕盈的動作、讓你有所頓悟的那一刻。

如果透過想像，故事或小說能化為奇獸，那麼敘事元素也能視為活體系統，以複雜的方式合作，帶給讀者一連串效果。大致說來，光是一個元素（包括大小謎團），也能在同一故事主體施展連鎖反應。

由於這些元素互相依賴，獨立檢視只能片面瞭解元素的影響和效果。故事中，每個元素獨立後，都成了不完整的敘事，與其他元素失去連結；當所有元素結合時，自然形成了增益效果，提升個別元素的複雜度。

關於訊息的訊息

娥蘇拉‧勒瑰恩獲獎無數，包括雨果獎、星雲獎、奮進獎、軌跡獎、提普奇獎（Tiptree）、史鐸金獎（Sturgeon）、馬拉末獎（PEN-Malamud）、美國國家圖書獎。代表作品有地海系列、《一無所有》（*The Dispossessed*）、《黑暗的左手》（*The Left Hand of Darkness*）。晚年發表《拉維妮亞》（*Lavinia*）和《野女孩》（*Wild Girls*）。於二〇一八年辭世，生前居住於奧勒岡波特蘭。

不久之前，我提醒自己：「要是有人跟我說『小孩想看這種書』或『小孩需要這種作品』，我會客氣地微笑，把耳朵關上。我是作家，不是娛人者，娛人者到處都是。可是有些東西，沒有人知道小孩想要或需要，連小孩本身也不明白。這些東西，偏偏只有作家才能夠提供。」

我的小說，尤其是小孩和青少年取向的，常被評論得好像寫書是為了傳達某種有用的教訓（如「成長很困難，但你做得到」）。這些評論者有沒有想過，故事的含義並非只是一句小小的建議，反而可能存在於語言本身、閱讀故事的律動、無法言喻的探索過程之中呢？

讀者（大人小孩皆同）會問我故事要傳達什麼「訊息」，我想跟他們說：「你根本問錯問題了。」

身為小說家，我不會傳達訊息，只會說故事。當然我的故事一定有含義，但如果你真的想知道，應該要從說故事本身問起。像「訊息」這種字眼，適合用在闡述性、說教式的文章或教會布道，那些文類的語言和小說不同。

若說故事有訊息，便是預設故事能縮減為幾個抽象的字眼，乾淨簡化，以提要的形式出現在學校、大學考卷上，或枯燥的書評中。

要真是這樣，作家何必花心思創造角色，構思他們的關係，設想情節場景？幹嘛不直接把訊息說出來就好？難道故事是藏匿想法的箱子，美化赤裸想法的華美衣裳嗎？難道故事是糖衣，包裹苦澀的想法以便好入口嗎（親愛的，張嘴，吃了對你好）？難道虛構文類的文字只有裝飾性，埋藏其中的理性思考、訊息才是寫作的最終現實與存在目的？

寫作有很多人教、很多人評論（尤其是童書），也有很多人閱讀，但他們都帶著這種觀念。問題是，這種觀念是錯的。

我不是說寫小說沒意義或是沒用處。差得遠呢。我相信在產生意義的路上，說故事是很有力的工具；故事藉由發問、表述「我們是誰？」凝聚社群，個體也能透過說故事這個途徑，尋找「我是誰」、「生命要我做什麼」、「我如何回應」。

然而，這些追求跟訊息不同。嚴肅的故事或小說之中的複雜含義，唯有親身投入故事本身的語言才能瞭解。將其含義轉譯為訊息或縮減為教訓，等於是扭曲、背叛、毀滅故事。

為什麼？因為要瞭解藝術，不能只靠理智，也需要情緒和身體。

用其他的藝術形式來解釋比較好懂。欣賞舞蹈、風景畫時，較少談論訊息，只會說藝術激發何種感受。好比聽音樂，我們知道其實沒有辦法說明歌曲帶來什麼感覺，因為意義跟理智較無關係，反而比較貼近深層的感受，由情緒和身體去接收。闡述思維的文字無法完整表達這些理解過程。

其實，藝術是一種語言，用來表達身心靈層面的理解。任何將語言縮減為思維訊息的行為，都會造成激烈且具有破壞性的殘缺。

文學、舞蹈、音樂、繪畫等藝術都是如此。只不過小說是文字的藝術，我們往往以為再轉換成其他文字，也不會有所損失，因此才誤會故事不過是傳達訊息的一種途徑。

小孩信心滿滿問我：「妳要是有訊息要傳達，要怎麼編故事放進去呢？」我只能回答：「寫故事不是這樣！我又不是答錄機，哪有什麼訊息要給你？我只要說故事而已。」

你從故事得到的收穫，不管是藉由理解或情緒感染得來，都有一部分是由我決定。當然這自然是因為故事對我具有強烈的意義（就算我說完故事，才發現意義何在）。不過收穫的另一部分也由你這位讀者決定。閱讀是強烈的行為。如果你不只是用腦袋閱讀，也用身體、感覺和靈魂，就像跳舞聽音樂那樣，那麼你讀的故事就會變成自己的故事。這個故事的意義跟任何訊息相比更顯得無限大，讓你感受到美，帶你走出痛苦，象徵自由，每次重讀都會有不同的感受。

只要書評把我的小說和其他給兒童看的嚴肅書籍視為抹了糖衣的訓示，我就會感到悲傷，不受尊重。當然有許多針對年輕人而寫的作品富有寓意和教訓，那樣討論沒什麼損失。但是真誠的兒童文學作品，如《大象的小孩》（*The Elephant's Child*）或《哈比人歷險記》（*The Hobbit*），被教導、評論為想法的載體，而不視為藝術，真是大錯特錯。藝術讓我們自由，文字的藝術可以讓我們超越文字說盡的一切。

我希望我們的教育、評論、閱讀能夠重視那份自由、那份解放。我希望閱讀時不要再去尋找訊息，反而可以想想：「通往新世界的門打開了，我會在那裡找到什麼？」❖➤

THE UNREAL
AND THE REAL
SELECTED STORIES OF
URSULA K. LE GUIN
—
VOLUME ONE
Where on Earth

THE UNREAL
AND THE REAL
SELECTED STORIES OF
URSULA K. LE GUIN
—
VOLUME TWO
Outer Space, Inner Lands

就拿對話來說吧。對話藉由背景的烘托得以凸顯特色，而對話中的角色功能往往來自意圖擺脫背景的強勁力道——角色透過自己的觀點，又回過頭來形成某種背景。角色被賦予生命，是因為描述性文字。嚴格說來，描述性文字也包括了對話，而影響對話的因素通常包含地理環境（即背景）、角色特質、描述性文字。情節更是如此——角色互動時，常激發情節的產生，再透過對話形式表達呈現。故事元素的階級排列中，角色塑造可說是凌駕對話，但是沒了對話，角色塑造又算什麼呢？

話雖如此，所謂的**狀況品質**（situational quality）其實來自某個故事的特質。舉例來說，羅伯森・戴維斯（Robertson Davies）的小說《蠍獅》（*The Manticore*）**全由**對話組成，那麼對話落在哪一個位階呢？如果有一篇故事，背景設定為歷史著名戰役，對話的位階又落在哪裡？故事類型、故事重點，再加上其他眾多因素，各種故事的元素在某種程度上皆會互相模仿形式和效果。推到極限來說，故事元素可以隨著故事目標和脈絡分歧而多變，所以勉強只能符合創意寫作書籍中的標準定義。

《反故事：實驗小說集》（*Anti-Story: An Anthology of Experimental Fiction*, 1971），菲利普・史戴維克（Philip Stevick）主編。書中有數則故事推翻敘事元素的傳統觀點，可引以為例。

想像力的分類規則

充分理解故事元素和大小謎團之後，你也應該弄清楚創意型想像力和技術型想像力之間的關係。這兩者指的是什麼呢？

- **創意型想像力：**你利用這種想像力打草稿。就創意想像而言，意識上的自我審查和意見批評是寫作毒藥，導致作家卡關或寫得膚淺。寫作時，創意想像需要讓腦中事物自由流動，任其揮灑。
- **技術型想像力：**接著利用這種想像力，找出一種模式、結構，平衡元素之間的力道，立體化草稿中的角色或場景觀點，並讓敘事中的各元素合作增益，激發成千上萬的微小、宏大效果。

正如你所料，對不同的作家而言，這兩種想像力會在不同時間與階段發揮作用，也會隨著故事早期階段的複雜度和完成度施展不同的作用。假如你要花大量時間雕琢開頭才能往下寫，就是同時運用兩種想像力。如果你能輕輕鬆鬆幫故事中段和結尾打草稿，你運用的主要是創意型想像力。

隨著時間過去，練習讓這兩種想像力自動「分享訊息」、互相溝通，這種轉換過程就像肌肉的記憶。結果你會發現，過去改稿時得硬加上去的一

故事的生命週期

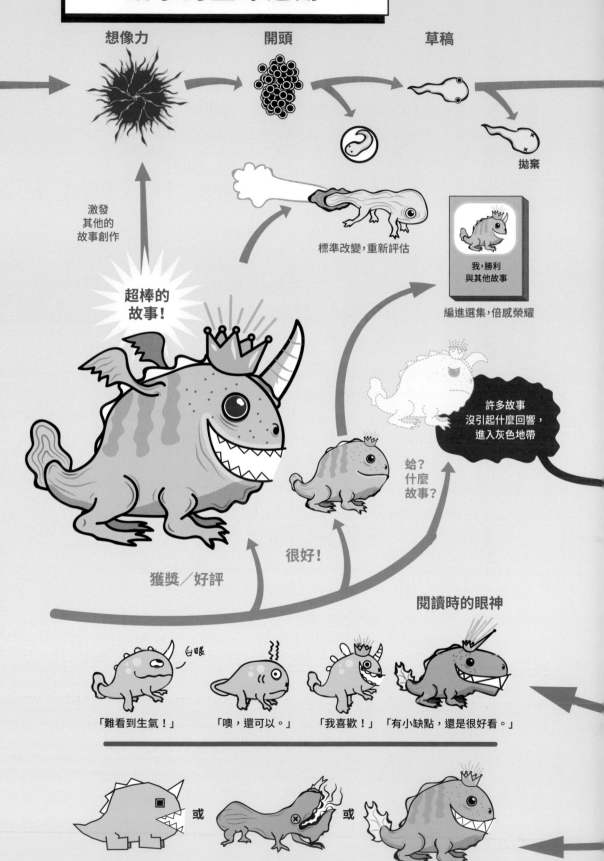

想像力　　　　開頭　　　　草稿

拋棄

激發
其他的
故事創作

標準改變，重新評估

我，勝利
與其他故事

編進選集，倍感榮耀

超棒的
故事！

許多故事
沒引起什麼回響，
進入灰色地帶

蛤？
什麼
故事？

很好！

獲獎／好評

閱讀時的眼神

白眼

「難看到生氣！」　「噢，還可以。」　「我喜歡！」「有小缺點，還是很好看。」

或　　　　　　或

不想理　　　平庸～超糟　　　很好～超好

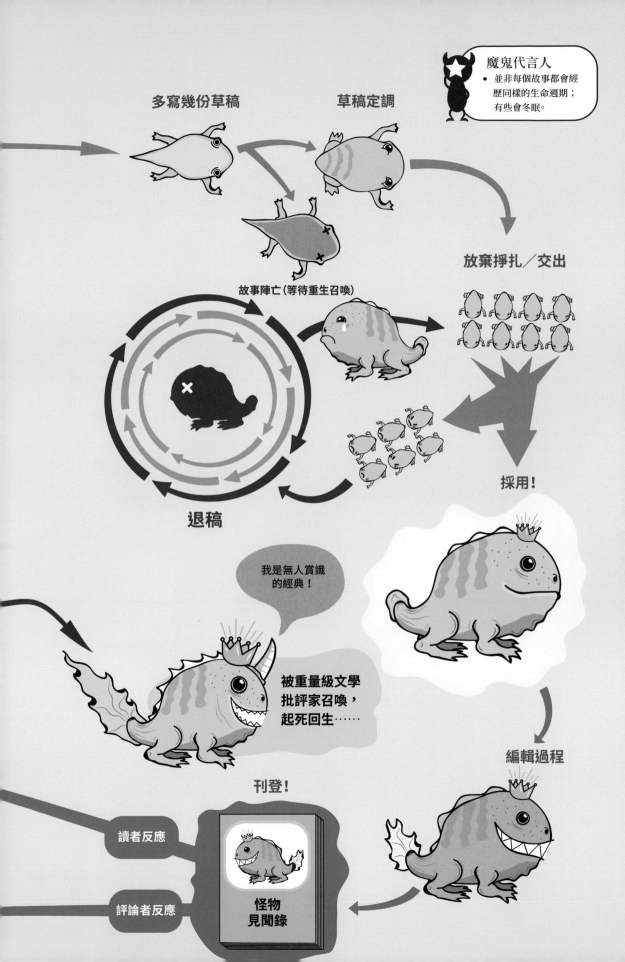

些修改概念，早已透過某種形式呈現在草稿裡了。這個過程就跟很多創意寫作的概念一樣，並沒有辦法精確計算，發生時通常自己也沒感覺，一開始你並不會發現自己有所進展。「進展」的概念也沒個準，得看你正在寫什麼。如果你在寫從沒碰過的故事類型——例如寫慣了第一人稱，卻改用第三人稱——缺乏經驗會導致打草稿時出現自認早已克服的困難。一如往常，你戰戰兢兢地前進又後退，重整旗鼓又蹣跚前進。最後你會習慣自己內化的節奏，將所學派上用場。

∞ ∞ ∞

刻意勾勒故事中個別元素的詳盡定義與功能，能加速推進寫作時的轉化過程。在此同時，要尊重絕佳敘事的有機本質——敘事是生物而非機器，是一株紅檜，而非一塊木頭——尊重的態度能幫助你孕育、萃取自己的獨特長處，更臻完美。

你在理解故事元素時，態度不能像是在解謎，以為解開謎底之後再也不需費神。你反而應該藉此理解，創造出美好或是致命、可怕、悲劇性、悲哀的故事。

一隻故事生物，只有你才能賦予生命，一旦降臨到世界上，就會引發讀者回應、陶醉其中，甚至可能成為某人的寶藏。

你翻到這一章想找找寫作建議，結果才看沒多久，什麼都起了變化。牆角那個拿著槍的女人是誰啊？盆栽後面怎麼會躲著一個人（還是那不是人）？企鵝怎麼可以用那種口氣跟你說話？更重要的是，你一腳踩進的，是故事的開頭、中段，還是結尾？（慢著，企鵝會說話？）

第三章　開頭與結尾

　　故事的起頭方式和下筆之處十分重要，能影響讀者的反應、影響你想達到的效果，也關乎如何成功傳達心中的意象。故事開頭還會影響潛意識一開始想傳達的元素，像是主題或潛文本。開頭也應該包含提示結尾的線索，這樣讀者看完故事以後，就算結局令人意外，也會重讀開頭，心想：「喔，這樣啊，開頭就埋下伏筆了。」原來會說話的企鵝早就認識持槍女子，是「你」這位讀者闖進來打擾他們。這種寫作方式創造探索的樂趣，最終讓讀者感到收尾圓滿（closure），有時這種圓滿也稱為結構／主題的一致性，只不過這種一致性通常來自讀者對角色的認同。

　　開頭要能發揮作用，關鍵在於分辨「靈感現身」和技術型想像力的不同，後者在靈感出現後開始統整故事元素。不過寫作的第一步，是在打草稿階段讓所有文字傾瀉而出——大致瞭解自己要怎麼寫，才能寫下去。創意火花的規律和本質最終會讓故事現身——讓故事完整呈現、聚焦在你面前；上述這種情況是你身為作家經歷的獨特過程，有時只出現在特定故事的寫作過程中。就我自己而言，要是不清楚角色遭遇何種困難、無法自拔，就沒法開

脈絡逐漸清晰

- 這是什麼？
- 好玩嗎？
- 想繼續看下去嗎？

- 知道更多以後，印象改變了嗎？
- 還覺得好玩嗎？

- 有什麼細節之前不清楚，現在變清楚了？
- 製圖者決定在第二步、第三步、第四步繼續呈現什麼？

- 整張圖都出來，和之前預期的一樣嗎？
- 這張圖有其他部分可以作為重點出現在第一格嗎？

每寫一句，都會在讀者腦中創造世界、塑造角色，於是一連串更完整、更複雜的意象就出現在讀者腦中。

始寫故事。如果角色與問題之間的關係較為平淡，我反而無法太投入。此外，我一定要對結局有某種想像，就算寫到後來已經變化也沒關係，否則我的故事就寫不完。對我而言，**強烈而飽滿的形象**也和故事脫不了關係。如果你不瞭解在何種特殊情況下自己才會寫出佳作，事情會變得較為棘手。

不過，這種自我檢視對「你」比較重要，讀者才不在乎你是如何得到靈感，也不在乎你用什麼順序探索故事——他們只在乎自己在書中體會到什麼。正因如此，可別搞混你的靈感進度和故事的真正進度。點燃你創作欲望的場景可能不會是故事的開場，之後的情節走向也和你當初下筆預設的不同。會講話的企鵝可能要整隻挪到另一個故事，拿槍的女人要改拿花（可以藏在槍裡面）。

好的小說會從第一段開始教讀者如何閱讀敘事。你把開頭想成「心懷好意的限制、束縛」。在小說開頭，也只有在開頭，讀者像透過望遠鏡窺視，聚焦在特定的物體、人物、場景或其他元素。成像範圍所見的都是翻譯，原文是你腦中的意象，或許還加上五感的詮釋。但由於文字本身的運作特性，讀者無法一次吸收所有資訊。視野有限，代表故事中的可見與不可見定義了故事，有時也因此定義了故事**類型**。此外，你的故事愈偏離現實，愈必須寫得精準，因為你要重塑讀者腦中的現實。

隨著故事開展，讀者手中的望遠鏡視野擴大，他們開始瞭解基本脈絡、「規則」及角色，文字如此持續產生作用，讀者卻是愈來愈沉浸在故事的幻夢裡，讀到好故事更是難以抽離。隨著情節進展，沉浸的深淺取決於你在開頭運用了何種技巧抓住讀者，讓讀者將自己帶入故事。「帶入」是什麼意思？就是讀者能夠享受你所引導的心情、狀態，也能讓他們反思，讓他們焦慮、恐懼、作嘔。換句話說，讀者想要相信你這個作者，但如果你讓他們逮到機會不相信你，便很難重建信任了。

故事開頭之後會看到什麼其實也很重要。這要從事件發生的順序、事件相關性，以及讀者「沒有看到的事情」說起。讀者看著看著，適應、吸收資訊之後，可能又得「重開機」，因為他們得知新訊息後，發現必須徹底重新解釋之前所知，而這步驟不能顯得作者在騙人。不過最要緊的，是將上述建立信任的過程放在故事開頭。

話說回來，故事的開頭攸關成敗，到底要在哪裡開始、何時開始？假設你現在人在室內，身邊有說話的企鵝、持槍女子、盆栽後躲著一個人，你可能會想重新安排故事事件，讓自己寫出個道理。然而，許多寫作教師建議，故事開始得愈「遲」愈好。「遲」有多遲？通常得等到最大化的情節張力產

「張力飽滿的意象」能激發心理或象徵性的共鳴；除了作為背景設定或角色特質的一部分，還擁有自己的生命力。

左頁 & 次頁〈奇怪先生〉（Myster Old）來自葛瑞葛利・波瑟特（Gregory Bossert）為小說選集《奇怪嗎？》（ODD?, 2012）所製作的音樂短片。靈感來自傑洛米・澤爾法斯的創作「奇怪先生」。

1. 奇怪先生外觀不太正常，
   所以他很有趣，是嗎？才怪。

2. 那這個場景哪裡不太正常嗎？
   什麼又是正常？
   兩者之間有個平衡嗎？

3. 色調處理如何影響事件
   的解讀？

4. 哪個角色比較不正常
   為什麼？

用奇怪先生寫開頭

1 這幅圖片的構圖怪異有趣——應該不是每天都能看見鳥頭人穿粗呢西裝吧？怪人躲在房間做怪事，也只有一小撮故事才會這樣寫，包括維爾梅爾被人遺忘的經典〈抄寫員巴托比先生〉（Bartlebird the Scribner）。要是單純寫成奇怪先生只是在房中閒晃，故事就會無聊到必須用上華麗修辭。這樣一來，文字的負擔沉重而不平均。要怎樣才能讓這場景更有趣呢？

2 在另一個場景中，奇怪先生拔掉自己的腳（？！）、對著一滴粉紅色液體（姑且稱為小粉）揮舞。這個開場比較動感——奇怪先生有動作了；我們也曾做出類似動作，像是家裡有東西飛來飛去、拚命想打下來的時候。因此奇怪先生的第一個動作能讓讀者產生同感，稀釋了奇怪先生和義肢的怪異感。在此，第二角色立刻出場，小粉雖然像口香糖一樣通體粉紅又可愛，卻是奇怪先生的對手。在故事中加入敵對力量後，角色的動機和情緒立刻發揮作用。奇怪先生顯然不喜歡小粉，因為他竟然拔自己的腿去驅趕。如果他得動用這麼「私人的物品」置小粉於死地，那麼他們之間的故事和厭惡情緒應該非比尋常。

3 另外一個選擇是增添懸疑元素，吊人胃口。圖中奇怪先生持槍預備射擊，有東西在地上滾，可能已經破掉了。看來不但會有後續動作，之前也發生了一些事。雖然這裡沒有描繪出第二角色，但它依然以敵對力量的形式存在。第二角色的缺席，讓讀者自行想像有什麼訊息遺漏，或是期待作者很快就會補上。有許多補充方式可讓讀者「滿意」，例如作者或許會在某場景揭祕，原來奇怪先生是情報人員，或者他其實是演員，在練習怎麼演間諜。這些發展的成敗關鍵在於開場元素的分配，以及調性、氣氛。特定的單調元素並不會自動產生戲分，引發別人的興趣；劇團的誇張演出跟 CIA 內部的陰謀一樣引人入勝。一切都取決於作者的寫法，以及讀者看到的開頭。

4 另一個更直接的開頭寫法是從角色對話寫起，或許談話的情況有些不正常。圖中描繪的兩個角色都有點超現實、奇幻，奇幻小說本來就可能出現這種場景，而開頭的奇怪場景有兩個怪咖也很正常。然而，開頭太突兀會有些風險：現在你得快速解釋的怪事，從一件變成兩件，還要解釋事發背景。其中一個解法是把任一角色的頭換成正常的頭（不太可行）。另一個辦法是把脈絡正常化：或許圖中狀況是兄弟鬩牆，又或者粉紅色那位是推銷員，賣了奇怪先生一本書，拔掉他的鳥頭、裝書上去。也可能奇怪先生要推銷員把錢還來。又或者，你發現讓角色打扮正常沒什麼幫助，所以打算把場景弄得更怪異，讓讀者多做些功課。有天分的作家什麼故事都能接下去，不過你得確定自己知道自己在寫什麼……

〈觸手橫掃〉（Tentacle Latitudes, 2012），約翰・卡爾哈特。

生，而且不能讓角色、設定背景，以及其他元素失去太多味道，否則故事會變得沒有意義，或是讓人看不懂。

太快讓故事開始是常見的錯誤，所以建議你翻翻草稿，盡量找出能推遲故事真正發生的時間點；設法找出讓故事最晚開始的時機。有時這會導致慘劇發生：刪到後來只剩結局，但沒故事可說這種事愈早發現愈好。許多作家寫到後來觸礁沉船，卻不知道是自己沒故事可說，只好孤身漂流於荒涼海岸，不明白為何自己沒有讀者，只有企鵝跟蹤他們。

就算你已經確定故事開始得恰到好處，分析開頭的起始點也會對之後的敘事有些幫助。若你真的改變故事開頭，要記住新版必須更有分量，可能需要重新構思、重建，才能撐起那重量。如果沒有這樣做，起碼要將舊版開頭包含的訊息加進新版之中，或者不要離開頭太遠才提起。

你在想結局是什麼嗎？雖然目前離結局還遠得很，不過總是會走到的。

上鉤的誘惑

開頭要有趣，步調又要快，所以許多作家會被建議開頭要有「鉤」，也就是要發生一點有趣的事情吸引讀者。我甚至聽過一個建議——要在開頭來個爆炸；這樣寫通常都挺糟的。不管是真的爆炸或只是比喻上的爆炸，開場太獨特會限制之後的發揮空間，很可能導致反高潮的效果。

不過還是得發生點什麼事情吧，只是剪腳指甲這種小事也可以。有技巧的作家，能透過看似不重要的動作描寫，暗示其中的政治、社會含義，例如集中火力描寫指甲剪刀刃的殘酷反光，製造張力。

說實話，什麼都能寫得有趣，所以你要少想爆炸的事情，多想想筆下有哪些情況或場景可以發揮，從什麼觀點才能有趣地發揮。鉤子不只是鉤子，上面也得有誘人的餌，甚至鉤子本身也得充當錨，讓人定位。你身為作者，邀請讀者與你同樂，接受挑戰，或讓他們體驗恐懼。花太多時間讓他們上鉤可能會喧賓奪主，搶走開頭的誘餌功能。在這種情況下，誘餌其實就像燈籠魚，是讀者自己想被愚弄、想要被吃掉（別一直想最後讀者下場如何；多想想這個比喻延伸出去所引發的危險）。

對長篇小說而言，「什麼寫起來比較有趣」倒不是個緊急問題，因為長篇的讀者本來就在醞釀情緒，但也不能說是置之不理。此外，每種文類的寫作都會產生一個問題：多數讀者覺得什麼吸引人、什麼很難消化？《紐約時報》暢銷作家瑪麗‧多瑞亞‧羅素寫作科幻小說《麻雀》（*The Sparrow*）時，廣泛探討這問題，要怎麼幫助讀者吸收？她決定刪掉開頭五十頁到七十五頁有關未來地球的設定，以免不懂科幻術語的讀者看到糊塗。此舉或許能提升一般讀者的數量，同時保持原來的力道。然而，若從小說結構和原本預期來

〈序曲之魚〉（The Prologue Fish），傑洛米‧澤爾法斯。

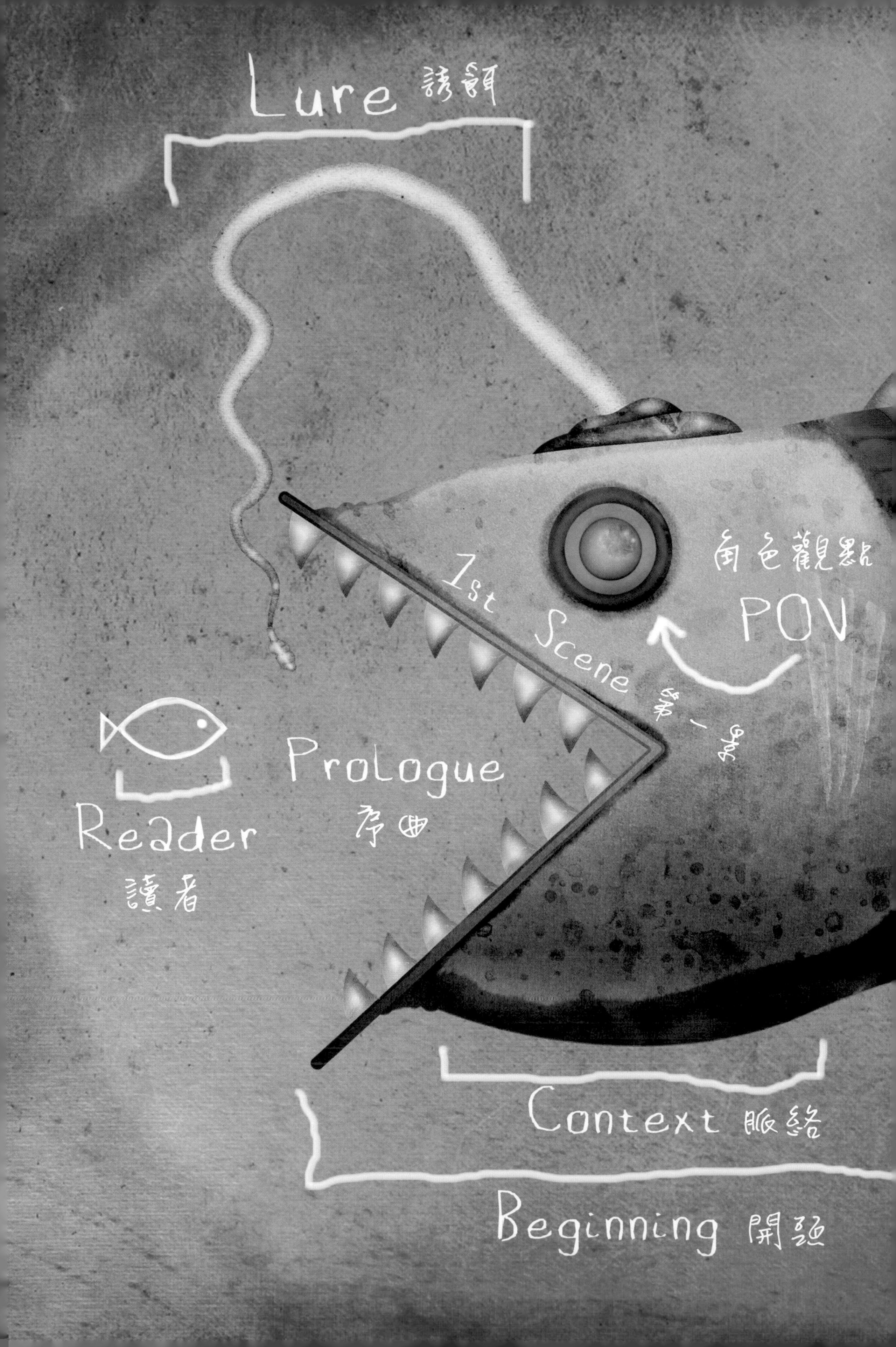

Lure 誘餌

角色觀點
POV

1st Scene 第一幕

Reader 讀者

Prologue 序曲

Context 脈絡

Beginning 開題

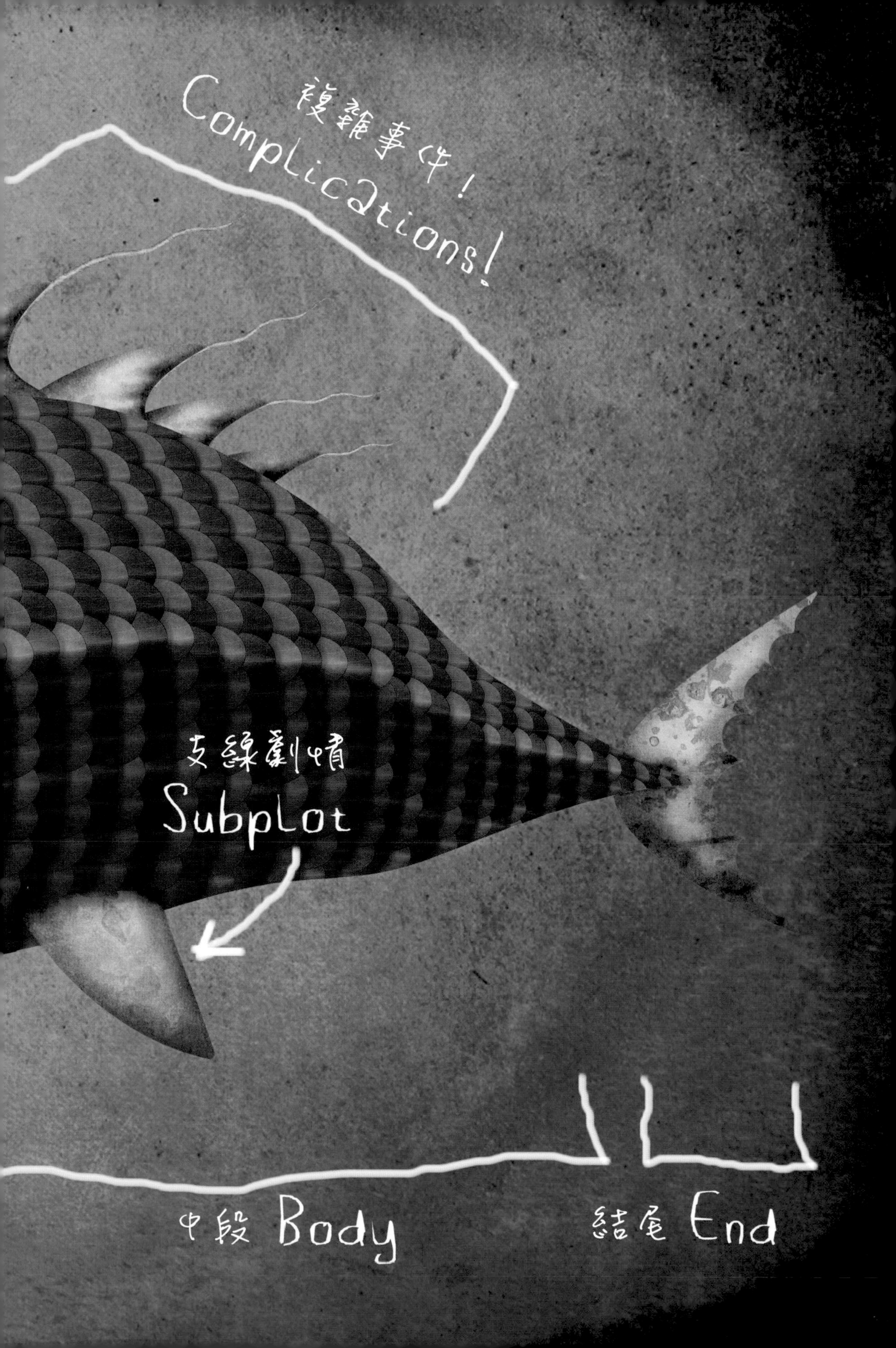
複雜事件！
Complications!
支線劇情
Subplot
中段 Body
結尾 End

看，也可以說作者讓小說開頭失去了平衡，背叛原先的結構和意圖（相反的論點則是作者藉此吸引了更多讀者，使得接觸面更廣，因此其他批評有說等於沒說）。

還有另外一個問題常見於系列小說，尤其是科幻寫作：第二集、第三集的開頭，要放多少第一集就看過的訊息？最優雅的解決辦法，應該是大衛‧安東尼‧達拉姆（David Anthony Durham）在《他境》奇幻三部曲（*Other Lands Trilogy*）運用的。在第二、三集中，作者沒有增添不必要的新情節或歷史資訊，僅在每一本開頭加上序文，摘要之前發生過什麼事。這樣一來，能提供所需的脈絡，也不會讓第二、三集的開頭失去平衡。許多完美小說的續作會毀掉，都是因為作者誤以為得在開頭章節夾帶重點前情提要。

除了以上各點，還需要哪些元素才能寫好開頭？除了會說話的企鵝、持槍人士之外。

絕妙開頭的必備元素

想出最適合的開頭之後，要確定開頭包含了適合的素材、正確的分量、明確的重點。大多數的故事開頭都需要以下基本元素：

- 一個主角或數個角色，並以具有一貫性的視角描寫。
- 衝突或問題。
- 敵對陣營（亦即衝突或問題的來源，視主題而定，可以是一個角色，也可以是大自然或社會；只要是主角極力反抗的，什麼都行。換言之，講得粗魯一點，其實就是反派）。
- 有跡象顯示，還有其他衝突或問題存在，可能形成支線劇情或讓問題更複雜（此設定並非必要，之後或許會自然出現在敘事中）。
- 不管開場有多靜態，也必須有行動或動作感。
- 背景設定可以簡略，也可以明確。
- 語言調性和氛圍要一致。

上述元素所需的簡約／複雜程度以及呈現樣式，可能隨著短篇和長篇的需求而不同。同時也得謹記，樸素或繁複的風格能表現出簡約與複雜，但繁複的風格也能看起來很簡潔。「要寫**多少字**，才能傳達想法、速寫角色或表達其他元素？」這種問題的重要性都不及寫出「**具有多功能**的句子」。你應

該要能寫出具有推動力的句子，不但推動角色塑造，也有助於安排設定、爆發衝突，一句話達到各種功能。這種能力在小說開頭尤其重要，因為全書就屬開頭最需要帶出訊息和脈絡。

故事或小說的種類也會影響作品的準確性和臨場感。有些故事引介新元素的步調可以稍緩，像《魔戒首部曲》的開頭就沒有令人緊張啃指甲的橋段，因為托爾金在埋一個非常長的伏筆。此外，風格簡潔並不代表步調爆衝，或是將許多元素塞在一起，讓你跟讀者都看不見原本該有的清澈感。想想看，如果我們在毫無頭緒的情況下前往魔多，卻得跟一堆不認識也無感的人同行，大概會半路開溜吧。

至於情節中的「問題」，一開始可以很微小，小到像襪子破洞，導致後續發生更嚴重的事情，或是立即擴散發展為潛在的威脅──威脅到神明、國家或是那隻會講話的企鵝。前述的「行為／動作感」和「問題」有關，因為行為或動作可以是帶出問題的方式，儘管也有可能純粹描寫主角的**實際動作**。動態描寫的重點在於，任何動作都要吸引讀者望向特定的方向，讓他們分配一點注意力或重要性去查看有什麼動靜。

「語言調性和氛圍要一致」或許有點抽象，不過有許多小說都毀在措辭不當。假設故事一開頭就上氣不接下氣、充滿情緒，之後戲劇性的場景就很可能沒戲唱。倘若開頭太沒有情緒，或反過來說，明明想要認真卻太輕浮，也無法好好傳達故事觀點，寫出主角的人格。

需要練功的開頭元素或許有限，但練成功後能加乘，以多種方式呈現。問自己各種問題，能讓你更加瞭解自己的寫法，瞭解讀者是怎麼解讀作品。如果你找到最適合的可能開頭，你應該把「調整平衡」一直放在心上，彷彿不斷調整車子音響的高低音設定，以達到最佳的音效。以下試舉幾個可自我檢視的問題：

- 開頭第一句話是否帶出主角，或起碼帶出一個角色？如果沒帶出是為什麼？沒帶出主角的第一句話又帶出了什麼？
- 主角與其他元素完整融合了嗎？是否能看出他們對周遭環境和其他角色的看法？
- 開頭段落是否清楚界定角色之間的關係，讓讀者不可能弄錯？（例如讀者以為某角應該是兒子，結果卻是表親。）
- 是否選對觀點角色？（會不會其他人更關鍵、更有趣？）
- 是否選對視角寫法，例如第一、第二、第三人稱？同樣的開場，要是

靜態場景中的
動態範例

1998

莎曼莎說：「等你
死了，就不用刷牙
了……」

——凱莉・林克
〈專家的帽子〉，
（The Specialist's Hat）

1930

將死之人，遺言不會太漂
亮：急著概括一生，往往
會把事情說得縝密精確。

——強・雷
（Jean Ray），
〈緬因茲詩人〉
（The Mainz Psalter）

2005

我們都下去瀝青坑裡，
地墊緩衝了我們的重量。

——瑪戈・拉納岡
（Margo Lanagan），
〈歌唱，姐姐沉下去〉
（Singing My Sister Down）

1977

我現在要保持清醒。迷
霧。他們一定是趁早晨
來臨前抓我吧。

——艾瑞克・巴索
（Eric Basso），
〈鳥嘴醫生〉
（The Beak Doctor）

1941

這個時候，佩斯特四十街發生
過什麼事，我一定要說出來。

——黎恩諾拉・嘉靈頓
（Leonora Carrington），
〈白兔〉
（White Rabbits）

2010

小孩子很殘酷。當過小
孩子的人，不用證據也
明白這點。

——K・J・畢夏普，
〈拯救開心的馬〉
（Saving the Gleeful Horse）

1930

十一月起霧的晚上，考貝特先生
構思他推理故事第三章的凶手，
失望地起身到樓下，尋找有什麼
比較助眠的東西。

——瑪格麗特・厄文
（Margaret Irwin），
〈書〉
（The Book）

1971

「不要看，」約翰對太
太說：「但隔壁過去那
一桌有好幾個老處女，
想催眠我。」

——莫里耶
（Daphne Du Maurier），
〈威尼斯癡魂〉
（Don't Look Now）

1939

從全然的黑暗中，那
東西嘶吼一聲，衝到
我們面前。

——勞勃・巴伯・強森
（Robert Barbour Johnson），
〈深處〉
（Far Below）

1989

我們的心臟停止了。

——伊莉莎白・韓德，
〈樹上的男孩〉

1919

「這機器很了不起。」長官對探險員說道，同時看著機器，眼神帶有幾許讚賞，當然他對那機器也很熟悉。

——卡夫卡，
〈在流刑地〉
（In the Penal Colony）

1907

離開維也納，離布達佩斯還遠得很的地方，多瑙河進入一個區域，那裡只有寂寞和荒蕪，河水到了那裡，不管河道，四處亂奔，水鄉澤國漫過一哩又一哩，低低的柳林形成一片覆蓋的樹海。

——阿爾吉儂·布萊克伍
（Algernon Blackwood），
〈柳樹〉
（The Willows）

1978

我希望母親去死、看到她痛苦不堪時，我馬上感到愧疚，大哭一場，身邊的泥土都濕透了。

——牙買加·金凱德，
〈我的母親〉（My Mother）

奇怪先生獻上
值得紀念的
開場

好的開場能帶給讀者什麼？

• 神祕感或某種氣氛

• 有趣的開場

• 立刻帶來張力和刺激

• 吸引人的描述

• 不尋常或好玩的描述

• 獨特的觀點

從第一人稱換成第三人稱會怎樣？

- 起始地點或大致的背景設定適合故事發展嗎？開頭提到的，之後還會在故事中出現嗎？如果不會，是不是浪費了文字只寫背景，描述其他元素反到較佳？（倘若起始地點不會再提到，還算是適合的地點嗎？）
- 主角面臨的問題或困境，讀者是否清楚，是否需要寫這個故事出來解決？你是不是寫得太曖昧或太明顯？
- 主角面臨的問題，與場景脈絡相較之下，是否顯得不重要？（如果是這樣，企鵝和我都希望你原本就是想寫喜劇。）
- 開頭的調性是否有延續性，並能撐起後續發展？
- 文體適合角色、設定、故事目標嗎？
- 你的文字情緒是否能製造出正確的脈絡和連結，讓讀者跟故事類型聯想在一起？
- 開頭是否呼應結局？

考量到多數奇幻／科幻小說本身的侷限，某些問題便會浮現。這些問題牽涉到特殊限制或（對讀者負起的）「責任」，類似歷史小說作家面臨的挑戰。這類問題包括：

- 我們現在在**哪裡**？（始源地球〔Earth Prime〕？過去的地球？現在這個地球？地球 2.0？非地球？外星球？太空船上？縮小後躲在臘腸狗裡？等等）
- 我們知道現在的時間嗎？（未來？過去？現在？還是五秒鐘之後？）
- 如果**時間**和**地點**都不明說，是否暗示足夠的資訊使讀者明白？暗示的資訊是否**正確**？
- 如果已明說**時間**和**地點**，是否說得太刻意或講得太費力？是否有更優雅的傳達方式？
- 讀者知道主角是否為人類嗎？
- 如果不是人類，主角理解、面對世界的方式和人類有多大的不同，這一點是否清楚？
- 提供脈絡時，是不是從一開始就提供**太多**資訊，妨礙敘事行文？
- 我們能否從措辭和其他脈絡線索，讀出這是一本奇幻或科幻小說？（科幻小說的規範不同，更為嚴格。例如在出現太空船的科幻世界中，超光速裝置時常出場。）

- 你的用字能否流暢表現書中設定與始源地球的差異？
- 你是否用太多自創字彙或罕見字來傳達自己獨特的背景設定，因此讓開場看不太下去？（例如以下文字可能會讓死忠科幻迷卻步：「太空船長『說話企鵝』，以幽靈裝置按下面板上的 4G 開關，星鳥系統全面啟動，心靈燒杯應用程式也一併啟動。」）

讀者閱讀以現實為背景的當代小說，會根據自己的經驗猜測。這些猜測減輕作者的負擔，不需費力凸顯文字中的某些元素。以歷史小說家為例，就算他們描寫十七世紀的威尼斯，還是希望許多讀者對當時的水都有**基本的**認識。倘若你寫的是科幻、奇幻小說，可能要多花點力氣，說服讀者「放下猜疑」，讓自己甘心受騙，相信書上寫的是真的。

即使來源是老掉牙的刻板印象，讀者通常對義大利有個既定印象和想法。

不該太早定義故事的時候

之前我強調過，你必須知道自己在說什麼樣的故事，以及你得在開頭放些什麼，才能撐起故事和其中的角色。然而，要是故事不准你說清楚，要是你不想遵守某種（次）文類的寫作規範，該怎麼辦？尤其是當你想寫一個無所不包的故事時，最好的決定看來似乎是不要決定：你要避免立刻決定向哪套規範靠攏，其風險是，讀者可能會認為你的開頭沒有重點，即便每個場景拆開來看都達到了效果。進退兩難的是，即使讀者不知道自己到底在看什麼，要如何讓他們繼續看下去？

依我看來，將這問題處理得最好的近作，是金姆·史丹利·羅賓遜的《2312》。這本科幻巨著不但包含了星際陰謀，還詳細刻畫出斯望（Swan）這個角色。書中檢視未來地球的可能性，又有愛情成分（斯望和名為維善〔Waltham〕的男人）。作者大可在開頭就決定只發展單一故事或想法。如果要強調愛情成分，他可以用兩人相遇開場。又或者，他可以從引爆內幕的第一場浩劫寫起。不過兩種方式他都沒採用，我們反而在開頭看見斯望獨自一人在做一件有趣的事情。自此之後，我們慢慢認識故事的各種元素，以及它們之間是如何組合。這種寫法很有用，也很清楚，畢竟這是科幻小說，得讓讀者慢慢適應作者的未來觀。

封面設計：
柯克·班蕭夫
（Kirk Benshoff）。

《美國眾神》如何起頭

尼爾·蓋曼為世界最知名的奇幻作家之一，著名作品有《美國眾神》（*American Gods*）、《星塵》（*Stardust*）、《無有鄉》（*Neverwhere*），以及漫畫《睡魔》（*The Sandman*）。曾獲雨果獎、紐伯瑞金牌獎（Newbery Medal）、卡內基文學獎及其他獎項。

開始寫《美國眾神》前，甚至可說是還沒動筆前，我所知道的第一件事便是自己受夠了C·S·路易斯的名言。他說，寫怪事如何影響怪人，這整件事根本過於奇怪。我也認為《格列佛遊記》之所以成功，是因為格列佛很正常。同理，要是愛麗絲是個怪女孩，《愛麗絲夢遊仙境》才不會成為名作（現在想想也挺怪的，如果文學史上真有什麼怪咖角色，八成是愛麗絲）。我在寫《睡魔》時，寫到一群人住在鏡子裡面，我挺開心的。這群人包含夢王和扭曲的名人，如美國皇帝。

我應該要這樣說：不是我能決定《美國眾神》該怎麼寫，那本書有自己的意見。

小說會自我繁殖。

早在我開始寫所謂的《美國眾神》之前，那本書早就自己開始了。起始的時間是一九九七年五月，那時我腦中一直有個揮之不去的念頭，後來我發現自己睡前躺在床上也還在想那件事，彷彿腦中播放電影片段。後來演變成每晚都會多看個幾分鐘。

同年六月，我在飽經風霜的 Atari 掌上型電腦輸入「男人折騰一番後，成了魔術師的保鑣。那是個非常走極端的魔術師；他在飛機上剛好坐他旁邊，說要給他新工作」。

坐上飛機前的折騰包括一連串事件：錯過航班，航班取消，突然升級到頭等艙，坐在旁邊的人突然自我介紹，然後給他一份工作。

那個男人的生活才剛剛瓦解，於是答應接下那份工作。

這差不多就是後來成書的開頭了。那時我只知道這段文字是開頭，但不知是什麼的開頭，是電影？影集？還是短篇小說？

我不認識哪個寫故事的人會用空白頁當開頭（可能真的有這種人，但我不認識），通常要寫點東西，先有些什麼，一個畫面或角色，不然也會有開頭、中段跟結尾。有中段很不錯，因為通常寫到中間都已經昏頭了；有結尾也很棒，如果知道要怎麼收尾，可以從任何

地方開頭，瞄準結局，放手去寫（幸運的話，結局可能會跟原先料想的一樣）。

可能也有作家先想好開頭、中段和結尾，才坐下來寫作。我超級不是這種作家。

所以四年前的我就只有開頭。如果要寫書，還需要開頭以外的部分。如果只有開場，寫完就沒得寫了。

過了一年，我腦中出現這些人的故事：原本那個魔術師角色（雖然我早就想好他根本不是魔術師）應該叫作「星期三」。我不確定那位保鑣應該叫什麼名字，姑且稱為萊德，但聽起來不太對勁。我想了一個小故事，會出現那兩個人，還有一些發生在中西部小鎮銀邊（Silverside）的殺人案件。結果我才寫一頁就放棄，主要是因為寫不順。

那陣子我做了一個夢，醒來時直冒冷汗，感到困惑。夢裡有個妻子死掉了，我覺得這夢境好像跟那個故事有關，所以整理記錄下來。

過幾個月，到了一九九八年九月，我重新動筆用第一人稱改寫，把之前稱為萊德的傢伙（改寫時換成班・寇博〔Ben Kobold〕，結果更是大錯特錯）孤零零送到小鎮上（鎮名改為雪比〔Shelby〕，之前那個鎮名聽起來太外國風）。寫了大概十頁之後，我停下來，還是覺得很不對盤。

到那時候我開始有個結論，我想把地點設定在湖邊的小鎮……嗯，我想到「湖濱鎮」這名稱，扎扎實實，就是個小鎮名……光是這部分就寫這麼多。而且那時我還在寫另一本小說，寫了好幾個月。

倒帶回到同年七月，那時我去冰島，正前往挪威和芬蘭。或許是因為遠離美國，或許是前往午夜太陽之島，所以缺乏睡眠，突然之間在雷克雅維克某處，小說憑空誕生了。並不是說整個情節都有了（我只想到角色要在飛機上見面，以及發生在湖邊的零星情節），而是說我第一次知道自己要寫什麼類型的故事，有了

方向。我寫信給出版社，說下一本書不寫復辟時期的倫敦奇幻故事，改寫當代美國夢幻走馬燈。我提出《美國眾神》當作臨時標題。

我一直在幫主角想名字：畢竟名字是有魔力的，人如其名。我叫他閒仔，他好像不喜歡。叫他傑克，也沒有比較好。我看到什麼名字都給他試試，而他在我腦中某處回頭看我，每次都面無表情，好像我在幫無臉男取名字。最後他的名字從艾維斯・卡斯提洛（Elvis Costello）創作的歌曲之中蹦出。這首歌收錄在樂團 Was（Not Was）創作的專輯 *Bespoke Songs, Lost Dogs, Detours and Rendezvous*，說的是兩個男人「吉米與影子」的故事。我想了想，試寫看看：

……影子穿著囚服，辛苦地伸展。他瞄一眼牆上的北美野鳥月曆，上面有入獄後畫掉的日期，盤算還有幾天才能出去。

只要有了名字，就能開始。

一九九八年十二月左右，我寫了第一章，還是想用第一人稱，結果依舊不順。影子這個人太沉悶，不太揭露心事，用第三人稱已經很難寫了，用第一人稱真的很困難。一九九九年六月，我開始寫第二章，那時我剛離開聖地牙哥漫畫節，搭火車回家（旅程要三天，可以寫很多東西）。

於是那本書開始寫了。我還不確定正式書名叫什麼，但後來出版社寄封面打樣過來，上面印著斗大的「美國眾神」，我才明白之前隨口說的標題成了正式書名。之後我一直寫，深深著迷。寫得順的時候，我覺得自己不像作者，反倒像第一位讀者；自從寫完《睡魔》之後，我很少有這種感覺。 ❖

不先選擇定位，也就是不在一開始就挑明是愛情故事或陰謀論，作者便有餘裕顧到兩邊，讓小說顯得更有深度、更真實，不像虛構文類。不過這麼做有點危險，有些讀者讀到某些章節可能會感到困惑。事實上，的確有些書評提到星際陰謀，卻完全沒有提到情愛部分，然而明明將近半本書的情節都與書中男女主角有關。亞馬遜網站和其他地方的讀者對作者的寫法感到憤慨──總結來說，這些評語就是「在科幻小說裡談戀愛，會拖慢速度！」但事實上，你無法取悅所有讀者，既然無法取悅，就忠於自己的版本；《2312》這本小說實屬上乘之作，因為羅賓遜拒絕太早定義自己的故事。

部分作者為了讓讀者在一開頭更容易進入狀況，有時會編輯自己的故事。其他作家讀到這種修改過的稿子，會發現其中的不平衡如同結構或角色的變形；對許多讀者而言，他們卻看不到這一點，只發現進入故事的門檻很低。因此有些人抱持「變形反而是種進步」的想法，在此我不想深入討論，因為那反映出「故事開頭該怎麼寫」背後的意識形態差異。部分作家主張變形是必要的，前提是變形能讓行文表達更有效率、更好閱讀，以便後續夾帶較為怪異或反傳統的題材。我個人認為這樣做通常很擾人，也令人失望。我提起這個話題是因為科幻、奇幻作品中隱含著商業模式，意味著如果你照那些模式走，會遇到更大壓力，要你服從該文類「該有的模樣」……有時反而讓情況更糟。

爛開頭？

說到這裡，產生了另一個問題：故事或小說的哪種開頭通常不會成功？歸納向來不容易，不過下列這些開頭幾乎無以為繼：

- 回溯往事
- 夢境
- 對話
- 次要角色的視角

這些開頭會失敗，主要是浪費了讀者的時間。例如才剛起頭就回溯往事，讀者並沒有足夠的時間進入狀況。他們才剛把書拿起來，椅子都還沒坐熱。太快丟出回憶的場景，會喪失原有的分量或相關性，因為讀者還不熟悉角色的生活，無從比較回憶與現實。因此，回溯往事並不能增加深度或讓讀者更

加瞭解，反而削弱整個開場。

　　夢境跟回憶又不同，夢境並沒有傳達出任何現實意義，通常讀者看到做夢會認為自己上當──「嚇到了吧！只是做夢啦。」此時讀者有充分的理由把書扔到房間另一頭。夢境當開頭，擠掉用來描寫角色和書中世界的空間。在超現實、卡夫卡式的小說中，夢境的樣式和調性通常也吻合書中的現實世界。由於該故事已經如同夢境，再加入夢境，會讓讀者感到無聊、困惑。

　　用對話當開場，沒有前述那麼罪不可赦，艾莫・李納德等小說家可以處理得很好，但以對話當開場，時常讓讀者感到飄忽不定。這是哪裡啊？現在是什麼時間？這是哪個角色的觀點？讀者不只會疑惑，也會自動填補細節。等到第一段描述文字出現時，場景轉為說話企鵝和持槍女子共處一室，但看完對話的讀者腦中早就浮現另一幅非常不同的場景了。

　　用次要角色當開場或序曲，可以應用在長篇，因為長篇有較大的空間發展主要角色群，但短篇文字密集，這種視角幾乎不可能成功。不管怎樣，聚焦在「拋棄式角色」（他們可能一出場就死掉，或者再也無聲無息），會製造出「誘騙掉包」的情況。讀者以為自己從某個角色的觀點看故事，結果卻發現那個角色根本不是故事的主要部分。不過要是你寫的是多重視角的長篇小說，在前段好好利用拋棄式的視角，較容易取得效果。比方說在《冰與火之歌》系列，雜魚視角往往能緩和氣氛，或提供低下階層的觀點。

小說實證：《芬奇》

　　現在你應該明白該如何起頭、如何發問，也知道什麼寫法行不通。下一步是拿一段開頭，看看別人怎麼寫。已出版的小說作品，展示效果勝過不清不楚的範例。現在來深入分析我的小說《芬奇》的開場，瞭解如何找到適當的角度進入敘事，每一個捨棄不用的寫法又有什麼發展空間。

　　《芬奇》的發生地點為架空城市龍涎香城。從某些觀點來看，那裡其實就是我們這個世界，不過顯然是**次級世界**的設定。書中有神祕的地下居民「灰帽人」竊據龍涎香城，頒布宵禁，解散當地政府荷巴頓議會，利用怪異的成癮藥物、拘留手段、引發零星恐怖事件，來控制城中的人類。城中反抗勢力分散，灰帽人徵召人類建築兩座奇怪的塔樓。在此背景之下，約翰・芬奇受到徵召，勉強成為警察，眼前必須解決一起詭異的雙屍命案：一個人類和灰帽人陳屍於廢棄公寓中。他要是沒有破案，作風駭人的灰帽上司何瑞提克（Heretic）可能會取他性命。

「次級世界」既不是這個地球，也不是另一個版本的地球。C・S・路易斯的納尼亞、托爾金的中土世界、娥蘇拉・勒瑰恩的地海都算是次級世界。

右頁《芬奇》北美版，設計：約翰·卡爾哈特（2009）。

不僅僅是芬奇的人格、過去、工作等細節帶有一定的分量與傾向，足以影響故事，我使用的每一種小說模式，也含有一系列完整的比喻、類型、替讀者準備好的閱讀切入點，都有其用意。關於小說開頭，我得下幾個決定，而每一個決定都會在行文和場景安排的層面上影響其他的決定，更會影響讀者如何歸類我的小說和主角。唯一不需擔心的只有視角：我清楚自己想要從芬奇的觀點寫這部小說，用第三人稱。

那麼小說的中樞神經系統是什麼？我的重點是什麼？我要如何綜合上述影響因素，創造化學反應，而不是單純的肢體動作呢？以奇幻小說而言，或許以下這點最重要：如何向讀者介紹龍涎香城？那樣的介紹方式，又會讓讀者看到什麼樣的主角？

以下有兩篇初期刪去的寫法，供各位參考：有一篇是芬奇起床後餵貓，收到上司的留言。另一篇則是芬奇收到訊息後，趕往犯案現場。

還記得爛開頭有哪幾類？這兩種起頭後續會遇到什麼困難？

範例 A 所犯的錯誤，類似許多新手作家的通病：很多人的一天都是早上起床喝咖啡，讓小說主角起床做一樣的事好像挺自然的，但這種寫法通常不會成功，需要大幅重寫，才能找出小說的真正起點。這樣的開頭沒什麼張力，除非角色的住家或生活習慣對故事走向具有重大意義，不然這樣開頭很浪費讀者時間。

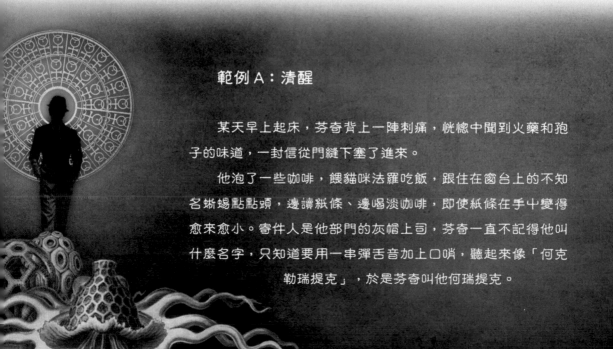

範例 A：清醒

某天早上起床，芬奇背上一陣刺痛，恍惚中聞到火藥和孢子的味道，一封信從門縫下塞了進來。

他泡了一些咖啡，餵貓咪法羅吃飯，跟住在窗台上的不知名蜥蜴點點頭，邊讀紙條、邊喝淡咖啡，即使紙條在手中變得愈來愈小。寄件人是他部門的灰帽上司，芬奇一直不記得他叫什麼名字，只知道要用一串彈舌音加上口哨，聽起來像「何克勒瑞提克」，於是芬奇叫他何瑞提克。

《芬奇》的細節

小說混合以下文類：

- 奇幻（都市奇幻、新怪談、第二世界）
- 恐怖
- 間諜小說、政治懸疑
- 黑色犯罪、冷硬派推理小說
- 未來科幻小說

故事設定的重要元素：

- 稱為「灰帽」的非人類種族從地下崛起，占領龍涎香城。
- 衝突之後，城市破敗，間諜與反抗軍在三不管地帶行動。
- 灰帽人安排傀儡警力與其他類似組織，維持安定假象。
- 灰帽人徵召維安勢力「職務人」（Partial），他們是背叛同胞的人類，自願以活體攝影機取代雙眼；攝影機則是利用灰帽可怕的真菌科技運作。
- 灰帽的統治方式類似現實世界，例如納粹占領下的法國。

芬奇這個人：

- 曾為反抗民兵。
- 過去有不為人知的祕密。
- 為人實際，卻也懷念過去美好的時光。
- 因為替灰帽人工作而妥協。
- 願意付出一切，只為住在破敗的龍涎香城內。
- 對朋友很講義氣。

範例 B 缺乏真正的張力，場景效果看似遊記，帶領讀者走過城市，卻沒實際用途。耐人尋味的是，這種遊記寫法反而讓我縮小設定範圍（原先還沒有想法）——隨著小說發展，我需要更多時間進一步具象化龍涎香城。寫背景設在真實世界的小說，或許不需要知道角色的移動方式，可是在奇幻小說中，要是讀者沒看過或不知道那些移動方式，可能會認為作者的世界觀設定有漏洞。

上述兩個開頭都無法盡到「頭尾呼應」的功能；在小說中，頭尾呼應也稱為「開頭有戲」，與主角或敘事的其他主要焦點有關。

關於這兩段失敗之作，還可以進一步討論：

* 角色的日常生活，可有效對比常出現在小說中的「緊急狀況」或「特殊事件」。但若先寫出日常生活或一般設定，也許會抑制張力的發展與戲劇訴求。

* 描寫日常生活或睡醒的場景，都算是過度誇大「結締組織」。日常生活描寫是一種文字上的誇大；睡醒場景則是意味上的誇大。就算讓睡醒的場景晚點才出現，這一幕的作用就不是開場，而是過場。這種場景可以用一些語彙或句子帶過，也不會有人覺得缺乏細節。

* 你選擇的實際場景比你所想像的更具分量。讀者會把最先看到的設定「牢記在心」，希望後續看到這項設定的重要意義（有些小說設定豐富，不在此限，例如之前提到的《冰與火之歌》，或安潔拉·卡特的超現實小說系列《霍夫曼博士的惱人欲望機器》〔*The Infernal Desire Machines of Doctor Hoffman*〕）。

* 過場文字（有些看來很像遊記）讓角色從這裡移動到那裡，可能有用，也可能無用。尤其在奇幻小說中，有時作者把背景描述寫成敘事的一部分，除非這種描述與角色塑造有緊密關聯，不然讀者看了就是受罪。敘事散漫，最後便顯得漫無目的。或許你是個發現新寫法的天才，讓角色晃來晃去就能製造張力，但這不太可能。

* 太早提供錯誤的特定資訊，糟糕程度等同於說得不清不楚。以範例 A 來說，芬奇及上司有關的訊息缺乏讓人理解的脈絡，描述精確反而讓讀者感到疑惑，因為他們對書中世界的瞭解有限，無法處理此訊息。

* 要是引導讀者認識背景的方式錯誤，會讓調性變得怪異。以範例 B 而言，寫芬奇會開車讓我遇到瓶頸。他會開車似乎與角色特質無關，反而應該當作一種提示，說明龍涎香城有什麼樣的科技（車輛很稀有）。

範例 B：前往犯罪現場

因為沒人願意承擔重大職責，芬奇獲得殊榮，離開警局時能夠駕駛局裡唯一一台動力機械裝置——十年老車 Aventor，這已經算是城裡的新車了。他住的那條街上有個小孩，有時會拿汽油跟他換糧票。芬奇不知道小孩的汽油是哪來的。

車子顛簸行駛，吱吱嘎嘎壓過路面，芬奇緊握方向盤，白煙在後方飄。那輛車有毛病，總有一天會開不動。不過在那天到來之前，開車感覺還是好奢侈：他看著路人走在人行道上，停下腳步轉頭看他，彷彿他在替浮誇的嘉年華打頭陣。

不過由此寫起來也不順手。

傳遞訊息的方式和時間，往往是成功關鍵。從奇幻的設定考量，是否還有更好的起始點，可同時介紹小說和龍涎香城？第一個角色該讓誰出場？還有第二個、第三個呢？**應該**強調什麼？是不是有什麼該讓讀者知道的訊息卻遺漏了？思考上述問題之後，我想到四種比較認真的寫法——全部都試過後，才選出一個最符合目標的作法。

如果你看過我的小說，就知道我做了什麼決定。如果還沒，你覺得下列四種寫法，我選了哪一個？為什麼？

- 芬奇俯視犯罪現場的屍體，一旁是上司何瑞提克和職務人（人類背叛者）。
- 芬奇在警局接到上司打來的電話，說有命案，要他前往案發的公寓。
- 芬奇站在公寓門邊，準備進入命案現場。
- 芬奇在犯罪現場的陽台，往外看著龍涎香城的天際線。

下結論前，請先想想關於這部小說，我提過哪些訊息。再翻到下一頁，看看最後我拋棄哪些選項……

其他寫法

若要寫標準黑色小說或冷硬派推理小說，作者通常會選擇寫法一。為什麼呢？寫法一具有：

- 某種即時性，事情**正在發生**。
- 帶出困擾主角的案件或中心問題，藉此再帶出主要的故事進程。
- 立刻創造出張力，引起讀者興趣。
- 小說的重點等於破案（就算後來顛覆這個設定也無妨）。
- 帶入幾個重要角色，讓角色動起來。
- 建立小說的重點場景：犯罪現場。

不過開場寫這麼明白也有缺點，因為我想將此書寫成綜合小說，如同文類之間跨種授粉，這也就是我在《芬奇》中的嘗試。這種開頭會讓讀者誤以為破案就是結尾，而且太快破題，我還得描述非現實世界的大設定。以下這幾點也可想想：

- 帶出主角時，如果當下情況是主角和其他角色互動，效果跟主角一人出場不同。透過描寫主角和他人的互動，能傳達很多訊息。但有時可能會為了對比效果，刻意孤立角色。
- 空間感以及角色存在感的描寫，決定讀者如何看待他們。例如描寫團體中的階級時，場景中若有幾位角色低頭看屍體，你能看出其中誰的位階最高嗎？
- 角色的篇幅（描寫他們所需要的時間與空間）也會影響讀者觀感，篇幅會影響讀者獲取資訊的速率及資訊種類（資訊要跟場景有關）。

寫推想小說時，傳遞必要資訊的方式和時機很重要，推想小說的運作方式也異於當代主流小說。前述提到關於開頭的注意事項，算是處理到這種差異，不過需要多加詳述。

要是**黑色推理小說**設定於現代芝加哥（會省下作者許多力氣），不需要在第一景提供細節，或是叫讀者特別注意書中地點。倘若是奇幻推理，背景為架空世界，作者的負擔會增加許多：書中地點得漸漸與現實分離。處理非現實的手法會隨著故事有所改變，你應該小心拿捏合乎場景日常程度的**怪異比率**。當然你大可辯稱，每個作家都有責任創作出真材實料，都該把芝加哥寫成跟中土世界一樣緻密。但同樣是寫壞，讀者對芝加哥的接受度還是高於中土世界啊……希望如此。

黑色小說是結合了冷硬派小說的推理小說，但是黑色小說的主角不一定得是偵探，可以很人間失格，謎底也不一定要揭開。

舉例來說，在《芬奇》之中，我讓讀者從熟悉設定（謀殺案）起步，進入非常古怪的超現實城市，城中住著非人種族，使用詭異的科技，除了真菌專家以外沒人能懂。熟悉與古怪元素鮮明並置，提供讀者一個進入敘事的切入點，也讓讀者或多或少享受我的故事。要是我的故事場景和設定都很奇怪，挑選適當訊息置入開頭的負擔隨之飆升。

然而，前述作法不能跟寫法一合用。我會放棄寫法一，除了因為自己不是在寫黑色推理，更是出於實際考量：我不能把太多訊息塞到有限的篇幅中。犯案細節會蓋過架空城市，之後又跟角色細節衝突。

#2-- 芬奇在警局接到上司打來的電話，說有命案，要他前往案發的公寓。

警察辦案小說（police procedural）中，作者會在主角身邊安排同事，每個人都有自己的故事，這稱為群戲（ensemble cast），藉由串連眾人的故事，全書得以展開。如果《芬奇》是這類型的小說，主角幾乎整天都待在警局，用那裡當開場也不錯。辦案小說中，警局的作用類似其他群戲作品中的辦公室、劇院、監獄、公寓，可作為敘事的連結、中心、焦點：像預設的主舞台，其他設定則圍繞著發展。這種寫法的吸引力在於眾多角色間互動的可能性，孕育即時的戲劇張力。這樣寫顯然好過芬奇早上獨自醒來的舊開頭。

警察辦案小說極力描繪警方處理單一案件或辦理不同案件的過程。

然而，小說中的連結地點有許多種形式。以《冰與火之歌》為例，理解眾多角色的最佳方式，便是實際排出彼此的關係，所以該系列第一集《權力遊戲》中許多開場都發生在臨冬城裡，眾多主角聚在城裡等待國王親臨。場景集中在臨冬城，讀者可以更全盤瞭解角色間的關係、過往和動機；若是作者個別描寫每個領主的遙遠城堡，不會有此效果。喬治·馬汀這樣寫，或許

大幅拖慢全書前三分之一的行動，卻能換來一個好處，讓讀者更**清晰理解**該系列前三集的定位。開頭幾章的重大決定，也給該系列帶來全面影響。這種寫法仍有其風險，理由如下：

- 一次介紹眾多角色，可能較不容易讓角色立體化，讀者也會以為所有角色都吃重。
- 群戲的觀點眾多，會增加小說章節的視角，卻也讓小說只能朝某個結構發展。
- 開場就描寫數個角色間的互動，多少壓縮到設定的空間（雖然角色的觀點也能夾帶一些設定）。

你想得沒錯，開場介紹**太多**角色，讀者可能會看花眼。如果要處理的角色不只是一名持槍女子和一隻會說話的企鵝，而是六隻企鵝、三名持槍女子、躲在棕櫚樹上的鵜鶘，該怎麼辦？多角色場景必須掌握布景鋪陳，充分強調或刻意忽略特定細節，同時也得留意別讓配角站著看戲。要是必須添加設定的關鍵元素，而且是透過觀點角色的經驗來敘述，你會發現處理類似開場時，小說家容易失控。

話說回來，重要的是《芬奇》並非多觀點小說，也不是群戲小說。我一開始的設想是把芬奇的同事當作配角，警局只會出現四、五場戲。在警局開場也過早，距離我設定的寫作目標太遠；以戲劇張力而言，用警局開頭的效果根本和之前捨棄的舊開頭一樣弱。此外又增添一個麻煩：芬奇要怎麼移動到犯罪現場？這問題也類似開車的舊開頭。

雖然我最終還是寫了一段警局的場景，但那也是發生在芬奇見過上司、驗屍之後的事。這個決定讓我描述警局內部的場景：芬奇謄打著案件資料，跟警探同事互動，我毋須特別介紹上司、職務人或是龍涎香城的大設定。這樣一來，我也能利用這一景帶出主角性格中的複雜度和層次感。

#3-- 芬奇在犯罪現場的陽台，往外看著龍涎香城的天際線。

　　奇幻史詩作品和描寫當代生活的跨世代敘事，有時會附上前言或楔子，讓讀者看清主要的設定全景（通常是一座城市）。這種小說敘事宏大，呈現多種觀點角色，這樣才能容納幾近全知的筆法、無所不包的描述。像柴納·米耶維的《帕迪多街車站》（*Perdido Street Station*），意圖也是如此，作品沿著流經新科羅布索城（New Crobuzon）的古老河流，展開敘事。風景也成為角色之一，定義地理範圍，書中的每個角色身上都能看見地理環境的影響。從背景設定開始寫，能讓米耶維以又近又遠的視角呈現整本書，因為開頭已經把地理背景講清楚了。如果規模小一點，風景描述可以像波赫士那樣寫得像微型畫，同時成為驚人故事的材料：用幾句話便呈現了整個故事。

　　要是你想用這種寫法，以下幾個問題或許能幫助你下決定：

- 要寫到什麼地步，你才會覺得故事中的設定也是一個角色？例如讓設定影響主角與反派？
- 設定的特定細節，影響角色（進而影響情節）的程度有多強烈？
- 想想你的小說觀點：這觀點從鳥瞰的角度俯衝而下，捕捉一個個的角色，還是如手持攝影機那樣蹲踞在某個角色的肩頭？或介於兩者間？
- 從主角的觀點出發，你打算如何替小說收尾？

　　敘事宏大的寫法要考量到風險。花費較多心力描寫風景（而非角色），會讓描述文字缺乏情緒或缺乏觀點，看起來呆滯遲緩、了無生氣。這種文字可能會博得奇幻史詩讀者的歡心，不過要滿足讀者看遊記的愛好，可用其他方式在適當的時機做到。創作奇幻作品時，如果背景設定不是地球，我的確有義務描述書中地點，在某個層次取得可信度。不過同等重要的是，避免以**過多**或**與觀點角色沒有真正關聯**的描述，在敘事和角色上著墨。

這個主題將於第六章詳加討論。

《長鳴》（2008）的封面繪圖，由班．天普史密斯（Ben Templesmith）繪製。完美呈現書中的環境和角色是如何互相影響。

　　經過幾次嘗試之後，我放棄較著重風景的寫法，因為我面臨到跟背景設定相關的挑戰（以龍涎香城來說，這項挑戰是城市的歷史包袱）。這些挑戰又是哪些呢？

- 取得平衡，別讓看過系列前作的讀者感到老話重提，同時也讓新讀者獲得必需的背景知識，讀得開心。
- 讓讀者從容前進，既興奮又能適應劇情。《芬奇》書中設定的時間為重大事件發生後的一世紀。該重大事件寫在系列的前作《長鳴》中，徹底改變了龍涎香城。

　　後來我寫過一篇草稿，巨細靡遺地描述龍涎香城，但這項設定缺乏前述的情緒共鳴，看起來很像在說「嗯，這就是奇幻小說」，而非綜合小說。正如同以屍體開場會讓讀者以為是黑色推理，這種奇幻式開頭也很明確，明確到沒有任何幫助。

我怎麼知道寫法四最適合我？寫到後來，我知道小說重點是芬奇，所以我決定開場只留他一人站在公寓門邊，正要進門。跨過門的另一邊，他不只會遇見灰帽上司，也會見到職務人。由於芬奇的背景特殊，看見上司和職務人，帶來的恐懼和壓力都超過看見屍體。龍涎香城受到戰火摧殘，看到屍體對芬奇來說是常見的職業風險。多死幾個人，就算情況離奇，也不會讓他驚惶失措，何況他當過民兵。所以張力最大化的場景反而不是真正見到屍體，而是芬奇快要見到職務人和上司的那一刻。

> 芬奇站在公寓門邊，呼吸沉重，因為他剛才步伐急促地爬了五層樓。叫他離開警局來現場的紙條在手中爛成一團。浮現紅點的真菌綠紙，過了幾分鐘變得軟爛濕黏。現在只要進門就好了，門上有灰帽的標誌。

在部落格上討論這本小說時，作家馬克・萊德勞（Marc Laidlaw）提出自己閱讀開頭的感想，也提到這開頭為什麼會成功：「這是個『門檻時刻』，時機正好，過了一會兒會變得太遲，寫之前的事又嫌太早。對芬奇和讀者而言，室內場景都正要成形。他在門邊猶豫的舉動，向讀者透露許多訊息，包括他的為人、他的處境。這是萬力平衡的時刻，所有事情即將改變，平衡就要被打破……這個時刻收攏一切，形成一個零重力狀態，剛好可讓你把小說的重量偷偷轉移到讀者身上。」

部落格寫手麥特・迪諾特（Matt Denault）發現：「在你所選擇的寫法中，一開始，芬奇是一個人行動，標明他在書中的故事路徑，和他後來的結局形成對比。門作為一種開口，這是一個主題；芬奇在穿過門時，帶領讀者一同前進，讀者跟他都是第一次看到房中景象，所以需要芬奇幫忙描述。『選擇』是本書另一個主題。穿門而過並非出於被動，而是主動的選擇，大致說來很適合作為小說的開場，尤其適合這本書：他不甘願做事卻默默承受，這點足以說明他的人格、大設定，以及控制階層並沒有直接奴役大眾，卻透過監視、恐懼、懷柔手段，控制人民。」總之，在虛構文類中，「門」提供作者一個機會，強調角色面臨的抉擇。

各 種 敘 事 之 門

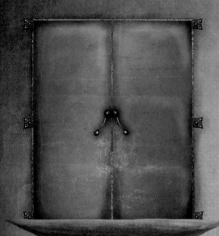

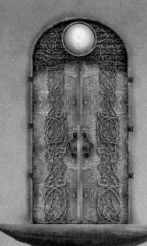

你得穿過這道門，
你敢嗎？

這扇門帶你走回老房子⋯⋯
想起了往事。

這扇門通往全然的未知⋯⋯
以及另一個世界。

這扇門帶你回到
太過熟悉的工作地點⋯⋯

通過這扇門，
你會遇到一些事情⋯⋯

一扇看起來
不像門的門。

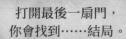

打開最後一扇門，
你會找到⋯⋯結局。

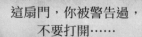

這扇門，你被警告過，
不要打開⋯⋯

芬奇通過的第一道門是公寓的門，往後還會經過許多道門。這個充滿張力的起始瞬間，將以不同的形式出現在小說中。門也確實象徵他的選擇，甚至代表他的些許抵抗，每次他都能選擇要面對門後面的未知或是轉身離開。所以每當芬奇看見門（尤其是情況危及的時候），讀者都更加明白他的性格。

芬奇通過小說中的門，讀者也得自己開門，享受讀小說的樂趣——這是一種**進程**。我不想讓讀者繞圈圈才能進入狀況，因為有奇怪的反派及次要角色出場，已經容易被預設為奇怪的設定。開頭的**場合**（承受壓力的男子）會製造出讀者所需的熟悉感連結，但我認為有必要進一步**正常化**這個開場，好讓讀者將自己的觀點跟小說世界觀整合起來。我不希望小說中的世界分散讀者的注意力，反而忽略了核心主角——約翰·芬奇。我希望讀者看到後來的怪異場景時，已經見怪不怪。

芬奇站在門邊的開場，讓我有**時間**和**空間**一步步帶出必要的詭異元素。這樣一來，我就不用在詭異這件事上頭妥協，只要讓各種元素有足夠的空間呼吸，我的描述就不會互相干擾。

發展過程很簡單，也很重要：

- 芬奇進入公寓。
- 芬奇看見職務人。
- 芬奇遇見何瑞提克（他比職務人更奇怪，所以晚一點出場）。
- 芬奇看見屍體（幾乎同時看見何瑞提克）。
- 職務人離開，芬奇站在陽台上往外看龍涎香城。

故事時間軸和實際空間配合發展：走廊通往門邊，接著進到客廳／廚房，再走到陽台，每個空間都有不同的功能。其實，以下平面圖也具有伸縮透視的功能，或隨著時空發展向外擴張視野。

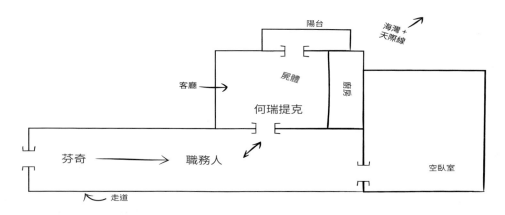

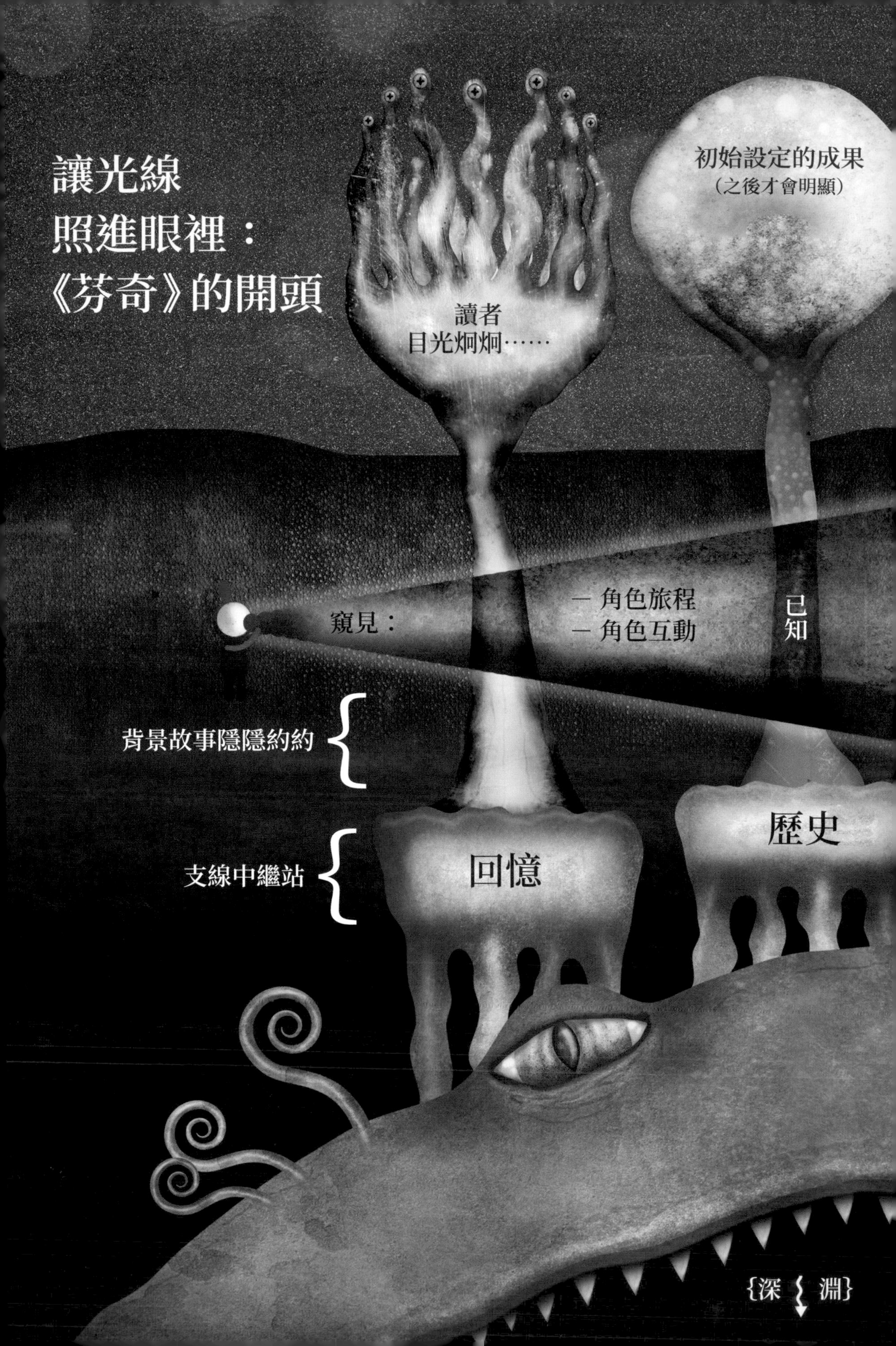

讓光線
照進眼裡：
《芬奇》的開頭

初始設定的成果
（之後才會明顯）

讀者
目光炯炯……

窺見：

— 角色旅程
— 角色互動

已知

背景故事隱隱約約 {

支線中繼站 {

回憶

歷史

{深 { 淵 ↓

灰帽與
職務人

廣大世界
（小說中段）

設定和角色持續擴張

— 故事發展
— 根本衝突
— 背景故事

浮現

— 設定訊息
— 設定與角色
　的關聯

描述

之後可使用的
故事概念萌芽

潛意識

故事進展也代表從「人」到「非人」的轉變過程：從芬奇到職務人，到何瑞提克。職務人和何瑞提克之間的空間，十足象徵兩個種族在未來的衝突。職務人守在走廊上，象徵他的角色與位階。何瑞提克守護著芬奇即將遇到的麻煩源頭，這個安排也明確傳達何瑞提克身為上司的角色。

發展這些進程，要點是什麼？

- 讓讀者適應書中的陌生地點。
- 製造空間讓怪異感慢慢滲透，首先是職務人的，再來是何瑞提克的，最後是這個案件的。
- 增加角色深度（我們看見芬奇和屍體共處一室，檢視屍體，仔細周詳，讀者由此看出端倪。或許他當警察當得不甘不願，但是做一天和尚撞一天鐘，有工作就得做到最好。其他人或許只是做做樣子，芬奇這人卻想做對事情，就算出於妥協也一樣）。
- 在不同的階段揭示芬奇的**動作**與**反應**，藉此帶出他的性格各面向。

最後一點特別重要，因為這個過程負責建立起整部小說關係網的框架。從最初一連串的會面和互動中，讀者得知關於芬奇與他個人世界的複雜訊息：

- 芬奇對職務人的反應多為不屑，但要是芬奇同時見到職務人和何瑞提克，讀者就無法看清他對兩者的差別——也看不出何瑞提克離開後，芬奇在態度上的落差。
- 職務人確實可怕，潛在相當的優勢足以壓過芬奇，所以芬奇對他的反應傳達出勇氣或反骨精神，進一步建立何瑞提克的首要地位。
- 何瑞提克跟職務人不同，他用另一種方式讓芬奇驚恐。如果我只用文字描述那股張力，他在讀者眼中就不會顯得那麼可怕（這同時增加了場景中的張力）。

此外，描寫何瑞提克離開前後芬奇與職務人的互動差異，有幾個很重要的因素：

- 雖然芬奇被何瑞提克擾亂，**對待職務人的方式全無改變**，展現一定程度的恢復力，可說是心亂、神不亂。
- 小說的後續事件可有效誇大職務人鄙視、仇恨芬奇的程度與範圍，而

讓者看見職務人、何瑞提克、兩具屍體，背景為城市天際線。

芬奇的行為或許助長了職務人的氣焰。

- 職務人反覆出現，許多場景卻不見蹤影。藉由此幕，可將他代入敘事中——從角色塑造觀點來說，這一幕是成功的（不然職務人大可跟何瑞提克一起離開，留下芬奇檢查屍體，觀看看城市風景）。

　　最後，芬奇**確實**遠眺了城市天際線——讓人想起被拋棄的寫法三，不過「遠眺」被移到結尾，而非開頭。故事進展到這裡，芬奇已經承受了職務人、何瑞提克和屍體的考驗。他的情緒跟開場已經有所不同，不只是因為案情不明而感到更大壓力，卻也因為職務人和何瑞提克都走了而感到自在。就某種程度上，芬奇可以停止「角色扮演」，所以他遠眺風景，悲傷感慨龍涎香城在灰帽人統治之下，怎麼會變成這樣，再加上最近的遭遇，他眼中的風景充滿必要的情緒張力，讓設定活了起來，讀者也有了參與感。

　　沒錯，要是我以遠眺的場景開頭，芬奇心中的感受**或許**和現在這一幕有點類似，但他的思緒不會停下來，連結到他與開場其他角色的關係上。讀者

或許可以自己腦補，但是調動順序可讓開場的最後一刻顯得更**私人**。這讓讀者進入芬奇的生活，投注情感的對象不僅限於角色，更可以是設定。**沒有視角或是情感投入的風景是呆滯、無生氣的。**

至於「舞台配置」層面，書中的描述帶領讀者瀏覽芬奇去過的每個地方，多處地點都能與特定角色聯想在一起，亦即讀完開場後，讀者在某種程度上，幾乎算是跟每個角色「打過招呼」了。此外，在第一章描寫這些地方，能夠替後續在同樣地點發生的場景節省空間——既然已經寫過，就不用再重複。

風格、調性、聲音

不管你寫的是跨文類小說，只專攻特定文類，或自成一格，也不管你的風格是隱約不可見或更為豐富華美的類型，寫小說打地基時，一定要達到**清晰**的地步，你的寫法才有機會成功。

我寫小說寫到後來，跟初期草稿相距甚遠的就是風格。通常，作品風格在寫作衝動上來時就會同時產生。不過有的時候，得等到小說最後決定如何開頭了，風格才能決定，例如《芬奇》就是如此。這很正常，因為如何起頭也關乎小說的核心。以芬奇而言，核心就是芬奇這個人。

我一瞭解到這點，便明白自己有機會替芬奇創造一個非常合乎形式的風格，亦即：

- 傳達毫無間斷的潛伏張力或威脅感，即便芬奇在某些時刻感到較安全，不安感也不會散去。
- 緊抓芬奇的視角，待在他的心裡，刻畫「從他肩頭上看出去」的意象。
- 盡量傳達觸感逼真的城市街頭生活。

《芬奇》有點像黑色小說，這種文類特有的簡潔或破碎句型很吸引我，尤其在某些地方，芬奇的想法和龍涎香城的表面現實混在一起，這類句子讀起來根本就是意識流。儘管整體的調性必須一致，我卻可以依據情節脈絡實驗破碎的句型，看要寫多還是寫少——通常破碎句型最常出現在芬奇面臨極大威脅的時候。

風格對角色塑造和設定極其重要，決定作者要強調什麼、能否傳達角色的想法及意見，也會決定情節脈絡，以及讀者如何認識、解讀某個角色。

如果《芬奇》是短篇小說

長篇和短篇是截然不同的生物；如果《芬奇》是短篇，長篇之中原有問題的解法會有很大不同……卻也很類似。如果《芬奇》的開頭章節能界定短篇故事的發展，書中原本的時間會過得更快，空間會被壓縮，這些時空變化都會反映在故事的起始點。以下是《芬奇》短篇的可能寫法……

- 故事的起頭會是芬奇與何瑞提克並肩俯視屍體。
- 職務人這個角色及其功能可能會壓縮到何瑞提克身上。職務人要不是整個拿掉，就是降級為非常不重要的配角。
- 後來在小說中出現的角色必須捨棄。
- 芬奇的觀點更有必要緊緊跟著，以便有效率地傳達故事訊息和角色塑造。
- 故事會變成一連串快速調查案情的場景，俯瞰屍體的場景則必須盡量削減。
- 結尾可能變成過幾天後就破案（或者沒破案）。
- 短篇的最後一幕，可能是長篇開場的最後一景（芬奇遠眺城市天際線）。然而。他眼中的景色，會刪減為幾個跟案情有某種關聯的重要地標。由於短篇沒有空間或理由完整地開發背景設定，所以結尾在陽台上遠眺，可以創造情緒上的完結感，而非替之後的情節埋下伏筆。
- 潛藏的主題可能簡化為破案後的情感共鳴，強調「又在城市度過了一天」，描述芬奇在如此百廢待舉之處，繼續漫無目的地過活。

不過《芬奇》畢竟不是短篇小說。我後來希望它成功發展為長篇，早已改變了角色觀點，無法回復原貌。想徹底理解《芬奇》要如何變成短篇，得從一片空白開始，從不同的版本出發。◆➔

《芬奇》開場：分析

主角，在第一句就出現，闡明簡短風格。

芬奇站在公寓門邊，呼吸沉重，爬了五層樓梯，步伐極快。他來這裡，是因為在車站收到紙條，那紙條在手裡已經爛成一團。紅色污漬出現在軟趴趴的真菌綠紙捲，再幾分鐘就會發冷捲曲。現在他只需穿過眼前這扇門，門上有灰帽標記。

定位：實際的地點，等一下會再提到此地，詳加說明。

曼奇克特大道 239 號，525 室。

他出於意志，跨越門檻，一如往常。伸手拿槍，然後改變主意。有些日子就是比較不好過。

突然想起夥伴維特，告訴他，他「不抵抗」了。他回道：「不予置評。」犯罪現場某道牆上寫著：人人通敵，人人造反。每個字都有著真實分量。

刻意對比，冰冷的東西通常會滑溜溜的。

門把冰冷卻粗糙，左側沾上淺綠色真菌。

外套下，他冒著汗，濕透了襯衫。腳上的靴子沉重。

總是沒有回頭路，總是想回頭。

如此否認，代表有人覺得他是警探。

我不是警探，我不是警探。

注意這裡不用寫他轉門把開門。

室內，一名高大蒼白的男子著黑裝，站在走道上，看著另一條走道。他身後是黑漆漆的房間。陳舊的床，白色床單在陰影裡顯得黯淡。看來這幾個月沒人睡過。地板有灰塵。在他還沒跟辛特拉約會前，他家也沒這麼糟。

帶入另一個重要角色——第一頁／九段文字已經帶出五個要角。

職務人轉頭看芬奇，「芬奇，那間房沒什麼，都在這。」他指著走道。房內的光照到職務人發著微光的皮膚，上頭長滿小果實。無表情的臉龐，左眼敏銳，不停抽動。

職務人主題色：柔和，像水蛭：黑／蒼白／灰塵／白／黯淡。

——用字精簡，不失重大描述。
——利用破碎話語拉近讀者和主角觀點的距離，增加張力。

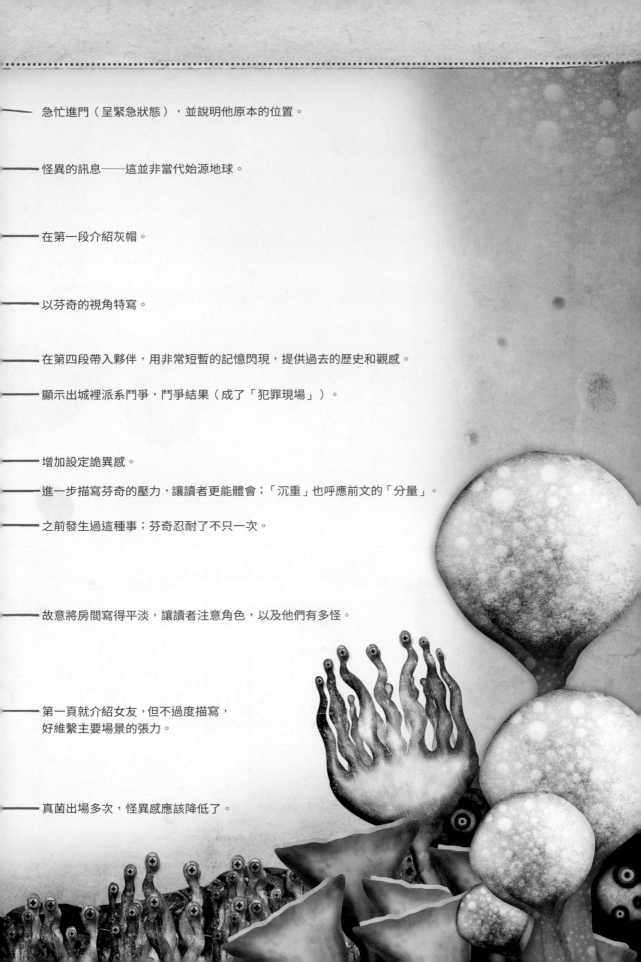

—— 急忙進門（呈緊急狀態），並說明他原本的位置。

—— 怪異的訊息——這並非當代始源地球。

—— 在第一段介紹灰帽。

—— 以芬奇的視角特寫。

—— 在第四段帶入夥伴，用非常短暫的記憶閃現，提供過去的歷史和觀感。

—— 顯示出城裡派系鬥爭，鬥爭結果（成了「犯罪現場」）。

—— 增加設定詭異感。

—— 進一步描寫芬奇的壓力，讓讀者更能體會；「沉重」也呼應前文的「分量」。

—— 之前發生過這種事；芬奇忍耐了不只一次。

—— 故意將房間寫得平淡，讓讀者注意角色，以及他們有多怪。

—— 第一頁就介紹女友，但不過度描寫，
好維繫主要場景的張力。

—— 真菌出場多次，怪異感應該降低了。

在某種程度上，我原本不覺得芬奇應該有聲音跟真正的觀點，一直寫到行文變得急促，才發現他需要；這種急迫性其實從開頭便略顯端倪，讓我繼續寫下去。考量到聲音和風格的重要性，我刪去無法支撐聲音和風格的場景。就連之前風格較為「正常」的場景，有時也為了符合小說的整體風格而大幅更動。基本上，這是不使用第一人稱、卻最能貼近芬奇的寫法了。

修改調性和風格：記憶洞

寫法一：直接，較少觸覺描寫

灰帽人跟警探溝通的方式很不尋常。真的。他們所用的方式，芬奇和同事稱為「記憶洞」。那些是看似有生命的排氣管，從地底下伸出，洞口排滿八目鰻一般的同心放射狀齒列。芬奇覺得記憶洞令他不安，它們用黏糊糊的黑豆莢擠出訊息時，好像會呼吸。他很討厭去摸那些豆莢，摸完一定要洗手。

從寫法一到三，行文愈來愈破碎、即時，當下環境的描寫愈來愈少。

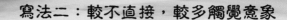

寫法二：較不直接，較多觸覺意象

芬奇吐口氣，眼神在桌面上
打轉，看著下面發亮的洞，灰帽用這
個洞跟他聯絡。洞口看似在呼吸，大小約為
成人拳頭的兩倍大，長著八目鰻的牙齒，流出
某種液體。洞內氣管排列著綠色觸鬚，將髒污的
黑色球形豆莢推到洞口，液體也流了出來。儘管
灰帽叫這玩意「傳聲筒」，「記憶洞」的稱呼
卻開始流行起來。芬奇不知道記憶洞到底
是生物，還是看起來有生命而已。

讀者從芬奇的角度看見一
切，上述溝通方式帶給他的
恐懼十分明顯——讀者也更
瞭解，就算芬奇的一天平淡
無奇，依然存在張力。

寫法三：支離破碎，運用更多觸覺意象

寫法三是後來出版的版
本，驚悚感增加，顯然能
看出芬奇一直很不習慣
「記憶洞」。

用力嘆氣，眼神在左邊桌緣打
轉，往下看著發亮的洞。洞口大小為成
人拳頭的兩倍大，有著八目鰻的牙齒。喘息，
粉紅調的咽喉，污臭。洞口的氣管排列綠色觸
鬚，髒污黑色球形豆莢被推到洞口。芬奇坐正，
看不到管子，只聽見呼吸聲，更噁心了。灰帽叫
這玩意「傳聲筒」，「記憶洞」的稱呼卻開始
流行。記憶洞讓警探得以跟灰帽上司聯絡。
那到底是生物，還是看起來有生命？
有時也有液體流出。

開頭的結尾

寫小說不需要像我寫《芬奇》這樣一一瀏覽眾多選項；並非所有作家都會在完成草稿之後，以如此組織嚴謹的方式思考上述問題。但是寫小說不是短跑，而是跑馬拉松，或許你想花時間為讀者慢慢修飾開頭，而非盲目暴衝（寫短篇有時可能暴衝）。不過有一件事，連樂觀的小說家也受不了：那就是寫到一半才發現，前方浮現的牆垣必須拆除，地板必須撬開，才能找到腐爛的根源。

很多時候，最複雜的效果其實來自最簡單的決定。要是在下這決定時，不費盡力氣思考，小說地基便會歪掉，地基上方沒有一處真正穩固。前述我所謂的思考和打地基，放在演員或劇作家身上，或許稱為「動作」（business），包含場景和舞台指示的走位（blocking），這對小說而言或許太技術性⋯⋯但我之前也說過，這類元素和角色描寫、故事含義密切相關。事實上，你有必要抓對準則，因為你要確保中間、結尾和開頭搭配和諧──也要在「簡單」的效果上堆加幾層複雜度，尤其所謂「簡單」其實和「複雜」沒什麼兩樣。在某種程度上，決定角色的，正是角色出場的時機、所處的空間，以及他們和其他角色的情感關聯。因此，這又牽涉到場景、章節，以及整個故事架構。

我思考過捨棄和保存的寫法才想出開場，又運用邏輯，思考多種選擇，讓我更加投入主角的生活和想法。也讓我更瞭解未來寫書時該怎麼開場。

開場講完了，你可能在想結局。

但是說話企鵝剛才提醒我一件大事。開頭和結尾之間，不是應該有點什麼嗎？

那個什麼，讓作家一邊寫一邊扯頭髮啊？

「走位」指台上眾角色彼此之間，以及與物品的相對位置。

右頁〈東南觀察者〉（The South East Watcher, 1977），史提芬・法比安（Stephen Fabian）。靈感來自威廉・霍普・霍奇森（William Hope Hodgson）的《夜之國度》（The Night Land）。

慘況

厭惡陪伴

配角嗎？

停！

我已經不知道自己在做什麼了。

其他人早就寫完了。

不準！

等我寫完，結局就改變了。

我不喜歡這個角色。

這跟開頭沒關係啊。

新人物

走！

每天都活在故事文中讓你開心嗎？

為什麼要用第三人稱？

進入中段前，你明白自己的設定了嗎？

用第三人解，能見重寫，到第一線曙光？

能延伸作品長度嗎？

你享受寫作過程嗎？

風格和描述細節的程度，能延伸回當當器

能讓劇情回到當器什麼劃分劃？

出口嗎？

結局在後頭 →

故事迷宮的真相……

- 要是讀者認爲結局令人滿意、感動，其實他們想表達的是「讀者抵達終點，作家帶路帶得不錯」。
- 中間迷個路沒關係，很正常。
- 有時要是太快就到達終點，故事就浪費了。
- 隨著時間過去，經驗增加，長途跋涉會變得輕鬆許多。
- 要是沒有全盤接受主角的視角，可能會迷路。

到頭來，迷路的路段總會結束，不論是對讀者還是作者來說都是……

如何開始一個結局

老實說，結局比開頭還難開始，通常寫作書也不太深入探討。或許是因為我們一廂情願認為結局自會到來，起碼在理想世界應該如此。以射箭來說，箭射出去，看你怎麼抓軌跡、距離、風速，箭就會落在你想射到的地方。總而言之，弓彈箭落，不管你喜不喜歡，落到哪，哪裡就是你的目標。讀者並不在意射程細節，不管箭飛過高爾夫球場、廢棄工業園區，還是原始林都沒差（但要是落在一堆牛糞上，就準備接受讀者的抱怨）。拉弓時，巧妙的緊繃感、壓力、控制的精準度，單眼瞄準目標，到箭離弓的瞬間，颼的一聲，在空中畫出一道弧線……這一切到最後一定都會形成意義。

說到底，結局是什麼？雖然「結局」和「中段」的差別到底為何，莫衷一是，但是都包含：

- 高潮場景（或許不只一場）
- 之後的殘局
- 收場或裝飾音（餘韻或殘響）

或許，用以下方式來看結尾比較有幫助；這種方式也和瞄準目標很像：朝著結局前進時，你和讀者像是身處於不久便會散去的迷霧，漸漸掌握到輪廓，通常會產生一切**將告終結**的感受。就算結局使用開場的形式，也會有上述感受。頓悟仍然會產生，但是通常不能跟開頭設定好的脈絡或寫法脫離關係。你可以靈光一閃，在結尾決定說話企鵝其實是天使下凡，阻止持槍女子殺人，卻很難說服讀者，在第一幕看到的企鵝其實是金星的殖民者。

在許多故事中，**情節的終點**或結局其實代表沒有新角色、新設定、新資料出現，然而，此時角色、設定、資料的最終意義和理解，卻具有高度變化性。在某種程度上，中段也有類似的情形，卻並非絕對如此。中段會出現密而不宣的動機、不可告人的連結、多頁之前設定的行動造成無可避免的後果，都成為結局的影響因素。就算收尾時還是可能出現新角色、新設定、新訊息（失散多年的兄弟出現，角色逃到國外之類的），這些小說元素還是逃脫不了之前的設定，屬於一種**終結**或**解法**，須事前深思熟慮，才能避免使用得武斷。在奇幻、科幻小說中，不真實的元素到了結局也有重新詮釋的可能。不過，讓故事顯得「奇幻」的橋段放到較為寫實的故事中，運作模式通常相去不遠。寫架空世界的事情，並不代表發展故事時，就得拚命堆砌新奇的玩意。

寫下自己的結局

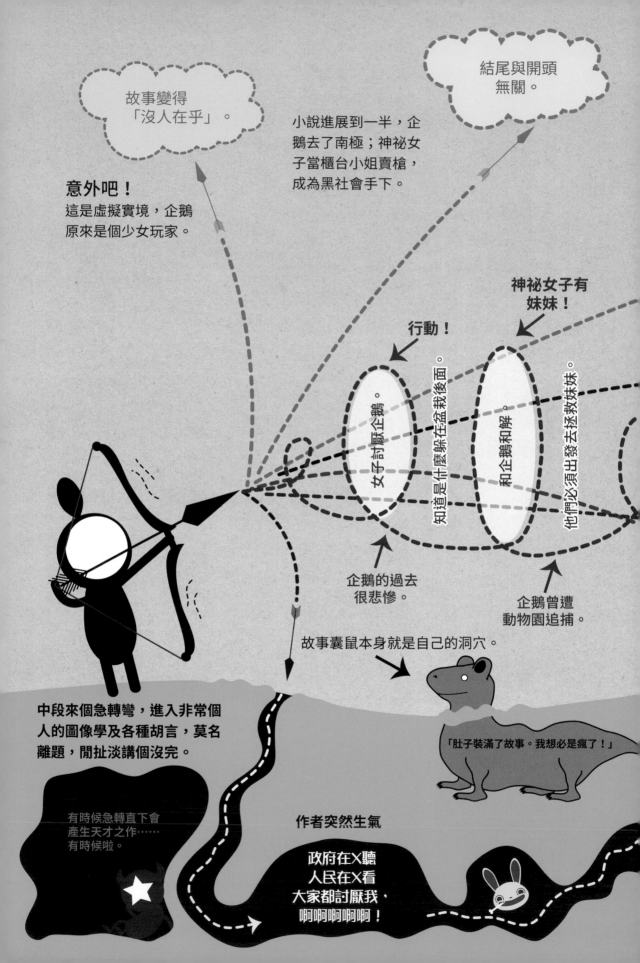

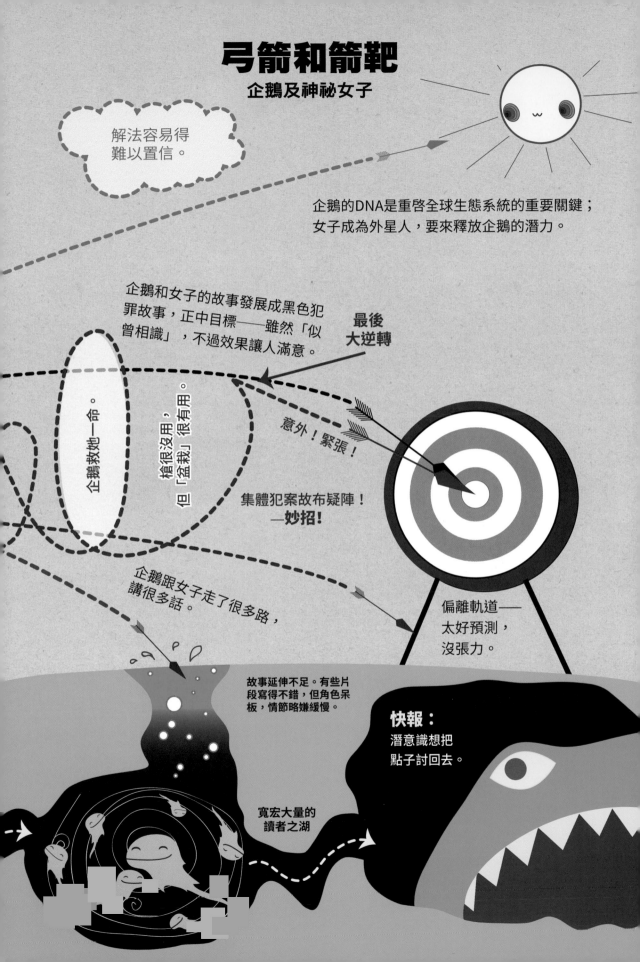

弓箭和箭靶
企鵝及神祕女子

解法容易得難以置信。

企鵝的DNA是重啟全球生態系統的重要關鍵；女子成為外星人，要來釋放企鵝的潛力。

企鵝和女子的故事發展成黑色犯罪故事，正中目標——雖然「似曾相識」，不過效果讓人滿意。

最後大逆轉

企鵝救她一命。

槍很沒用，但「盆栽」很有用。

意外！緊張！

集體犯案故布疑陣！—妙招！

企鵝跟女子走了很多路，講很多話。

偏離軌道——太好預測，沒張力。

故事延伸不足。有些片段寫得不錯，但角色呆板，情節略嫌緩慢。

快報：
潛意識想把點子討回去。

寬宏大量的讀者之湖

期待與元素

收尾的特定細節各有千秋，卻遵循一定的模式，而且解決也有套路。和小說開頭相較，典型的結尾具備以下特性：

- 呼應開頭的張力設定、情況與角色。
- 超越開場的設定、情況、角色。以旅行來比喻，基本上就是過站不停，不在傳統的結尾處停止。
- 揭露開頭的假象或騙局，呈現不同的新局面，即真正的現實。
- 收尾收在與開頭非常不同之處，卻又多多少少能夠呼應普遍的主題或角色。

相較於開場的放線，結尾也包藏了「微言大義」，暗示收線時角色和開場的差別。

- 發現現況（也就是角色眼中的現實）原來是虛幻的——這樣就不能回復到開頭的狀況，因為那令人難以忍受，是謊言，是幌子。
- 回到了現況，原因有二：開頭看起來不錯，或是能製造諷刺效果，而且角色或許沒有察覺自己正要回到某種地獄。
- 現況再也不存在，回不去了，更別說要抵抗。角色和讀者一起被留在未知的懸念裡。

在故事發展過程中，角色或情況改變的幅度可以設定為「全無、微小、爆炸性成長」，創造出另一種可能性，影響結局，乃至於主角的決定。不過缺少變化這件事本身也具有意義。

寫法是否行得通，可能取決於「執行品質」（寫起來的效果），不過結尾的成敗其實和你提供的解釋或解法更有關係。所謂**解釋**，是指開頭的謎團在結尾時釐清了多少；**解法**則關乎故事中主要／次要衝突或問題的布局。解釋和解法合作，才能提供讀者**收尾**的感覺——讓他們覺得故事結構令人滿意，值得讚許。

你的敘事需要多少解釋或解法，端看故事種類、你想達到什麼效果，以及故事中段出現了多少解釋或解法。雖然有無限種可能性，但多數結局只能達到下列五種效果之一：

- 解決敘事提出的主要問題（衝突／麻煩），同時讓次要問題保持開放性。
- 解決敘事提出的所有問題（暗示敘事沒有提出足夠的問題）。
- 將小說提出的問題改良或重新概念化。
- 除了藉由推敲或暗示，刻意什麼也不解決，請讀者從故事提供的線索尋找答案。
- 原來核心問題是假命題或圈套（唬人的結局）。

　　故事類型各有不同，結局或許能解答主要的外部問題（誰開槍打死說話的企鵝？），卻讓其他內部問題懸而未決（持槍女子能負罪生活嗎？）。故事也可能不解決外部問題，卻加重描述角色的內心戲。

　　令人滿意的結局不一定得像捕獸夾，也可以像篩子一樣疏疏漏漏。**你不用解釋每一件事**；有些問題留在讀者心中，反而能以有趣的方式萌芽。或許你會覺得解釋角色的內心想法更為重要，遠遠超過像推理小說那樣回答與外部事件或情況相關的問題。這一切都要看你想說的故事種類、想強調的重點，還有什麼對你和讀者比較次要。

史考特·伊果二〇〇八年的拼貼畫作〈局面〉（The Situation），暗示著什麼樣的結局？過程中發生過什麼？啟發此畫作的同名短篇故事中，帶來動感與張力的破壞性元素，撞上平淡的每日事件。敘事者說了一段又一段的病態職場故事，後來他被炒魷魚，後來……就沒有後來了，故事結束。此畫作風格超現實又黑暗，裡面有指派加薪的蛞蝓頭盔，用葉子取代心臟的經理，還有神經病狂熊 HR。結局是確實回到現況，還是結構愚弄了讀者，讓他們如此誤信？

關於結局：《第一區》（Zone One）

奇怪先生獻上
各種結尾

1918

多年以後，小小的墓碑被風吹雨淋，布滿青苔，上頭的字全看不見了。

——芥川龍之介，
〈地獄變〉

1953

隔天下了雪，一半的穀物凍死，不過還是個好日子。

——傑洛米・比克斯比，
〈好人生〉

2002

你會瞭解，你會知道什麼是喜歡，你會變得什麼也不是，你會變成我。

——麥克・希斯可，
〈刺客天才〉
（The Genius of Assassins）

1992

他看見女子伸手，將動物從玻璃上拉下來，帶回她溫暖明亮的房間。窗簾再度落下，把他隔離。

——麗莎・塔妥（Lisa Tuttle），
〈取代〉（Replacements）

1990

墳墓算什麼寶藏？有什麼好玩？那是他的手、他的唇、他的舌。

——帕皮・Z・布萊特（Poppy Z. Brite），
〈他的嘴巴以後會有苦艾味〉
（His Mouth Will Taste of Wormwood）

1913

醫生手中的鐵製鑿刀鑽開太陽穴的骨頭，死人在白色解剖台上快樂地顫抖。

——喬治・海姆（George Heym），
〈解剖〉（The Dissection）

1950

然後，外頭劈下閃電，無線電訊號聲變微弱，發出劈啪聲。兩個老人在夏季小屋中抱在一起，等待。

——雪莉・傑克森
（Shirley Jackson），
〈夏天的人〉
（The Summer People）

1983

提連納波達曾有那麼一刻被發現，很快又將消失在沒有盡頭的黑暗中。

——普雷門德拉・米特拉
（Premendra Mitra），
〈發現提連納波達〉
（The Discovery of Telenapota）

1912

靜悄悄揮動看不見的羽毛，巨大的恐懼黑鳥飛過宴會廳。

——古斯塔夫・梅林克
（Gustav Meyrink），
〈瓶中男人〉
（The Man in the Bottle）

1926

找遍全世界地圖，也不知道賽貝克這地方在哪裡。不管是什麼殺了約翰・摩根，永遠都是一個謎。

——H・F・阿諾
（H.F. Arnold），
〈夜線〉（The Night Wire）

1945

人心總是被健忘滲透；我自己則受到歲月和貝崔絲的特徵悲劇性的侵蝕，而扭曲、不斷失去。

——波赫士，
〈阿萊夫〉（Aleph）

結局落定

　　既然小說結局沿著已發生的事件自然展開，要是小說和故事開頭充滿希望，都應該結局圓滿、讓讀者滿意，對不對？但事實上，開頭精彩的故事跟小說往往多過結局絕妙的故事。出現在開頭的所有信任、悸動，在某種程度上只是作者開出的支票，糅雜了讀者的期待。結局必須真的兌現，不然就是作者跳票，或是沒把作品寫好。

　　怎樣的結局算是辜負期待？最常見的理由如下：

- 承諾時，話說得太滿。
- 承諾時，說錯了話。
- 誤會自己之前寫的敘事，最後兌現成不一樣的東西。
- 在一開始靈感迸發後，達不到故事設定的要求，最後無法遵守承諾。
  這可能導致作者中途放棄某個角色或概念。
- 急著收尾，步調加快，毀掉之後良好的效果。
- 服膺於想像中的讀者期待，因此操弄結局，寫出讀者會滿意的結局。
- 不相信主角的故事發展，刻意改道，孤立主角與其他角色。
- 結局兌現得太多、解釋太多（或嘮嘮叨叨寫一大堆細節），沒有空間讓讀者發揮想像力。
- 雖然一開始的承諾很合理，最後卻兌現太少（兌現的成本遠比我們預期的來得低，寫得過於保守）。

　　造成讀者不滿的通常是最後一個原因。如果你承諾要摘月亮，就要交出月亮，起碼也要給個月餅。要是你開頭有持槍女子、說話企鵝，結局卻讓讀者發現槍是水槍，企鵝布偶裝裡有人放音樂……那麼就等著被憤怒群眾圍毆吧。你堅持發展　個好點了，即使很難寫或是不太吸引人還硬寫，這樣也會形成憤怒群眾；不過你該歡迎這些人，代表你的作品很成功！

　　推想小說的作者令人失望的理由有千百種，但結局往往最容易形成敗筆。比方說，奇幻元素令人喜愛的特質，也有可能造成令人厭惡的反效果；這種經驗，菲利浦．普曼（Philip Pullman）最懂了。他在「黑暗元素三部曲」（The Dark Materials）第三集讓角色死而復生，結果讀者不喜歡。相反地，同樣是奇幻元素，J・K・羅琳就掌握得很好，她讓哈利波特父母的鬼魂不時短暫露面，創造出有趣的情感共鳴。奇幻作家有時不太敢「放手」用奇幻元素

結尾的挑戰

黛瑟琳娜・波斯科維奇（Desirina Boskovich）曾參加二〇〇七年克號角工作坊（Clarion Writers Workshop），小說散見於各雜誌，包含《奇幻國度》（*Realms of Fantasy*）、《克拉克世界》（*Clarkesworld Magazine*）、《奇幻雜誌》（*Fantasy Magazine*）、《夢魘雜誌》（*Nightmare Magazine*）、《光速雜誌》（*Lightspeed Magazine*）。

開頭總是比結尾好討論；出發地點都相同。受歡迎的開頭都適合引用，也很容易分享。要是結尾和故事分家，就失去了意義。好結尾像開頭一樣需要躲躲藏藏；沒人想提早知道最喜歡的故事如何結束，非得自己閱讀不可。如此形成莫名的難題……結局很重要，不能提早破哏，所以也不能討論結局。不過接下來我要無視規定爆雷，各位做好心理準備。

現在我終於可以一償多年宿願：我要討論史蒂芬・金「黑塔系列小說」的結局（The Dark Tower）。他寫了七本磚塊系列作，讓槍手主角展開前往黑塔的史詩旅程。槍手和朋友一路上還拯救了宇宙，不過等主角到了塔上，卻沒有找到答案。在那裡，他只發現一切都是命中註定，黑塔又讓他回到原點。我很錯愕，是觀感不好的那種錯愕。這結尾真是最便宜行事的手法、最爛的伎倆、最蠢的規避藉口了。我花了好幾個月看這個系列，反覆思索結局到底在傳達什麼？幾個月過去了，幾年也過去了，我發現自己一直執著於結局，最適合的結局不一定是讀者想看的結局。

我想，要寫這種結局需要勇氣。將故事帶向無可避免的結局，膽子得夠大──塔頂註定永遠空蕩蕩，沒有黃金，沒有答案；只有我們和沒有盡頭的追尋。可是尋找答案的方式，就是拯救自己的方式，也是拯救世界的方式。

不過書中一再重複的苦難在我心中環繞不去。那就是人的故事，沒有真正的結局，只是屢戰屢敗，再戰再敗，起身再戰……我喜歡的小說之中，有不少都以精彩妙招描寫人類的枉然。比如大衛・米契爾（David Mitchell）的《雲圖》（*Cloud Atlas*），書中的七個故事像俄羅斯娃娃一樣，一個故事延伸出另一個故事。尾聲則託付給最早出現的敘事者，他是十九世紀的水手，發誓畢生對抗打壓弱勢的吃人體系。身為現代讀者的我們，早就知道他的未來蒼茫，也知道他註定失敗，卻也明白將有其他人為正義挺身而出。

小沃特・米勒（Walter Miller）的小說《萊柏維茲的讚歌》（*A Canticle for Leibowitz*）開頭，始於被核災浩劫摧毀之後的世界。書中描寫新文明誕生的經過，有黑暗時期，也有文藝復興，最後發展到類似現代的時期，有核能、太空船、跨國戰爭。來到結尾，世界無可避免又被摧毀了，但在摧毀之前，有幾個人類逃到太空中，再度重演人類卑劣的歷史。對於人類的掙扎，沒有真正定論，也就是永遠不會有快樂的結局，但永遠可以懷抱希望。

珍奈・溫特森（Jeanette Winterson）的《石神》（*The Stone Gods*），可與《讚歌》匹敵。這本書跟《讚歌》一樣，探索人類總有歷史重

演的傾向，也跟黑塔系列一樣採取循環結構，結尾就是開頭，開頭就是結尾。書的結尾斷言，生命會持續，愛也會⋯⋯「一切都在過去註定了。」我相信各位要是看到《石神》的結尾，很難不被感動。我自己看了兩次，每次都很感動，但還是想不出她是怎麼辦到的。

大致上，結尾是一頭獸，滑溜溜又捉摸不定。我從史蒂芬・金的作品學到，不要害怕將故事帶往無可避免的結局，不過我又從凱倫・喬伊・富勒那裡學到完全相反的一招——你也可以踩剎車。作者讓讀者自己下結論，也需要勇氣——壯起膽子，在炸彈掉下來、火車出軌前、槍聲響起前，就此打住。在號角工作坊（有點像熱血科幻／奇幻作家參加的新訓），富勒和結尾困難作家分享有趣的建議。有一堂演講很讓人難忘。她說：「結局寫好之後，刪掉最後一段。如果可以，再往前刪一段。」最後剩下什麼？通常是最具張力的一刻。寫作要克服解釋的衝動，捨棄鬆散的段落。

長篇小說或許比較需要提供解決辦法；要是短篇小說，我喜歡保留一些問題不解決。讀到我最喜歡的結局時，我的身體會往前仰，張大嘴巴，脈搏撲通跳動，希望再多看一些。

有些故事讓讀者覺得，不論書中發生多少事，真正的故事尚未出現。例如凱莉・林克的〈石頭動物〉（Stone Animals）這篇恐怖故事中，一家人逐漸被怪事籠罩，新家有點不對勁，最後變成一切都不對勁。故事的變化幾乎難以察覺；沒有血淋淋的高潮。結尾如下：

環顧四周，其他人都坐在兔子上，好有耐心、好安靜。他們等了好久好久，但很快就不用再等了。再過不久，晚餐就會結束，戰爭即將開始。

即將發生暴力的預告比暴力本身更不寒而慄；難以承受的恐懼降臨時，一切戛然而止。

我也很喜歡故事結尾來個「啟示」，推翻前頭的設定，這或許算是一種「轉折」。麗莎・塔妥的〈衣櫃裡的夢〉（Closet Dreams）開頭如下：「當我還是個小女孩，發生了一件可怕的事。」多年前她被綁架、被囚禁在衣櫃中，不過後來她逃走了。多年後的某一天，她在路上撞見那名綁架犯，她跟蹤他回家，決心要向警方告發。結果發生一些事，她醒了過來。

一聽到他鑰匙開鎖，我就開始發抖，夢也醒了，夢是我唯一的自由，是我唯一的記憶。在我還小的時候，發生了一件可怕的事。那件事，現在依舊持續。

這個難以磨滅的結尾同時也是開頭，邀請讀者帶著全新的感受重讀故事。

我自己寫作時，為類似的結局苦思許久。就像彈琴一樣，只要彈對了馬上就會知道；察覺的那一刻能誘發激烈的情緒，全身都感覺得到。有時，我寫某個故事是為了寫出結局；有時則必須先寫出故事本身。

比方我在寫〈十三符文〉（Thirteen Incantations）這篇故事時，一直知道自己會寫到什麼樣的結局。我一開始想到這故事，是因為心中突然冒出一幅張力飽滿的景象：兩個女孩子肩並肩坐在某處邊上，腿在空中晃，其中一人頭髮在風中飛，吹拂著另一個人裸露的肩頭。這是朋友間尋常的親密時刻，卻也充滿沒有回報的渴望。我的故事從這場景發展出來，開頭描寫過，結尾再次出現，但有了不同的意義。我所想的景象，不是開頭而是結尾。沒有可能性，而是完結感。

我寫的故事很像我喜歡的故事，結尾都有點曖昧。例如〈沙堡〉（Sand Castles）的敘事者遇到一個女孩，號稱來自一個海底文明。敘事者陪這位現代美人魚前往與世隔絕的海灘，因為她希望能從那裡返鄉。整個故事裡，敘

事者的苦難來源就是漫無目的，可是在最後一幕，他克服了自己的懶散，潛進海中，跟她到了遠海。他是否希望隨她前往海底世界？或者他想將她從幻覺中喚醒？對我來說都無所謂，重點是他終於下定決心勇敢執行。儘管是情緒化的解決方式，不過已經足夠。故事的核心問題——究竟有沒有海底王國，我不打算回答。我是奇幻作家，但也有很多事情不太相信。

有些結局得寫得更久才能完成。我早期寫過一個故事〈李的紫羅蘭〉（Violets for Lee），行文超現實，描述有個女人在住家附近走啊走，為了姐姐的忌日跟鄰人借一杯砂糖。結果她發現一顆被挖出體外的巨大心臟，遺落在一片鄉村風景中。後來她做了所有人都會做的事情——爬上那顆心臟鑽了進去。最後她鑽到心臟的中心，發現有兩扇門，她必須決定要開哪扇門。

這個故事不好寫；不尋常，很難處理，感覺像是遭人遺忘的片段夢境，要將夢境邏輯轉換成故事邏輯並不容易。我寫初稿是坐在廚房桌邊，潦草地寫在黃頁筆記本上：只有這樣才會有靈感。但結尾一點也不好寫。初期幾個版本，故事是這樣結束的：

事實上你怎樣也不知道，門會通往哪裡。

但我還是知道要開哪扇門。

來時赤身裸體，走時亦如是。我開了左邊的門，右手放在玻璃球型門把上，捏起來滑溜溜的。我轉動、推開，門「呼」地開啟，我往前置身讓人目眩的光芒中。

光燒盡過往，我口中有甜味，我所知的一切都過去了。

只剩下甜味。

之後我寫了很多類似的結局：想把角色拉到更高層次，拉到平行世界，不在我掌握中的意識層次。後來想想，我當時想要排解自己的

衝突；放膽讓自己真正的心意從夢中浮現，嘗試開啟未知的門。於是我寫出最符合自己心境的結局，也是我發現的結局。可是那並不適合故事本身，因為帶有死亡和輪迴的含義。我筆下的角色看似屈服於悲傷，貶低現世。我並不想講這種故事。

我跟姐姐徹底談談這個故事，她永遠是我最可靠、洞察力最敏銳的頭號讀者。之後，新結局成形了。

來時赤身裸體，走時亦如是。我開了左邊的門，右手放在玻璃球型門把上，捏起來滑溜溜的。我轉動、推開，門「呼」地開啟，我往前置身炫目的光芒中。

再走一步，剛才的光消褪，變成冷調的光芒、美好的春日藍天。吹拂在額前的微風冷卻汗水，吹乾眼淚。我深呼吸，吸進天堂般的新鮮空氣。

再走一步，我踏上愈來愈寬的道路，一如往常崎嶇，卻開滿了紫羅蘭。走到老太太的後院時，我才回頭。在我身後的天邊，受傷的心變得愈來愈小，發黑而模糊，如同空中飛過的鳥，振翅遠颺。

直到很久之後我才明白，最後的場景並非如我想的那樣來自夢境，而是出自我最喜歡的詩作：吉姆・卡洛（Jim Carroll）的〈她離開之後〉（While She's Gone）。詩中寫到海鷗飛過城堡上的尖塔，那尖塔其實是一顆心臟。

我將此意象交付給潛意識，一放就是多年之久，等待適當的時間現身。如同許多作品，適當的結尾似乎包含以下特質：飽滿的意象、放諸四海皆準的象徵，以及自己沒察覺卻自然而然知道的事情。找出適當的結局需要思考、策畫，有時也得做夢——直覺在黑暗中盲目又聰穎的摸索。如果結尾高明又富有情緒渲染，故事的力量就能持續。❧

來到小說結尾，芬奇和他的朋友搭著一艘船，遠遠望向龍涎香城的地景。

收尾，因為角色或事件也許還沒發揮到極致。**正因為所有事情都有可能，故事就沒有任何張力、分量。**使用魔法、發明或神救援，太容易解決事情了——當代寫實主義也有相似之處，不過並不顯著，因為不會有龍突然出現，顯示作者不經意地推崇巧到不行的巧合。以下常見問題能幫你檢視結尾：

- 是不是太快就結束？
- 是不是拖太久？
- 是不是太刻意要帶出完結感？
- 完結感是否太稀薄？
- 奇幻元素是不是解釋得過頭？
- 收尾時是否讓奇幻元素承擔太多分量？
- 開頭是不是無法支持結尾？
- 結尾是不是無法呼應開頭？
- 書中呈現的完結感適當嗎？
- 角色需要面對的事情是否太容易？

在回答這些問題時要注意，你可能會發現不是結尾或開頭設定出錯，而是中段亂了套。

《芬奇》的結尾

因為先前花了許多時間調整《芬奇》的開頭，坦白說結尾沒有什麼問題。對我而言，謎團解決的重要性遠低於後續發生的事件，因此就算芬奇破了謀殺案，也不算小說的結尾——儘管破案過程的細節確實帶給讀者極私密、滿意度僅次於結尾的情感共鳴。至於故事的支線劇情，隨著情節開展，有些解決了，但至少還有一段跟特務阿福（Bliss）相關的情節懸而未決。選擇不解決——不解釋清楚他為誰工作，為何賣命——有點危險。然而提供解法會導致更大的危機，原因有二：一、芬奇不可能知道跟阿福相關的細節；二、在其他絕對需要收線的故事中段硬是插入解法，會轉移目標。轉移之後可能會讓結尾過於破碎，將讀者的目光吸引到太多不同的方向。

芬奇破案之後，來到另一個處境：他生命中重要人物的一些祕密可能會被揭發，而小說的結尾是芬奇似乎看透了城市的歷史。芬奇凝視市容這一幕，在開頭出現過，又在結尾重現，代表一切已經全然改變。回到與故事開頭相去不遠的場景，並不代表一切回到原狀，而是強烈暗示人事已非。

最後一幕的最後一刻，以複雜的方式讓占領者的計畫開花結果，全力發揮奇幻的場景，效果再度與芬奇的情緒層面相得益彰。我能大力描寫噴火龍，卻不是把龍當成神救援。書中的啟示並沒有讓主角們的生活更為容易，也沒有解決他們的問題。這一幕糅合了曖昧性和某種神祕、迫切感，暗示小說結束之後還有事件發生。這是一種以文字夾帶的「裝置」，標註著**完結**，卻也代表著**開啟**。既然此後故事不在芬奇所知的範圍，沒有他的戲分，也不從他的觀點出發，讀者應該不會覺得這種結尾在耍詐，反而會覺得小說似乎完結了，但是奇幻之城的生命繼續延續下去——越過最後一頁存活下去。

灌注小說生命力，超越最後一個字活下去，這就是寫作的目標：結局要在讀者的心中超越結局，再起新局，閱讀時他們才會投注心力。

結局的結局

　　快要來到結局的尾聲了，我們學到了什麼？應該有點收穫吧。故事要成功，多少取決於是否忠於設定，甚至是忠於「刻意違反的設定」。這並不代表故事有必然的走向（這樣會扼殺驚喜），而是故事線不應該武斷決定、支離破碎或突然中斷（開放式結局是刻意為之，突然中斷則非刻意）。

　　好的故事能回應讀者的一般期望，讓他們自己腦補，同時情節本身也很有趣，因為場景、甚至句子本身也包藏了驚喜。**絕佳**的故事或許能滿足上述一般的期待，卻會因為敘事中的重要元素而犧牲部分期望。好的故事會讓讀者出乎意料，只是當他們**回想故事開頭**時，會發覺其實也沒那麼意外，而且不會有被作者欺騙的感覺——這些意外組成更複雜的結構，或者只是和讀者料想的**不同**罷了。

∞　∞　∞

　　討論開頭和結尾的章節，談的不只是「如何開始」、「如何結束」。開頭元素的置放、層次、脈絡，從第一個字就開始影響讀者。寫結尾時，或許會考量到其他問題，不過依舊要處理眾多故事元素。

　　本章所討論的內容和經驗，其實可以放在敘事設計、角色塑造、建構世界的章節裡。如此安排是為了暗示「寫作是有機的」。你在創造生物，不是機器。隨著創作生涯展開，你會發現創作過程、寫法、靈感都會互相沾染，以不同的速率和程度堆積，差別在於你想讓故事變成什麼生物。拒絕接受這種說法，等同拒絕接受故事的真正潛力。

你都已經走到這裡啦？恭喜恭喜！之前，你遇見序言大魚、山一般的龐然怪獸、巨型地下望遠鏡、故事生命循環，遇見好多好多怪奇事物，都撐過來了。現在你走到中段，該面對重大考驗啦⋯⋯譬如故事蜥蜴、危險鴨子，還有你安排小說的方式。抓緊囉——你至今遇到的所有東西都會在這裡搭上雲霄飛車⋯⋯

第四章　敘事設計

故事按其本質，各有不同的敘事設計。就算故事看起來不符合傳統的**設計**，也有固定模式可循。故事安排（或刻意亂安排）使得文學作品和法庭證人未經編輯的說詞記錄有所區隔。明白這一點之後，以直覺取捨什麼該強調、什麼該誇大，一段段堆疊出故事的結構。

此外，小說設計有個基本特色：作者必須畫分角色的**日常經驗**與非日常情境——也就是需要角色處理的特殊情況，問題可能來自於內心或外在世界。大致上，間諜、屠龍獵人、高空跳傘員的一天不會自動變成故事，他們的一天跟高速公路收費員的一天差不多。

即使你寫作主要憑藉感覺，摸清敘事設計也不是一件壞事，能幫你想出如何拼湊故事。故事看似有模式、有安排，主要是透過**情節**和**結構**的設計，通常再搭配**場景**以呈現效果。或許你也會遇到「形式」一詞，那只是結構呈現出來的形狀。如何定義情節和結構呢？傳統定義如下：

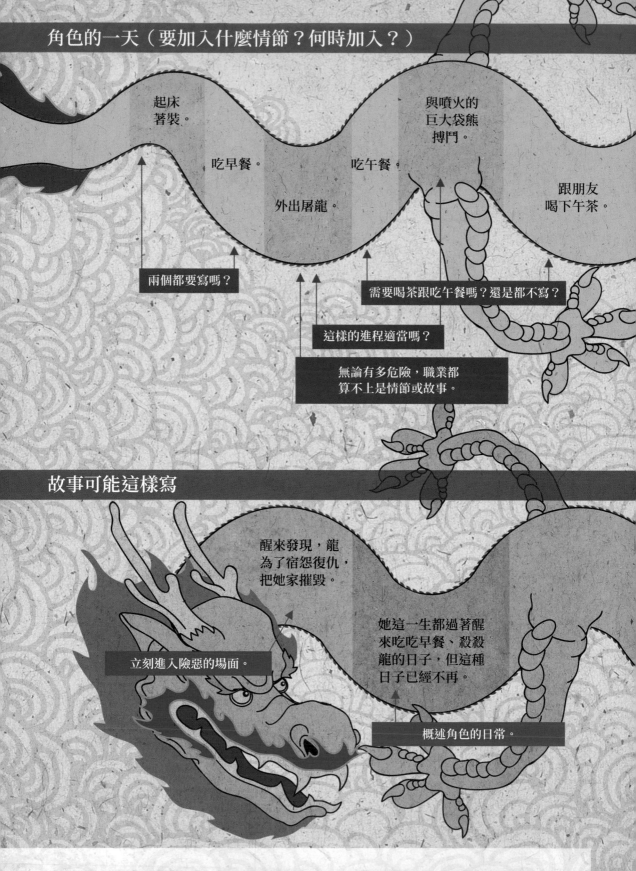

角色的一天（要加入什麼情節？何時加入？）

起床
著裝。

與噴火的
巨大袋熊
搏鬥。

吃早餐。

吃午餐

跟朋友
喝下午茶。

外出屠龍。

兩個都要寫嗎？

需要喝茶跟吃午餐嗎？還是都不寫？

這樣的進程適當嗎？

無論有多危險，職業都
算不上是情節或故事。

故事可能這樣寫

醒來發現，龍
為了宿怨復仇，
把她家摧毀。

她這一生都過著醒
來吃吃早餐、殺殺
龍的日子，但這種
日子已經不再。

立刻進入險惡的場面。

概述角色的日常。

自然而有張力的場景——故事 vs. 情境

常態經驗 vs. 故事

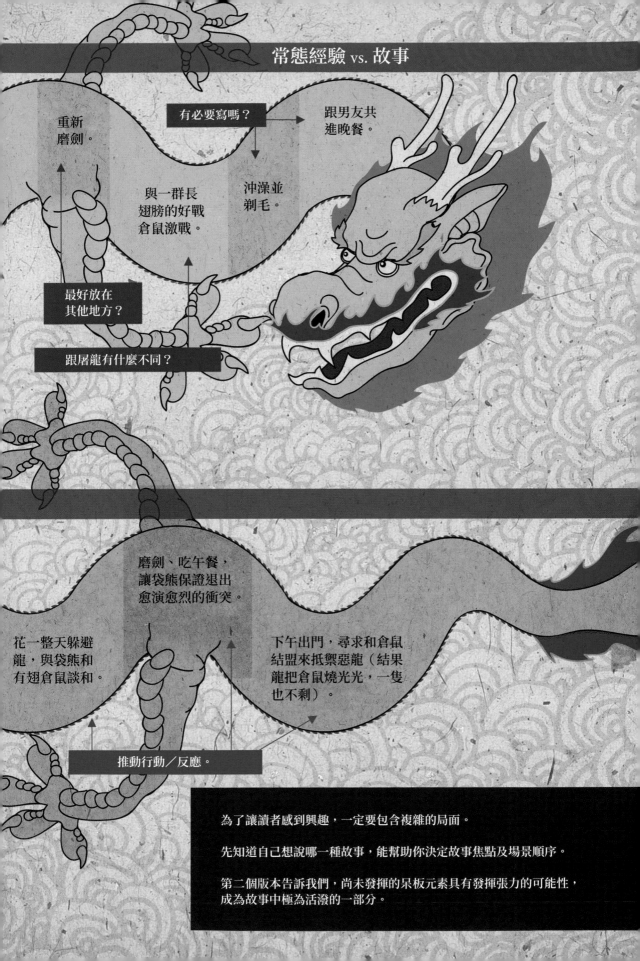

重新磨劍。

有必要寫嗎？

跟男友共進晚餐。

與一群長翅膀的好戰倉鼠激戰。

沖澡並剃毛。

最好放在其他地方？

跟屠龍有什麼不同？

磨劍、吃午餐，讓袋熊保證退出愈演愈烈的衝突。

花一整天躲避龍，與袋熊和有翅倉鼠談和。

下午出門，尋求和倉鼠結盟來抵禦惡龍（結果龍把倉鼠燒光光，一隻也不剩）。

推動行動／反應。

為了讓讀者感到興趣，一定要包含複雜的局面。

先知道自己想說哪一種故事，能幫助你決定故事焦點及場景順序。

第二個版本告訴我們，尚未發揮的呆板元素具有發揮張力的可能性，成為故事中極為活潑的一部分。

- **情節**包含一連串事件，通常經由因果關係互相結合，吸引讀者的胃口或引發反應（情節＝發生的事情）。
- **結構**是故事安排形成令人滿意的樣貌，而不顯得草率或武斷（結構＝事情如何發生）。

不過這些傳統定義精確嗎？敘事設計或許算是虛構文類這頭野獸中最「科學」的部分，事實上也是最狡猾、最容易變形的部分，這真是諷刺。讀過其他寫作書之後，要是認為「定義」就跟徒手抓魚一樣困難，也是情有可原。譬如山謬爾·德雷尼推崇結構，卻號稱情節不過是個幻覺，他根本「不相信」情節，因為那是讀者觀點的產物，而非作者的。約翰·嘉德納（John Garndner）在經典著作《虛構的藝術》（*The Art of Fiction*）中，關於情節、結構、形式的解釋，從來沒令人滿意過。連小說家麥迪遜·史瑪特·貝爾（Madison Smartt Bell）在其名作《敘事設計》（*Narrative Design*）中，也有定義這些詞彙的困難。他將情節稱為「發生在故事中的事情」，形式則是故事「集合的形態，包含布局、結構、設計」。首先，「設計」一詞讓人困惑，既然都已經說是「設計」，就應該**囊括**所有的安排原則，包含布局和結構。第二，情節和「布局」、布局和「結構」之間，各有什麼不同？貝爾有時也會混用結構和形式⋯⋯

顯然有什麼漏掉了，還是根本哪裡有問題吧！

是嗎？

或許作家的腦袋複雜，直直想是想不通的，而且每一位作家的想法都有些微不同，用自己發明的說法跟自己纏鬥——因為事實來自於個人的獨特視野，**敘事設計**也因此有不同的認定。例如，我明白自己很難定義情節和結構的關係，是因為我從沒想過情節這種東西。我所想的是，每個角色或多或少都有自行建築的結構，再者，結構大都是由特定次序的場景組合而成，稱為進程。透過結構及其進程合流，我才能找到所謂的情節。結構提供設計或方向，場景的進展則提供類似高潮事件的效果。

對我而言，**情節**流程圖只能粗略呈現具有單一特質的**結構**，例如張力提升和高潮事件等結構。就某個程度而言，流程圖畫出讀者最容易看懂的元素——能引發最明顯反應的關鍵點，換句話說，就是當讀者轉述故事給朋友聽時，最有可能引述的部分。儘管流程圖有價值，卻忽略作家在創作或改稿時必須注意的其他元素。

既然有許多前輩慘遭敘事設計這隻怪獸吞噬，我大概也難逃毒手，不過

處理方式會影響觀看敘事設計元素的方式，千萬別小看！

我希望可以晚一點被咬，才能讓你們得知必要的訊息。寫本章的初稿時，我想到以下的說法：「結構是野獸的身軀，由骨骼與內臟所組成；情節是牠行動的模樣，**好像要往哪裡去似的**，而場景則是高階的有機系統：就像在故事身軀裡流動的血液和循環的呼吸。」記住這些比喻的意義，我會盡可能講得明確扎實。希望敘事設計的怪獸等我說完了，再把我吃掉。這樣我才能瞑目，也才是一個完整的故事。

〈祕書〉（Secretary, 2012），山姆·凡奧芬（Sam Van Olffen）。有時構思情節很像操作複雜的機器，重點在於別讓機械凌駕在人味之上。

情節

按照傳統的定義，情節中的事件因「必要性」或「可能性」互相關聯，達到累積的效果。情節的傳統定義包含以下各項：

逆轉（reversals）：角色會遭遇的一些障礙是用來激發戲劇性趣味。有時，逆轉則以災難的形式出現，所謂災難其實是類固醇的相反，藥到命除。一般而言，逆轉可出現在故事中任何一處，別讓讀者產生反高潮的感覺就好了（災難通常出現在尾聲。比如說，有怪獸想融入社會，卻捲入一起「事件」，讓怪獸重新檢視眼前人生是否是正確的選擇）。

發現（discoveries）：角色應該要對自己、他人或這個世界有一些發現。

這些發現與故事內外的核心問題直接相關，也可以在偏離主要情節時，為角色增添厚度與複雜度。如果是後者，要取得最好的成效，應該呼應主題，而不是執著於處理核心問題，例如富同情心的一個角色，原來從前殺過人，朋友得知後引發什麼後續反應等等。

　　複雜局面（complications）：角色們應該會發現，每個人面對的中心問題都無法輕鬆解決，起碼一開始看起來不輕鬆。隨著故事展開，有一陣子，中心問題會變得愈來愈複雜，出路不明。某個角色自顧自地行動，結果無法簡化問題，反而衍生更多麻煩。例如，某個女人利用未婚夫的關係，好平息醜聞被公開後產生的風波，卻讓他們的關係更加緊密，儘管她愛的是別人。

　　解法（resolution）：故事應該提出一個結論，讓關心書中問題和角色的讀者感到滿意。通常解法發生前會有高潮事件，此事件主要和重大逆轉或災難有關。如第三章所說，典型的解法不會帶入新元素，因為在故事前頭作用的元素會發揮效果。如殺人凶手重獲自由，是因為後續調查顯示行凶情有可原；女人決定解除婚約，因為她再也不虧欠未婚夫；怪獸最後把凶手和女人都吃掉了，因為牠再也無法抗拒自己真正的命運（或自己的胃口）。

　　解法依據故事類型產生多種形式的變化。讀者可能不會知道兩方衝突的結局，反而發現之前祕而不宣的事情，或聚焦在角色的困難決定，或是解決了某個謎團或謎題。說到故事類型，其實包括探險（前往陌生地）、發現（調查實際存在的謎團，甚或是生命的謎團）、改變（記錄角色的改變）、事件（發生的事情產生威脅，必須解決）。

　　以下提供數張經典圖表，描述了典型或「中間值」的情節模式。要注意，因為傳統情節往往偏重外在行動的描述，對於內在敘事架構比較沒有幫助。

故事的種類

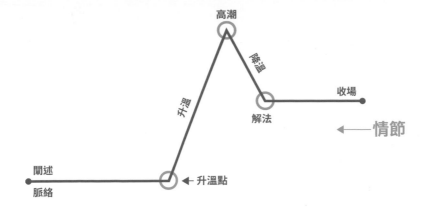

佛瑞塔格金字塔（Freytag Pyramid，傳統版）：角色和設定脈絡都已經建立。等描述的各項元素就定位，角色的日常將面臨不尋常問題或事件的挑戰（或是舊有問題白熱化），因此需要採取行動或「被行動」。不管發生哪一種情況，都會產生後續的危機，角色的行動或許會讓危機益發激烈。上述事件堆疊到一個轉捩點（高潮），後續的效應會影響角色或其他人。於是，在角色的行動或其他影響現況的事件中，自動產生了解法。來到結尾，所有事件的整體意涵都會被具象化。

古斯塔夫·佛瑞塔格是德國小說家、劇作家，於一八六三年發展出這張有名的金字塔圖形。從此，所有人都在這座金字塔的陰影下賣力創作，有時乖乖承擔，有時吼叫抵抗。

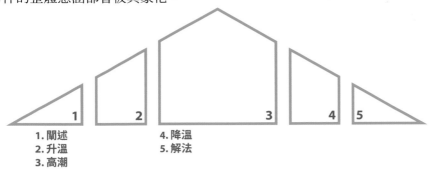

1. 闡述
2. 升溫
3. 高潮
4. 降溫
5. 解法

佛瑞塔格金字塔（貝爾改良版）：此為麥迪遜·史瑪特·貝爾所使用的改良版，麥迪遜想透過此圖將行動畫分為互相呼應的大小和分量。也就是展現一般故事開頭有必要小於高潮事件的區塊。

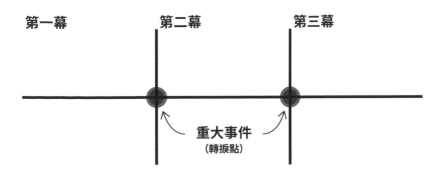

三幕劇：在第一幕帶入角色和脈絡，以及日常生活的斷裂（disruption）；建立角色動機；不行動，就無法解決斷裂的局面。到第二幕，角色採取有關

（或無關）的行動，斷裂局面正式亮相，給角色帶來挑戰或可能的逆轉；之後，總算有一條明確的道路出現。到第三幕，角色命運大放光明或黯淡無光；之前的（部分）斷裂局面退下陣來或得勝。之後依據訴求的效果，凌亂的故事線可能收得很快，也可能花上更多時間收拾。

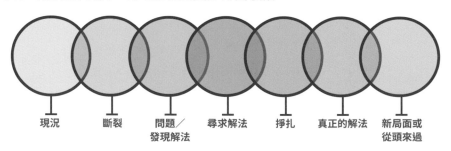

| 現況 | 斷裂 | 問題／發現解法 | 尋求解法 | 掙扎 | 真正的解法 | 新局面或從頭來過 |

　　相連的複雜情況：這是電影學院使用的一般情節視覺化圖表，迴避了佛瑞塔格金字塔的戲劇高低潮，或是戲劇中將故事拆解為一連串行動的呆板模式；注重的是「進程和轉變」──通常這兩項處理好，說故事的效果就會不錯。此圖承認情節之間會重疊，所以「關節」和連結的部分可能會比其他圖表顯示得更多。

標準情節的變化形式還有：

流浪冒險題材（picaresque），又稱「**接下來發生了⋯⋯**」：同一群角色
進行一連串冒險，發生的事件拼湊成一個長篇故事。塞萬提斯的《唐吉軻德》
和安潔拉・卡特的超現實小說系列《霍夫曼博士的惱人欲望機器》皆為此種
類型。或許還是會出現事件升溫感——有某種「追求」或「終極目標」，但
是行動高峰或啟示，和之前發生過的事件其實相去不遠：在整個敘事中，一
直有小規模的升溫活動透過設定完備的情節展開。

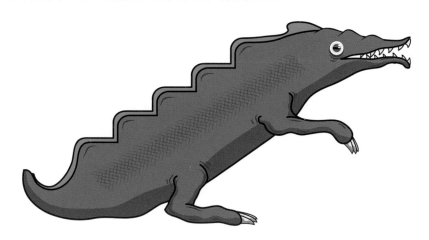

風險等於報酬的階梯形：張力穩定攀升，就像爬樓梯那樣愈爬愈熱，爬
到最後終於能夠釋放熱力，或是爬到暴斃而死為止。這種故事幾乎不會降溫，
也沒有解法，高潮發生之後，敘事很快就結束。

如果你的寫作風格
很像托馬斯・黎歌提
（Thomas Ligotti）、
布魯諾・舒茲（Bruno
Schulz）、李奧諾拉・
卡林頓（Leonora Car-
rington），這些圖表對
你可能沒用，就像餵
汽車吃烤起司三明治
一樣。

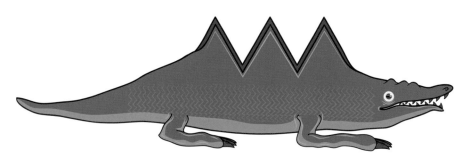

雲霄飛車形：升溫行動消失，化為兩次大慘敗，主角的運勢走向呈 W 形，
通常會在結尾攀上巔峰。許多商業小說和電影都採取這種形式。

故事起頭為何？
如何影響或不影響
後續的敘事？

升溫／複雜局面

開頭

故事開始後，
馬上發生什麼事？

故事裡可能有什麼
令人不快的事情，
你不打算說或刻意隱瞞？

故事範圍以外的
世界發生了什麼事？

這件事可能會如何深入
影響故事中的事件？

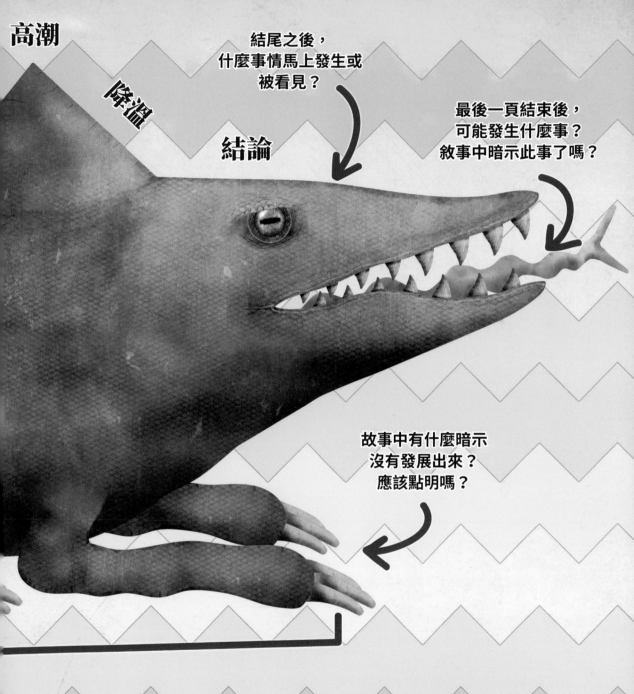

高潮

降溫

結論

結尾之後，
什麼事情馬上發生或
被看見？

最後一頁結束後，
可能發生什麼事？
敘事中暗示此事了嗎？

故事中有什麼暗示
沒有發展出來？
應該點明嗎？

人生並非情節
——線可以永遠延伸下去

情節裝置

情節裝置使用上會製造虛假的戲劇效果，或讓事情顯得太容易，乍看活該挨罵。這裡討論裝置是為了警惕讀者。不過在特定脈絡下，小說裝置用得好，效果回饋很高。例如幽默通常沒有規則可循，所以幽默的巧合會顯得特別有趣。寫推理小說時，要是「故弄玄虛」恰到好處，讀者其實不會太意外。要注意的是，一般的情節裝置會傷害小說。讀者不喜歡看到作者解決問題時不透過更有機的解法，卻非得利用情節裝置不可。

救了他之後再綁架他，不算天降神兵。

神救援或天降神兵（deus ex machina）

——原指「從機械下來的神」。角色原本陷入無法脫身的情況，因為看似巧合的新事件、新角色、新物品加入，突然得救。在這種情況下，讀者會覺得作者違反自己訂下的規矩，或者根本不合邏輯。

故事主題涉及愚蠢的迷戀時，或許可以用用。

麥高芬（MacGuffin）

——是一個目標，亦即角色追求的物品。然而，作者完全不會好好解釋角色追求的動機，卻預期讀者單是看到角色強烈的渴望，就會讀下去。如此一來，讀者往往在不瞭解角色為何孤注一擲的情況下，失去對故事的興趣。

轉移注意力或故弄玄虛（Red Herring）

——這種裝置看似正確答案或線索，後來卻變得不重要，甚至直接誤導情節發展。這種故弄玄虛的手法，說好要提供答案，打斷故事，好解答某個問題。如果問題是故事核心，作者卻花太多時間故弄玄虛，讀者很快就會感到不耐煩。

如果一個故事講的是故弄玄虛（英文原義為紅鯡魚），出現貓頭也算故弄玄虛。

以上流程圖或多或少都以差距甚少的角度，描述同樣的事情。看完所有流程圖，可大致瞭解典型的情節進程。然而，這些圖表不但抽象，也不肯正面肯定角色塑造會推動故事前進，同時又認為角色會乘著故事前進（即升溫）。在某種程度上，流程圖認為事件地位大於角色地位。因此，要是有故事顯得太匠氣或**按照步驟來**，通常都是因為作者死記情節的基本成分，沒有考慮到如何才能讓敘事以更有機的方式呈現。寫壞的故事中，常會看到一種匠氣的手法——以過多的巧合輔助角色。運用巧合時，應有所節制，否則不但不能改善主角的情況，反而每下愈況。

由於這些流程圖強調高潮和衝突的重要性，暗示故事應該要有（多個）中心目標，然而在創作過程中，**每一個觀點**對作家都很重要。寫開場、升溫動作、降溫動作，都一定要全力以赴，和處理高潮場景同樣迫切。

因此，想做出扎實的敘事設計，你需要的或許不是故事流程圖，而是一隻全面展開的故事蜥蜴。你要知道什麼能放進故事裡，也要察覺沒寫進去卻飽含分量的**存在**：那些**沒寫進**故事裡或原本能發展成另一個故事的「什麼」。佛瑞塔格流程圖中的山頂，意味著收尾降溫會非常快速且流於混亂，這種發展並不是在真空中發生，周圍空無一物。山頂附近其實有你想像出的生命、事件，還有一整個世界。或許，故事蜥蜴背上的複雜尖頂原本長在蜷曲的尾巴上。或許，故事會從蜥蜴的嘴巴開始，一路沿著脊骨倒著發展。再說，如果故事主題是啟發，焦點集中在角色的內心世界，那你要怎麼構思情節？如果故事情節是高潮之後的劫後餘生，例如舟·沃頓（Jo Walton）的雨果獎小說《我不屬於他們》（*Among Others*），又要怎麼寫？

因此，佛瑞塔格金字塔及其徒子徒孫的最佳用途，通常是當作參考**依據**，讓你探索高潮擺放位置不同所產生的效果，或者看看可讓溫度（如果有的話）上升多快。這些圖表提供**大方向**，幫助你將各條故事線看得更清楚。不過在思考敘事設計時，或許你會發現一些絕妙故事的最佳欣賞方式並非透過思考情節，而是反覆琢磨**結構**。

結構

如果你用類似佛瑞塔格的流程圖長期記錄心律不整或是音樂作品的高低波形，記錄結果應該都很相近。儘管每一段波形的起落都與主題有直接關係，但故事並不能縮減為醫療記錄或樂譜。

雖然每種故事都有數種經典情節與變化，結構卻是獨一無二。結構對技

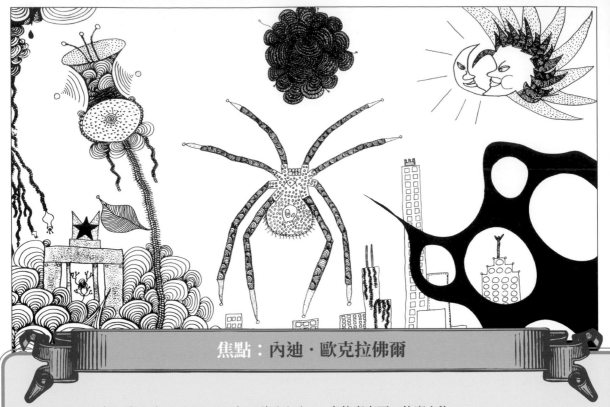

焦點：內迪・歐克拉佛爾

內迪・歐克拉佛爾（Nnedi Okorafor）的著作包含《誰怕死》（*Who Fears Death*，世界奇幻獎）、《阿卡達女巫》（*Akata Witch*），以及《尋風的札拉》（*Zahrah the Windseeker*，索因卡文學獎）。作品《陰影會說話》（*The Shadow Speaker*）解釋圖像如何承載長篇小說。

「這幅畫是我的小說。說正格的，這真的是小說，就叫《遙控器》（*Remote Control*，加納人一般稱 juju），只是還沒寫成文字。故事所有的元素（人物角色除外）都包含在這幅畫裡。前景我畫了主題、情節元素和小說最核心的事件。故事發生在阿克拉（Accra）城中，所以底部才畫上城市風貌。阿克拉是這個故事的基礎，右邊象徵加納阿克拉的獨立之門（又稱黑星門），是國家紀念碑，發生過一些大事。

「這幅畫的欣賞角度也會成為故事的一部分。所謂角度是進城的角度；有一個主角開頭進場就是這樣看的。右邊的太陽和月亮代表整部小說發生在二十四小時之內。最後看看蜘蛛（身上細節也是故事的一部分）；恍若扇貝的波浪圖形，瘋狂擁至；飄浮在蜘蛛上方、看起來像囊胚的東西。要先看書，才能知道這些代表什麼東西、什麼人物。

「我的故事主要是線性發展，但我的寫作過程非常不規律。我可能從某場景中間開始寫起，突然跳到結果，又跳回開頭。我用紙筆將片段寫在筆記本、餐巾紙跟小紙頭上，或鞋盒邊緣。現在，我都用古董打字機記錄段落，之後再把所有片段輸入電腦，按照發展順序排列。於是，我覺得要用一張圖說明二十四小時內發生什麼故事，相當適合。我一般認為，過去、現在、未來緊密交纏，不能分開。所以用一幅圖呈現多重時間的發展，很吸引我。

「畫小說，是因為正好沒時間寫。我是全職專任教授，小說靈光一閃時才剛開學，得用一種不需寫字的方式寫小說，也必須將小說的重量、情緒、光環、精華及靈魂引流出來，不能光記筆記，更必須用藝術形式呈現。

「我花了兩週完成，接下來半年都不理這幅畫。上個月重看，只需看一眼就知道該往哪個方向前進。我懂故事的**感覺**。我聞得到故事裡的世界，它好端端地待在我用好幾枝嗆鼻麥克筆描繪的黑白圖片裡。好的圖片勝過千言萬語，這幅畫勝過十萬字吧。」 ❧

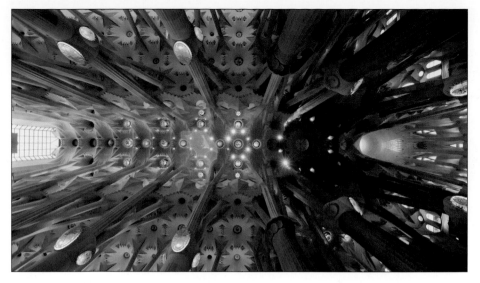

由高第（Antoni Gaudí）設計的巴塞隆納聖家堂內部。虛構文類也有類似的基礎結構，既呈現建築那般宏大的規模，也如微生物那樣微小，透過你使用的質地和素材塑造故事。（攝影：伊赫桑・戈塞爾曼〔Ihsan Gerçelman〕）

術型想像力的重要性，正如同靈感首次迸發在創意想像過程中是不可或缺的——會這樣說，或許是因為結構似乎變化無窮，情節卻不是。由於結構的獨特性，就算結構與眾不同，也不代表非得帶有實驗性質，多半只是一種運作良好的探索，尋求述說某種故事的完美方式。

特殊結構可讓故事更臻完美，以下提供三個例子：伊恩・班克斯（Iain M. Banks）的《武器浮生錄》（*Use of Weapon*）、納博科夫的〈李奧納多〉（The Leonardo）、安潔拉・卡特的〈秋河斧頭砍人事件〉（The Fall River Axe Murders）。三者皆因為結構上的追求，充滿情感共鳴，更添深度，同時這樣的追求並不打壓角色，反而更能凸顯其形象。故事結構的貢獻或許不在情節，而是文學上的歷久不衰。

《武器浮生錄》是英國經典太空劇作品（space opera，又稱宇宙史詩），也是班克斯的「文明」（Culture）系列作。作者設定在遙遠的未來，人類遍布整個銀河系，利用人工智慧打造具有完全感知能力的太空船。人類被收編至跨星際的超級文明，其中包含數以萬計的智慧種族。

班克斯利用兩條敘事線，來講述爵洛迪南・札卡威（Cheradenine Zakalwe）的一生。他是傭兵，為「文明」效力；這個文明通常趁著戰爭或動亂，插手涉入發展程度較低的文明。他與控制者之間有什麼關係，以及發生在遙遠過去的可怕事件始末，到小說結尾才逐漸明朗。爵洛迪南和其他文明交手的過程，都有記錄。一條故事線往前，一條往後，讀者在開頭能同時讀到起始與終結。主文本所有的事情發生後，也附上序曲和尾聲。每一個章節都讓結構變得更複雜，卻也採取回溯的技巧。不過這些回溯只是在細部模仿全書蟲洞式的大結構。如此一來，時間框架的複雜度便顯得極度自然。

班克斯說他「從來沒想過」要用更傳統的方式說這個故事。儘管得多花

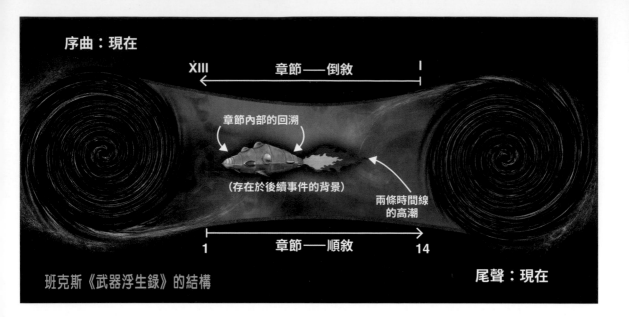

序曲：現在

XIII ← 章節——倒敘 → I

章節內部的回溯

（存在於後續事件的背景）

兩條時間線的高潮

1 → 章節——順敘 → 14

班克斯《武器浮生錄》的結構

尾聲：現在

班克斯《武器浮生錄》的結構剖析圖能幫助你更加瞭解作品嗎？什麼樣的結構調動能產生更激烈的效果？

工夫才能適應，結構本身卻顯得很有機。此結構的效果有六種層面：

- 反映出角色的個性漂泊無定。
- 顯示過去事件如何改變角色。
- 讓讀者從創傷後的現實底線／存在經驗去看角色，思考他為什麼總是如此行動。
- 讓結尾設定的揭示更為有力。
- 闡明高潮發生在故事的起點，但要等到角色晚年首次出場，讀者才能理解之前的高潮。
- 讓讀者更能全面理解小說的主題（戰爭的徒勞），這也是角色的存在基礎。

班克斯原本可以寫恐怖事件的前因後果及事件本身，這樣描述出來的故事或許同樣有力，但是這種傳統寫法可能無法表現事件帶來的毀滅性效果。如果以事件作為開頭，按照時間發展順序寫下去，也可能無法獲得有機的共鳴。簡單說來，班克斯面臨的選擇有兩種：一是把故事說成有點詭異的地方奇談（某行星上一連串的行動導致可怕的事件發生）；二是利用少見的結構，創造出更具宇宙觀的效果，也就是擴張尺度，納入不同的星球，同時也拉長時間。如此一來，班克斯就能針對記憶、罪惡、贖罪、歷史的本質，做出更有力的論述。

一八九二年，波頓被控謀殺父親與繼母，最終宣告無罪。

相較之下，安潔拉·卡特的〈秋河斧頭砍人事件〉要處理的問題就很不同（這問題規模較小）：幾乎每個人都知道麗茲·波頓（Lizzie Borden）命案

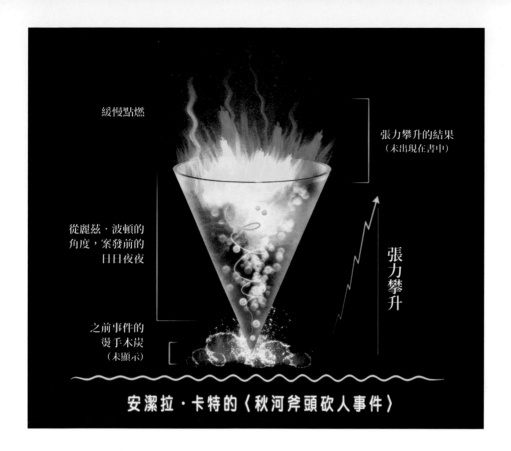

緩慢點燃

張力攀升的結果
（未出現在書中）

**從麗茲·波頓的
角度，案發前的
日日夜夜**

**張
力
攀
升**

**之前事件的
燙手木炭**
（未顯示）

安潔拉·卡特的〈秋河斧頭砍人事件〉

安潔拉·卡特的〈秋河斧頭砍人事件〉結構圖，明白點出讀者與作者的複雜約定，有些元素絕對需要讀者的想像力，才能發揮作用。

的結果，這時要怎麼寫？她透過結構表達一個高明的想法，解決了問題：她描繪導致命案的事件，但是不寫出案發經過，讓讀者就停在門檻外。卡特利用仔細挑選的細節，向讀者逼真展示惡行的前奏——最後卻拒絕呈現高潮場景和急速降溫的場面。同時，她也知道讀者會自己想像該場景，因為這椿命案已經成為某種常識了。她選用這種結構，等於承認一般能作為小說解法或扭轉的裝置（如命案），在她的敘事中行不通。雖然有這一層侷限，她的小說絕對是描寫動作升溫和不安心理的傑作。

卡特的短篇證明一個普遍概念：要是寫法適合，有時也能捨棄一部分的敘事結構，但是被捨棄的強大輪廓仍會在讀者腦中盤桓不去。也就是說，有時就算你什麼都寫，**就是不寫**高潮動作，動作依舊無可避免地繼續前進。不管它在書中如何呈現，讀者都會自行想像。處理存在與不存在的敘事結構，也能引發讀者和作者之間的創意對話，同時顯示在小說中騰出一塊**創意空間**讓讀者參與，**能否到達**那個空間不是重點，為讀者製造機會參與故事，對作者的成功才是關鍵。

結構操弄讀者的期待，引發好奇心並達到效果。納博科夫的〈李奧納多〉熟練地操作結構，推動敘事平衡前進，同時抓住讀者的情緒。在故事中，歐洲某城市的中下階層大廈居民，遇見神祕男子羅曼多夫斯基（Romantovski）。

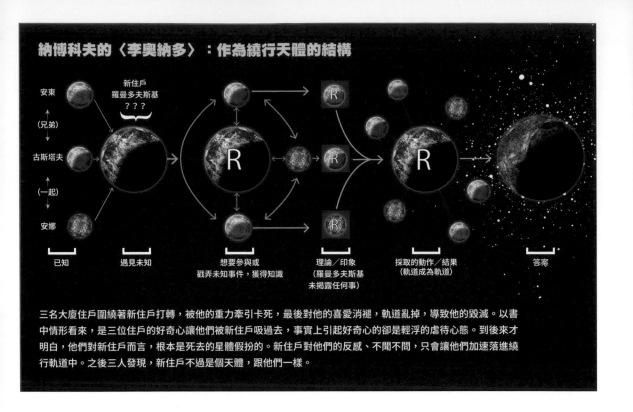

納博科夫的〈李奧納多〉：作為繞行天體的結構

安東 —（兄弟）— 古斯塔夫 —（一起）— 安娜

新住戶 羅曼多夫斯斯基 ？？？

R

已知　　遇見未知　　想要參與或　　理論／印象　　採取的動作／結果　　答案
戳弄未知事件，獲得知識　（羅曼多夫斯基　（軌道成為軌道）
未揭露任何事）

三名大廈住戶圍繞著新住戶打轉，被他的重力牽引卡死，最後對他的喜愛消褪，軌道亂掉，導致他的毀滅。以書中情形看來，是三位住戶的好奇心讓他們被新住戶吸過去，事實上引起好奇心的卻是輕浮的虐待心態。到後來才明白，他們對新住戶而言，根本是死去的星體假扮的。新住戶對他們的反感、不聞不問，只會讓他們加速落進繞行軌道中。之後三人發現，新住戶不過個天體，跟他們一樣。

古斯塔夫、女友安娜、古斯塔夫的兄弟安東，都想知道神祕男子的職業和生平，卻毫無結果，導致三人組和羅曼多夫斯基之間發生更多衝突。古斯塔夫和安東不過是平凡小賊，有時也打零工，卻篤信羅曼多夫斯基自認高人一等。三人持續試探，最後演變成古斯塔夫唆使安娜去跟羅曼多夫斯基調情，讓古斯塔夫有藉口將羅曼多夫斯基刺殺身亡。之後三人進入羅曼多夫斯房中，發現他從事偽造，其實沒比三人好到哪去。說到底，他跟他們是一**丘之貉**。

這個故事使用到佛瑞塔格金字塔中所有的張力攀升元素，此外還有複雜局面，急速降溫，不過故事結構採取三個獨立形式，讓三個主角進入神祕人物（羅曼多夫斯基）的軌道，個別又集體呈現他們對神祕男子的反應，最後造成死亡和「劇情扭轉」的局面。這種結構讓重心落在三位主角上，呈現他們遇見羅曼多夫斯基之後的態度（改變或不變），而羅曼多夫斯基的背景一片空白；這就是故事的中心謎團，讓讀者和書中主角都對他產生興趣。

以上三個例子說明操弄結構帶來的樂趣及用途，也證明有些具有娛樂性質的故事，其實要打破俗套結構，才能發揮最佳功效。只要最後的結果有機，又能吻合角色與書中情境就好——結構不一定得特殊到引人注目；要是出現這種結構，大概是進入了後現代或實驗小說的領域。只要你原本就這麼打算，進入這些領域探索一下也滿愉快的。不過其他作者的箴言聽聽無妨。凱薩琳·M·瓦倫特（Catherynne M. Valente）著有暢銷小說《環遊精靈國度的女孩》

班·麥凱夫
《鄉下造反》

麥凱夫的小說中，含有荒謬的幽默成分，也放大了對於鄉村生活的恨意。屢屢誇大的男孩日常生活冒險情節，層層推動故事前進。小說本身側重心理層面，同時也很諷刺。

每一個細胞＝
發展成短篇的
可能性

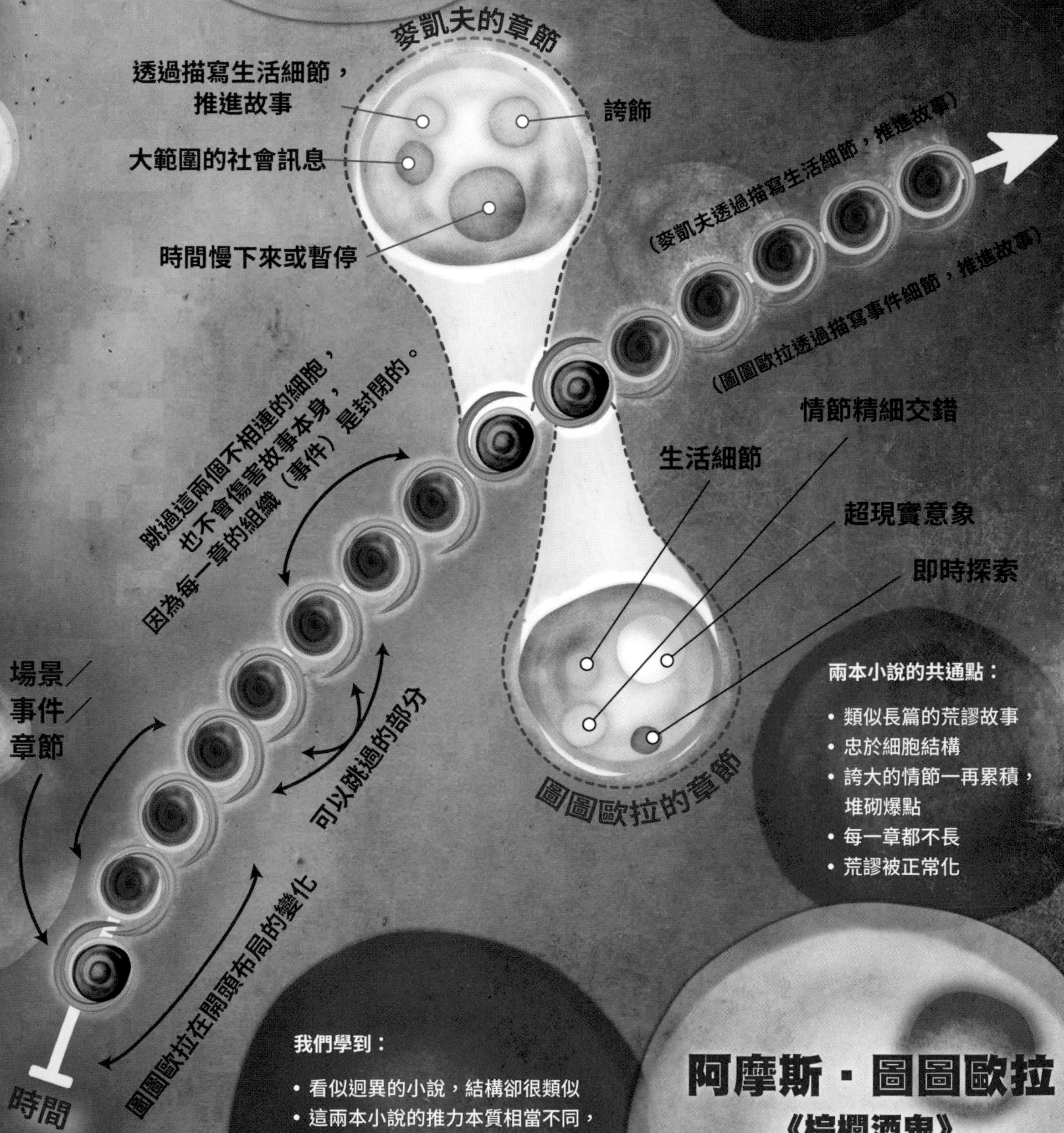

麥凱夫的章節

透過描寫生活細節，
推進故事

誇飾

大範圍的社會訊息

時間慢下來或暫停

(麥凱夫透過描寫生活細節，推進故事)

(圖圖歐拉透過描寫事件細節，推進故事)

跳過這兩個不相連的細胞，
也不會傷害故事本身，
因為每一章的組織（事件）是封閉的。

情節精細交錯

生活細節

超現實意象

即時探索

場景／
事件／
章節

可以跳過的部分

兩本小說的共通點：
- 類似長篇的荒謬故事
- 忠於細胞結構
- 誇大的情節一再累積，堆砌爆點
- 每一章都不長
- 荒謬被正常化

圖圖歐拉在開頭布局的變化

時間

圖圖歐拉的章節

我們學到：
- 看似迥異的小說，結構卻很類似
- 這兩本小說的推力本質相當不同，卻能達到雷同的效果
- 特定種類的自我再生章節細胞，如果分裂再生的過程妥當發展，就能創造出一本不需要更高層次主結構的小說。

阿摩斯·圖圖歐拉
《棕櫚酒鬼》

圖圖歐拉的幻魅作品帶人漫步於變形的奈及利亞風景中，醉鬼把他的旅程細節誇張化，藉此推進故事。

奇怪先生說
結構

你身邊的世界並非只是單純的居住環境，除了容納各種可能出現的角色，提供實際體驗幫助你寫作以外，還有什麼？你也可以從身邊找到故事結構的靈感。即使只是照相機捕捉到的一陣水花，也能透露隱藏的結構。建築物、真菌的對稱性、壁虎的腳趾線條，都能激發靈感。日常生活中有什麼能讓人聯想到故事結構，你卻忽略了？

（*The Girl Who Circumnavigated Fairyland in a Ship of Her Own Making*），也出過一本挑戰結構與風格的冷門作品《迷宮》（*The Labyrinth*）。她說：

> 我有一條準則：情節、結構、風格三者之中，有一者要負責做無聊的工作。作者做實驗讓讀者興奮，但讀者也需要抓住某樣東西，像是線性而直接的結構、樸實又扎實的文章，以及符合讀者文化背景所期待的敘事情節。真正的好書，多半能抓住三者之一，全力發揮；抓住兩者是所謂的前衛寫作；晦澀到底、不留給讀者任何餘地的，通常就成為庫存書了。比如馬克・丹尼列夫斯基（Mark Danielewski）的《葉之屋》（*House of Leaves*），結構像是「安息吧，查理・坡莫」，可是全書有三分之二行文挺平淡的……這是個標準的鬼屋故事，卻像是帶有文學意味的尋寶任務。

不管怎樣，你不必為了尋找特殊結構而侷限自己使用現有的結構，或一般結構的「平均」模式。奇怪先生在前一頁提出幾個可能的小說結構或形式。使用這些結構的小說，看起來會是什麼樣子？在適當脈絡下，這些結構能帶給讀者什麼？真的能當作故事結構嗎？

創造場景

由眾多敘事元素組成的**場景**，是小說的主要建構單位，能表達情節，乃至結構。大衛・特羅迪爾（David Trottier）在其著作《編劇聖經》（*Screenwriter's Bible*）中嚴格定義場景如下：「場景是一個戲劇單位，包含攝影機位置、地點、時間。一旦以上三個元素改變了，場景也跟著改變。」不過，小說處理的不是連續畫面，而是文字，所以小說場景的定義或許比較寬鬆，但特羅迪爾的定義確立了基本原則。

場景通常會放大角色之間的互動，也能凸顯單一角色。場景往往要放大至少一個角色的**當下**，就算是主要動作發生前的回憶事件也算數。如果你寫一個男人在雨中過馬路，跟擦肩而過的故事蜥蜴打招呼，不管你有沒有傳達男子的內心想法，這些事件都算得上是場景。場景的構成，隨著當下對話和行動的比例而不斷機動調整。而這個比例，取決於不在當下的開場、回憶、描述或總結。只要讀者**覺得**自己是在觀看，而不是有人跳出來說書，任何比例幾乎都能成功。

半場景（half scene）指的是迷你場景，包含幾句台詞，或是幾段對話搭

更多場景、半場景、概述文字的範例。

配描述文字，嵌入概述文字或不同場景中，藉此加強某段敘事的深度或戲劇性。如果剛才的雨中過街男子坐在咖啡廳跟人談話，對話過程中有什麼點醒了他之前跟故事蜥蜴見面的回憶，在當下場景中增添幾行對話和當時會面的描述，就相當於一個半場景。

概述（summary）描述動作或想法卻不誇大，是一種「說故事」而非展示故事的方式。例如：「他刻意過街，避開故事蜥蜴（誰想突然來聽個故事？），去了麵包店、理髮廳、鐵匠鋪，之後才回家。」這樣就是概述，不是場景或半場景。

多數的小說場景都穿插了概述文字，或者需要概述文字來串場，但其實小說和故事的內容深遠廣大，能夠容納、甚至**必須**放入大段的純粹白描或概述文字，也得時常用上半場景。**約翰・克爾文・貝奇勒**（John Calvin Batchelor）的《南極人民共和國的誕生》（*The Birth of the People's Republic of Antarctica*）是個絕佳範例。書中示範如何廣泛使用含有半場景的概述文字，而且運用得很成功，因為敘事者的聲音引人入勝，打破概述比場景無趣的既定印象。塔瑪斯・多博茲（Tamas Dobozy）的《十三圍城》（*Siege 13*）為了解釋現在的事件，深入剖析過去歷史。他的故事絕對有必要反轉現在與過去的篇幅比例，才能透過概述文字、半場景，加上簡短場景的點綴，利用數頁的篇幅將好幾年的事件告訴讀者，告訴讀者。如此一來，白描便成了他書中最常見的單位。

這種手法常見於貝奇勒的作品。納博科夫的《艾達》（*Ada*）也是著名的例子。

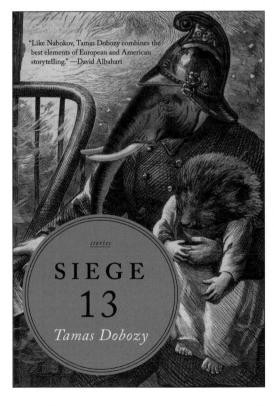

《十三圍城》的書封插圖（2012），繪圖：艾倫・考區（Allan Kausch）。多博茲在作品中使用概述文字的方式很有趣。

步調：節奏與進程

在控制跨場景的效果，學習創造、編輯場景之前，必須先瞭解幾個基本術語，首要必學的是**步調**。

步調指的是場景速度的快慢，也是故事或小說的一連串場景在讀者心中展開的模樣。透過數種控制變因，可以延伸或壓縮讀者對於時間流逝的感受。如此一來，「時間」的存在便**脫離**敘事的時間順序，或真實事件或人物相會的實際時間流程。

要讓讀者感受到場景的時間效果，必須控制寫作素材。說話企鵝（以後就叫牠佛瑞德）和宿敵危險鴨子拳打腳踢（其實是用翅膀互毆），在現實中

的客觀時間可能只花了幾秒，但是在故事中感覺打得更久、打得很妙，因為你描繪出各種細節；每次打鬥過程中振翅一揮，汗珠滑落羽毛。要讓場景變得更慢，你還可以在開場時讓讀者稍微回顧佛瑞德仍是小企鵝時第一次打架的模樣。或是加快速度，用幾句台詞帶過這個場景，快慢完全取決於寫這場打鬥戲的目的。或許你想讓讀者完全體會打鬥之後的慘況。重點在於，要回顧第一次寫的草稿，才知道自己想要達成什麼目標。

要理解步調，以及讀者如何感受場景，必須先瞭解「**節奏**與**進程**」的概念。**節奏**是一種微小循環，包含一個場景中的起伏、進程、障礙。以上聯合起來發揮功效，彷彿原本應該維護場景健康的細胞卻起來造反。如果不懂，也可以把節奏想成心跳，甚至是脈搏。即便**漏掉一、兩拍**，照樣可以繼續規律運作。

打鬥戲的訣竅在於，剪掉三分之一的「動作—反應」場面或節奏，以加快步調。刪掉之後，大概還是看得懂。

小說《哈洛蓋特》（*Harrowgate*）的作者村山凱特（Kate Maruyama）說過：「節奏是一種時刻，我總覺得節奏有生命、會活動。寫劇本時，常常會有『這裡需要節奏』的評語，我寫小說時也是如此。檢視作品進程，要是發現戲劇化效果不到位，通常是因為節奏感跑掉了。我念大學時開始沉迷於劇場，所以腦海中總是想像編舞家一邊說『五、六、七、八、走』、一邊打拍子，確定場景維持正確的節奏。可以在高潮場景前換一個節奏，或者**更**重要的是，在高潮一結束停一拍，讓讀者和角色都明白剛才發生了什麼事。對話或場景中也可以停一拍，讓角色先處理已知的訊息，再說出爆炸性的台詞。

這個停一拍有時只是暫停，可以是一句話，有時是一個眼神（例如在電影裡），有時是一拳打過去。一切取決於場景需求。」

至於**進程**，則是連續場景或不同場景中個別

檢查節奏

經過多年研究，芬蘭的前衛小說生物學家妮妮·奧圖（Ninni Aalto）以顯微鏡觀察，分離出故事節奏。這些微生物組成了「敘事細胞」，也就是可能以動作、情緒，甚至是「暫停」形態出現的時刻。整個節奏生物體能形成因果鏈，或是較為鬆散的因果束，端看故事種類而定。以下是幾個節奏版本：

動作節奏：見於查克·溫迪格（Chuck Wendig）的《黑鳥》（*Blackbirds*），執行必要任務：負責在張力飽滿時結束場景。

事件的順序及訊息布局。追究到終極的策略，進程的創造得透過節奏。進程事關重大，能影響整個敘事的張力經營、啟示，還有升溫行動。故事進程順利，會產生事件層層堆疊的感受，累積的效果不但自然，同時具有戲劇張力。例如之前的鴨子故事，要是進展順利，讀者就會知道危險鴨子和佛瑞德在打架前積怨已久。打完架之後，故事進行下去，打架所產生的後果，也會在故事的每一個場景間持續發揮效果。

進程不順會把讀者搞糊塗，也會形成反高潮。某些節奏原本用起來完美，但要是順序亂掉就會亂了套。還記得我在第三章建議，不要在小說開頭就安排爆炸性事件嗎？會這樣建議，一方面是因為進程──要確保進程愈走愈精彩。另一方面則是因為，如果太計較計畫，巴望著會發生某些事情，所以「先這樣做，再那樣做，然後──」，就會發現節奏跟進程都告訴你：「才不要**這樣**，也不要**那樣**，更不要──」。絕不要跟自然的搏動唱反調：全部另外安排吧。

節奏與進程需要持續存在，為因果關係而存在。就算是超現實故事，動作也通常會產生反應或後果（沒反應也是一種反應），不管反應大小都算數。例如，「他污辱她。她走了」，或是「他污辱她。她走了，再也不跟他說話，還叫他的朋友跟他絕交」。通常過於技術性思考的作家會忽略機會，去發展複雜或超展開的進程，忘記處理動作產生的更廣泛後果。理論上，把握住發展機會，個別場景和小說後半部的所有場景都會產生活力和複雜度。這樣一來，或多或少能為故事創造出一段段適合的節奏，互相交會、累積，最後達到高點。這些節奏由適當的進程統整，達到理想的效果。千萬記住，以上所說的一切都來自你筆下角色的作為與不作為。他們做的每個決定，都會創造出各種不同節奏與進程的平行宇宙。

情感節奏：見於伊凱特琳娜・塞迪亞（Ekaterina Sedia）的小說《莫斯科祕史》（*A Secret History of Moscow*），負責製造「回憶閃現」，誘發讀者的感傷情緒。

污染節奏：附著故事的動脈血管壁上，安靜現身。在索菲婭・薩曼塔（Sofia Samatar）的小說《沃龍德亞的陌生人》（*A Stranger in Olondria*）中發揮暫停的功能。

情感及動作節奏：有時這兩種節奏緊緊相依，難以分離，創造出兩顆心臟、一種心跳的場面。這類節奏可推動動作和共感的情緒，見於多博茲的〈布達佩斯動物園的動物們〉（The Animals of the Budapest Zoo）。

開場與收場

場景中最有趣的戲劇性元素，不論是肉搏戰、唐突的對話、諷刺性的點個頭，有可能要到一半或三分之二才會出現，但是開場和出場同樣重要，甚至更為重要。戲劇性元素如果恰如其分，就算處理不妥，依然能發揮大致的力道。但要是開場設定和離場處理得不得要領，極有可能讓讀者閃神、無聊、生氣，甚至可能被誤導。等到終於讀到場景的重點，早就失去注意力了。

開場時，可以自問以下幾個基本問題，其中起碼要有幾項和特定場景（假設已經選對開場）產生關聯：

- 現在是位於場景所在地，還是場景「轉運站」？如果是後者，目的為何？
- 如果場景移動到新地點，你所提供的訊息是否足以讓讀者定位現在的位置？
- 能夠明確得知角色現在是站著，還是坐著嗎？換句話說，可以知道角色在一個空間是採取何種姿態嗎？彼此的相對位置為何？
- 如果在場景中加入新角色，面貌清楚嗎？能否得知新角色和其他角色的關係？
- 能不能從場景的第一個句子得知這一場代表誰的觀點？如果沒有辦法，又是為什麼？
- 場景的脈絡是否和角色觀點充分結合？可以思考以下出自約翰·勒卡雷（John le Carré）《俄羅斯大廈》（*The Russia House*）的一段範例：「他不知道有哪個城市跟這裡一樣，將恥辱隱藏在許多甜蜜假象之下，也不會以如此微笑質問可怕的問題。」這句設定吐露許多角色的觀點。
- 場景中的描述文字隨著故事**移動**，還是看來卡住敘事動脈？與細節融合的，是前進的步調，還是場景的當下？M·約翰·漢瑞森（M. John Harrison）的小說《光》（*Light*）示範了許多絕佳範例：只有讀者需要時，才會得知訊息。也就是帶入新元素卻保持神祕，等到解釋之後才會明白，卻不影響讀者理解之前的場景。
- 如果設定中某個場景已經出現過，你會不會重複提供已知訊息而顯得累贅？能否提供設定的新細節，同時不拖慢場景？
- 如果不考慮設定，大致的脈絡是否考量到之前的場景？有沒有一直重複提供資訊？這個重複是必要的（如前情提要），還是可以刪除？

並不是所有故事進程都跟因果關係綁在一起：進程也可能藉由重複，以及各種情緒、動作、物件、地點或其他變因，來推動行文。——馬特·貝爾（Matt Bell）

設計：妮妮・奧圖

- 在回憶閃現或其他的時間操縱發生之前，是否已經深入場景的前置作業？換句話說，在時間切換以前，讀者有餘裕理解到故事線的現實和場景當下的背景嗎？

說到步調，你可能會發現要是開場緊湊，到了中段必須慢下來延長時間，等開場的效果淋漓滲透下半場。如果開場慢，往中段邁進時就得加快腳步。

由於收場時通常不太需要提供脈絡，就有多種可能的寫法。場景可以一直擴充或以任何方式作結（用什麼節奏收尾都可以），看你想表達或強調什麼。想想以下收場的差別：佛瑞德企鵝和危險鴨子可能打到一半停下來；佛瑞德倒在地上流血；鴨子想起以前被綠頭鴨爸爸毆打；警察把兩個拖去坐牢，或是雙方在警車中一邊流血，一邊尷尬地握手。

收場時，可以思考以下問題：

- 之前場景包含的暗示，現在有必要說明、強調嗎？
- 早一點收場就會被模糊帶過的部分，你明說了嗎？
- 收場是收在某個**動作**或**反應**？要是更改，會如何影響場景？
- 開場或中段有沒有哪裡其實需要移到收場的（通常是中段）？需要移動的往往是對話或角色的想法。打草稿時，一般會依照自然的對話來安排對話順序，卻忘記小說中的對話通常是特別安排好的；換成別種順序。看起來不但自然，更能支撐全場。
- 收場台詞是最棒的嗎？場景的最後一頁還有其他更適合收場的話嗎？

這個過程很像撞球，選手必須計算撞了現在這一桿，母球會停在哪裡，才能安排下一桿——你在想換場，也要想到目前場景的收場會如何影響下次開場，甚至是更後面的開場。有時思考各個場景也會得到可怕的結論：「我要說的故事不需要這個場景！」別自己嚇自己，刪掉不相關的場景，只會讓剩下的場景更為突出。

重複與視而不見

重複形式可支撐敘事，例如同樣句構的重複效果就不錯。同理，常用的幾種對話模式（他說／他告訴她）用久了就變成跟英文冠詞「a」、「the」

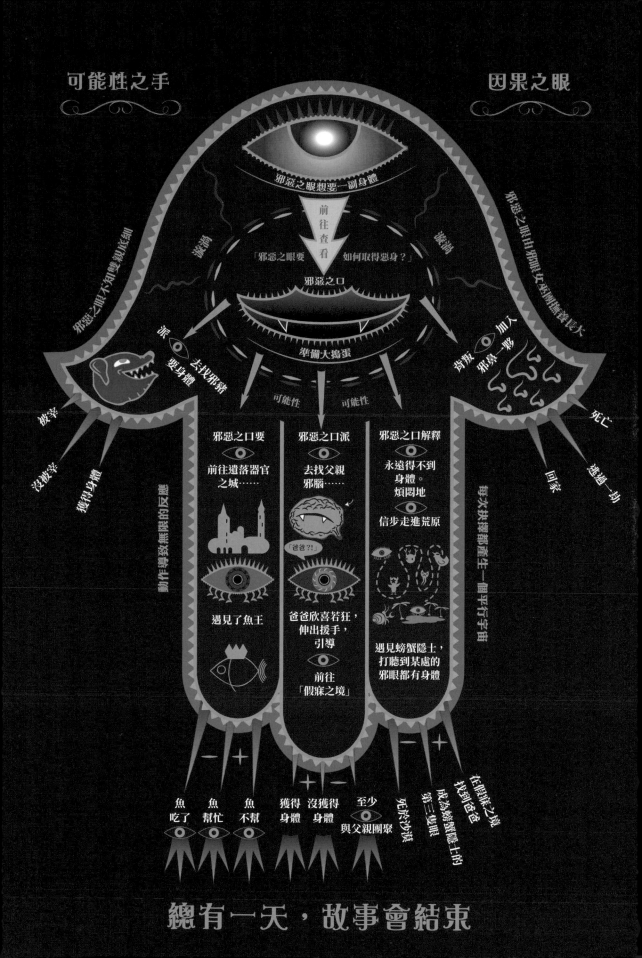

反覆出現一樣，視而不察。讀者需要這種視而不見（invisibility）的習慣，完全投入閱讀。不過處理場景時，重複可能會造成令人反感的效果。

場景重複可以有多種形式：可能是一模一樣的動作，或是多個場景（例如連續多場打鬥場景）的某些動作類型。場景重複也可以是先來一場玩真的，後面接著幾個場景當幌子，而且這些幌子並沒有要假裝得太認真的意思。例如先寫一個執行長跟董事會報告的場景，下個場景描寫同一個執行長去參加婚禮，接著去參加研討會……大致說來，這些屬於同一種場景，基本構造都一樣：有人在跟一群人報告；主角有沒有待在人群中聽報告，其實沒差。

一旦你不只一次誇大了某種場景或行為／行動（有時即使只重複兩、三次），讀者的新鮮感便會消褪，尤其是接連出現。短時間內重複，或許會讓讀者對所有的場景「視而不見」，再也無法引發他們的興趣或刺激感。

要重新點燃熱情，只有改變場景類型。透過兩相對照，讓讀者重拾興奮感。愈是仰賴重複某種場景類型，反覆出現之間愈是需要空間。例如連放三場戰爭場景時，讀者通常看到第二場中段就筋疲力盡了。書中行動會變得無趣又模糊。要是換個方式，在三場戰爭之間穿插兩場截然不同的場景，或許就能讓讀者保持興趣，因為節奏和進程給人的感受和形式有了很大的不同。另一個解決辦法，是利用不同的敘事方式來描述相似的場景，這樣一來就能以不同的方式呈現類似的場景。例如描寫**第二場戰役**時，採用遠端的觀點；寫第三場戰役時，只寫戰後慘況。喬治·馬汀在《權力遊戲》中便是使用這種方式，頗為成功。

有些小說將漫長的中心動作打碎，分散到許多章節和場景，更要特別注意。作者自己懂得拆，並不代表讀者能自動將一系列不同的場景整合為單一漫長的中心動作。將動作分成好幾個章節，只會讓讀者發現作者基本上還是在講同一個動作或行為，只是時間拖得比較長。缺少場景線索去凸顯角色的行為，這樣通常顯得很無趣。

這讓我想到另一條通則：每次有哪裡重複（尤其是設定），一定要從不同的角度**刪減**場景，因為只要建立了模式，讀者就能自動填補沒寫出的細節。場景中的概述文字比例也會跟著改變，藉此帶出場景中的其他元素，而不是僅僅傳達某類訊息，或者說明角色之間的關係。不然的話，之前在小說開頭立下大功的換場文字，到此變成死肉一塊，只是以令人反感的方式強調又要開始重複了。

馬汀如何處理戰爭場面，請見本書附錄。

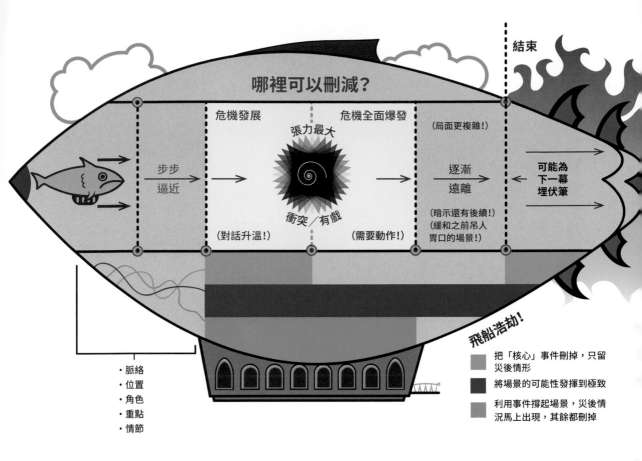

哪裡可以刪減？

危機發展　　　　　危機全面爆發

張力最大

步步
逼近

逐漸
遠離

可能為
下一幕
埋伏筆

衝突／有戲

（對話升溫！）　　　（需要動作！）

（局面更複雜！）

（暗示還有後續！）
（緩和之前吊人
胃口的場景！）

結束

飛船浩劫！

- 脈絡
- 位置
- 角色
- 重點
- 情節

把「核心」事件刪掉，只留
災後情形

將場景的可能性發揮到極致

利用事件撐起場景，災後情
況馬上出現，其餘都刪掉

刪減場景

　　每一個場景，都有一個或好幾個張力最大、最可能有戲的時刻，接著慢慢遠離，有時結束方式很有趣，有時則不然。刪減重點並不是在張力最大時馬上結束，後面的都不要，這不過是常見而濫用的吊人胃口伎倆罷了。有些小說、故事在戲劇張力時刻結束後，還有很長的後續場景，卻依舊合情合理，那是為了凸顯角色對於啟示、新訊息、遭遇事件的反應。塔瑪斯・多博茲的短篇〈美容師〉（The Beautician）中，敘事者告訴女友伊娃的母親依洛娜一個可怕祕密，牽涉到依洛娜的宿敵哈羅。雖然敘事者的動機看似複雜，基本上卻是要贏得依洛娜的芳心。作者沒有在敘事者揭祕之後馬上收尾，反而延長場景，讓讀者看到敘事者和伊娃獨處，而揭祕竟意外讓兩人關係洩氣。如果故事只提到哈羅的過去，或只提到當地居民如何得知祕密，作者大可早點結束場景，但是故事繼續寫到保密和洩密給敘事者帶來的衝擊。

　　大致說來，**拖延場景**比快速收尾更需要技巧，拖延需要動人的角色描寫。為什麼？理由很簡單，題材一定要有趣，才能應付延長的閱讀時間。讀者被

舉例來說，動作場景並不會比晚餐對話更容易拖延。

穿插場景

在柴夫肌肉男的經典B級片《怪獸島的血腥地獄大餐》中，度假者來到有隻

怪獸的小島上。

寫法＃1

有著眾多觀點的人物在各場景中穿梭，剪接快速，片段簡短。

1A	1B	1C	1D

三個差不多的場景，怪獸短暫出現。

2B		2A	2C	2D

從記者的觀點，以較長篇幅描寫發現屍體的情形，加上三段較短的「反應轉換」，跳接到其他人身上，此外還要看到怪獸。

3A	3B	3C	3D

利用短場景穿插角色遇到怪獸的反應，再呈現怪獸的動作。

4A	4B	4C

角色四處逃散；場景拉長，製造出 B 和 C 下場不明的張力。如果長度夠，也可以只拍一個人的觀點，建立主角的地位。

在此情況中，若有多位角色，多數商業小說會變動以上順序（電影也是如此，尤其是驚悚片）。然而，許多不同類型的長篇也會運用這種手法。作者想讓讀者明白特定類別（如恐怖小說）中簡單直接的動作時，這種手法會特別明顯；這些文類的讀者多半期待看到某些橋段。

角色

牙醫羅尼	記者雀斯丹	警察貝加	怪獸「呃赫」

穿插場景時，需要考慮：
——建立節奏
——固定跟每一個觀點角色流通訊息
——思考從哪些觀點呈現哪個場景，效果最好

寫法＃2

眾多觀點人物，減少剪接快速的場景，
將片段拉長。

1A

以單一較長的場景建立羅尼此角的地位，他是
全書的定位點，不管這樣做是好是壞。

2B　　　　**2C**

以記者的觀點拍攝更長的場景，呈現老練記者對屍體的看法。
接著拍警察，雖然是小角色，她對屍體的看法也有其價值。

3D　　　　**3A**

以怪獸的角度拍攝長場景，讓讀者稍微瞭解怪獸及其殘暴之
處。這樣一來，跟寫法＃1相較，讓怪獸出場的效果大幅提升。
這段結束時，羅尼看到怪獸，嚇得要命。回頭拍羅尼，可以
對比怪獸的觀點。

4B　　　　**4C**

眾人逃離怪獸之後，我們進入記者的觀點，因為她經歷過最
極端的情況；於是她保持冷靜，作者可藉此較輕易描寫事發
經過。同理，也可以回頭關注警察的反應，但是這些較理智
的觀點必須發生在羅尼嚇瘋之後。眾人逃亡之後的下一場，
最有可能呈現羅尼的觀點，因為他的反應最接近讀者。

看來寫法＃2比較不會有瘋狂的場面，所以也是較為考究的
小說切入點。這種寫法引發讀者的興趣和同情，但又能儲存
備用，之後要是描寫動作更快、更緊湊的場景，便能加以抽
取。但你也可以看看各場景中須使用什麼技巧，來斟酌張力
的強弱。無論你採用什麼寫法，目標是讓角色塑造、結構和
故事合作無間。

小怪獸的洞穴公寓

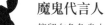

魔鬼代言人

停留在角色身上的時間，往往決定他們在
讀者眼中的重要度。場景需要移動，呈現
動感，但如果必須來回穿梭於角色之間，
則可以犧牲角色深度。如何刪減場景也取
決於一些因素，如文字密度，以及情節是
否部分建構在角色背景之上。

血灣住宿中心 & SPA

乘船抵達

＃1──探索　＃2──發現屍體
＃3──發現怪獸　＃4──逃跑

拖延時，會有更多時間思考你所寫的微言大義和邏輯。集中火力在角色描寫上，通常能讓你更有餘裕——這樣一來，讀者就不會只關注情節，也會花時間觀察角色。

你也可以通篇運用形式相同的刪減手法，或是利用不同的類型作為對比。各種寫法都會製造出不同的閱讀體驗，也需要操作不同的技術。我的小說《地下之城威尼斯》中斷場景的方式，全然迥異於《長鳴》。前者為超現實小說，設定在遙遠的未來，事件發生多半配合實際的時間流動，層層堆疊出詭異的荒謬。書中的地下場景步調一定要快，每一個場景的節奏和進程製造出內容豐富的簡短片段，集合起來形成一個整體。要是在任何一段敘事中停留太久，讀者會有太多時間思考眼前所見的事實基礎，可信度隨之崩壞，崩壞速度幾乎會跟書中的詭異（Boschian）世界一樣快。相較之下，《長鳴》是橫跨六十年的編年史小說，透過崩壞家庭寫出想像之城的歷史。書中的非線性敘事經常跳脫現實，回到過往。因此，這本書的節奏和進程必須配合書中的時光旅行，才能呈現小說的效果；場景也得拉長，才能容納更多種具創意的概述文字。步調有必要比前作更慢。

穿插場景

採取多重角色觀點的寫法，有很多種方式穿插場景。商業小說中，最常見到極為戲劇化的穿插方式，這無庸置疑參考了電影手法：即將正面對決前，場景中斷。讀者想要知道後續，代表你可利用另一個角色中斷類似的（不那麼類似也行）緊急場景，再回去寫正面對決。換句話說，就是爭取時間。儘管有人不顧讀者感受，濫用這種技法，但也可能創造出細微、較消極的場景，增加小說複雜度，但不會讓讀者興趣消褪。弄得不好，或許可以勾動讀者，卻也成了刻意吊人胃口的俗濫小說。許多丹‧布朗的《達文西密碼》（*The Da Vinci Code*）讀者經常如此抱怨。同樣手法處理得好，就能寫出引人入勝、整合度又高的劇情，例如「冰與火之歌」系列。

自由運用不同的高潮場景，得以發揮許多作用。如果小說張力逐漸升高，穿插場景可以確保作者不會耗盡讀者心力，或是放太多煙霧彈，模糊高潮場景。為什麼呢？反正隨時可以回到原場景——片刻、幾分鐘或幾小時之後。你沒有義務實際寫出衝突或正面對決。過一會兒再回來，這時你已經多寫一章，停下來說重點，或是讓行動暫停一會兒。過幾分鐘，再回去處理發展中的正面對決。一小時後，從正面對決的前奏，跳到對決後的殘局，將對決細

更多場景交錯範例

影視技巧的小說應用

大致說來，電影及電視帶給小說的通常是負面的影響。有些作家將大眾傳媒灌輸的體驗和觀念當成自己的個人體驗，或者誤以為電視節目的結構很適合拿來寫小說、寫故事，甚至可以「照本宣科」、套用分析。螢幕的視覺效果偏重立即性，小說的「想像空間」較不即時，兩相對照也是一個問題。供應過剩的奇幻、科幻小說，更是增長此一趨勢。水準以下或低於期待的劇本之流，每天都出現在編輯的投稿雪堆之中。

然而，其他類型的媒體卻能以特定方式，給小說帶來正增強、正面的影響。場景跳接就是一例。主角從 A 地開車到 B 地，車程看不見，只會看到 A 地和 B 地各有一景。有些人覺得《魔戒》讀起來過時，是因為托爾金大多數時候不會跳接場景，留下描寫冒險中的田園片段，拖慢步調，卻未必能引起現代讀者的共鳴（電影中，巨鷹載著甘道夫逃出薩魯曼的魔掌，那幕看起來很糟，讓人警覺到，有些事情還是用文字描述比較有說服力）。

視覺媒體造福小說作家的另一個方式是場景留白——具有**暗示**或**畫重點**的功能。由於電視節目時間有限，電視人員對於留白特別上手，觀眾得自己想像。於是，某些節目「壓縮」的效果特別好。舉例而言，HBO 影集《反恐危機》（*Homeland*）第一集，有艘潛水艇在阿富汗失蹤了八年，潛水艇船員的妻子卻在接完小孩下課後接到電話，得知丈夫已經尋獲。導演和編劇可以選擇繼續拍下去，讓母親跟兒子報消息。但場景馬上切到下一幕，觀眾看母親注視兒子穿過學校草坪走向她。這樣跳接有幾項重大功能：（1）不用再聽一遍已知訊息；（2）不用再看一遍灑狗血場景，要灑狗血也得用特殊的方式才會有趣；（3）跳接後，兒子變得不重要，卻依然強調母親對家人的關心，從影集的焦點來說算合理；（4）結果後續步調加快，更符合驚悚的主題（同類型影集卻步調慵懶又重複者，可參考《陰屍路》（*The Walking Dead*）第二季，拍得真糟，場景拖拖拉拉在一座農莊打轉。更厲害的編劇應該會把第二季濃縮成幾集就好）。

以上從視覺媒體學習到的技巧，都能直接轉嫁到小說上，不過也有一些電影技巧需要拆解，好好轉譯到小說——利用這種契機，可帶給讀者獨特的寫法。我強烈建議仔細剖析喬斯‧溫頓（Joss Whedon）的科幻電影《衝出寧靜號》（*Serenity*）。這部片的開場精彩呈現，如何在極短的時間內大量介紹故事的世界觀及角色細節（導演的評論更是經典敘事課程）。如果想要多學一點，觀看此片時可以搭配同系列前作《螢火蟲》（*Firefly*）的開場，如果要比較兩者強調的重點有何不同、介紹同樣主角時有何變化，更是要看。但是這種技巧要如何帶進小說中？如果作者不想使用飄忽不定的全知觀點時，又該怎麼辦？

為了從小巧明確的範例看出電影技巧如何應用在小說上，且讓咱們暫時回到我的小說《芬奇》，我在第三章分析過它的開場。這是一部奇幻推理黑色小說，攙雜一點科幻元素，意圖結合一些電影技法，包括節奏、結構，有

時還有視覺意象。

寫作期間，我發現雷利·史考特的《黑鷹計畫》（*Black Hawk Down*）有個有趣的效果。會這樣想，是因為我一開始不知道該如何把那個效果轉換到小說層級。不管大家對史考特這部片子觀感如何，《黑鷹計畫》的剪輯精準，效果通常很精彩。有一幕是攻擊直升機前往摩加迪休（Mogadishu），導演在某一段突然把音效切掉。觀眾接受到的效果像是心頭默默一震。音效突然消失時，我的胃似乎也往下墜。顯然消掉直升機的運轉噪音，是為了讓觀眾更直接融入場景中——把電影這種 2D 媒體的效果變得更真實、更即時。

我很喜歡這個電影效果，一直思索怎樣才能用在小說上。答案出現時，我正在檢查小說的結構大綱：小說分成幾個部分，呼應約翰·芬奇生命中極為重要的七段日子，其中一段為調查龍涎香城中兩宗看似無法偵破的命案。

每一段日子的開頭都是芬奇被不知名人士質詢的對白記錄。質詢的地點、時間、方式，要等到後頭才會明朗。不過讀者逐漸預設每個新段落的開頭都有質詢的片段，所以當他們在最後一段的開頭，什麼也沒看到，只有一頁的空白時，這個效果等同於《黑鷹計畫》的無聲音效，製造出讓心頭一震的驚訝感。與此同時，原本該出現的可怕質詢場面不見了，又有種詭異的解放感。芬奇怎麼了？小說的時間發展怎麼了？

不是每個讀者都吃這套，有些讀者認為質詢場景的功能不過是引言，但這依舊不失為我的意圖：就像突然把讀者面前的餐巾抽掉。不過《黑鷹計畫》忽然抽掉聲音，造成觀眾的不適感，我則是為了傳達解脫、寬宥、如釋重負的感受。也有可能是芬奇死了，所以質詢才會

結束。或許，還有許多更明顯的手法可以轉換這項電影技法，但是我在《芬奇》裡決定這樣使用。

看電影或電視前，你可以自問以下幾個問題……

- 演員說話時，攝影機在臉上停留多久？如果鏡頭移開，移去了哪裡？
- 場景都在什麼情況結束？要是換成其他情況，能創造出哪些不同效果？
- 電影中的非視覺語言（如音效）扮演什麼角色？
- 場景中的動作或動作編排屬於什麼類型？角色是如何置入場景中？如何搭配場景的設定？
- 有什麼場景是原本可能出現在畫面上的？

如果老實盤問自己「這些問題」，不久就會發現自己在打草稿時省力許多。

節幾筆帶過。有時，作者會讓讀者期待更久。像托爾金刻意不讓讀者知道甘道夫和炎魔的大戰經過（感覺打了一輩子），但讀者還是會繼續看下去，因為就是想知道。

後頁圖　馬溫‧皮克（Mervyn Peake）的《泰忒斯誕生》（*Titus Groan*）之〈光明雕刻大廳〉（The Hall of Bright Carvings），繪圖：伊恩‧米勒（Ian Miller）。

沒有戲的部分

在正面對決之前或對決的當下中斷場景，也有其他好處，並非每件事都需要戲劇化。有時要不要戲劇化，完全取決於小說家的觀點。例如柴納‧米耶維在小說《傷痕》（*The Scar*）中描述海盜和船隻組成一座漂浮城市，角色最終面對海怪前，他決定戛然而止：作者意圖明確，不想迎合特定奇幻小說的尋常結局。不過刻意避開某種場景，可能也有其他原因——例如隨著小說時間線發展，某個事件必須發生，作家卻沒有描寫特定場面的技巧，這也沒什麼好丟臉的。如果對戰爭場景沒興趣，沒特別偏愛，不一定非寫出來不可。

要在哪裡戲劇化，除了考量到作家的癖性和技巧，也要考慮到強調的重點和實際描寫會給故事帶來助力，還是阻力。沒有情緒籌碼的動作場景，寫出來通常都很沒意義。吵吵鬧鬧的冗長鬧劇在階級鬥爭喜劇中，可能是征戰的吶喊，也可能是作者失誤寫錯。大肆描寫用餐吃了什麼，不見得會比一筆帶過達到更多效果和重要性。在伊莎‧丹尼蓀（Isak Dinesen）的作品《芭比的盛宴》（*Babbett's Feast*）裡，食物是溝通的方式，有助於培養小說核心的社群感。若不寫出華宴盛況，就是大錯特錯。同樣的手法套用到《傷痕》也一樣是大錯特錯；有時候，海盜吃的三明治就只是三明治。

莫里耶一九五〇年代處理夫妻性關係的短篇小說〈威尼斯癡魂〉，由尼可拉斯‧羅格（Nicolas Roeg）改編為電影，兩相對照，場景處理很值得學習。莫里耶用文字描繪出伴侶間的關係，導演只能使用圖像，於是被迫以更明顯的方式展露兩人之間的愛與親密。性一旦明說，會如何改變小說中元素的平衡，以及場景所扮演的角色？

有些作家在處理特定題材時，總是採取「少即是多」的寫法。知名黑色恐怖小說作家斯蒂芬‧格拉漢姆‧瓊斯通常避寫性愛場面。他說：「並不是因為性愛場面一寫出來就力道減弱，也不是不值得寫。我一直懷疑性愛場面寫好幾頁的人，跟過度吹捧獨角獸的作者，理由都一樣。哎唷，他們一定都希望有天能看到**獨角獸**啊。」

不論你此生是否看過獨角獸，都不必急著在故事中創造一堆。

《歌門鬼城》：佛雷 vs. 廚子
「午夜之血」的動作場景

　　馬溫・皮克的《泰忒斯誕生》是「歌門鬼城」（Gormenghast）三部曲的第一部，書中出現的動作場景堪稱一絕。故事設定在類似城堡的舊宅邸，故事沿著其中人物的怪異生活展開。佛雷是領主的僕人，與廚子斯威爾特發生衝突。在「午夜之血」這一章，兩人間的宿怨到達臨界點。作者描述廚子帶著一把切肉刀，佛雷則拿劍跟蹤，看著廚子爬樓梯潛進自己的臥室。廚子一刀砍下去，以為自己「殺了」佛雷，卻發現那是佛雷事先擺放的假人。黑夜裡突然一陣閃電，廚子發現了佛雷，追趕過去，被刻意誘到蜘蛛廳堂，佛雷在那裡似乎占有優勢。一陣暈頭轉向卻也明確的打鬥過去，廚子因為蜘蛛暫時失去視力，像陀螺旋轉般朝佛雷衝過去，切肉刀因此卡在牆縫裡拔不出來。然而在同一段落中，廚子起碼逆轉勝一次，後來發生更複雜的局面，末了佛雷才把廚子刺得滿身坑洞。

　　這場打鬥長戲有著許多矛盾，像是違背不使用華美複雜句子描寫動作場景的規則，那為什麼這幕還會成功呢？

- 佛雷有非常明確的計畫，要把廚子拐到蜘蛛廳堂。
- 從佛雷的視角預期廚子發動攻擊，產生了更多張力。
- 皮克同時呈現廚子和佛雷的視角，增添趣味。
- 打鬥場景出現在小說結尾，能充當高潮戲的一部分。讀者也希望高潮具備分量與內涵。
- 佛雷跟廚子之間的敵意累積已久。
- 場景為黑暗的雨夜，描述需要仔細緩慢。
- 重點的場景如慢動作般推移，讀者的重點不是發生「什麼」事，而是「如何」發生，著重角色的動機。
- 兩人勢均力敵：佛雷聰明，而廚子有力。
- 兩人都不是職業殺手，自然不會很快打完。纏鬥一番也不令人意外。
- 佛雷和廚子兩人先前的行為讓讀者興味盎然。讀者不會樂見兩人的宿怨草草結束。
- 風險很高，影響所及會蔓延到整個三部曲。
- 對決的細節安排得很高明。

攪局與滲漏

在某種程度上，擾亂、污損場景的，可說是時間本身。或許時間會把場景壓成一筆帶過的堆積層，或變成塞滿回憶如戲的疏鬆砂岩。說到場景，時間的攪局和滲漏都有更正式的定義，跟步調、複雜局面，以及小說中無形的元素有關（這是我一廂情願的稱呼）。

什麼算是**攪局**（interruption）？例如，還沒自殺就被人發現遺書；突然來了一通電話；主角走路回家的路上，陌生人對他大喊髒話。穩定展開的場景大致說來，永遠能幫助整體的寫作計畫，卻也可能代表場景太過理所當然，缺乏不期而遇的豐富。人生一直出亂子，場景也應該被擾亂，打壞作者你原本精心計畫的步調，不讓你專心描寫細節。你要自找機會攪局，例如把後面的事件提前。事件不一定要一個一個來。原本晚上才會收到的重大簡訊提早來了，縮短午餐談話或許是必然的。

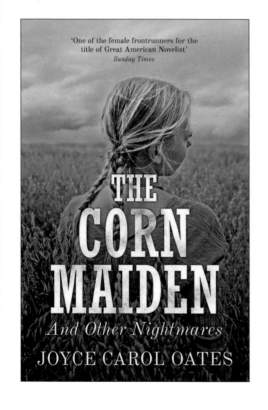

'One of the female frontrunners for the title of Great American Novelist'
Sunday Times

THE CORN MAIDEN
And Other Nightmares
JOYCE CAROL OATES

喬伊思‧凱蘿‧歐慈的《玉米少女與其他夢魘》精裝版書衣（*The Corn Maiden & Other Nightmares*, 2012)。此選集的觀點使用，以及設定、擬定場景的方法，屬於大師級示範。

滲漏（contamination）指的是時間像蟲洞一般穿過場景，或是某種存在開始從場景邊緣滲透進去，一開始進展細微，讀者並不會發現。滲漏或許是另一種攪局方式，彼此的關係可以比作傳教士敲你家前門，跟報馬仔偷趁你睡覺時溜進去拍下你不敬神明的文字。舉例來說，喬伊思‧凱蘿‧歐慈的中篇小說〈玉米少女〉（The Corn Maiden）中，一位母親因為女兒被綁架，遭到警察盤問。一開始，透過母親的回答，重點放在闡述母親和她的人生經過。隨著情節發展，盤問過程或多或少影響了母親的意識，滲透到她的觀點裡，也影響了場景發展。緩慢的滲透過程，讓歐茲得以利用這點些微的偏移，從母親的角度無縫地往外推，描繪出警察盤問時的真正場景。話說回來，任何逐漸顯露的意外交錯或是層層的堆疊效果（如匍匐的陰影），都可以視為滲漏。

時間的角色

創造場景時，時間若是有時令人不察，反而能展現強大的時效威力。作家能使用的工具中有一項「小說時間」，極為自由、神祕，也可能帶來驚喜

欲死的效果。時間的擴張、收縮、擠壓、緩慢開展，都是在故事中運作的強大力量。三個字或一句話就能容納超新星爆炸，一句對話即能延伸成一百年。時間是驅使步調前進的靈魂——一股看不見、無所不在的力道，往後退縮、往前爆衝（有時同時發生），時間鑄成可見、不可見的有限和無限。瞭解到這一點的作家，以不可思議的方式在小說中呈現出來，利用時間來體現自己獨特的世界觀。

　　作家要是已經瞭解如何使用時間，並且精通其他領域，有朝一日可望成為名家。納博科夫在這方面可謂出神入化。他在小說《扭曲的邪惡》中，用一個句子的長度展開場景當下，回溯角色過往，透過看似不合邏輯、實則令人滿足的**合理化**技巧，讓讀者實際瞥見史前時代，毫不費力卻也不顯虛假，同時帶領讀者回到當下時刻，時間流動宛如前景枝頭顫動的水滴。這番景象讓我們想起為什麼要閱讀：是不是能夠看到比自己還要巨大、與我們有關、滲透人性的什麼？這樣的窺伺縱然使人篤定，在這更大的什麼之中，人的位置微不足道，卻也教人安慰。托馬斯‧沃爾夫（Thomas Wolfe）曾說：

　　每個人都是一筆尚未結清的帳：減除、減除，減到只剩裸體和黑夜之後，就能看見四千年前從克里特開始、延續到昨日結束在德州的愛。我們毀壞的種子將在沙漠裡開花，使你完整的解藥生長在孤山奇岩，而我們的生命中總有個揮之不去的喬治亞邊邊女人，因為有個倫敦扒手沒被吊死。每一個片段都是花了四萬年結成的果實。分秒必爭的每一日，如蒼蠅般從出生嗡嗡飛向死亡。每一個瞬間，都像面對時間的窗。

　　這段看似白日夢的段落應該有其意義，但是對我而言，操弄時間的喜悅與分析小說時間使用的收穫是密不可分的。每次當你決定壓縮或擴張時間，微型宇宙便會翻轉，重點隨之改變，焦點改變，故事也是。一旦學習如何控制時間的表達，就可以模擬從懸崖縱身跳進海中。你可以讓角色在深淵邊緣搖搖欲墜，猶豫很久，久到讓你以為讀者都無聊得跑掉了，卻把他們一直困在原地。你也可以讓角色迅速落地，下墜的體驗限縮成一團顏色、聲音和感受。你也可以突然打開某戶人家的門，大口喘氣，衣不蔽體，卻發現那是

布拉格天文鐘，設立於一四一〇年。這個時鐘述說著時間精細複雜的故事。不僅顯示現在的時間，還有二十四小時的時刻、星辰時間、古捷克時間、行星時間、對應的星座，以及許多其他指標。

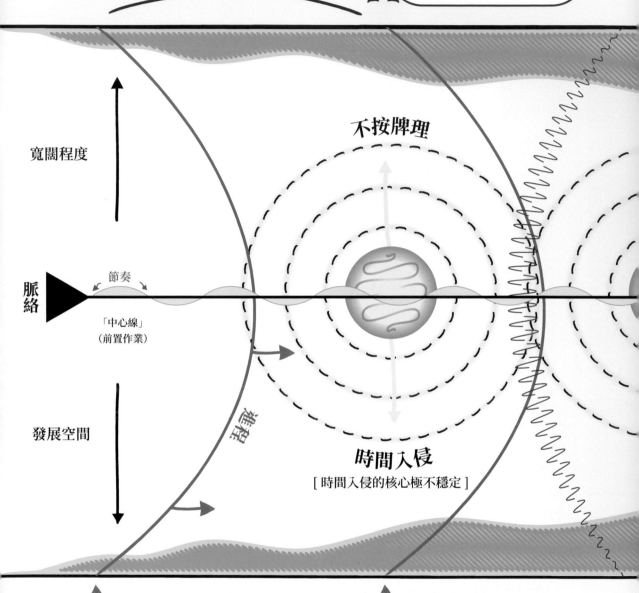

時間入侵
記憶和回憶閃現的餘波在場景中振動，
宛如無聲爆炸的震波。

魔鬼代言人
不是每個場景都有時間入
侵或滲漏的情況，有些只
會寫到鄰居的狗。

不按牌理

寬闊程度

脈絡

節奏

「中心線」
（前置作業）

發展空間

時間入侵
[時間入侵的核心極不穩定]

進程 是為了達到理想效果而設定的高階程序，
在場景中常用來製造高潮或提升張力。 **節奏** 則
是進程的血球。

場景的科學

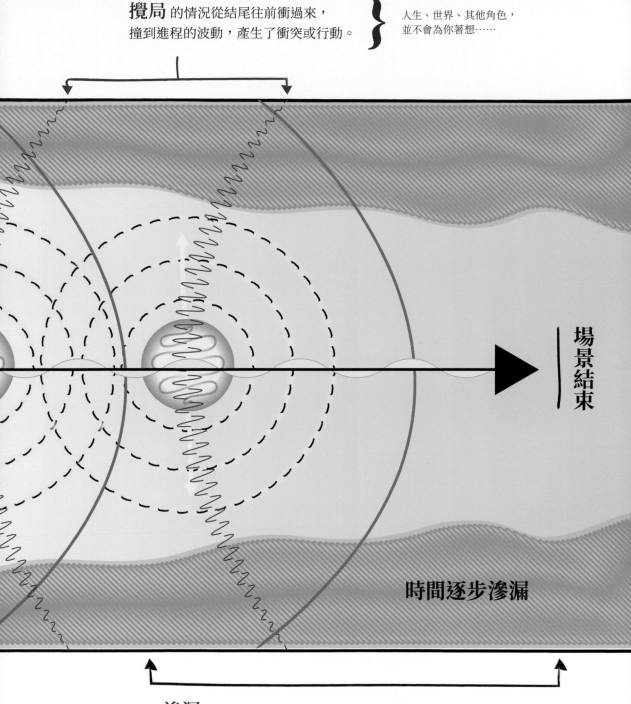

場景結束

時間逐步滲漏

滲漏 意味著故意攪和場景表面，過往的鬼魂聚集，其他事件的餘
波或情緒滲透進來。有時，<u>**不按牌理的時間入侵事件**</u> 突然爆發，
整個場景全盤滲透。

滲漏多半依照進程中的某個節奏，隨著時間入侵或擾亂事件而發
生，作家卻有可能因此創造出難以忘懷的時刻，永遠停留在讀者的
想像中。這個時刻也最容易鑄下敗筆，或是讓讀者搞不清楚狀況。
次原子粒子中生命眾多，機會無窮。

三十年前的事，而且用上五十頁描寫。死亡在納博科夫的《羅莉塔》（*Lolita*）有如悲喜劇的註腳一筆帶過——「（野餐、閃電）」，在馬奎斯《迷宮中的將軍》（*The General in His Labyrinth*）中，則是籠罩全書的長官送葬隊伍。

節奏有時候是機械化、客觀地衡量一個場景該喊卡，還是延伸——如何延伸或是刪減不成熟的段落。在這些決策之中，時間就像頑皮的鬼魂，穿過每個場景，在句子、段落、頁面上，肉眼看不到，卻以各種難以理解的方式隱然存在。

〈伯恩蒙太奇〉（Borne Montage），帕特‧休斯（Pat Hughes, 2017）。此圖描繪書中被污染的河流，與名為伯恩的變形生物結合。《伯恩》這部長篇小說的三個部分都以巨熊莫德（Mord）的意象開始，以河流收尾，結合起來得以一窺海葵伯恩的形象。不論是巨熊、伯恩、河流，在根本上都有了改變。透過一再重覆，歷史層理及某種形式統一性加強了故事結構，讓奇幻的設定更顯真實。時間在小說中被河流束縛，卻也因此得到解放。

除了實驗性質強烈的故事之外，大部分的故事主角都是人——至少會出現人、外星人或某種有機物，讓作家描繪角色溝通、行動、生活的模樣。不管筆下角色是保險女業務還是養河馬當寵物的國王，是說話企鵝還是人工智慧體，若不能讓這些角色說服觀眾，起碼也要讓他們行為合理。

第五章　角色塑造

　　對許多作家而言，角色塑造是一切的起源：情節、狀況、結構，就連讀者對設定的感受也會受到角色塑造影響。然而，**作家觀察、塑造角色的方式**存在極大差異。世界奇幻獎得主傑佛瑞・福特說過：「我並非透過角色傳達訊息，而是他們利用我來傳達，我不過是管道，是他們在主導。」不過這種廣為流傳、「角色躍然紙上」的概念，卻遭受納博科夫的嘲弄，稱作者尤其不該如此認為。為什麼？因為對作家來說，角色突然活起來的生動感，可能發生於任何故事層面，而且跟靈感關係密切——因為所有虛構的成分都一樣不真實，只是紙上文字，由作者的想像力賦予生命力。

　　布朗大學文學寫作組（Literary Arts Program）組長布萊恩・伊凡森曾獲頒歐亨利獎，他同意納博科夫上述的看法，但也補充自己的見解：「我要是能跟生活中的朋友描述一個真正存在的人，我（或敘事者）就能用同樣方式在故事裡描述一個角色。我可能沒見過二表哥，但我爸會告訴我他的事蹟，或是想辦法讓我瞭解他的為人及世界觀，彷彿我認識他本人——前提是我覺得我爸不會看走眼，對表哥也認識夠深，足以描述他。同理，當我描述一個角

凱莉·安·巴德（Carrie Ann Baade）的〈下流女王〉（Queen Bitch, 2008）。畫中的人物讓你看出什麼？看不出什麼？

色，也要能讓讀者產生同一種錯覺，以為自己認識這位從來沒見過、只在書中出現的角色。」

即使作者老早就寫完故事，虛構角色有沒有「生命」這個問題依舊盤旋不去。角色長伴作者左右，就算他們的故事說完了，卻繼續在你心裡活著。凡達娜·辛寫過廣受好評的作品《以為自己是星球的女子》（*The Woman Who Thought She Was a Planet*），她表示角色有時會跟她說話，儘管「故事寫完後，大多數都閉嘴了。有些角色卻一直住在我心裡……。有很長一段時間，某個故事角色一直跟著我，她只是靜靜待著，讓人安心，只不過我不知道她為什麼不走」。角色的生命長度，通常無關故事是否完成，甚至無關書中內容。也許是說故事的私密性質，也會在讀者身上產生神奇的效果——透過想像力的神聖力量，沒說出來的也能傳遞出去。

不過，作家對角色感受的異同，真會影響實際下筆的狀況嗎？不太會——這不過是個別作家創造出的理想**概念**及起始點，讓自己好好描寫筆下的人物。在你學習如何塑造角色（好作品的核心）時，請不要忘記這一點。

角色塑造的類型

許多因素會影響讀者閱讀時對角色的信任感，讀完後角色會在心頭縈繞多久。我們太習慣用某種立體化、內心戲的方式來塑造角色，容易忽略一件事：有些故事需要不同寫法，但這不代表「缺少」什麼，而是「需要」什麼。

角色塑造起碼有**四種主要方式**，即使稍有變化，也總不出這四種。很少有故事的角色只用到一種塑造法。

多數小說兼用飽滿、綜合、扁平的塑造法，因為配角的細節無法像主角一般全面發展。

過度或沉浸式（obsessive immersive）：這種塑造模式，或許是唯一一種風格明確的塑造法。**過度或沉浸式**的角色塑造，使用意識流描寫角色的內心，有時距離如此接近，近到將所有情緒都包含在角色心裡，外表什麼也不顯露。過度描寫距離之近，不是以手持攝影機從角色肩膀觀察拍攝能夠比擬的，而是「住在別人的腦袋裡」這種不可能的經驗。《尤利西斯》（*Ulysses*）是個很典型的例子。亞歷山大·思魯（Alexander Theroux）的《達康威爾之

主角與反派：滑尺量表

主角 是作品中的英雄或最讓人同情的角色，通常也是損失或收穫最多的那一個：讓讀者最有興趣讀下去的那一個。反派可以先發制人搗亂，或是被外部力量激起造反——或者苦於內心的衝突。

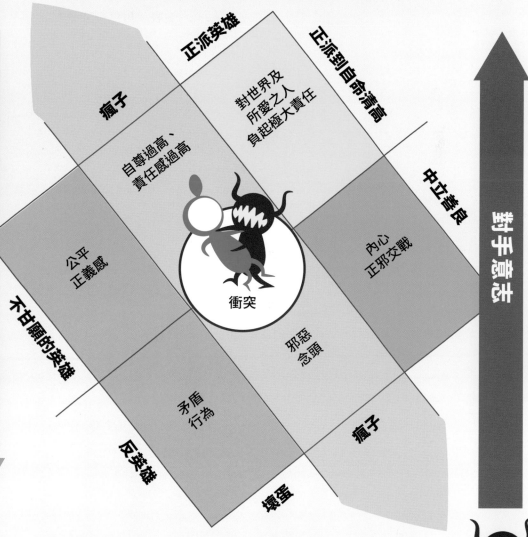

道德模糊

對手意志

疯子

正派英雄

正派到自命清高

自尊過高、
責任感過高

對世界及
所愛之人
負起極大責任

中立善良

公平感
正義感

內心
正邪交戰

衝突

邪惡
念頭

不甘願的英雄

矛盾
行為

疯子

反英雄

壞蛋

反派 和主角作對。在多數一翻兩瞪眼的故事中，反派也會被當作「壞蛋」。通常反派會阻礙主角達成目標或追求幸福。大自然或社會也可能成為反派。寫內心交戰時，反派和主角通常是同一人。

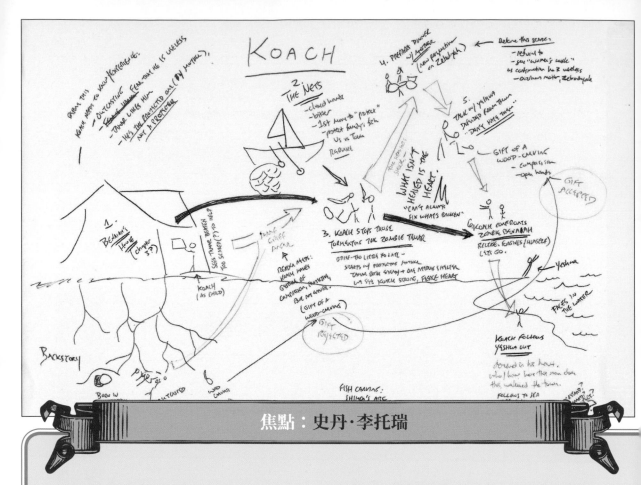

史丹·李托瑞（Stant Litore）著有暢銷作品《殭屍聖經》（Zombie Bible）系列。他取材自聖經，挑選其中的人物和情節，再置入大量殭屍場景。他的著作有別於傳統的歷史小說、恐怖小說，主要依靠角色的特質前進。上圖讓我們看到李托瑞透過角色的構思情節時，會在故事中安排人物、彼此的互動、在故事中的位置。以下是他對角色塑造的看法。

「我做的第一件事情，是找出什麼讓角色傷心，什麼讓他們開心，他們在故事中大半時間都在做什麼。寫背景故事時，我的策略很實際：我要知道定義角色親子關係的關鍵時刻、欲望達到最大值的關鍵時刻，以及恐懼最深的關鍵時刻。我最需要這三種時刻，因為由此我能得知角色的出生背景、渴望，以及退縮不前的原因。我會寫下這三個場景。如果故事中有段重要關係在敘事開始前已經發展一陣子，或根本已經結束，我會寫下在那段關係中數個關鍵場景：關係的開始、高峰、首次產生危機時、真正結束時（如果適用）。

「作者跟神一樣，負責立下規則——角色的人生中要發生這些事件，要遇到這些障礙，要害怕這些，要渴望那些。一旦設定好，角色開始有戲唱了，則會讓作者嚇了一跳。有如編寫複雜的軟體、開創虛擬實境，跑跑看會發生什麼事。你讓一切發生，卻也讓自己嚇一跳。

「角色或許可以富有同情心、心理層次豐富，但也可能令人印象不深。讀者需要自己能夠推崇的角色。就算是讀者不喜歡的角色（如反派），也需要有點令人尊敬的特質，看到他們遇見困難時，有個時刻發揮力量。不管是作戰中的士兵扛著倒下的同袍穿過戰場，或是單親媽媽為了晚上陪女兒，拒絕老闆的請求，或是成癮者終於拿起電話、停在半空，內心交戰著要不要打電話求救——會吸引我們的都是充滿力量、意志力的時刻。讓人永遠忘不了的角色，是令人尊敬的角色。」❖

貓》（*Darconville's Cat*），有時像十五、六世紀荷蘭畫家波希般怪誕地探索厭世、厭女情結，同時也像喝醉酒撞邪般長篇大論。托馬斯‧品瓊（Thomas Pynchon）的《重力的彩虹》（*Gravity's Rainbow*）也屬於此類型。作者為了保持角色的完整，未能提供自然的角色脈絡；於是原本該解釋**敘事**的文字，都拿去解釋**人物**。此類作品潛伏而行、步履蹣跚，產生毀滅性的效果，因為它們就是無法看清楚，自己想要達到的目標根本無從做起。使用這種角色塑造方式的文壇作家通常很兩極化，不是名聞遐邇，就是藉藉無名。

飽滿（full/rounded）：這類型的角色塑造稍微碰觸角色的內在，往往會讓讀者知道角色的想法、感受、個人歷史、與他人的互動關係，藉此讓角色立體化。和過度描寫不同的是，飽滿的塑造法不會一筆抹殺角色的外在世界，角色的想法不能決定所有事情。使用這種方法的作家，大約都落入文學主流或奇幻文學（literary fantasy）的範疇，這些文類會如此定義，部分也歸因於這種塑造角色的方式。瑪格麗特‧愛特伍（Margaret Atwood）、菲力浦‧羅斯（Philip Roth）、伊莉莎白‧韓德、童妮‧摩里森（Toni Morrison）都是這類型的使用者。

綜合（partial）：不管是類型小說或非類型小說，通常都會使用綜合角色塑造法，既不扁平也不飽滿，而是**綜合**兩者。這種塑造法中，角色的過往、人際關係、意見或許延伸得很廣，但是描寫真正內心想法時，卻又比飽滿的塑造法更加侷促，即使讀者能同情或同理角色，仍覺得內心戲有所不足。這種類型至少有兩種變化：

- 從**習性**（idiosyncratic）出發的描寫：傑出作家凱莉‧林克在許多故事中都使用了綜合塑造法，角色不如民間故事人物扁平，卻也不能令人完全理解；角色保持某種程度的神祕，同時顯得獨特。

- 從**類型**（type）出發的描寫：有些使用綜合塑造法的故事中，可能不會看到角色獨特的個人特質，反而利用**類型印象**落實角色塑造，例如英勇空服員、粗魯警探等等。讀者甚至對角色投射根本不存在的特質，因為讀者心中對某些類型已有既定成見，並且疊加上去。角色也確實會發揮其動能及影響力。然而，作者在寫作過程中，其實有很大的操作自由，因為讀者一開始並不清楚角色細節和想法，誤以為**某種類型人物**不會採取這項特別行動。通常綜合塑造法較看重外部情節，而不注重從角色出發的敘事。綜合塑造法用得好，特定類型人物就能超越限制。在限制與作者才華的拉鋸中，藝術油然而生。

扁平（flat）：脫離現實的小說通常會使用扁平塑造法（相對於飽滿）。民間故事、童話故事，以及現代的變形童話很少出現飽滿的角色。**民間故事**就其結構而言，是說故事效果極佳、裝滿情節的火車頭。所以有血有肉的角色，對故事的效果其實不好（儘管有些作家在創作童話故事時，為了跟類型作對，特意塑造飽滿或綜合的角色）。童話故事常使用典型的扁平角色，明確傳達象徵或文學的效果；作家想利用扁平的角色傳達某種訊息、教訓，或將角色當作一種載體，表達主題或想法。諷刺小說則透過誇大與詭異的不同態度來塑造角色，《格列佛遊記》就是一例。

以上塑造法視其脈絡，各有可取之處，每一種塑造法都能達到有趣的藝術效果。過度描寫鮮少使用，就能說它比飽滿角色或綜合塑造更高級嗎？如果有一本冷硬派科幻小說，主題是新型生化武器攻擊美國，**飽滿**的角色塑造一定比**綜合**塑造有用嗎？童妮・摩里森寫《寵兒》（*Beloved*）時，如果採用綜合塑造又會怎樣呢？

各位應該知道，以上塑造法之間的邊界其實充滿縫隙，充滿變形，像植物般能跨種授粉，分類已成徒勞。像是布萊恩・伊凡森精彩絕倫的中篇〈破碎的兄弟情〉，僅稍微帶過主角的想法，幾乎不提過去；只能仰賴當下時刻的描寫和對話來傳達主角心聲。然而，讀者卻因為瞭解主角的困境，與他同感，也因為他最後不得不做的決定而深深瞭解他。

芬蘭代表性作家蓮娜・柯恩（Leena Krohn）的驚世之作《泰納倫：其他城市寄來的信》（*Tainaron: Mail from Another City*）中，有個無名敘事者，書中長期記錄他與架空城市中巨大昆蟲的來往，同時隱隱提及他的過往。讀者

安潔拉・卡特的《血紅房間》時而使用飽滿塑造法，時而使用綜合塑造法，以女性的角度重述民間故事。此法不但為女性重奪這些故事的敘事權，也擴充了角色塑造法，讓故事中的女性更像真正的人。

《泰納倫》摘錄

J・J・格蘭威爾（J. J. Grandville）為《格列佛遊記》繪製的插圖（1856）。

右頁〈國王與河馬〉的插圖，繪圖：伊維卡・史迪法諾維奇。

國王與河馬：扁平 vs. 飽滿

　　雖然不是永遠都對，不過角色扁平的故事通常像頭饑餓的野獸，吃故事的胃口奇大、無法饜足。原本應該要放大檢視的細節和角色互動，都化為推動故事前進的燃料。相較之下，角色飽滿的故事保有一個空間，讓作者覺得深入探索角色內心也能推進故事，只是方式不同。

　　試比較《國王與河馬》。

人物飽滿： 莫馬克國王登基時，繼承了老國王勒波的河馬。在老國王過世前，莫馬克由奶媽帶大，母親在分娩時過世。莫馬克一年只見老國王五次，初次見面是在宮中的正式場合，他這輩子跟父親私下見面的時間，加起來不過一小時。然而所有人都知道，老國王總是跟河馬說個不停，甚至叫牠小勒波。莫馬克嫉妒那隻河馬，更痛恨自己嫉妒河馬。他第一次去水池邊，初次和無比醜陋的巨獸對上眼，許多衝突的情感一擁而上，但最主要還是感到悲傷。「醜鬼！國王能跟你聊什麼？」莫馬克逼問，河馬只是默默無語。

人物扁平： 國王勒波過世之後，其子莫馬克繼位，連帶取得老國王珍視的寶物皇家河馬。然而，莫馬克國王極度鄙視這畜生，當其他人說這隻動物讓國運昌隆，他也置之不理。很快他就將河馬拋在腦後，因為東邊的帝國侵犯邊境。國王御駕親征，發動多次小規模攻擊，與帝國部隊交戰，證明自己不負國王虛名。那擔任國務大臣多年、惡名昭彰的呆子，卻經常在他耳邊勸說，東邊帝國最終將粉碎莫馬克的蕞爾小國，還是應該向帝國的公主提親通婚。◆◆

對主角的認知，就好像幸運餅乾中的籤詩。不過他對巨大昆蟲的觀察，加上沒有說出的事情，結合形成深刻的角色塑造。讀者對主角的認識是唯一的線索，所以更顯出其分量。到了小說結尾，讀者覺得自己已經認識這位面目不清、過去一片模糊的無名主角。讀者可能也覺得透過角色的觀點，參透了某種人生的巨大謎團。

上述兩位作家的塑造法屬於何類？他們的敘事採用什麼模式？要如何把**這隻小說蝴蝶釘在標本板上**？要說是飽滿、綜合、扁平，似乎都有所不足。

答案是，有時候這就是辦不到，除非研究特定類型作品的每一面向。

使用角色塑造法要兼容並蓄，而思考何謂優良的塑造法得心胸開闊，排除可笑的兩極化思考，如飽滿 vs. 扁平，因為英美以外的文學傳統變化多端，例如奈及利亞作家阿摩斯・圖圖歐拉的作品《棕櫚酒鬼》，根本是想像絕倫之作，難以歸類。書中的敘事者遇見四萬個嬰靈想攻擊他和妻子，之後來了一隻怪獸，把夫婦和嬰靈都掃進袋子。敘事者逃離怪獸和死人鎮的死者後，又遇見一隻饑餓怪物，想把夫妻倆吞下肚，結果還真吃下去。

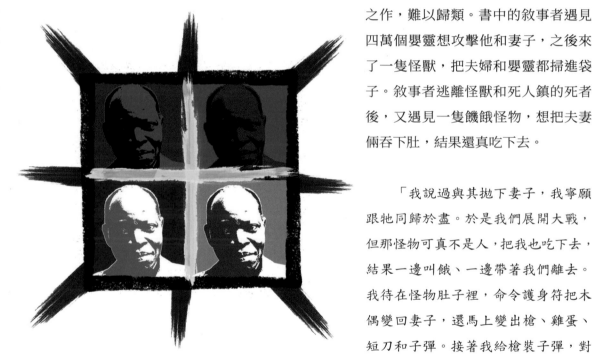

傑洛米・澤爾法斯所繪的圖圖歐拉（2012）。

「我說過與其拋下妻子，我寧願跟牠同歸於盡。於是我們展開大戰，但那怪物可真不是人，把我也吃下去，結果一邊叫餓、一邊帶著我們離去。我待在怪物肚子裡，命令護身符把木偶變回妻子，還馬上變出槍、雞蛋、短刀和子彈。接著我給槍裝子彈，對著怪物肚子開火，牠往前走了幾碼才倒下，我再裝子彈開一槍。然後我用短刀割開牠的肚子，帶著子彈逃了出來。這就是我們從饑餓的怪獸體內逃出來的經過，但我無法完整描述牠的模樣，因為逃出來的時候是凌晨四點，天還很黑。反正安全脫困了，感謝上帝。」

《圖圖歐拉》摘錄

圖圖歐拉的想像力融合尤羅巴族（Yoruba）的傳統，寫句子時往往將尤羅巴用語翻譯成英文，並且使用尤羅巴口述傳統的說故事技巧。他也創造出驚人的故事引擎，帶動角色前進：為角色解除某個緊急狀況後，繼續將他們捲入更緊急的情境中。想要作家停下來思考，或以正常的方式充實角色內涵

根本沒有意義。要是《棕櫚酒鬼》的角色塑造改成更為平淡的立體化方式，會有多大不同（多大的壞處）？然而，圖圖歐拉最好的作品也非民間故事，而是一種介於故事與角色塑造之間的綜合體。

該寫什麼人？

角色塑造如同小說寫作的每個環節，是個探索與發現的過程。若自問有沒有選對塑造法，得先問幾個基本問題。這些問題很重要，不管你的角色是倫敦某間書店的店員，還是鈍牛星系十六號鈍星上的果醬外星人，都管用。

- 觀點角色是損失或獲得最多的那個角色嗎？
- 這個角色在敘事中的動力最大嗎？而且和外部對角色的限制相較，這個動力更能驅動你的角色觀點嗎？
- 這個角色是你最喜歡、最吸引你的角色嗎？
- 用了這個角色之後，會有什麼限制？
- 如果使用第一人稱，這個角色的表達方式會不會很有趣？
- 你希望讀者貼近，還是抽離這個角色？

還有兩個基本問題可問：

- 這個角色需要什麼？
- 這個角色渴望什麼？

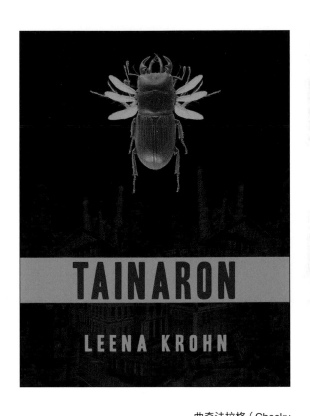

曲奇法拉格（Cheeky Frawg）出版的《泰納倫》封面（2012）。本書敘事者可說只是個觀察者，與被觀察的對象相較，沒什麼好失去、獲得。

角色渴望的東西通常都不是自己所需。暢銷作家托巴雅斯·巴可（Tobias Buckell）說過：「角色的渴望和需求之間的差距能製造張力，因為他們會想辦法滿足渴望，即使不需要也硬要。」在最極端的情境中，渴望與需求之間的斷裂太深，導致角色做出毀滅性的行為。為了滿足渴望，會做出多極端的事情呢？真正的需求又會被忽視多久呢？要是兩者之間的鴻溝太深，就會產生危機、衝突，這時也就有戲唱了。

奇怪先生穿螺紋西裝時，感覺跟平常打扮不同人呢。

朱塞佩・阿爾欽博多（Giuseppe Arcimboldo）的〈圖書館員〉（The Librarian）畫作中的男子是用書做成的。這樣的角色在書中看起來會怎樣？角色看的書，會如何影響讀者對故事的感受？

阿萊斯特・克勞利（Aleister Crowley）熱中於神祕儀式和魔法，他身著奇裝異服的照片，更加深他身為「施展魔法的邊緣人」的印象。創造角色的過程中，你是支撐還是削弱他們自創的神話呢？

奇怪先生的
角色俱樂部

每一種描繪人物的方法，
都會在讀者心中留下不同印象。

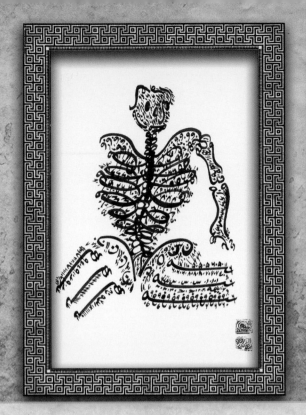

克絲汀・艾爾文森（Kristen Alvanson）的〈變形七號（沒有死亡的咒語）〉（Maskh No. 7〔Deathless Spell〕），圖中骷髏輪廓其實是利用阿拉伯文、波斯字母和數字的擺動線條描繪而成。近看，圖片是靠縮小的數碼和字母、數字的元素精細排列組成。這種描繪手法和阿爾欽博多有何異同？和寫實手法相較，流失了什麼？增加了什麼？

凱莉・安・巴德這幅〈與兔子解釋死亡〉（Explaining Death to a Rabbit）就角色塑造而言是個有趣的起始點。創作者說：「我小時候幻想自己是隻兔子，不但收集兔子，還瘋狂迷戀復活節。到了四歲，爸媽帶我去看《瓦特希普高原》（Watership Down）。片中的兔子戰到死為止，想當然，對我的心靈造成創傷。」

亨利・薩德蘭（Henry Söderlund）為芬蘭藝術家妮妮・奧圖拍攝的這張照片，提出一個問題：「什麼是經過安排？什麼才是真實？」觀察者和被觀察者之間，產生什麼樣的關係？圖中的河豚只是幽默的安排，還是對奧圖別具意義？

需求與渴望的探索，通常來自內心，而非外在，或者得利用反派來呈現追求的效果，這個反派就是主角自己。「在我的故事裡，有時我會覺得主角就是自己最大的敵人。」《憂愁之一》（*One for Sorrow*）的作者克里斯多福・巴札克（Christopher Barzak）說：「不同於外在世界中跟主角作對的反派，也不是因為與角色的幸福和自由背道而馳的文化而起的衝突，例如異性戀世界中的同性戀。」

傳統上，剛起步的作家挑角色，最好挑故事裡最有戲、最有能力採取行動的人物，因此可能過度強調動力，即使動力對於讀者認同角色與否，的確極具重要性。

巴札克相信：「主要功能是替讀者疏通訊息、屈居側位的敘事者，也能成為極具效果的角色。他們往往被視為被動角色，但我相信他們有其地位。《大亨小傳》的最後解套有幾種層級：敘事者以外的說法、敘事者目睹的事件，以及敘事者最後對自己所見的評斷。」

不管你的敘事者在故事中的地位是否會讓該角顯得主動或被動，都能以有趣的方式運用限制——角色囿於社會、文化或其他因素，無法施展能力或遇到障礙，就跟在現實生活裡一樣。

想知道影響力和限制的傳統概念能否應用於自己的小說中，可以想想以下幾個問題：

- **日復一日生活的重量，是如何影響角色**？那是幾乎無法感受到、對角色沒有限制的輕微重量，還是較沉重的重量，足以妨礙到角色的生活能力，甚至影響基本生活自理？比方說，你住在高犯罪率區域，每個月都會發生槍擊案件，卻因為買不起車子得坐公車上班。這種環境就是以一種特殊的方式在拖累你的希望和夢想。
- **角色用什麼方式創造出可操作的現實，以大致符合「官方故事」**？舉例來說，要是角色選擇接受以下這兩種想法（其一或兩者都選），會如何影響觀點和行動？
  → 美國為其公民保障更多自由，而且我們必須捍衛這些自由。
  → 警察都很腐敗，只有走投無路時，才應尋求警方的協助。

顯然世上的確存在真實而具體的事物（如危險和機會），足以影響一個角色的可操作現實，進而波及他的人生。但是他也能詮釋這個世界，以主觀的方式分析、詮釋、內化，塑造出獨特的性格，決定他如何與環境互動。

以上這些議題顯示出環境和感受是如何影響角色動力的概念。一個特定人物在既有設定中能發揮多大的影響力？小說中的動力必須依據書中世界觀的脈絡成立，否則不但沒有意義、無法說服人，甚至很可笑。然而，角色的動力通常太容易到手，在現實生活中根本不會這樣——沒被污染過、未經驗證的動力很無聊，放在奇幻小說脈絡中，更有可能造成致命的傷害：因為奇幻小說中什麼事都有可能發生，想辦法帶出限制，往往是重要原則。

動力並不是鐵板一塊、難以改變的建構——角色可以在各種可能情況中，表現出強烈或稍弱的動力。「握有大權的公司律師，在家族團聚時，因為女性權威長輩在場而顯得毫無影響力。清潔隊員可以是社區行動委員會的主委。」要創造複雜的效果，關鍵在於超越過於簡化的角色動力概念。

可操作現實

伊維卡·史迪法諾維奇的〈巴比倫城〉（2010）畫作象徵人類與環境；環境對角色的影響有多大？

瞭解角色

除了回答上述一般性的問題，你也需要更瞭解**分類如下**的角色特質。就算只知道一些答案，也能讓你更瞭解角色在特定情況下如何反應或行動，還能讓角色在書中更為真實，不管你用飽滿或是扁平塑造法：

加拿大作家凱琳·洛瓦基的課程充分解釋了這些基本概念。

• **外表：**很多讀者認為大量描述外表已經褪流行，細節的確會限縮想像

兩個人身處印度兩個城市裡，從兩扇不同的窗口向外凝視這兩人有多相像？真的像嗎？又有多不同呢？你能從照片中看出什麼？看不出什麼？（攝影：侯黑·羅楊）

空間。但若是妥當運用，仍不失為穩定角色形象的方法。髮型、服裝及其他細節的描寫能呈現角色所處的時代、社會、階級特色。或許你可以做個實驗，忽略角色外表。在我最新的小說中，我利用此技巧強迫讀者注意行動和對話。

- **行為或想法怪癖**：緊張的小動作、行為模式、口頭禪、強迫性思考迴圈、表達想法異於常人等等，都屬於此範疇。不過這裡有個小提醒：常人通常會浪費三年時光，研究普普通通的角色行為模式。太常有人寫出「她嘆氣，雙手盤胸」，或是「他敲敲桌子」這種句子來填補敘事空白——描述場景中角色的一舉一動彷彿成了 SOP。確認自己足夠熟悉角色，才能刻畫出專屬的反應和行為模式（有時不管獨特與否，**任何**突如其來的小動作、竊笑、扭動等描寫，都可能讓人分心；有時候什麼都不寫也無妨）。

- **習慣**：角色的規律性動作能讓日常行事立體化，有時能達到非常別致的層次。角色是不是每天晚上回家都調一杯馬丁尼來喝？還是去酒吧點一杯？兩者的差異懸殊。停車時，就算車庫右邊都空著，也要停左邊嗎？每天早上起來，是穿上盔甲屠龍，還是走到外面的花園晃晃？即使是日常生活最沉悶的面向，也能讓讀者逐漸瞭解什麼會讓角色開心或滿意，什麼能幫助他放鬆，甚至揭露更深層的什麼。或許以前右邊有輛車停著，或許那個停車的人已經離開，理由可以很多。

- **信念**：角色投入政治有多深？投入宗教有多深？對於政府抱持著理想主義的態度，還是冷嘲熱諷？他們如何表達信念？他們喜歡跟朋友吵

寫 作 挑 戰

此圖出自查理·亨利·貝內特（Charles Henry Bennett，一八五○年代，倫敦）的小說《陰影》（*Shadows*），暗示某個角色具有潛在人格，或許也暗示一種寫作技巧：利用動物特性來描繪角色。從某種動物的特性出發，寫一段文字描述你熟識的人。

政治、吵宗教，還是不太願意面對？他們如何在日常生活中貫徹信念？他們的信念與行動是否有所差別？

- **希望／夢想**：角色的未來展望很重要，標示出超越此時此地的人生走向，也能描述出角色的渴望。角色有實際的目標，還是不切實際地做夢呢？他們的夢想圍繞著個人抱負，還是家人打轉呢？

- **才華和能力**：角色能做什麼？真正勝任什麼？這些都成為故事和角色塑造的肥沃土壤。角色多數時候能發揮才華嗎？還是他們的夢想、希望都耗費在自己沒有天分的事物上？還是擅長的領域，並不是他們真正想做的事？

- **不安全感**：在某種程度上，讀者想看到書中角色表現堅強，但正是他們脆弱的一面、隱藏的缺點，才能凸顯其堅強之所在，讓讀者知道咬牙逞強的難處。角色在什麼方面最沒有安全感？這些不安全感如何與現實呼應？

- **祕密、謊言**：刻意隱藏的反而更加明顯。問問自己，角色隱藏了什麼祕密？為什麼要隱藏？許多故事的核心都有祕密。你也應該想想角色會撒什麼謊，為什麼？這些謊可能和祕密無關，可能有關。有時，撒謊只是為了讓世界符合對自己的看法及定位。

角色的觀察應該要放在更大的脈絡之下，例如角色的工作表現、人際關係、社會地位、其他環境因素等。故事中可能不會用到所有的觀察。你甚至可以等到搞不太清楚角色時，再來探索他們。不過，提普奇獎得主尤罕娜·

西尼沙羅說過，作者對角色的設定最好比讀者的理解更多一層：「我想要知道角色吃什麼，家裡怎麼裝飾，怎麼被帶大，童年怎麼過，喜歡什麼音樂，就算用不上這些設定也沒關係。這些都是我的工具，能帶動角色，並瞭解他們的反應。」

避免犯錯

在我的經驗中，新手作家和中高級作家在角色塑造時，會犯下基本錯誤。這些錯誤主要是觀點失焦——太關注主角，或許觀點一直跟著主角跑，於是太貼近故事本身。

- **不小心寫出反社會人士或精神病患**：偏執往往導向極端，而個性極端的角色很有戲，有些作家寫到後來才發現自己「不小心」寫出反社會角色。我會說「不小心」，是因為從故事脈絡可明顯看出，作者將角色的行動視為英雄事蹟，然而冷靜下來分析後，就會發現做這種事的人根本是有心理困擾。我和妻子曾經想過一個故事：一名男子想去月球旅行，窮盡畢生，為達目標其他什麼事情也不做。從作家觀點來看故事，顯然作者並沒有看出主角行為和單一目標造成的結果——最後將結局寫成不覺丟臉的情感大勝利，但其實是個人面獸心、為達目標踐踏老實人的故事而已。

- **別忘了惡魔也需要愛**：反派在自己的故事裡也是英雄，如果從他們的角度寫故事，就不能期待他們承認自己的行為邪惡，道德有瑕疵；也不能加諸你身為作家對角色的評斷，這樣一來會讓筆下的故事違反角色觀點，不良於行。不過以上建議不適用於某些角色類型，如虐待狂或道德觀搖擺、飽受摧殘的角色；即使他們知道自己行為偏差，還是會繼續做壞事。

- **太快讓角色死去活來**：角色的死亡應該要有分量。如果故事中有一個（或數個）角色死亡，應該要整合到情節和其他角色的互動之中。要是發生謀殺，更應該遵守上述規定。反過來說，有些奇幻作家太快就用怪招讓死去的角色復活。隨便讓角色死掉或活過來的作家，往往會讓讀者失去耐心。

- **忽視配角**：反派在自己的心中都是英雄，配角在現實生活中也有自己的目標、情感、朋友及效忠對象。你應該要在適當的時機和位置，替

記住，要接受英雄心中的邪惡。只要是人，都有各種衝動，會恐懼、會憤怒、會嫉妒，這些衝動可讓英雄立體化、人性化。——奈森‧巴林格拉德

書寫他者

羅倫·布克斯（Lauren Beukes）為小說家，獲獎多次，也創作漫畫、劇本、電視節目，偶爾也從事新聞寫作。小說《動物城市》（*Zoo City, 2010*）被《紐約時報》評為「活力四射、如夢似幻的黑色小說」，此書獲得亞瑟·C·克拉克獎、英國克奇紅色觸手獎（Kitschies Red Tentacle）。其他著作包含消費烏托邦的反烏托邦驚悚故事《馬克西之境》（*Moxyland*）、紀實文學作品《獨行者：南非歷史的傑出女性》（*Maverick：Extraordinary Women From South Africa's Past*）。現在寫作中的小說《發光的女孩》（*The Shining Girls*）主題為穿梭時空的連環殺手。

書寫他者是甚為敏感的題目，其實也應該敏感。而這絕非因為書寫他者通常會寫得很爛，非常爛……

其實是因為，除非你寫的是自己，不然筆下所有的角色都是他者。

以我來說，我不是連環殺手（除非我有隱藏的多重人格），也不是一九五〇年代的家庭主婦、停車場指揮員、真人偷車實境秀的明星、烏干達的垃圾郵件發送員、東京的機器人駕駛員，也不是來自未來的超固執同性戀反組織運動分子。雖然我作家朋友桑朵·莫哥羅桑納（Thando Mgqolozana）和祖奇斯瓦·萬納（Zukiswa Wanner）喜歡笑我根本是白人皮、黑人魂，其實我也不是自己書中《動物城市》的黑人主角金姬；她時髦，講話快，跑過新聞，吸過毒，住在約翰尼斯堡。

我對一些人很沒耐心，例如不敢寫自己文化以外的角色的作家。但作家不是都要這樣嗎？得運用想像力啊。

另一種消耗我耐性的人是懶惰、不做研究的作家。有一次我聽電台廣播，某位詩人受訪表示她出版的詩集主題是阿姆斯特丹紅燈區的性工作者。我還聽到她對那些女子充滿了同情，還說她有多努力爬進她們腦中，確確實實揭發她們經驗過的痛苦現實。

那麼，這位詩人為了深入剖析這些不堪的經歷，到底採訪過幾名工作者，又跟幾位閒聊過呢？

一位都沒有。

有時光靠想像力是不夠的，人終究是人，人會愛，會恨，會流血，會覺得癢。人會屈服於馬斯洛的需求階層，在階層中流動讓人覺得好想死。但是文化、種族、性傾向，甚至語言，都可以是一面透鏡，形塑我們對世界的看法，塑造在世界中身而為人的體驗。

要爬進別人的經驗之中，得靠研究，像是看書，看別人的網誌，看紀錄片、新聞，其中最重要也最該做到的，就是**跟人說話**。

我很幸運，有琳迪薇·納庫塔（Lindiwe Nkutha）、內卡馬·布洛迪（Nechama Brodie）、維拉詩妮·皮雷（Verashni Pillay）、祖奇斯瓦·萬納這些好友，願意帶我去約翰尼斯堡繞繞，之後「竟然」也願意讀我的原稿，確保人物和城市細節沒寫錯。

ZOO CITY

LAUREN BEUKES

ARTHUR C. CLARKE AWARD WINNER

'Lauren Beukes is very, *very* good..
it feels effortless, utterly accomplished'

WILLIAM GIBSON

掌握的細節沒走錯方向，接著才能加油添醋轉作小說之用。之後，我花了好幾週在希爾布羅區晃來晃去，跟人聊天。

祖奇斯瓦·萬納身為我的專業文化編輯，戳了我好幾次，因為我弄錯資料，寫錯的幾乎都是內城的生活細節，像是金姬跟路邊小販買菸，買一根 Stuyvesant。她說：「才不可能咧，老姐，要買也是買 Remington Gold 啊，沒錢的都買這個。」她也會告訴我難民人手一只塑膠藤編手提箱，一般稱作 amashangaan。

祖奇斯瓦受委託寫讀者報告。等我看完報告中所有的註腳，完全沒提到黑人，我問她：「金姬會不會不夠黑？」

她笑我，她從來沒有想過這種問題。

「金姬是個超黑的黑人。誰敢質疑就叫他去死，不夠黑人是什麼意思？不要擔心這種事，我也面對強大的抨擊啊，我寫《來自南方的男人》（Men of the South），完全是從男性觀點來寫，妳有伴了啊。」

我身為南非白人卻寫南非黑人，（還）沒有人抨擊過我。而《來自南方的男人》才剛獲得博斯曼獎（Herman Charles Bosman）提名。她說抨擊她的人主要是以為她是男人，而祖奇斯瓦是筆名。

最後，我想自己不應該問「金姬夠不夠黑」，而是「金姬夠不夠金姬？」因為創造出乏善可陳的角色，去投射想像中他者的典型特徵，並非塑造角色。所謂創造角色，是要創造出複雜、深沉、豐富的角色，因自己的動機行事，因自己的經驗獲得改變。

人都是不同的。彼此間就是有事情無法理解，這通常是因為我們沒有開口問。

所以你要開口問。

然後動手寫。➣

我看了關於希爾布羅區（Hillbrow）的書，像是蓋貝利·莫勒（Kgebetli Moele）的《207號房》（Room 207）。也看了紀錄片和電影，之後利用推特取得當地第一手資料，比如說下水道入口或棄屍的好地點（！）等。

我跟音樂製作人及新聞工作者閒聊，好瞭解南非的音樂產業。此外，也訪問難民買馬拉·薩法里（Jamala Safari），深入瞭解他的經歷（當他提到他寫了一本小說，描述他從剛果共和國逃到南非開普敦的經過，我也幫他與我的出版社牽線）。

我參觀了中區衛理公會（Central Methodist Church）。那裡收容了四千個難民，狀況極慘，但那已是他們最好的選擇；我曾經被蘭德紳士俱樂部（Rand Club）趕出來；我付錢跟巫醫（sangoma）問事，結果被鐵口直斷說我的人生籠罩陰影，最好獻上一隻烏骨雞當祭品消災；我也採訪了其他民俗療法業者，確認我所

配角寫出這些背景設定的某個面向。愈是瞭解配角，他們就愈融入故事，也可能以你不知道的方式影響著主角——也許會產生在你深入瞭解之前想像不到的行為。例如在多博茲的故事中，主角從辦事人員手中接過簽證，來到邊界才發現，該人員出於報復竟在信封內放了白紙。有時若配角讓主角處境更加困難，就可以得到有趣的機會，製造戲劇成分或情節。

- **「過度」使用角色背景故事：**探索角色的背景故事，就像做歷史研究一樣，可能急於把所有資料用在書中。其實這跟處理訊息一樣，得先想好該如何處理，放在何處？有些故事必須在一開始列出大量細節，其他故事則是慢慢釋出細節即可——這裡寫幾句，那裡寫幾句。別想著在頭幾頁就要全部倒給讀者，話一下說太多，也可能失去一些敘事的可能性。

- **角色觀點和所在環境失去連結：**即便是使用第三人稱，作者也有義務克制自己別穿插過分的描述，或是**與角色觀點無關緊要**的描述。這麼說是什麼意思？我的意思是，設定也是一種角色，角色看到的、體驗到的，都被自己的觀點過濾。那樣的觀點影響到設定，又受到文化傳承／種族、成長過程、教育、社經地位及其他因素的影響。角色會注意到身邊的特定事物，這些訊息必須讓讀者知道。角色**沒**注意到的事物，讀者就無從得知，或許要稍加暗示這樣的事物不存在。比方說，你可能不管怎樣都會聽到槍聲，但角色已經聽慣了，就像高速公路上的車聲，根本不會注意到。如果你無法解釋這種選擇性注意，便失去塑造角色的機會。

這是無賴還是英雄？還是耍無賴的英雄呢？只有繪圖者傑洛米·澤爾法斯知道了。

寫 作 挑 戰

想像買龍蝦的女子是你的主角,賣龍蝦男子只是跑龍套。如果得知男子的一天是怎麼過之後,他們之間明顯會有戲嗎?他會影響主角的人生嗎?要是交換身分,男子才是主角,女客人的行為舉止會如何影響主角的一天?

- **不要帶著偏見或刻板印象打量角色**:普立茲獎得主尤諾・迪亞茲跟我說過他寫角色時怎麼發展,他的說法應該最正確:「內建在我心裡的性別歧視、恐同症、父權詞彙,完全無助於我寫出好角色。真正動筆前,我必須先擺脫這些偏見,至少應該正視。我常說:我們這些幼稚男作家,寫女人寫得真爛。大部分男性必須長時間矯正,才得以描寫接近真實的女人。」不管你怎麼定義人,筆下的所有角色都應該像真正的人。借用刻板印象、陳腔濫調塑造角色,等於是陷害角色,讓他們只能根據現實世界的錯誤觀念行動。如果真要使用刻板印象,也應該是你想要對社會發表意見。例如故事中若有女角被男角物化,原因不該是作者覺得物化女性無所謂,而是角色不自覺地物化,更可能是作者意圖探索何謂「男性凝視」。

- **透過描繪角色生命,打破單一故事的概念**:雖然情況已有所不同,西方文化的主流故事依舊以中產階級異性戀白人男女為中心。思考你在寫誰的故事、為什麼要寫,能幫助你抵抗只存在「一個」關於少數幾個族群的故事的概念。迪亞茲說:「身為貧困的有色移民,在美國居

妮娜・蘇賓（Nina Subin）拍攝的尤諾・迪亞茲。關於身體與心智的殖民和偏見，小說創作者應該參考他的見解。

住一段時間後，很快就能明白，說到普遍性，有色族群的故事不如白人的故事。你很快明白，沒錢的人不配當主角，有錢人才配；非移民身分的故事很美國，移民的故事卻沒那麼『美國』。你也很快就明白，說到重要的書籍主題，被強暴後的心理重建，還『不如』生性敏感的青年如何熬過某場愚蠢的戰爭。」

創造深度和細緻差異

除了瞭解角色的基本背景，推想他們在故事中的進程，還有一些考量能替角色增添深度、複雜性、複雜局面。我們如何接收關於他人的資訊，會影響書寫他們的方式。凱琳・洛瓦基稱此為「感知的方式」，更強調了兩者間的關聯。感知的方式最容易以下列四種問題呈現：

- 他人對這個角色（姑且稱作莎拉）的觀感如何？
- 莎拉認為別人對自己的看法如何？
- 她都怎麼看自己？
- 關於莎拉的真相是什麼（假設對你的觀點看來，真有所謂客觀真相）？

我思考這些問題時，會想起自己最喜歡的小說家**勒卡雷**的作品，他常在自己的作品中傳達角色的感受。他的間諜角色尋求的洞見，往往跟他自己想知道的一樣。例如《俄羅斯大廈》的某個角色說：「在某些類型的人生中……選手對其他選手產生古怪的幻想，最後『憑空想像出自己需要的敵人』。」在《史邁利的人馬》（*Smiley's People*）中，他又寫道：「有些人會發送信號，有些人你見到之後，自然會收到他們過往人生形成的禮物。『有些人本身就是親密。』」（引號為筆者所加）

這話說得沒錯，或許引起你興趣的題材中，光是回應洛瓦基的問題，就

讀約翰・勒卡雷的小說，就像參加創意寫作主題變化的高階課程。有些間諜故事結構可讓同行看出他的技巧運用機制，獲益匪淺，但這些機制也不會妨礙閱讀樂趣。

有一整個故事。喬伊思‧凱蘿‧歐慈的〈玉米少女〉便是一例。書中剖析失能家庭少年綁架同學的案件及後續影響。書中討論的主題可說是只有斷裂、矛盾、觀點的衝突。歐慈特別安排一幕精彩的場景，穿插犯案少年和背黑鍋代課老師的觀點，展現這兩個角色對彼此的瞭解及意見，同時夾雜自己的印象。「他笑聲亢奮，帶有諷刺意味。她笑聲尖銳，帶著鼻音，還是會突然嚇到自己，就像被噴嚏嚇到一樣。」兩相對照凸顯了他們的相似處，讓讀者更全面瞭解兩個角色。如果歐慈寫成分開兩個場景，效果就不會這麼好。這手法更完美地呈現了角色動機，更能推進故事。

除此之外，還有很多方法能創造角色深度和細微之處。以下五個觀念能帶你從**基本功**更進一步：

第六章將討論環境對角色的影響。

- 一以貫之的矛盾
- 動作 vs. 想法
- 能量的轉換
- 作為象徵的人物
- 物品的祕密生命

所謂**一以貫之的矛盾**，我想表達的是，即便是言行最一致的人，實際上也沒有你想像中那麼貫徹始終。老實說，人的行動依據是個浮動的核心，裡面有基本習慣、信念、知識，以及不為人知、對世界抱持的猜想。上述元素集合起來（或可稱作心智），都可能隨著綜合的環境因素而每日浮動，況且人並沒有自己想像中那麼有邏輯，於是不時會產生矛盾的行動和反應。例如有個男子早上捐錢給企鵝之家做公益，吃午餐時卻踢了流浪企鵝一腳。或者有個女人每天早上都客氣應對討厭的鄰居，但有天早上她沒喝到咖啡，於是走去開車時，沒來由地踢翻了鄰居的盆栽。除了飄浮的心智緊抓的專心意識之外，任何因素都能影響行為和想法，如壓力、饑餓、負面消息、對立。有時故事能做到的，僅是探索尋常人在尋常日子裡，為何會做出看似無法解釋的行為。在勒卡雷的《完美的間諜》（*A Perfect Spy*）中，某個間諜妻子說：「他裡面還住著別人，那不是他。」

右頁 妮妮‧奧圖，〈能量與情緒的轉移〉（Transfer of Energy and Emotion）。行為可能會產生多層次且影響深遠的後果。

瞭解角色的基本行動、反應、情緒固然重要，也要明白角色可能不會每次都照規矩行事。讓他們破例行動，能大力擺脫你原先設定好的宿命路線，讀者看起來也比較有趣。

動作 vs. 想法在某種程度上，類似托巴雅斯‧巴可所說的「需要 vs. 渴望」

的效果。說實在,在現實生活中,人雖然會讚賞他人的感受和想法,卻也時常依據行為來批判和評斷他人。角色的實際行為與想法或說法的出入愈大,讀者愈不可能相信角色。同理,如果角色光說不練,讀者不但會覺得可疑,也會開始對角色失去信心。說得直接一點,再舉午餐時踹了企鵝的男子為例吧。一邊說自己愛護動物、一邊卻踢企鵝,在很多方面來說都很糟糕。反過來說,喊著「企鵝超討厭」、同時一腳踢下去的人還比較好,起碼他很**誠實**(或者沒有自欺欺人)。

> 人喜歡捏造有利於自己的傳說或敘事,連踢企鵝這點事實都不會改變。

　　能量的轉換跟其他概念有很深的連結。用最簡單的方式來說,就是人所散發的正負能量會影響到他人。再舉一個直接的例子:爸爸對著領養來的企鵝大吼,企鵝跑去踢貓咪一腳,結果貓咪把老鼠虐待過頭。另一個例子則是:女子稱讚郵差,郵差回家心情很好,突然跟伴侶提議不如出去吃飯吧。

　　能量轉移也能發生在事件上,某事件的情緒會牽涉到另一起事件。例如有些人無法面對創傷事件帶來的感受,尤其是那創傷沒有適當的機緣了斷時,更加無法面對。或許要等到下一次碰到類似結構、情緒的事件發生,才能把前一個事件的問題擠出來見光死。例如某人的岳父過世,他明明跟岳父不熟卻哭了,實際上他是為了前一年過世的祖母而難過。講寬一點,能量轉移其實是探索角色內在情感的一種方式。

　　人物作為象徵或概念的化身,代表即使是友誼,卻隱含著更多意義(或更少也說不定)。例如寡婦跟認識先夫的人成為朋友,藉以弔念配偶。或是二戰時期兩個男子之間的友誼,因為政治動盪,開始產生別種含義。當一座城市被叛軍拿下或被戰勝者瓜分,另一個人就會成為消失之地的唯一連結。一個人在他人眼中不是只代表自己而已,也跟建築物或歷史日期一樣能夠成為象徵。

　　最後,**物品的祕密生命**反轉了物品作為人的**使者**的概念,尤其是人對物品的依戀。不要小看物品的力量,也不要把物品當作角色的對立面,以為物品在敘事中了無生氣。角色愛惜物品的程度可透露這個人的要害。物品能收納一整個世界,推動人類做出各種行為。**物品**有其象徵,也是某種縮影,代表實質的財富,或是連結了過去的時光、特定的人物、記憶。正因如此,物品讓角色塑造更為強烈——以奇幻設定而言,這或許更為重要,除了背景設定之外總要寫點別的。既然都要描述,何不多描述一點?辦公室裡或壁爐架上的相片有其重要性,牆上的掛畫也一樣。

　　有時,對物品的依戀能發展出一整套故事。例如我最近看了一齣戲,戲中有個親戚(葛楚德)把相當於傳家之寶的昂貴手錶送給晚輩(艾蜜莉),

傳家寶的文章

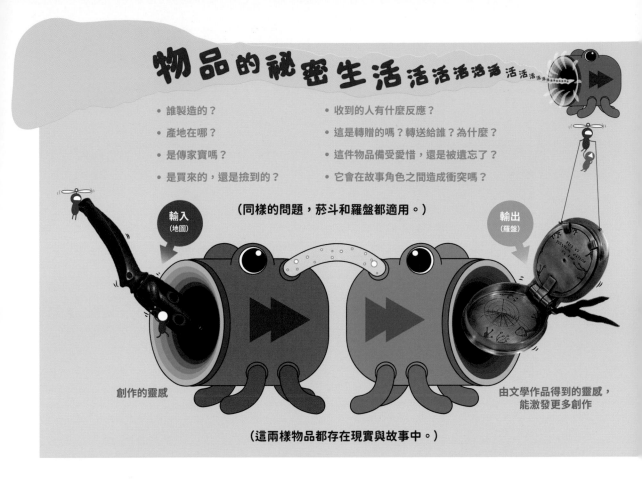

物品的祕密生活活活活活活活活

- 誰製造的？
- 產地在哪？
- 是傳家寶嗎？
- 是買來的，還是撿到的？

- 收到的人有什麼反應？
- 這是轉贈的嗎？轉送給誰？為什麼？
- 這件物品備受愛惜，還是被遺忘了？
- 它會在故事角色之間造成衝突嗎？

（同樣的問題，菸斗和羅盤都適用。）

輸入
（地圖）

輸出
（羅盤）

創作的靈感

由文學作品得到的靈感，
能激發更多創作

（這兩樣物品都存在現實與故事中。）

但是葛楚德的丈夫要求她把錶拿回來，因為那是他送給她的禮物。結果造成葛楚德和艾蜜莉兩人之間許多緊繃的情況，也重啟過去的傷口和回憶。後來艾蜜莉終於把錶還回去，葛楚德卻感到內疚，再度把錶送給艾蜜莉，可是自己又動不動半開玩笑說要把錶收回去。這次，艾蜜莉拒絕把錶還給她，於是跟葛楚德的丈夫結仇。故事發展至此，年紀較長的葛楚德卻也發現，自己經歷幾次嚴重的短期記憶喪失，竟忘了送錶給她的是丈夫。此外，手錶本身需要經常維修，不然再也無法運作。為了不讓錶壞掉，艾蜜莉一直戴著，於是不斷回想起整起事件。愛蜜莉本身並不富裕，因為工作關係常常出入高犯罪率地區，戴著名貴手錶讓她很緊張……突然間，從一件物品就能衍生出這一連串事件，後續發展遠超過一開始的情況。

至於創造角色深度，可想想下列問題：

- 其他角色對現況的認知，和主角的認知差別有多大？
- 角色做了什麼，卻無法真正解決問題？

物品所持有的力道，不會直接由作者傳達給讀者。這支菸嘴是我家的傳家寶，一側的鑽孔內藏著縮微膠片，是一次世界大戰的反抗著照片。在我的小說《芬奇》裡，微縮膠片上顯示的則是城市的祕密地圖。藝術家安琪拉‧達維斯托（Angela DeVesto）的〈地底空間航海星盤〉（Astronomical Compendium for Subterranean Spaces, 2015）靈感就來自芬奇的地圖，帶有神祕色彩，類似我家菸嘴的祕密功能。

開始

《魔戒》中的佛羅多雖然最後勝利，也付出極大代價。
參照：亨利·詹姆斯（Henry James）的《碧廬冤孽》（Turn of the Screw）和沙林傑的《麥田捕手》（Catch

圖圖歐拉的《棕櫚酒鬼》主角遇到許多怪異的超自然障礙，但都能克服，以及道格拉斯·亞當的《銀河便車指南》（Guide to the Galaxy）。
參照：尼爾·蓋曼的《美國眾神》

最低點

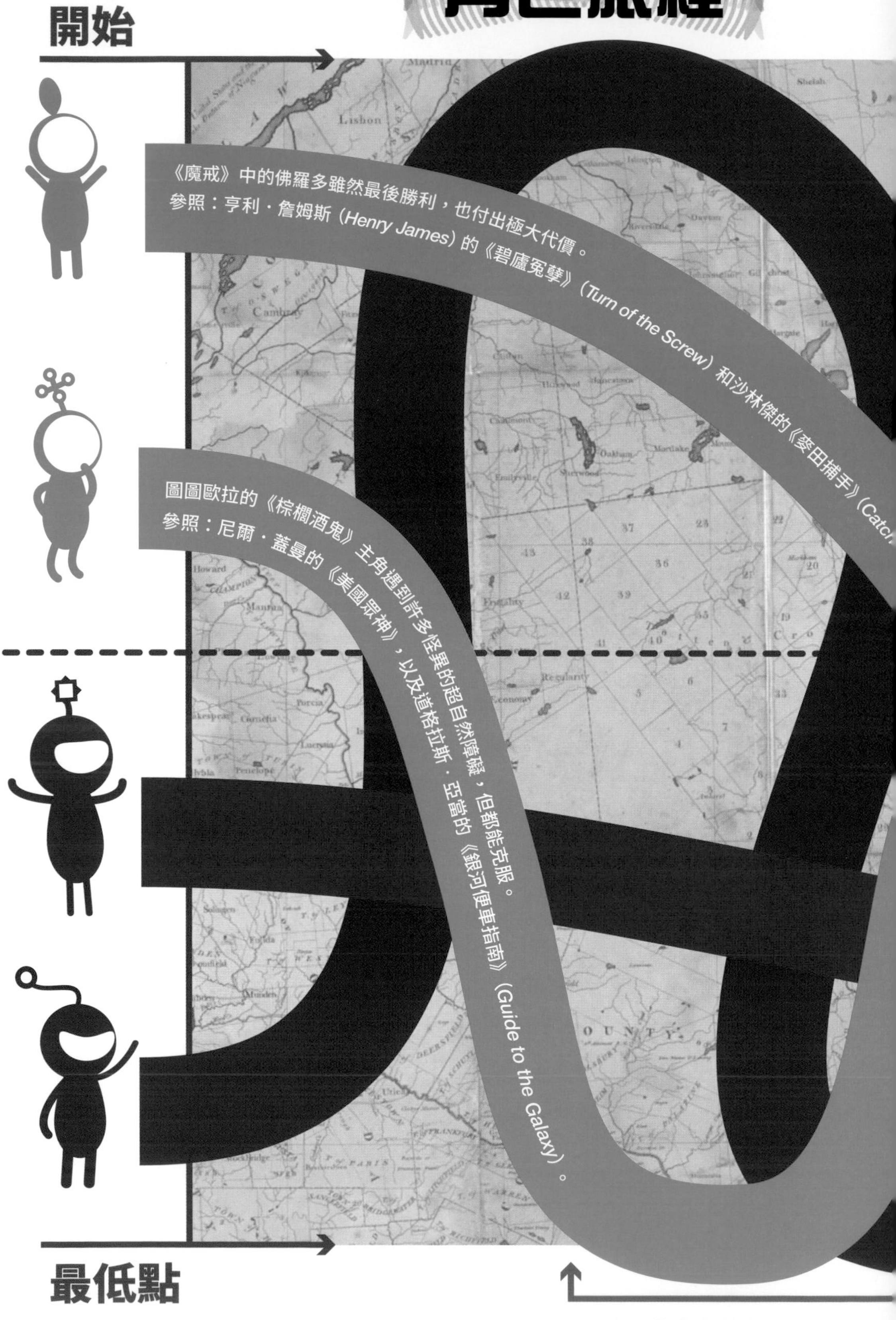

有哪些角色旅程，
這裡沒有描繪？

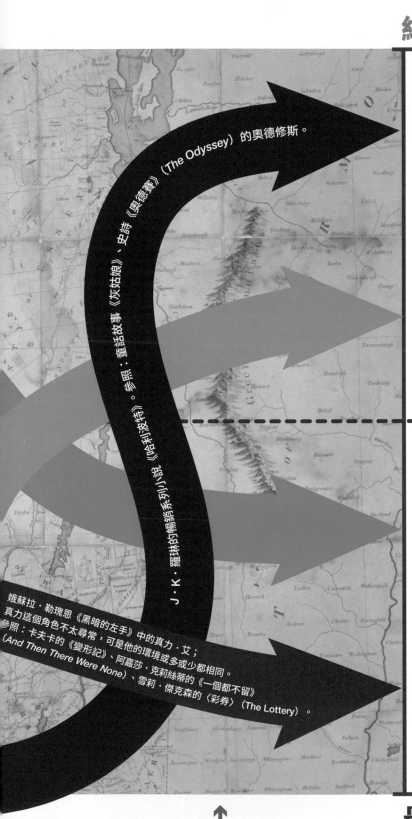

終點

角色一開始居於劣勢，
最後贏得一切。

角色遭到命運逆襲，
不過回復到之前的狀態。

角色大致滿意，
但失去了財富或快樂。

角色一開始居於劣勢，而
且愈來愈慘（有時，這種
角色旅程並非描寫一個不
好的局面，而是如何一成
不變）。

最低點?

《奧德賽》(The Odyssey) 的奧德修斯。

參照：童話故事《灰姑娘》、史詩

《哈利波特》。J・K・羅琳的暢銷系列小說

娥蘇拉・勒瑰恩《黑暗的左手》中的真力・艾；
真力這個角色不太尋常，可是他的環境或多或少都相同。
參照：卡夫卡的《變形記》、阿嘉莎・克莉絲蒂的《一個都不留》
(And Then There Were None)、雪莉・傑克森的〈彩券〉(The Lottery)。

到了故事中段，角色的命運跟開頭相比有何差別？
如果故事早一點結束，還能形成角色旅程嗎？

- 角色和他人起衝突或私下意見不合的程度有多嚴重？
- 角色向他人吐露真言的程度如何？有多少事情沒說出來？
- 角色手中握有祕密時，會如何決定利用或不會利用？
- 祕密都是怎麼流出去的？說給誰聽？（為什麼要向這些人說？）
- 什麼訊息被人知道後，會讓他人趁勢壓過角色？（角色又能按捺行動到什麼地步？）
- 在正確的脈絡下，角色有多快改變對他人的觀點或意見？
- 角色有多戀物？戀物如何影響角色的行為？
- 角色有多想討好他人？
- 為了得到其他角色的物品（或許可），角色能做出多大的犧牲？

若要創造角色深度和細緻的層次，以上問題只是幾項初步建議。針對特定的故事類型，這些概念不可或缺；對其他故事而言，這些問題只能幫助你快速想出太過僵硬或公式化的角色、場景、故事。

角色的旅程

角色的旅程通常與情節有所關聯，或者根本**就是**情節本身。其所代表的意義可能是很精準、很實際的「旅程」，也有可能是很偉大、很典型的象徵。如果是前者，大致說來便是角色從某個處境出發，接著在故事中遇到一些事情，最後在某處停下來。正如之前敘事設計那一章已經解釋清楚，結局並不是故事的全部，也不是故事的重點。狄更斯至少寫過一本以窮人為題的小說，那些窮人有的會做善事，有的不會，那又怎樣？悲劇故事中，角色在開頭可能出身高貴，最後下場淒涼。發展較均衡的戲劇中，角色出身可能沒有很高貴，然後歷經巨大的苦難與掙扎，獲得某種「永久的成功」。如果是喜劇，角色可能一開始出身高貴卻跌落谷底，之後再回到原來或類似的處境。

以上這些角色旅程不一定要很典型，因為典型的角色旅程需要神祕或普世共通的元素，會不斷歷史重演，也可能包括那些我們在本能、潛意識層面感受到堅信不疑的時刻。就如同處理主題時，作者通常憑直覺想到一些文化或心理模式內建的典型。最出名的角色旅程或許是喬瑟夫・坎伯的英雄之旅，又稱「單一神話」（monomyth）。許多作家對此類旅程深信不疑，儘管如作家約翰・克勞利所言，多半是在無意識的狀態下吸收的。

《成長於死寂的德州》（*Growing Up Dead in Texas*）作者斯蒂芬・格拉漢

冒險召喚

自在的生活

拒絕召喚

兩個世界的大師

超自然助力

跨越回歸門檻

啟程　　　　回歸

外來的救援

跨越第一道門檻

魔幻逃亡

困於鯨魚腹中
（或迷宮裡）

拒絕回歸

終極的恩賜

試煉之路

超越

與女神相會

向父親贖罪

啟蒙

誘惑

墨西哥摔角選手版的喬瑟夫‧坎伯單一神話？

墨西哥摔角選手版本的英雄旅程會是什麼樣子？第一，必須捨棄標準追尋中的語言和象徵，例如一般的奇幻英雄小說，改用體育相關和錦標賽的比喻。第二，必須反映出 Tecnico（好人）和 Rudo（壞人）的複雜角色。在墨西哥摔角界，好人常會變成壞人，反之亦然。面具在墨西哥摔角傳統中，也是相當重要。

這個故事中的超自然幫手，可能會是知名摔角選手厄爾‧山多的鬼魂顯靈，告訴樸實的木匠海克特，在另一個世界，壞人掙脫了好人的統治。也許，海克特必須繼承父親遺志，撥亂反正，從當地體育館後面的一扇怪門進去另一個世界。

進去以後，他得通過深山的摔角迷宮，而那只是試驗之一。全部通過後，他會遇見摔角女王「狂熱迪米司」。海克特聽從迪米司的指引，展開旅程，通過虛妄的世界，每一步都伴隨著誘惑，還有各種摔角回合、錦標賽，對手包括藍惡魔、大死神、岩中之岩。旅程中，海克特（這時改名為厄爾‧托普，「聖山」之意）遇見父親，經過眾多衝突，得到他的祝福和摔角面具。海克特跟藍惡魔激戰好幾回合後，還要跟大魔王「千面人」決鬥。厄爾‧托普付出極大的代價，最終獲勝，讓好人重新掌權。

他在異世界統治多年之後，才被召喚回到現實，成為兩個世界的主人。之後，海克特／厄爾‧托普會很長壽，將兩個世界學來的經驗傳授給兒女。有時候，厄爾‧山多的鬼魂會顯靈來找他，如果孫子們看到海克特自言自語地微笑，也會很識相不去打擾他。◆◆

資料研究：巴特‧安德森（Barth Anderson）

姆・瓊斯說：「這套結構在我腦中簡直根深柢固，連想都不會想起來。少了這套結構，我不知道自己要往哪裡走，完全必須靠嘗試錯誤找出路。就我看來，坎伯已經替我們把路都鋪好了，一勞永逸。很完美，可隨時改造，什麼也不缺。」

瓊斯筆下角色經歷的旅程，「很像奧德修斯的冥府之旅。他們一開始在人間旅行，後來覺得應該往下走，結果發現那樣走太糟了，有時又會想辦法重見天日。」就瓊斯而言，坎伯的英雄之旅簡直是針對他的寫作志趣而設，那是很個人的。

英雄旅程是由哪些部分組成的？幾項重點事件或時刻組成了英雄旅程的三階段：啟程、啟蒙、回歸。

- **啟程：**在此階段，英雄接收到冒險的召喚，一開始會迴避召喚，接著考慮再三。通常有一股超自然的力量向英雄現身，說服他接受考驗。啟程階段最末了，英雄會闖過門檻，踏上冒險之路，故事通常由此展開。所謂冒險可以是比喻上的，也可能是實際的冒險，譬如進入奇幻世界。
- **啟蒙：**在此階段，英雄必須忍受最後一次分離，離開舊世界或逃離舊觀念，才展開冒險。接著，英雄將面臨一連串考驗，有些是身體上的，有些則是心靈上的。除了冒險自然會帶來的考驗，英雄也必須「與女神相會」，體會到何謂無條件的愛，還要抵抗多種誘惑，與父親（或類似人物）和解，體驗死亡與重生（比喻上或實際上），最後達成旅程或考驗的目標。在這個階段的最後，英雄通常會拒絕回到接受冒險召喚前的舊世界。
- **回歸：**在這個階段，英雄打算確實回歸舊世界，但需要他人幫助，有時也透過神祕的力量。成功回歸後，英雄成為新、舊兩個世界的主人，在身體與心靈兩方面取得平衡。接下來，他就能過著平靜而圓滿的生活，同時也能跟他人分享自己的智慧。

雖然英雄旅程看似典型的套路或極為按部就班的說故事方式，作者總是可以輕易藏起背後的意義，用這個結構來描寫最寫實也最超現實的冒險故事。我在本章節把英雄旅程改寫成墨西哥摔角選手的故事，為的是呈現出此結構可跨越文化重新組合。然而，以下收錄麥克・希斯可所謂的「零的反覆」（the zero's relapse），我認為這是另一種解套方法。

墨西哥摔角選手的
單一神話

麥克・希斯可：零的反覆

麥克・希斯可著有《神學生》（*The Divinity Student*）、《暴君》（*The Tyrant*）、《聖凡納費奇歐經典》（*The San Veneficio Canon*）、《叛徒》（*The Traitor*）、《敘事者》（*The Narrator*）、《大情聖》（*The Great Lover*）、《主持祭典的人》（*Celebrant*）。短篇作品收錄於《祕密時刻》（*Secret Hours*），也見於《查克理・蘭姆黑德怪異與不名譽疾病袖珍指南》（*The Thackery T. Lambshead Pocket Guide to Eccentric & Discredited Diseases*）、《愛術無限》(*Lovecraft Unbound*)、《怪異：怪誕與黑暗故事彙編》（*The Weird*）等。

重蹈覆轍以軌道的形式出現；在此畫成圓形，只是為了示意，實際上軌道可能根本沒有形狀。軌道沒有圍繞的重心，反而總是穿過同一點，或稱為「結」（nodus），就是世界的排泄口，也可以說是宇宙的排氣管。在那裡，不同圓心的軌道、不規則形狀的軌道，或是不同氣味、不同進程的軌道，都會被壓縮摺疊成一小塊，接著被棄絕。正因為世界的排泄口不斷廢棄，重蹈覆轍的軌道才能保持運作。

既然每一條軌道都會通過排泄口，急於調查內情的人，會從一開始就待在從一般震動辨位的主軌道切出去的次軌道上，觀察絕妙排遣的次級表達方式。這些脫垂物逃離伊奧尼亞人的風袋，卻也沒有失去勁頭。離開靈感之地時，在世界排泄口累積的壓力，可以當作下次重蹈覆轍的推進動力。

從中途開始

突如其來的死亡——觀點人物不是已經死了，就是很快被殺，或是從死後的角度回溯故事。無論如何，這種軌道無法從頭說起，只能死氣沉沉地說下去。

強迫前進——觀點人物太變態、太笨，所以死不了，也因此有資格說故事。

涉入未知——一位背景幾乎沒有重要性的觀點人物，踏入已經存在、但僅局部設定好的狀況中。

真的搞不太懂——觀點人物和事件互相塑造彼此。一如既往，該人物不會瞭解到這情況，要不是高估事情發展，就是無從掌控自己影響事件的能力。

分不清是系統，還是故事——無法解釋的事件，暗示有一個獨立、超自然的系統在運作，也有可能是觀點人物被故事活動形塑的同時，意識到故事的存在。但系統或故事本身跟觀點人物一樣無知、發育未完全，兩者互相陶冶的過程，可說是無能。

情節的埋伏——觀點人物演化為主角或陷入自我對立的糾結時，就會被情節攻擊，死命把主角塞進角色模子裡，恰好適合一系列發展順序最易預料的熟悉事件。

變戲法般的逃避——多虧一連串扭捏行為和脫線思考，主角躲過情節的追捕。後續產生的謎團深深影響主角，而且還真的迷失了方向，因此逃過情節派出的警犬追捕。

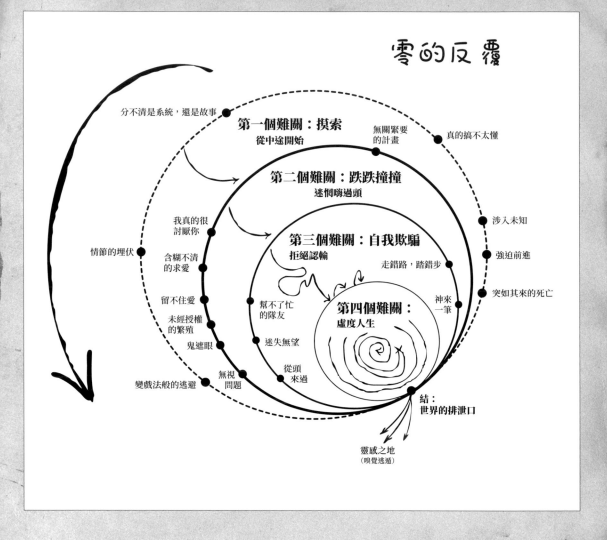

零的反覆

分不清是系統，還是故事

第一個難關：摸索
從中途開始

無關緊要
的計畫

真的搞不太懂

第二個難關：跌跌撞撞
迷惘嗨過頭

我真的很
討厭你

涉入未知

第三個難關：自我欺騙
拒絕認輸

走錯路，踏錯步

強迫前進

情節的埋伏

含糊不清
的求愛

突如其來的死亡

留不住愛

幫不了忙
的隊友

第四個難關：
虛度人生

神來
一筆

未經授權
的繁殖

鬼遮眼

迷失無望

結：
世界的排泄口

變戲法般的逃避

無視
問題

從頭
來過

靈感之地
（嗅覺逃遁）

迷惘嗨過頭

無關緊要的計畫——主角逃過一劫，情節繼續展開，但因為主角缺席，對情節產生負面影響。主角被搞糊塗，卻換得自由，興高采烈地想做什麼就做什麼，通常會展開自命不凡的追求，不但極為艱困、非比尋常，也很危險，代價又高。

我真的很討厭你——主角對敘事失去興趣，敘事焦點開始渙散。主角做了特別有趣的事情時，注意力會被拉回來，但來到循環的這個階段，通常得帶入更有張力的新角色。敘事

似乎急於證明自己能夠支撐一個完整的傳統角色，這往往得借助建構高明的背景故事。

含糊不清的求愛——主角遇到另一個角色，給人的印象很差。話雖如此，兩人還是一直見面，並且努力建立更清楚的溝通方式。這些付出一直不怎麼見效，兩方卻往往視若無睹，還以為完全瞭解彼此。對於主角的關係，另一個角色的見解甚為中肯，甚至比主角本人還更高明。

留不住愛——主角瞎忙著不重要的計畫，疏忽了另一個角色。缺乏關注導致該角不滿、憤怒，卻被主角誤解、輕看。

未經授權的繁殖——主角創造出其他角色，不管是生物、科技新發明或是復活的死人，反正都是「不重要計畫」的後果。這些被繁殖出來的東西來到這個世上，經常是為了隨機製造災難。

鬼遮眼——情節繼續錯下去，故障情況、結構性錯誤隨之增加。一般行動、因果關係、場景都沒有宣洩出口，情節中的眾多元素，如角色、物品、設定，甚至連象徵符號，都半路脫逃到主角的處境中，像鬼遮眼那樣讓人看不清事件。

無視問題——主角毫不明白大量的鬼遮眼現象是否跟自己有關，只是繼續前進，自行解讀鬼遮眼的現象，離常軌愈來愈遠。

走錯路，踏錯步——產生錯誤認知後，主角狂亂猜測自己在故事中的地位，甚至過分篤定地全盤接受。通常還會附帶發明一卡車不必要的理論，無來由拋棄之前熱愛的事情，從事一堆不必要的活動。

幫不了忙的隊友——此時，主角會召喚眾多幻想和其他角色重新結合，形成改頭換面的對照，都是為了幫助自己實現虛妄的命運。

迷失無望——主角計畫失敗，儘管計畫中的每個人、每件事都正確運作。

從頭來過——已知此路不通，主角憤而崩潰成無數分子，形成一塊大而無當的物質，持續下沉到存在的根本之中。◆>

拒絕認輸

神來一筆——主角突然自認瞭解鬼遮眼現象的本質，以及故事本身的意義。其實這份體悟和原先的情節完全無關。

為什麼坎伯的英雄之旅需要解套？一來，作家並非都是英雄，所寫的故事也不一定是英雄。因此，部分解答的關鍵就在於標題「英雄旅程」，以及作家對經典的質疑。不過解套還有其他理由，像是坎伯理論中的僵硬性別角色。如果要解套，可以描繪專屬女性的英雄之旅，主角在途中遇到比她更深厚而複雜的女性角色。

坎伯的概念跟西方的哲學與宗教，其實有很深的淵源，只是這些概念或許沒有我們想像中那麼萬用。印度作家凡達娜・辛說：「所有提煉自複雜現象（如史詩作品）的純粹概念，若號稱萬用都值得懷疑。即便是物理學，也沒什麼法則通用於全宇宙……若從印度史詩的觀點來看，《羅摩衍那》（Ramayana）或許算得上是英雄旅程，但是《羅摩衍那》有很多種版本，其

中有些是主角的配偶悉多（Sita）的觀點。她的故事就沒有沿著主角旅程發展。再想想《摩訶婆羅多》（*Mahabharata*），這兩者之間或許有平行處，但後者的層次更加繁複，人物眾多，沒有一個真正進行孤獨旅程的英雄。更不符合英雄旅程的還有《故事海》（*Kathasaritsagara*），結構跟迷宮一樣，將你拉進不同的角色觀點中。」

不管你傾向採用實際或典型寫法，檢視角色旅程，可以幫助你在收尾時，強調或去除旅程中的某些層面。這樣一來，也能解決情節或結構上的不足。

要是卡住了，記住這個看似簡單的事實：人都有偏執，也有複雜的情緒。角色最渴望的是什麼？他們如何表達自己的渴望？還要記得，沒有人能夠（或應該）對自己創造的角色瞭如指掌。才華洋溢的小說家約翰・克勞利說：

我真的不知道該如何創造角色，通常只是回應心中的本能反應，就好像我們瞭解夢中人物那樣。我不像某些作家會建構角色，分派任務；我也不是放任角色隨意走動，任由他們自行冒險。我知道他們要去哪裡，但是我不知道他們打算怎麼去。有一些角色最是神祕，我無法看穿他們的心，也不會這樣做，但是小說可以做到。通常我也不瞭解他們的內心世界，就算我知道他們的心靈力量可以左右我能操控的角色。就如夢中人物一般。」

奧斯卡・薩瑪爾丁（Óscar Sanmartín）所繪的〈納達爾・巴羅尼歐〉（Nadal Baronio, 2006）。出自《傳奇水中生物》（*Leyendario Criaturas de Agua*）。故事：奧斯卡・西潘（Óscar Sipán）；繪圖：薩瑪爾丁。

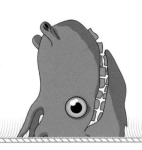

所有小說家都會建構世界，不管他們稱之為「建構世界」，或是採取「設定」、「環境」的說法。即使是極具實驗性質的作品，作者也會採取某個立場——在沙漠中安插一棵樹，安排兩個人等待永遠不會來的第三個人，依然構成設定。所謂「世界」，可以微小如儲藏櫃、大如宇宙；事實上，有些故事就發生在一片葉子的背面，事發經過只在一滴水落下的瞬間。

第六章　建構世界

　　按照定義，所有寫出來的小說設定，都是某人的想像力產物，所以某種程度上都帶有魔法、奇幻的特質。由於書中呈現的不存在現實中，不管我們再怎麼努力一一對照，也不可能實現幻想。因此，你的芝加哥和企鵝的芝加哥有極大的不同。老實說，光憑**主觀詮釋**這個理由，現實就無法真正複製。

　　根據我自己對小說世界的觀察，能夠斷言，即使是「寫實」小說，其實也沒那麼寫實——就好像我們不會在日常生活中聽見小說中的對話。寫實小說偏好採取特定的**立場**或**角度**，再用某種結構加強。有些非寫實小說家的結構加強方式較為明顯——諷刺的是，許多奇幻作家利用寫實手法取得奇幻的效果。你的故事在小說地圖上的位置，不一定能決定小說的立場。舉例而言，達利在創作極為超現實、奇幻的畫作時，使用細緻而寫實的筆觸（換成小說，就是寫出精美的句子）。畫作整體展現出非寫實的效果，卻密集使用寫實主義的手法。同理，克里夫·巴可（Clive Barker）創作《血之書》（*Books of Blood*）時，大量使用古怪元素，只有在平凡無奇的背景做襯托時，這樣的手法才會成功。

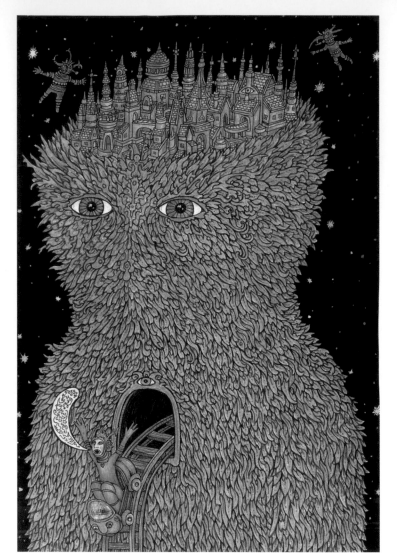

〈丁瑞克胸前長出雲霄飛車，頭上升起金色城市〉（Timrick births a rollercoaster from its chest while a golden city rises from its head），繪圖：西奧·埃爾斯沃思（Theo Ellsworth, 2007）。城市當然可以蓋在全身黏滿樹葉的怪物頭上，而且微生物菌落告訴我們，人類所處的世界遠比想像中更為超現實。

　　在更廣闊的脈絡下，「立場」或「角度」更顯重要，因為「建構世界」真的就是創造一個世界。在故事或小說的封閉容器中，做出一個生態系，內部每個部分互相依賴、影響。然而，不管創造生態系時多麼盡善盡美，都不可能真的建造一個世界。路易斯·卡羅在《色爾維和布魯諾完結篇》（*Sylvie and Bruno Concluded*）提到：

　　「尊敬的先生」說：「我們從**你們**國家又學到一件事，就是做地圖。不過我們領先**你們**一步喔。你覺得地圖要多大，才真的好用呢？」

　　「比例尺縮到一哩比六吋吧。」

　　「才六吋！」尊敬的先生大叫：「我們很快把六吋放到了六碼。然後再嘗試放到**一百碼**！後來我們想到一個絕世妙招，幹脆做出一比一的地圖！」

　　「那地圖很常用嗎？」我問。

「其實還沒打開來過。」尊敬的先生說：「農夫抗議，地圖把整個鄉間蓋住，陽光都沒了！所以現在只好用土地本身當作地圖，我跟你掛保證，差不多好用。我**再**問你。如果要住，你要住在多小的**世界裡**？」

用 Google 大約十分鐘之後，你就能發現這個世界豐富的一面——深入挖掘國家、政府、城市、文化、歷史、宗教、生態系的細節，這些都傳遞了地球的複雜性。不過**真要為世界繪製地圖**時，我們也會決定哪些部分要濃縮、簡化，以別種方式將世界縮減為標誌、象徵、大略的概念。

寫小說也是這樣，背景設定的考量跟角色塑造一樣，不用什麼都包含，一個人物的背景該描述到哪就到哪。你要做的是世界**模型**，只要讓模型中的幾項元素發揮作用就好。不然你自己跟讀者都會陷入無望掙脫的細節中。

茉特爾・馮・達米茲三世的〈小說世界〉（All Our Fictional Worlds，完整畫作見下頁），靈感來自 J・J・格蘭威爾的〈另一個世界〉（Un Autre Monde, 1844）。此畫作將設定分成幾類，畫家的解釋如下：1——卡夫卡的小屋子。2——嘉年華遊行隊伍：神奇又神祕。3——中介的超自然地帶。4——仙境。5——始源地球：現實。6——經歷另一段歷史的地球：曾經可能發展成那樣（所有地圖的南北極互調）。7——平行地球（各大陸的分布與這個地球不同）。8——次級世界（地海、納尼亞等）。9——計算與機械的世界（使用差異甚大的科技，或者利用數理論創造世界）。10——形而上的世界（波赫士、卡爾維諾、走不完的圖書館和其他奇景）。11——反諷的世界（像《憨第德》書中，所謂「最好」，其實是「可能世界中最好的那個」）。12——未來地球（「人類打造、像大陸一般巨大的飄浮船體」）。13——外星人世界（真正不同，在太陽系之外）。14——人造世界：住了好幾世代的太空船。15——超現實世界：如夢境的邏輯。16——微型世界（如培養皿的草履蟲）。

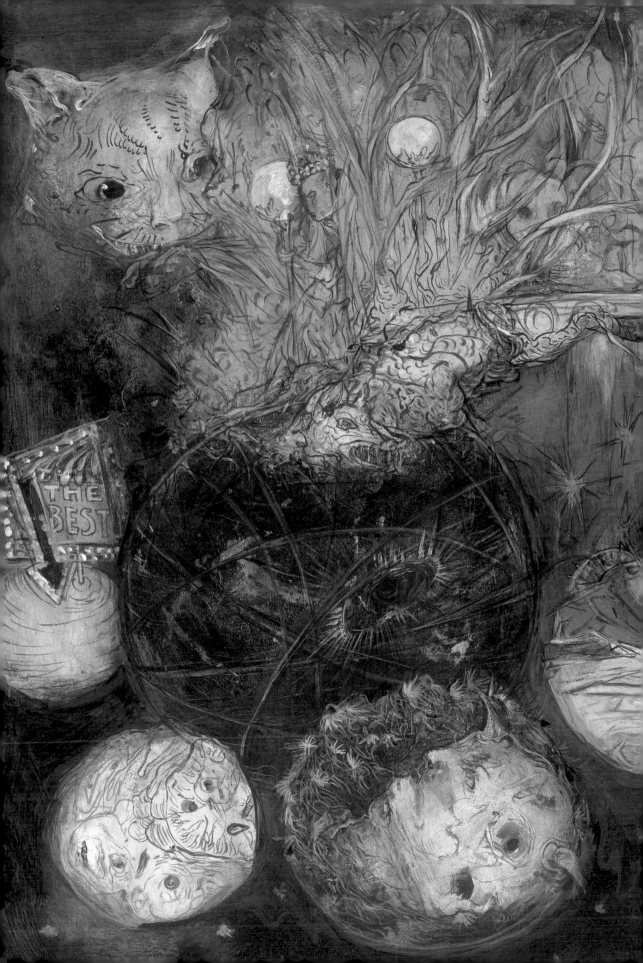

〈海底之城亞特蘭提斯〉(Atlantis, Beneath the Waves)，繪圖：查理·維斯(Charles Vess, 2004)。一個關於設定的故事，會如何隨著時間改變？亞特蘭提斯的神話歷史久遠，早在柏拉圖時代就開始流傳，卻很快被貶低，有時甚至被嘲弄。早期基督徒認真看待此傳說，重新賦予神話的活力。之後，亞特蘭提斯出現在好幾個神祕傳統中，每次出現的性質都不同。

塞迪亞的講課內容

世界觀 vs. 故事觀

小說中的世界究竟需要什麼？這得看你希望你的設定如何影響故事和角色，最終影響讀者。不管你採用什麼寫法，想想世界觀和故事觀的差別，能夠幫助你下決定：

- **世界觀**：身為作者對於故事世界的瞭解。世界觀能建立更廣大的脈絡，可以包含許多故事，並非只有正在創作的那一個。
- **故事觀**：角色對於世界的認識和信念。

作家兼電玩專家威爾·海馬奇(Will Hindmarch)說過：「故事觀可以承載敘事者的觀點，即使敘事者嚴格說來並不算是角色。第三人稱的主觀視角對世界的大致認知，可能是錯的或資訊有誤——敘事者或許會相信作者心知並不正確的事情，故事寫到後來也可能揭發這一點。」

即使作者只是不透露跟世界觀有關的訊息，「也算是利用世界觀和故事觀的落差。」威爾·海馬奇這麼認為。「可能有角色說，『所有的奇美拉都死了』，敘事者卻沒有糾正這句話，即便作者知道在遙遠的世界角落，還有奇美拉活著。世界觀和故事觀的差別，就在於作者選擇什麼該說、什麼不該說，以及說話的時機。」

影響故事觀的，並非只有你選擇描寫的個別角色，還有角色在這個世界上占有的位置。廣受好評的作家伊凱特琳娜·塞迪亞曾以多樣性為授課主題，她說角色至少有三個可能觀點，內容節錄如下：

- **文化本質**：除非你所寫的文化是自己的文化，或是將自己的文化移植到奇幻世界中，不然從文化角度來寫作是最困難的，因為文化基本盤大不相同。從文化入手的作家最常犯的錯，就是強加自己的偏見和價值觀；最糟的情況下，文化挪用失敗的原因，從「看似太簡單」或「太不尊重人」都有。要記得，生活在某文化中的人，並不會去注意稀鬆平常之事，只會留意脫離常軌或不尋常的事情。此外，還要考量到角色的文化是主流，還是少數文化。假設書中的主流文化是激進的母系

社會，身在其中的人對強勢女子就不會有意見，反而會關切順從、柔弱的女人是怎麼了。反過來說，即便是少數文化中，切入點不同也會有很大分歧——例如辛巴威不僅有各種部落文化，也有白人少數和具代表性的華人少數。

- **觀光客／外來客：**從這點切入較為好寫，較能進入狀況，對作者和讀者來說皆如此，因為有共同的文化價值觀。當地人習以為常的事情，外來者常會感到驚訝。由於每個人的洞察力不同，有可能錯失細微處或是誤解，這種誤解在創造敘事模糊性時很好用。然而，最好不要出現已經寫爛的文化衝擊體驗，例如外來客的世界觀毫無疑問比他遇到的人來得優越。為什麼？這種寫法不但司空見慣，還很無趣，而且通常不太準確。

- **征服者／殖民者：**從這個角度切入世界觀，最適合寫衝突、一廂情願的誤解。同時，殖民觀點也是現實中最常見的，其後果往往影響某地區好幾世紀。不過讀者或許很難同情身為殖民者的主角吧。

上述三種透過故事觀表達世界觀的寫法，都能創造出饒富趣味的衝撞、矛盾和見解。作者對世界的認知和角色對世界的認知相互拉扯，往往能創造出敘事。

除了考慮應該把故事放在世界上哪一個位置，也要想想一貫性和限制。作家大衛‧安東尼‧杜倫寫過史詩奇幻作品「刺槐三部曲」（Acacia）和歷史小說，他說：「創造世界是自由的，但是我也會把這種自由稱為『責任』，建立自己世界的規則並遵守。我可以在這裡擺一座沙漠，那邊安一座山脊。不過隨後我和我的角色都得接受這些風景帶來的挑戰。我不會在發生問題時，刪除自己創造的東西。恰好相反，我就是要看角色如何面對我所創造的挑戰。」

有時候，你所寫的故事類別會迫使你添加某些世界觀的相關訊息到故事

《新生說》（The Epigenesis, 2010）的封面，約翰‧卡爾哈特為樂團 Melechsesh 設計的專輯封面。

218-219 莫妮卡‧瓦倫提內里（Monica Valentinelli）優秀的「世界建構」課程，包含創造語言的模組，由傑洛米‧澤爾法斯繪製成圖。瓦倫提內里畢業於威斯康辛大學麥迪遜分校的創意寫作學程，最知名的創作就是吸血鬼主題的作品：電玩《吸血鬼之避世血族》（Vampire: The Masquerade）、影集《螢火蟲》（Firefly）、角色扮演遊戲《龍與地下室》（Dungeons & Dragons）第五版。作品曾獲多項提名，包括二○一五世界角色扮演遊戲獎（ENnie Awards）的「年度遊戲」獎項，並贏得評審團獎。

語言和世界建構

莫妮卡·瓦倫提內里（知名作家、藝術家、遊戲開發者）

語言是什麼？將語言拆解到最小結構，就會發現語言是一種透過瞭解核心過程而形成的有意義序列或模式。只要你決定核心，就能憑自己的意思創造語言。這個「核心」可以是文字、數字、聲音、顏色、形狀、非語言訊息（如身體動作）。核心可能極為複雜或極為單純。語言也會遷移，會改變，因為語言繼續使用就會進化，字彙會擴充，既有的詞彙也會產生新的定義。

關於外星人的假設

你的外星人長什麼樣子？他們會呼吸嗎？像昆蟲的外星人，可能會透過觸角溝通，或發出卡搭卡搭聲「交談」。能在水中呼吸的外星人，可能會說著一種以聲波傳遞的語言，因為聲波在水中傳遞效果更好──或許他們只能在呼吸時交談。

你的外星人為什麼要溝通？如果他們溝通是「為了生存」，你所發明的語言大概不會有比較複雜的日常生活面向，例如駕駛太空船或主持婚禮。如果他們溝通是「為了主宰宇宙」，那麼你所創的語言會複雜許多。

文化背景如何區分語言？使用「正規語言」的，可能是貴族或宗教人士，或是想凸顯自己社會地位的上流民眾。粗魯的語言可能來自好戰或被隔離、不能接觸外界的地區。

其他問題

外星人社會的科技進步程度如何？

外星人的基本生理構造？

外星人怎麼笑？怎麼哭？痛的時候是什麼樣子？

外星人社會中，有亞族群（subset）嗎？

外星人的表達方式是語言性，還是非語言性？

外星人有正式的書寫裝置或工具嗎？

外星人有能力瞭解符號或字母嗎？

冰星與冰星語

如果你讓外星人住在結冰的星球會是什麼情況呢？如果符合以下三項條件，你要幫他們的語言帶進什麼具體、抽象的「核心概念」：

✦ 冰星人的社會為游牧部落所組成，為了覓食必須在整個星球移動。

✦ 冰星人毛皮豐厚，外骨骼的隔溫效果絕佳；內部的身體其實非常柔軟，對寒冷極為敏感。

✦ 溝通是為了滿足種族的生存需求。

對冰星人而言，饑餓、愛、寒冷的意義重大。圖示如下：

 □ 饑餓　　○ 愛　　△ 寒冷

有了基本圖示，還能創造哪些圖形？

 雙圈交疊，兩人成家的愛　　⚡△ 閃電劈過三角形，代表冰風暴　　■ 正方形被填滿，代表食物

思考具體與抽象概念時，詞彙很自然地發展出來。

冰星語言的「句子」會是什麼樣貌？「一群噴火蜥蜴怪獸要摧毀家園了。」這種消息要怎麼流通？首先，先簡化以上訊息。

噴火 - 呼吸＝高溫！→ 群＝許多 → 蜥蜴怪獸＝敵人 →

摧毀＝摧毀 → 家園＝家園

變成「**高溫！許多敵人摧毀家園。**」或者，最後也可以如此轉化：

既然「寒冷」是 △，熱就是 。「許多」這概念不需要新符號，所以可以用 表示利牙——好可怕！再畫幾顆頭，變成 🔾。表達「摧毀」比較棘手，但我們一直在使用名詞傳達訊息，可以考慮沿用。要表達「家」，可以先畫 ○ 代表愛，再畫正方形表示保護，就變成 ▢。

為了呈現「摧毀」概念，就畫一條線穿過去：⌀。

用以上符號寫完這句子，再用這個

外星語言造句。利用這段造句經驗，

繼續探索語言學吧。

深入挑戰：

要你創造一套全新的「字母」，可以捨棄符號，只用數字嗎？用顏色可以嗎？十九世紀有一座法國村莊，甚至利用樂器聲響創造了一套語言系統。

觀裡，為什麼呢？因為讀者對現實已產生既有認定，但是對奇幻世界沒有。就如一個朋友跟我說過：「奇幻是詐騙，比寫實主義還要棘手。」譬如寫到打電話時，作者不需要描述電話類型或怎麼打電話。但倘若是明顯異於始源地球整體科技的奇幻設定，你就得補充細節——如果設定大致遵守地球上的科學法則及社會概況，描寫**例外**時尤其要小心。

沿著風格和寫法的光譜前進，就進入荒謬、超現實、形而上的領域，但是讀者並不想看到赤裸裸的**基本設定**，即使故事發生在當代美國也不想。利用比喻或圖像（如黎恩諾拉・嘉靈頓的超現實小說或杭特・S・湯普森〔Hunter S. Thompson〕的寫實作品），最起碼可以強迫讀者接受或重塑設定中的現實。洗腦之後，對著大王烏賊的嘴巴喊話就能跟朋友通話，身處該脈絡的讀者或許會覺得這完全沒什麼不對。瞬間移動的星際旅行者得被跨度空間的巨熊吞下消化，傳送到另一端重組（真是髒兮兮的運輸過程），只需要稍微解釋或補充細節就好了。

逼真設定的特質

不管如何描寫世界觀或故事觀，最逼真的設定都有一系列特質。我並不是說每個場景都要有以下所有或大部分的特質。只不過在決定你要採取的立場時，可以想想這些特質——程度從基本到複雜羅列如下：

- 設定呈現**連貫、一致的邏輯**——整體來說，世界的各部分搭配得很好。即便是《愛麗絲夢遊仙境》這種書（尤其是這種！）的邏輯都荒謬得完美。書中活動遵守內部規定，不會破壞規則。世界觀各層面的設定要有一定的統合性、明確度，不管是在袋子底洞，在麥可・史望維克（Michael Swanwick）《鐵龍之女》（*The Iron Dragon's Daughter*）的工業場景，或是 M・約翰・哈里森（M. John Harrison）、蓮娜・柯恩、波赫士筆下更抽象的世界。

- 設定內含更大的**因果關係**。讀者因為先瞭解歷史和社會脈絡，才理解大環境整體的行事動機和主角群。這一點要是用得顛覆，能讓角色產生更脫離常軌的行為，因為設定已經明確描繪了角色們意圖和動機的主要推力。娥蘇拉・勒瑰恩在《一無所有》中仔細剖析社會，便是一個好例子。

關於設定的
延伸分析

- 策略性地善加利用**特定細節**，能取信於讀者，而且不會顯得突兀，或

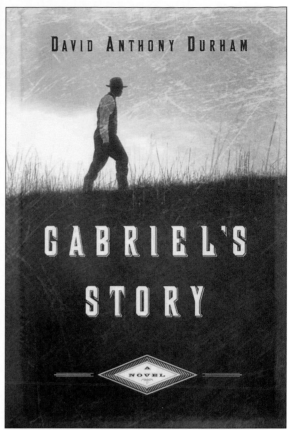

DAVID ANTHONY DURHAM

GABRIEL'S STORY

A NOVEL

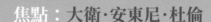

焦點：大衛·安東尼·杜倫

大衛·安東尼·杜倫著有六本長篇小說：《聖隊》（*The Sacred Band*）、《他境》、《刺槐》、《迦太基的驕傲》（*Pride of Carthage*）、《走過黑暗》（*Walk Through Darkness*），以及獲得二〇〇二年紐約時報好書獎傳奇獎的《蓋伯瑞的故事》（*Gabriel's Story*）。他的著作於英國出版，翻譯成九種語言。

「寫第一本小說時，我想讓讀者看到、感覺到、聞到一八七〇年代堪薩斯大草原上的草屋生活。不過要怎麼辦到呢？我又沒經歷過一八七〇年代，就算有誰經歷過，我也不認識。我從沒住過草屋，堪薩斯州只有開車經過而已。到底該如何開始呢？當然是做研究。不過收集一堆草屋的建材資料和黑白照片，也不會得知住在草屋裡是什麼感覺。讀第一手資料感覺較為貼近。我希望敘事帶有第一

人稱的親密感，同時最好具有引人入勝的大架構。

「於是我把我自己和讀者（應該有吧）放到蓋伯瑞這個角色的肩膀上，他是個剛搬到西部的東部人。我們跟著他一起下火車，跳上馬車，穿過遼闊的大草原。我們又跟他一起在深夜跳下馬車，來到一座又矮又暗的小爛房，以後他就要住這裡了。我們躺在稻草上，聽著牆壁裡的蟲聲、屋頂上的老鼠來回走動，以及同房其他人打呼放屁。我們看著老舊殘破的火爐燒著牛糞，讓室內溫暖。我們不需要知道火爐的品牌和型號，因為蓋伯瑞也不知道。他只是盯著瞧，我也想讓讀者看到火爐的形狀和外觀，聞到火爐的味道，感受到房間籠罩在暗暗的爐火中。對我來說，這些真真假假的細節，堆疊出不可置信的懸疑感。」➡️

是不小心產生矛盾。進一步說，就是故事一的龍要跟故事二的龍不同，這兩條龍也不能跟故事三的龍搞混。J·K·羅琳或許不是最善於描述的作家，但她都選對了要描寫的細節。你看到書中的鷹馬飛翔，會相信真有其事，原因並非羅琳用一大堆鷹馬的細節把你淹沒，而是她深知，要描寫鷹馬軀幹上的翅膀是如何收起（造成騎乘者不便），以及鷹馬是如何起飛離地，讀者才會買單。即便是讓角色經過奇幻世界中的菜市場，也是表現奇幻與現實世界差異的大好機會。由此可知，「菜市場都是人，都是賣衣服跟吃喝的攤子」，並不是最佳寫法。

愛德華·惠特莫爾的《耶路撒冷四重奏》（*The Jerusalem Quartet*），以及麥可·摩考克的《倫敦母親》（*Mother London*），也是極佳範例。

- 設定以意外且耐人尋味的方式**衝擊角色的生活**。環境的**現在和過去**愈能讓生活變複雜，愈能讓事情變得棘手、製造障礙，角色和設定也能夠更緊密地結合。以阿拉斯代爾·格雷（Alasdair Gray）的小說《拉納克》（*Lanark*）來說，標題人物的奇幻生活要是不受限於蘇格蘭的歷史和文化，包括英國的干涉（說得委婉點），整本書會顯得極為不同。

- 透過一個個的章節、故事，累積出某種**深度和廣度**。不論你寫的是現實，還是想像世界，讀者都希望設定是立體、有分量；由此，角色的行動會連帶產生與設定特質相關的後果。要達到這種效果，有時得透

每個人都知道些什麼

凱薩琳‧M‧瓦倫特是《紐約時報》暢銷作家，創作橫跨奇幻、科幻、短篇和詩集。長篇小說有《夢之書》（*Yume no Hon: The Book of Dreams*）、《除草的劍》（*The Grass-Cutting Sword*）、《孤兒的故事》（*The Orphan's Tales*）、《覆蓋書寫》（*Palimpsest*）、《造船遨遊仙境的女孩》（*The Girl Who Circumnavigated Fairyland in a Ship of Her Own Making*）。

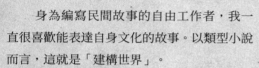

身為編寫民間故事的自由工作者，我一直很喜歡能表達自身文化的故事。以類型小說而言，這就是「建構世界」。

所有能放入小說世界中的歷史、族譜、背景故事，便是那個世界可以對自己述說的故事。這種故事不一定要由事實構成。舉個例子，人們會喜歡中世紀的故事，多半是因為他們覺得中世紀對強壯的白人男性簡直宛如天堂。那時女人沒有權力，所有人都信同一種宗教，西方文明世界最強，同性戀地位最低，重要人物又會作戰又會寫詩。全世界都是你的文藝復興節！

以上是後文藝復興時代的西方人在自說自話，並非事實。要認真說起中世紀的世界，就得提到阿基坦的埃麗諾女公爵（Eleanor of Aquitaine）、聖徒瑪格芮‧坎普（Margery Kempe）、諾域治的茱莉安（Julian of Norwich）、狄奧多拉皇后（Empress Theodora）、安娜‧科穆寧娜（Anna Comnenus）、聖女貞德，還有綻放的伊斯蘭文化、拜占庭文化、中國、印度、基輔羅斯、東西教會大分裂。說到中世紀，不得不提這些人事物。

至於為什要說中世紀的故事，與文藝復興的危機脫不了關係；當時誰都想成為最強，其實他們已經很強了。每當我思索故事中的文化和世界時，我會考慮，在我利用自己的敘事立場表態支持的**歷史**中，是誰在說這個故事，對誰說，為什麼要說？

簡單來說，**先不管答案是否正確**，要剖析一個文化，最有趣的問題是：**大家都知道些什麼？**

例如在美國，大家都「知道」美國人最棒，都知道童年純真有趣，都知道殺人不好，經濟會愈來愈好，真正的家庭該是什麼模樣，當媽媽很好。在保守的文化中，大家都知道一九五〇年代的生活比較好。換成自由開放的文化，大家都明白六〇年代是什麼模樣。每個人也都知道黑暗時代的大致面貌。

要如何快速找出上述思考的漏洞？想想看在特定族群中，說什麼話會使眾人（不管人數）群情激憤？哪些話不能說，連想都不能想。哪些話說了，則會引發他人的同感：「沒錯！就是這樣」，這些話便屬於「大家都知道的話」。

這樣有什麼不好？問題在於眾人皆知的事，並不總是真的。我不敢說「幾乎永遠不對」，但或許這樣說還比較貼近原貌。**事實**是人是根據自己的信念過活並傳授他人，「其他人知道」的事情和他們所知起衝突時，就會不

爽。多數故事的核心都是有人揭發了眾人所知是對或錯，發現之後又是如何行動。

因此，寫作時質疑故事中的「常識」，總會帶來一些收穫。例如：壞人都是敵人，冬天來了很不好；醫生會救人；家人都很正常；魔法存在或不存在；國王／女王人很差或人很好；你打得過或打不過那男的；他們只在晚上出現。

事實上，要是你不將以上問題想個明白，等於走回溝通失敗的老路子，把你的想法當成眾人的想法。你會以為女人比男人差，統治者都是聖賢，外貌好看的人總是比難看的人正直（或相反），新科技一定很棒（或很爛），上帝存在（或已死），人性特別尊貴（或爛到不

行），講話有英國腔、俄羅斯腔、阿拉伯腔的人一定很可疑，不符合性別特質的人很噁心，好笑或該受處罰，機器人會拯救人類（或毀滅人類）。即使是稍微列舉，各位大概也能看出我相信的事情是什麼，或許與你符合，或許不合。我們的言行舉止都述說著自己文化的故事，不論那是國家的文化、星球的文化、家庭文化，還是粉絲的文化。正因如此，在瞭解人類族群時，民間故事才會顯得如此精彩且不可或缺。●➤

過書中沒說的事情。如果在寫系列小說或故事，讀者看不見的鬼還是能發揮作用。例如，讀者在看柴納・米耶維的「巴拉格世界三部曲」時，可隨時進入奇幻的設定，同時也能從角色反應和行動中感受到前作中某些事件的分量。

- 設定以有趣的方式**模擬現實，卻跟現實有所出入**。在此過程中，將現實的影響徹底「料理」，與設定同化。所謂的「料理」，是重新拆解組合現實世界的素材，處理到看不出原貌為止。只要設定原本就具有複雜性，煮再久也不困難。現有素材足夠填塞新的訊息或故事細節，結果也不會顯得缺乏獨創性。例如我的龍涎香系列小說《芬奇》，城中居民拆掉現存的工業建築去蓋監獄；這便是直接轉化自以色列約旦河西岸聚落拆遷的經過。

- 設定**稍微牽涉到作者的個人經驗**。奇幻有時太具象徵性、風格太過確立，無法創造出會呼吸、活生生的故事。對抗僵化的方法之一，是聚焦在能讓設定對你產生意義的事物上。奇幻作家安潔拉・卡特避開寫作僵局的著名方式是，先將能幫她形塑自我的女性主義理念整合到故

同理，寫到龍就不應該模仿托爾金的《哈比人歷險記》，寫出一隻了無生氣的史矛革，除非你本來就如此打算。

事中,再從風格較明確的小說世界建構方式,逐漸轉化為較寫實的世界觀。另一個適合的例子是多博茲的《十三圍城》。書中富有作家自傳性色彩的匈牙利移民之子成長過程,充滿力道。書中世界再現二戰事件,但事發經過顯得更為私密。

- 設定的空間**夠神祕**,**有探索的餘地**。讀者想要認識設定細節,好讓自己有個定位點,然而全部知道又會有點失望。未知的世界才會散發冒險感,才有探索的可能。作者要是毫不留白也會自我限制。有時,設定需要留白,才能讓想像力發揮魔力。有時,你會因為寫太多而後悔,比方說,當後續同樣設定的作品需要推翻之前的設定時。不只一位冒險奇幻小說家默默修改早期小說的地圖,以便配合後期新的靈感。

- 設定要能展現程度不一、**穩定的不連貫性**。現實世界就跟眾人一樣層次複雜。像倫敦這樣的城市,現代建築與十七世紀建築並肩而立,聖保羅大教堂旁邊就是摩天大樓。同理,世上某處也有農夫一邊用牛耕田,一邊滑手機。地方和文化都會隨著時代變遷,過去與現在總是並行。小心別讓你的世界觀縮減為單一的敘事,不然故事可能會慢慢走向平凡(乃至無聊)。

- 設定要能反映**多元文化的世界觀**。不管閱讀這行文字的你是坐在紐約、伊斯坦堡、布魯塞爾,每天都會遇見跟自己很不一樣的人。種族、宗教、文化、階級、語言的多樣性,在各地多少都存在。在書中探索同質性的文化讓你有所收穫,但奇幻小說世界觀的常見敗筆,便是**未經思考**就設定的同質性,而這種性質並不存在於現實中──像是出現

高第設計的巴塞隆納巴特婁之家(Casa Batlló)。現實世界可能比想像的還要更奇幻、超現實。建築可以傳達出建築師的敘事感,代表奇形異想的設定並非寫作者專屬。

〈曼薩‧穆薩〉（Mansa Musa, 2011），繪圖：李奧‧迪倫、黛安‧迪倫（Leo and Diane Dillon)。你設定中的文化基礎來自哪裡？你的原始設定偏向哪裡？有其他更有趣的寫法嗎？

在奇幻小說中、攪了水的中世紀封建制度，不只一個社會中世紀，連整個星球都中世紀。另一個反例是描寫外星人社會，卻把人民性格寫得或多或少雷同，秉持的信念也只有一、兩種。塞迪亞說：「人與人之間的差異甚巨，也會跟主流文化價值觀起衝突。寫作時要避免呈現單一的面向，如單一宗教、單一民族、由單一種族組成的單一國家。常見的刻板印象則包括：『超純樸民族』、『好戰民族』、『重榮譽感的民族』、『集體社會』、『瘋狂的阿拉伯人』、『勤奮民族』、『文青民族』、『亞馬遜女戰士』。刻板印象會慢慢侵蝕作品中世界的其他層面。比方說，你可能會為書中文化設定完全不合邏輯的習俗。」

- 敘事中的某些物件能化為**比喻**，同時具有**字面含義與延伸意義**，讓設定更為真實。這些物件在故事表面是真實且具有分量的東西，帶出設定的歷史脈絡，也能與現實產生共鳴。舉例來說，在我作品中的龍涎香城，真菌子彈射出後可以食用，因此戰時，饑餓的倖存者會從屍體中挖出子彈果腹。這就取材自真實事件；美軍在阿富汗空投的食物，和炸彈的大小、形狀都極為類似，要是分不清楚就會發生悲劇。

暗喻的設定

地圖在敘事中的角色

喬・艾博克朗比（Joe Abercrombie），《紐約時報》暢銷作家，於曼徹斯特大學攻讀心理學，有十年的時間，承接影片剪接工作。第一本書《單刀》（*The Blade Itself*, 2006）出版後，與其後兩本合稱「第一法則」（The First Law）三部曲。之後同設定的系列作陸續問世，如《英雄》（*The Heroes*）、《紅國》（*Red Country*）。

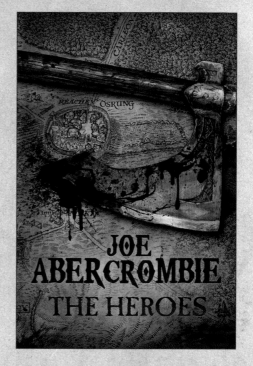

以奇幻史詩作品看來，《英雄》很不尋常，因為故事主題是單一戰役，九成情節都發生在同一個山谷裡、經過壓縮的一段時間內。地貌的描寫向來很重要，寫戰爭尤其如此，任何細微的地貌差異皆會對戰術、移動、整體戰況發展產生重大影響，角色間的故事也隨之迸發。作戰時，看似無害的山丘、河流、壕溝都能化為恐怖的武器或駭人的障礙。因此詳盡的地圖絕對是本書寫作的核心依據。

《英雄》書中的地貌沿著情節推進發展，原本地位低於我想描寫的軍隊、人物、場景、情況，但是等我知道要寫哪些主角，清楚明白戰況在三天內會如何發展後，地圖自然也畫出來了，包括地形、距離、瞄準線、實際障礙物開始影響幾個場景的詳細發展。在寫作過程中，地貌和故事互相拉扯、扭曲。

我從俯瞰山谷的中央山丘開始寫起（那處高地可以輪替人手好幾次），我又在山頂上放了幾塊岩石，叫作「英雄岩」，完美呼應小說主題。我還想要戰事規模隨著軍事單位累積持續擴大，從小隊規模的戰事延伸到全面進攻。我還想要專心描寫行動，才能把角色帶到幾個重要地點，做出最大的戲劇效果（希望能達到）。所以我用一條河流分割戰場，再加上三個通行處——兩座橋和中央山丘下方較寬的淺灘。

我意識到，要是整本書只寫一場發生在無名山谷的戰爭，有點冒著情節單調的風險，於是我盡量提供地貌細節。目標是羅列豐富的設定和行動種類，好讓故事增加質感和趣味。於是我添加了森林和果園，作戰單位可以在那裡埋伏或掉入陷阱；空曠的田野適合開火；附近的小鎮上，可能會發生奮死一搏卻讓人搞不清狀況的游擊戰；客棧、鄉村作為主要交會點，可以讓部隊部署、傷兵接受治療；此外，我也添加了沼澤、矮木林和牆等元素。我會依照我期望的場景發展方式，調換、微調地貌的實際走向和位置。

舊橋地區位於地圖西半部上方，是作戰的咽喉要地之一，地勢狹窄，切過湍急的河流，此地適合近身肉搏激戰、突進、分頭進攻。來自南方的聯合軍急需從北軍手中攻下舊橋。

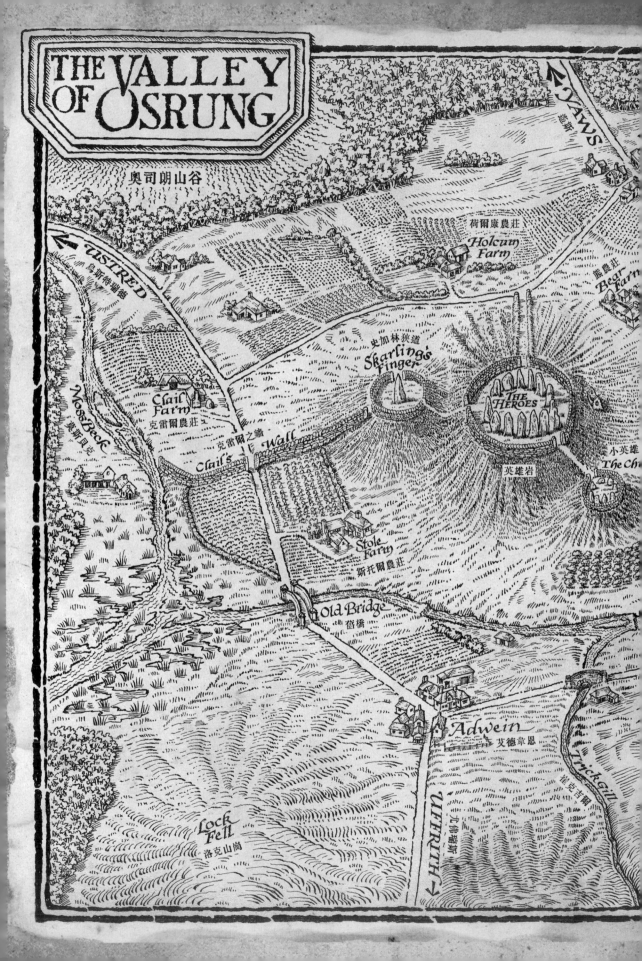

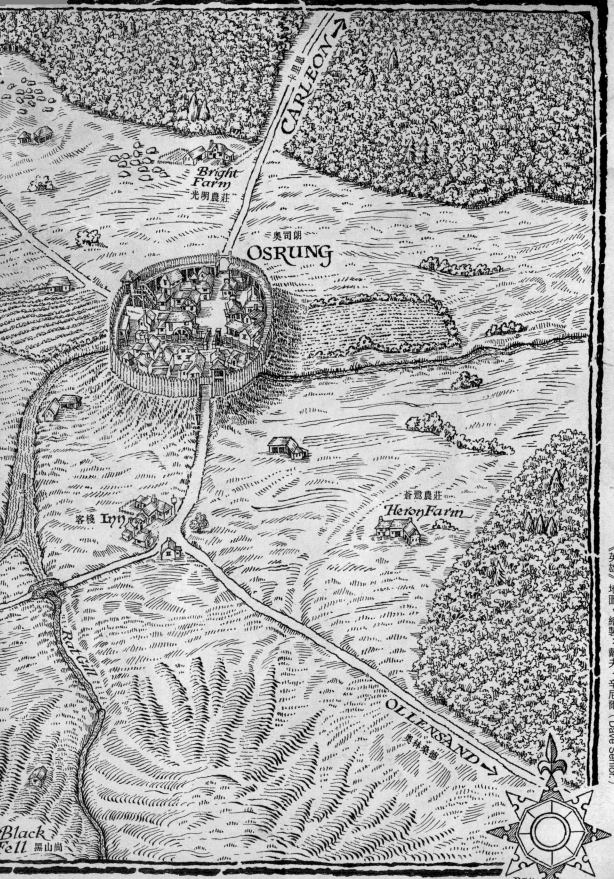

CARLEON →

Bright
Farm
光明農莊

奥司朗
OSRUNG

奧林桑德

Heron Farm
蒼鷺農莊

客棧 Inn

Rat Gill

OLLENSAND →

Black
Fell 黑山崗

《英雄》地圖，繪製：戴夫·辛尼爾（Dave Senior.）

DS '10

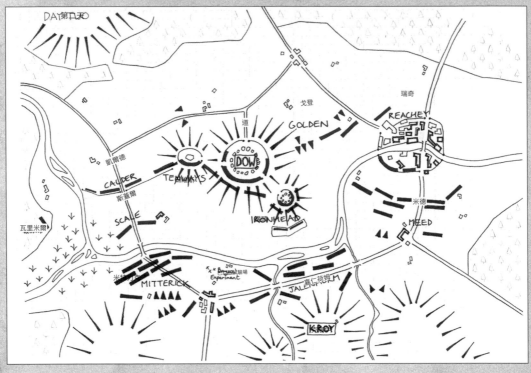

地圖草稿繪製：喬‧艾博克朗比

失勢的劍士布里曼‧丹葛斯特急於參戰、挽回顏面，在此行動中極具分量。另一方面，膽小得非常專業的凱爾德王子，則從相對安全、橋北的「克雷爾之牆」觀戰。老兵科登‧克勞則從英雄岩上方的制高點觀看，能夠看出交戰符合戰事的大致走向。北軍總司令命他於山頂待命；無法參戰讓他頗沮喪。其他角色位於舊橋下游，看得見屍體從兩旁漂過。

隔天，舊橋與克雷爾之牆中間的大片農地，成為野心勃勃騎兵隊的絕佳戰場。凱爾德王子得想辦法擊退來敵，此舉若不能讓他成為勇士，起碼也不會被笑成弱雞。地形製造事件，角色則承受事件衝擊。

創作奇幻史詩，地圖算是必備，《英雄》地圖卻多達四張，告訴讀者每天作戰開始前兩軍對峙的位置。這種安排在軍事史寫作或許較常見，而非奇幻小說。

地圖對我而言何其重要，能使行動更為精準、說服力大增、故事感覺真實。地圖也能容許讀者快速瞭解可能會很複雜的混亂局面。不過，我認為《英雄》中的地圖為作品增添了分量及寫實感：有一種「故事是發明出來的歷史、扎實合理」的感覺。總地來說，我想讓事情看起來很**逼真**，地圖用得好，有助於創造真實感。➥

- 設定要能容納可能產生衝突的**幾種不同的現實環境**。現實環境之所以會形成，多半來自於某種想法或意識形態，所以其中的族群或個人會產生特定的目標。要是現實環境和其他環境的共同點不夠多，就會產生問題。例如曾被外來者（反覆）統治且內部由多個民族組合而成的國家，可能顯示此特性。過去的回顧和當下的眼界之間產生不合，衝突自然就會發生，同一起事件，於是有了許多不同版本的表述。尤其在都市裡，現實環境通常透過實際更改設定來呈現。這些改變同時是實際的，也是比喻上的——改變往往反映出特定族群有意識的決定，這群人自認對地方的想像優於其他族群；想要收回對未來掌控權的族群，則會修改或重寫歷史。

- 承上，**集體記憶和個人記憶**在現實環境中扮演積極的角色。例如在原住民被迫遷出的地區，他們緊抓的現實環境可能大都不為人所見，除了城市中明確指出「此地曾屬原住民所有」的紀念碑以外，他們所見幾乎只存在自己的心中。現實環境能留下，只能靠記憶，以及儀式和文字的表述，也可能依靠族語口說、書寫、閱讀保存下來。如此一來，記憶的功能不再只是記錄訊息或重組事件，也不再只是為角色增添深度，或是提供了無生氣的角色描述。記憶反而可以先發制人，甚至作為一種生存手段。

- 重大的**溝通失誤**以及**不盡理想的時刻**發生時，代表不同的現實環境不一定能永遠相容，因為文化、宗教或科技上有所差異。以《芬奇》中的警局為例，龍涎香城的新統治者將電話改成「記憶孔」，活生生的氣管末端伸入地下聯絡各處。統治者認為這種溝通方式極為尋常、標準、不具威脅性，根本不成問題。可是對於非用新裝置不可的人類而言，這種溝通方式既可怕又陌生，帶來極大的不適感。這類衝突時刻為何重要？寫小說時，相異的文化或世界觀若銜接得過於完美，讀者的自我揣測會降低小說品質，錯失創造更多複雜性的機會。這樣的複雜性原先可以創造衝突，塑造角色，讓細節更為具體。換句話說，小說中的景觀若顯得天衣無縫，事件背景中的不同理念也編織得一團和氣，可能代表設定／場景中的元素不夠深思熟慮。當然，如果一開場角色之間就發生衝突，或許代表設定中的元素也互相衝突吧？

考慮以上各項討論，顯然研究不能不做，不過你的概念和寫作方式可能不需要研究探討。瑞斯・休斯（Rhys Hughes）的奇幻作品刻畫自威爾斯神話

〈冰之王國〉（Ice Land），繪圖：山姆·凡·歐芬（Sam Van Olffen）。嚴苛的現實環境可以影響故事及角色，也能讓極端的事物看來尋常無奇。

與鄉間風貌，他以自己的超現實感官能力詮釋，結果在地感十足，不需要多做研究。如果他不是威爾斯人，或者他當初以更寫實的筆法寫作，查證上或許更花工夫。相反地，我創作的許多故事深受拜占庭、威尼斯、西西里、英國、東南亞的歷史影響，也包括自己的海外居住經驗。別忘記，研究通常也會讓人發現原來現實很詭異，只是無法時時察覺。我一直記得拜占庭歷史中，有兩個敵對劇團攻擊彼此，引發內戰，還有西哥德領袖的披肩是由田鼠毛縫製而成。

此外，儘管奇幻作品和其他類型的創作素來著重城市主題，但你不該因此無視**所有設定都可以很複雜**的事實。鄉村及野地並沒有比較單純——也許只是展現另一種豐饒。「鄉村」等同於「比較不複雜」，不過是一種不合時宜的俗套設定。所謂野地，在人類世界中，也是經由人手和凝視投射形塑的概念。能夠證實這一點的，不光是哥倫布發現新大陸所引發的生物多樣性轉移，還有西蒙·薩瑪（Simon Schama）的著作《地貌與記憶》（*Landscape and Memory*）中任一章節。當然，我常去健行的聖馬可斯國家野生動物保護區（St. Marks Wildlife Refuge），也能證明我沒說錯。那裡有一條步道給了我創作小說《遺落南境》（*Annihilation*）的靈感；在這條路融入當代風貌前，走過這裡的還有早期的美洲原住民、西班牙和其他國家的殖民者，後來又有塞米諾族（Seminole）。可見原始野地也充滿了歷史故事。

複雜的不是只有設定，奇幻和科幻小說推測未知事物的能力也該好好發揮，如果你有能耐，千萬別把這種能力浪費在細枝末節上。舉例而言，我在

野外的設定

圖為佛羅里達州北部聖馬可斯國家野生動物保護區的健行步道。看來像「自然」的設定,卻擁有漫長而複雜的人文歷史。

法國烏托邦國際科幻節（Utopiales）主持過一場座談會,討論有沒有可能一步步拆解檜木林的生態系統,歸納出一套準則,以打造環境友善、外觀宛如真正森林的城市。若是可行,類似概念也可套用在創新的領域。創新的規模可以大到動搖世界,也可能極其微小、細節精緻——這就是設定的關鍵。

危機與轉機

奇幻作品中的世界架構特別容易受制於三個條件。令人玩味的是,此三項條件若是放在適當脈絡下,反而能夠發揮力量。

- **設定吃掉角色**——如果作者未能有效區分角色和背景設定,角色就會被淹沒。設定的細節可能會把角色推到一旁,或讓角色以及他們的行動顯得不重要。世界中有很多地方,不是**環境嚴酷**,就是強迫人民接受規定或限制,所以設定比角色驚人也是有可能的。另一種設定吃人,則發生在探索或匯報怪異地點的故事中。但是不該出現這番情節時,就會引發設定強過角色的狀況,彷彿聽演唱會時,主唱的收音被吉他和鼓手吃掉一般。

- **奇幻生物的描寫勝過其他細節**——這種策略著重奇幻設定中的某種生物,並提升到角色等級,因而削弱其他設定的重要性。例如把龍描寫得栩栩如生,讀者相信龍可能會飛,卻不清楚其他部分在寫什麼,包

法蘭克·赫伯（Frank Herbert）的《多塞迪實驗》（*The Dosadi Experiment*）便採用這種寫法,書中角色想辦法熬過充滿敵意的脆弱環境。

括剛被龍焚毀的小鎮。背景若非有點模糊，就是過度熟悉，因為作者將力氣都用在描寫奇幻生物上，其他部分只好草草帶過。或許，那條龍擁有龍族該有的特徵，飛行方式卻不像一隻有自主性的生物，能自行選擇、決定要不要焚毀小鎮；於是這條了無新意的龍拖垮了全書。

或許，作者原本以為變出一條龍就夠了，反正這條龍的飛行方式跟龍族飛行的標準模式沒什麼不同，包括升空、落下。但要是寫得太極端，奇幻生物推翻了背景功能，導致背景幾乎消失。例如柴納．米耶維的《偽倫敦》（ *Un Lun Dun* ）中出現擬人化的垃圾桶、沼澤、怪物，這些通常是城市設定中的瑣碎物。沒想到，比喻竟然成真，脫離背景活了過來，那設定就沒什麼好說了。最後，小說變得像是在一片白牆前演戲似的。

- **細節描寫淹沒其他元素**——世界架構說的是「世界」，風貌飽滿豐富又充滿細節的同時，敘事力道要足夠壓倒噴火龍。海量細節或許讓特定類型的讀者躍入情節：他們全部都想知道！不過巨細靡遺的寫法卻讓讀者眼前出現百科全書般的資訊，但他們看不見事實有複雜詮釋的開放性，看不見觀點如何劇烈影響故事中的事件能見度。這也恰好反映作者無法分辨細節究竟重不重要。

如前所述，只要不失控或思慮欠妥，以上這些寫法都可行，因此重點在於妥善執行你原本的寫作計畫。蓮娜．柯恩的《泰納倫》主要是藉由描述居住在同名架空城市中、會講話的巨型昆蟲來塑造設定；托爾金的《精靈寶鑽》（ *The Silmarillion* ）的地理位置重要性大於故事人物；而奇幻史詩作家史提夫．艾瑞克森（Steve Erickson）的瑪拉茲（Malazan）系列有時透過百科全書的筆法建構世界。

作家兼教師馬修．錢尼表示：「要是有讀者喜歡湯姆．克蘭西（Tom Clancy）的小說是因為他寫細節寫到偏執的地步，應該也不會希望他變成『更好』的作家；就像對《安娜卡列尼娜》的喜愛高於《愛國者遊戲》（ *Patriot Games* ）的讀者，應該也不會想要托爾斯泰刪減書中的收成場景。我聽過有人特別喜歡《白鯨記》的捕鯨章節。我也願意看托爾斯泰寫種田寫一百頁——部分原因在於，他筆下的耕田場景在我心中建立了列文（Levin）的形象，也提供了十九世紀俄羅斯的相關資料（我對此很有興趣），更能與全書的架構結合。」

談微小卻值得注意的
宇宙之合成

游朝凱著有《時光機器與消失的父親》，以及短篇選集《三等超級英雄》（*Third Class Superhero*）和《抱歉拜託謝謝你》（*Sorry Please Thank You*）。作品散見於《紐時書評》（*The New York Times Book Review*）、網路雜誌《頁岩》（*Slate*）、《牛津美國》（*Oxford American*）雜誌。現與家人居於聖塔莫尼卡。

步驟一：建造

到目前為止，我只創造出一個宇宙。我希望有時間還能多創造幾個，誰說得準呢？這需要不少運氣呀。

我之前創造的宇宙叫「微型宇宙 31」，簡稱 MU-31，尺寸大約介於鞋盒和水族箱之間。有空你自己去看看，居民都還在原處，在裡面動來動去。我不想把 MU-31 拆掉，因為我很怕各種科技，連換遙控器的電池都很難不把東西弄壞。我把 MU-31 的後蓋打開，想將裡頭的電線拉出來看個清楚，結果當我想把東西放回原來的箱子裡，就是放不回去……此外，我什麼也沒搞懂。我想創造宇宙大概就是這麼回事：就算你是創世者，也不見得知道世界如何運作。

所以關於創造宇宙，我沒什麼派得上用場的知識。大概就是「蓋四道牆，完成！」也許是這樣吧。想要的話，可以打掉其中一道牆，變成開放空間。

不過，我倒是可以教教你如何**不要**創造宇宙。說到這裡，我環顧工作室周圍（亂到讓人丟臉），看到許多破損的宇宙原型。許許多多

的宇宙半成品：有些只有鐵絲骨架，加上各種地形、甚至細節就算完成品；有些只是宇宙的碎片，不過是被概念性的橡皮筋綁起來的幾根牙籤（如果你沒看過這種作業方式，說實話，挺乾淨利落的，只是用橡皮筋要小心，因為常常會彈回來打到臉很痛）。這些還在起步階段的宇宙都有一個共通點：它們都是空殼。這些宇宙沒有生氣，空洞、不安定，結構不穩，都是沒有動力來源的廢五金。就算是最好看的底盤，缺少引擎也沒用。這還用得著說嗎？（我還是說了。）

我創造宇宙時，借用逆向工法的概念，先做宇宙再放人進去。或許有些人這樣做行得通，但我不行，所以……

步驟二：生物化學

所以我現在不會再去宇宙創造區了，起碼不會一進實驗室就往那裡走。嗯，大概有時候還是會。沒辦法，習慣了。

不過，要是我自我控制得當，行為自律，真的就不會往那裡去，除非帶著活生物。我的計畫如下：先做出可觀、可活的生物，再來擔

心住處。也就是先生出一點東西，再給他們地方住，順序不能顛倒。

與其建構一個鞋盒中的現實，你可以「生出」一個現實，放進魚缸裡。我做的 MU-31 就是這樣。讓小說等級的宇宙運轉，我唯獨這一次經驗，所以我也只能依據這次獨特的經驗發言。不過發表完免責聲明，以下是我學到的幾件事：

1. 有些大賣場（如創傷家用品、奧查德五金、經驗裝備）販賣大容量的同質生活經驗（有時大到像營業用的五加侖桶裝），這些經驗不能用。你得自家釀造。這不是開玩笑。是很麻煩沒錯，但你得自己動手。你總是忍不住想用預先混好的標準成分，理由如下：因為你知道眾人吃慣這些，而且分量充足，不用自己從原料開始料理真的很棒。買個幾加侖原料，蓋子打開，咕嚕咕嚕倒進你的宇宙缸裡，兩瓶一起倒，沒兩下就滿了，又快又輕鬆又美好，光想都不會累。

但是做宇宙就跟做餅乾一樣（其實我根本不會做餅乾），用什麼原料，就吃什麼餅乾。所以請用自己的材料。你最懂得材料的屬性，包括它的特性，以及在什麼熱度與壓力下會微微改變。

2. 既然都講到了同質性，再多說幾句：不要搞同質性。如果不平整，就繼續不平整。讀者想知道主角父親的襪子在蒼白小腿的對照之下看起來如何；讀者想知道他書房牆上的奇怪雜書都是些什麼來頭；讀者想知道他打呼聽起來如何，專心時看起來如何，眼鏡是如何夾住鼻梁，在漫長的一天過後，他拿下眼鏡，鼻梁兩側出現兩塊發紅發紫、看起來不怎麼舒服的橢圓色塊。就算上述情節讓你的故事麵團不平整、不好看，就算你不知道該拿這些結塊怎麼辦，就算結塊不符合化學特性（反應式不平

衡），也不要理會結塊。不要理會那些雜質。

3. 狀態不穩也沒關係，要爆炸就爆炸。

4. 溶解度也不穩，又不是所有東西都能混合得很好。不會產生反應的兩種物質，有時也能產生有趣的分層。

5. 比例是關鍵。試劑、酵素、催化劑，不是永遠一比一。有些東西或許一次只能加一點，比例夠精準才能讓事物產生反應。

6. 這不是化學，而是生物化學。你要提供生物，需要基礎物質，像是遺傳物質、DNA 之類的，啟動聚合酶連鎖反應。還要加入最低限度的健康血液。還要加點別的，不如扭乾吸飽淚水的抹布，最好是悲傷的淚水，一滴滴喜悅的淚水也可以。

如果你受得了，我建議你扯下自己的一塊肉，丟進燒杯裡。聞聞蒸氣，享受嘶嘶作響。看看你自己，看看一部分的自己消失在自己調配的溶液中。

步驟三：確認插上電

這個步驟很容易忘記。我已經不知道這個步驟是什麼步驟；好幾頁之前就寫到迷糊、寫到失控了。基本上，能插上你的宇宙充電的地方只有你的心。不對，我說錯了，誰的心都可以充電。插在讀者的心上應該不錯，沒錯，就插在他們的心上。替你的宇宙魚缸接上電，那是裝有你的人生素材、酵素、自己血肉的魚缸。拿起魚缸後方的插頭，塞進某人的心臟，宇宙應該就會開始運轉。如果沒有，也不要絕望。其實絕望也沒關係，再接再厲就好。➥

世界多奇怪

〈鳥葉〉（Bird-Leaf），
伊維卡·史迪法諾維
奇創作，靈感來自以
下布萊恩·伊凡森的
小故事。有時錯覺會
讓人對世界的看法更
加複雜。

特別是創造想像世界，解釋不通常理的事情時，容易想得太嚴肅。雖然讀者一定要先瞭解設定，才能沉浸於故事或小說裡。但是在描述設定時可要小心，別亂調整在真實世界裡常見、不可或缺的詭異元素或無法解釋的特質。哪些東西要說明白、哪些要搞神祕，都取決於你。這個觀念比「未探索的風景」更加重要。

凱特琳·基爾南曾有名言：「一宗謎團，等於無數解法。」這句話對許多作家來說也很受用，有時甚至就是寫作動機。好比布萊恩·伊凡森對其作品的感想就是一例：「我的作品『有一部分在處理任何事物的確認是不可能的』，以及『不再懷疑世界是不可能的』。確信和懷疑都來自感知，而感知又永遠是個人的詮釋。我們往往減少與世界的互動，反而增加與心中世界互動的頻率。」順此脈絡，他發現人經常有「錯誤的感知」。比方說，他有一次「看著一隻鳥在停車場上移動，我覺得移動的方式特別奇怪，鳥是不是受傷了？……後來我靠近，才發現那根本不是鳥，只是一片葉子。但是我的腦袋決定把那看成鳥，努力讓我相信那是隻鳥，而且為了解釋這項錯覺，建構出一整段敘事。」

右頁 〈洞〉（Hole，
2009），繪圖：班·托
爾曼。一般性的邏輯
和感官不適用於超現
實或夢境般的設定。

伊凡森很難不去猜想：「之前那裡確實有隻鳥，但或許某樣東西出於惡意，施展了某種戲法，就用葉子把牠取代了。」

凱拉・哈倫（Kayla Harren）的〈聰明的狐狸〉（Clever Foxes, 2017）。在什麼情況下，角色也算地景的一部分？要如何區別角色與地景？一個地方的保護色能傳達什麼訊息？

相關主題的詳盡討論可見於丹尼爾・艾伯李夫（Daniel Ableev）訪問李格提的記錄。此處節錄皆出自該訪談。

「我會把這想成是不可知性是這一切的趨動力。」斯蒂芬・格拉漢姆・瓊斯坦言：「是『不可能性』這個引擎驅動了一切。除了想解釋世界之外，我看不出寫作還有什麼理由……但愈是鑽研，愈會發現世界基本上就是個謎，無法解釋，試圖解釋也沒有辦法。」

約翰・克勞利也認為「創作帶有奇幻色彩，或是根本就在創作奇幻作品，而解釋就是核心問題」：

「世界、這個世界，是沒有辦法解釋的。唯以『不可解』為特色，寫實小說才能寫得偉大、有同情心、能說服人：一定得讓不可解以可信的方式圍繞著角色和行動，即使把情節寫得固定、堅定也無妨。在《尤利西斯》的結尾，當布盧姆和史提芬要闖進前者家中，有段優美的對話，他們一直堅持實際的問題有著合理的解答；事實上，這段對話反而證明世界的無窮無盡令人驚嘆。」

鬼才作家湯瑪斯・李格提（Thomas Ligotti）說：「怪異是一種角度，並非所有事物都內建怪異成分。如果你讀一本書，發現書中所有事物都跟你相信自己所在的普通世界唱反調，那麼這本書其實是以普通世界為依據才顯得奇怪，少了這些依據，反而見怪不怪。對奇幻作家而言，上述全為真理。一開始，他們要替自己的故事建立通則，接著才能慢慢破壞故事中虛構的普通世界。」然而李格提也斷言：「多數奇幻故事和超自然恐怖故事都**不是為了創造奇異感**，反而意圖刻畫書中角色面臨的威脅，而且很快就變得無異於一般的威脅，如野生動物或殺人犯。」要維持奇異感，唯有「故事堅持描寫陳

腐無趣的事物，或是描寫我們以為很陳腐的事物」。

李格提的故事〈小丑木偶〉（The Clown Puppet）絕妙演繹了世界建構時產生的詭異性。故事主角在藥局輪夜班，「他具有某種特質，會召喚不尋常的事情來到身邊，這種特質讓故事帶有一抹詭異色彩。」李格提認為〈小丑木偶〉的重點在於，小說可以透過無聊的小細節塑造詭異感：「敘事者把自己工作的藥局稱為『賣藥的店』，平常沒人這樣叫，可是這種叫法也沒有怪到會被嫌不對勁。店外沒有看來像顧客的人在走動。整個看起來沒什麼不對勁，但是敘事者待在賣藥店的櫃台後面，老闆卻在店樓上的公寓家中打呼，這就可疑了。故事發生在幾點？敘事者在半夜工作嗎？」

李格提堅稱，並非故事提到的事物讓世界觀變得怪異，沒提到的事物也具有同等功能。〈小丑木偶〉的敘事中幾乎沒有參照點可讓讀者知道何謂「現實生活」。故事已先設下詭異的基準線，這基礎也是舞台，讓標題中的小丑木偶上場。木偶更為詭異，將故事帶往另一個領域。儘管敘事者並不歡迎木偶的到訪，卻不是因為害怕，而是憎恨。這個切入點很奇怪，木偶的地位及其代表的意義因此顯得極其神祕。

不過克勞利承認，小說並非什麼都不解釋，最起碼也會努力解決一個問題或情況——像是冒險、破案、尋寶、解謎。「那麼我身為作家，如何將不可解帶進奇幻小說中？一方面，可以透過寓言故事：用可解的謎團象徵不可解的部分。另一方面，我認為也可以透過角色來呈現不可解；他們自認處在一個本質無法參透的世界裡，即使讀者覺得**他們**明明可以參透。」

ᔥ　◉　ᔥ

故事發生的地點和空間並非了無生氣，也不是僅能充當行動的背景——地點和空間都有能量、會行動，也會根據你的寫法發揮不同的作用。因此世界建構並非只是搭起讓角色登場的絢麗舞台——正在發生的事，也可以成為世界建構的一部分。以世界建構作為故事起始點時，請記住以下概念：

242-243〈洛夫克拉夫特的夢中世界〉(The Dreamlands of H. P. Lovecraft, 2011)，繪製：傑森·湯普森（Jason Thompson）。湯普森說，此作品中「所有的地名皆出自洛夫克拉夫特的作品：〈卡達斯追夢〉（The Dream-Quest of Unknown Kadath）、〈薩拿斯的命運〉（The Doom That Came to Sarnath）、〈白船〉（The White Ship）、〈烏瑟的貓〉（The Cats of Ulthar）、〈其他的神明〉（The Other Gods），連稍微與夢境相關的故事和詩作都包含在內。除此之外，也涵納了蓋瑞·梅耶（Gary Myers）和杜恩塞尼爵士（Lord Dunsany）等人作品中的地理區域，以及其他適合這塊『耳熟能詳、集眾人之大成』的地圖的地景」。

- 若作品的地點、情況、歷史定位穩當，能夠增強情緒共鳴。
- 沒有投注情感和觀點，地貌描寫會死氣沉沉。
- 個人經驗結合現實世界，能豐富想像的設定，也是世界建構的關鍵。
- 設定和角色的寫法應該多頭並進：有機發展，立體呈現，同時兼顧層次與深度。
- 拋棄的設定宛如拋棄的角色，都是錯失的機會。

〈摩梅克山〉（Mormeck Mountain, 2011），繪圖：穆·阿里（Mo Ali）。角色和設定究竟如何區分，並不一定永遠黑白分明。右圖為我創作中的小說《摩梅克博士的日誌》（*The Journals of Doctor Mormeck*）的主角摩梅山。這座山剛好有生命，而且有一群天使在他「頭頂上」使用實驗室器材。

成功作家和不成功作家的主要差別之一，在於改稿能力——要拉開自己跟原稿的距離，要用清新的雙眼看個清楚，要瞭解作品的優缺點。改稿時愈能讓技術性想像力發揮作用，愈有可能以自己盤算的方式與讀者產生連結。改稿順利時，別忘了跟以下幾位道謝：說話的豬企鵝、鋪馬路的持槍女子、躲在盆栽後的馬鈴薯小精靈東西。

第七章　　修改

看到這裡應該很清楚了吧，寫作過程從頭到尾都要一直改稿。就算起草階段只是隨便寫寫（零星對話、描述片段），還是會改得很痛苦。首先，有些想法我從未寫出來過。後來，我整理四散的筆記，再寫第一份草稿，結果又改了一些、刪了一些。草稿作業進行中，還是一直刪刪改改，有新想法冒出來改變敘事。

在這過程中，有時或許意識不到自己在改稿，因為打草稿本身是推進主力，然而又會邊寫邊改，改稿這回事不斷**增生**。當靈感漸歇、寫夠一天的分量，在隔天繼續寫之前，這段期間，你還是會反覆琢磨各種故事觀點，更動情節、角色、描述。有時根據寫作需要，可能還要回頭改前一天的稿子，才能往下寫。

所以在某種程度上，一旦過了起始的靈感階段，**每個**動作都同時存在於一個界限模糊、互相連結的寫作／改稿狀態。將腦海中完美閃亮的印象轉化為不完美的文字載體，可算是最初步、最激烈的改稿：打從你掙扎努力寫出堪用的文字開始。

有時掙扎很幸福，有時很辛苦——又可能得犧牲大把時間、大量紙張。例如英國作家伊恩・R・麥克勞德（Ian R. MacLeod）改稿是這樣：「在基礎上加蓋，蓋到不穩就離開，做點別的事情，做完再回來。拆開那些文字，把許多東西丟掉，再加蓋一些。」

傑佛瑞・福特不以改稿的角度來思考：「我覺得自己更像雕刻家，在原石上雕刻，把石頭裡原有的故事鑿出來，愈鑿愈多。我一直覺得，就算還沒寫完，故事也已經存在，就像躲在平行宇宙裡。而寫作彷彿太空探險，去發現其他星系的故事……對我來說，寫稿和改稿是一樣的。」

另一個例子是約翰・克勞利，他比較不會打草稿，而是「寫個幾頁、幾段或片段。不過，我通常只能寫我清楚的事情——必須非常清楚，向來都是這樣，像是故事走向，要怎麼前進。對我來說，寫一整本小說或一口氣寫很多，最後卻捨棄不用，是很可怕的事情」。

每個人的寫作過程都不同，不過本章所謂的「改稿」或「重寫」會發生在「**寫完一份草稿之後**」。如果你像作家凱特琳・基爾南一樣，要把每一段、每一個場景都修到盡善盡美才能往下寫，還是可以採納本章建議，只是改成其他方式。

例如，我就有一個從未寫下的故事：有人炸了自家後院的犰狳，卻發現牠們都是外星人。

何謂改稿？

理論上，改稿應該很簡單。大衛・梅登（David Madden）在其大作《小說改稿》（*Revising Fiction*）中提到，改稿其實是對各章節、場景、段落、句子提問：「我想讓讀者體會到什麼效果？有達到嗎？沒有的話，要怎麼改才會成功？」審視草稿不僅是分析的過程而已：

> 套用蘇格拉底的概念，未曾想像過、表達過的人生，不值得活。將想像力與更為進階的思維功能分開，這是不對的。請用嚴謹的邏輯自問自答：如果發生某件事情，後果會如何？這個有邏輯的問題能刺激想像力去檢視原始素材，製造出各種意象。

正因改稿帶有分析文字與重新部署創意兩種功能，第一份草稿中的錯誤幾乎都能在改稿時修正。然而，一般情況下，第一篇草稿寫**太多**，修改起來會比寫**太少**容易；**面目全非**的稿子改起來大刀闊斧，總好過**不知哪裡出問題**。我和梅登都認為，小說的**核心概念**不至於老套到無可救藥，再怎麼改都沒法讓**故事蜥蜴**起死回生。

如果你寫兩個人在酒吧碰面，結果——其中一個是狼人，另一個是吸血鬼，那你這故事還沒寫完就完了。

根據梅登歸納，新手作家改稿時會歷經以下階段：

- 犯了錯，但是看不出來。
- 犯了錯，看得出來，但不知道怎麼修改，或不知該如何重新詮釋，因為還不太懂小說技巧。
- 犯了錯，看得出來，因為已經學了小說技巧，知道要怎麼改，不過就是辦不到。
- 犯了錯，看得出來，知道要如何修改，也修改成功。到這個階段，他已明白，在構思過程中，解決技術問題就跟寫草稿一樣刺激有趣（結果書評跑來跟他說，他只不過是解決問題而已）。

隨著時間過去，創意想像力和技術性想像力開始合作愉快，創造出傑出的小說。在這過程中，最重要的或許是「你開始覺得改稿愈來愈**刺激**」。改稿態度愈正面，愈可能以有意義的方式深入小說核心。單單是自我痛恨、厭惡那差到無以復加的文字，並不足夠，還得願意忍痛放棄寫了很多頁的草稿，或許還得大轉彎、大幅增添。尤諾・迪亞茲將「每個版本的第一章草稿當成羅盤，指引我寫出更好的版本。只要最後能帶我走到想要的結局，我不在乎全部捨棄」。

我自己這本梅登的《小說改稿》（1988）已經翻到爛，反覆看了至少十幾次。

《小說改稿》有許多針對草稿的犀利問題，卻也提供解決辦法，還有知名作家修正問題的範例。以下是我從書中選出的幾個問題：

- 反映你自己的偏見或評斷的段落是否干擾？
- 你的風格是否從這個**故事觀點**中演化出來？
- 有沒有**小配角沒戲唱**？
- 場景順序是不是該重新安排？
- 是不是用了太多老掉牙的**對話和套語**？
- 開場是不是寫設定寫得太長？
- **回憶場景**是不是來得太粗糙？
- 是不是想不到製造**張力**的方式？

梅登的這本書可列為作家必看書籍之一（這種必看書不多），不管寫什麼，參考這本都很好用。繼續寫，《小說改稿》也跟著你成長變化，永遠不會過時。過去二十五年來，我一直拿來參考使用。

修改策略

不管最後到底有沒有寫完整份稿子，從環境到時機等眾多因素都可能影響寫作。以下問題有助於推動寫作過程，讓你充分修改故事或小說。不過你要記住，即便是有經驗的作者，寫作生涯已有一定長度，小說和故事動筆後通常只寫好了一半。重點在於，確認修改過程不至於影響作品的完成。

你是否太急著開始寫？換句話說，你是否徹徹底底想過角色和情節背後的含義，才有辦法在紙上表達敘事？如果你沒想過，或許無法完成草稿。像我下筆前，就必須想清楚主角的設定，搞懂開場的狀態，想出大致的可能結局。不這樣做，永遠無法完稿。下筆前，你覺得自己需要先知道什麼？

你有辦法跳過關卡，照樣寫完？有時候，由於作家天性偏執，很容易卡在一句話、一個段落、一個場景過不去。你大可停下來重新評估目前的成果；有些問題或許要及早解決，才能往下寫。然而，作家往往過度執著於單一的技術問題，這類問題不解決其實也不會影響後續。遇到這種狀況，你可以標記下來繼續寫，也不會有大礙。

你非得從故事開頭寫起嗎？或許你受到普遍的迷思影響，一直很掙扎，既然故事總有個開頭，也是讀者最先看到的部分（除非第一頁有一隻被壓扁的蟲），所以故事非得從頭寫起。不過有時從你最感興趣的部分寫起，讓故事就此展開會更好。或許，你會發現這種非線性的敘事觀點，會改變你對故事的理解。

你知道自己在寫哪種故事嗎？所謂「故事種類」，有可能是探索角色，也有可能是描寫特定的情況。你可能一開始並不清楚自己要寫某個抽象的概念如愛情或死亡……但也可能很清楚。甚至只是出自你心中一個全然瑣碎的想法，例如：「故事裡一定要有龍！」對故事焦點或自己想表達什麼若是有點概念，或可幫助你前進。

你是否竭盡所能提供適當的環境，讓想像力飛馳？吵吵鬧鬧、亂七八糟、教人注意力渙散的環境，會讓你工作難以專心，妨礙完稿。然而，有些人處於安靜、純淨的環境，也同樣無法專心。如果你能選擇寫作環境，或許可實驗看看哪一種效率最高。以我個人來說，我喜歡在酒吧裡寫作。但世上沒有哪間酒吧，在你躲到角落埋頭狂寫時，不會有醉漢跑來問你在寫什麼。

你是否擬好合適的大綱？有些作家不喜歡寫大綱，不過這可能出自誤會。出版社跟作者索取的大綱必須詳細說明主角和情節概要，還要延伸說明各章會發生什麼事情。這種大綱的主要用途，在於說服編輯去買尚未動工或未完成的作品；編輯對內容才會具具信心。這是業界的標準作法，只是許多作者以為「大綱」只能和這種範本畫上等號，是一種讓人不樂見的限制，會讓靈感窒息。不過，聰明、個人化的大綱寫法，不但可以設計出架構，也可以來個影響深遠的即興發揮。以我的小說《芬奇》為例，書中的時間跨度為一個禮拜，我的大綱就分為七天。每一天都列出預期的場景，以及誰有可能出場。架構到位之後，我就能放鬆地進入場景寫作的實際作業。如此一來，我寫作時需要探索的，就是找出角色會說什麼、做什麼。這相當於電影導演拍攝前將所有演員召集到一個房間，說明各個角色的動機及過去，再讓演員創造自

己的對話和反應。小說的疆界更寬廣，可以擴充這個「母體」，納入一些線索，讓人想起地方的歷史，甚或角色的記憶；這些在場景中都能發揮作用。

你也可以透過角色直接安排敘事，讓故事焦點和結構從角色身上發展出來。這種大綱可以讓你看出目前累積了多少支線、每個角色的支線是什麼，以及這些支線是如何影響他們彼此的關係。這種大綱或許最適合探索角色內心生活的小說或故事，脈絡涵蓋範圍較大的敘事就不適合。《殭屍聖經》系列作者史丹·李托瑞說：「大綱是工具，不是列出內容的表格。」他使用大綱的方式很有趣：要等草稿寫到將近「三分之一，快一半」時，才會寫大綱。這個分量「已經寫夠了，我開始明白角色的真正為人，他們面臨了什麼危機、即將面臨什麼危機，為了什麼猶豫不前、什麼推動他們前進」。

我寫《芬奇》時，七日大綱經常改變。經過兩、三個寫作階段後，特定場景中的臨時變化讓我明白，得回頭看過大綱才能繼續寫、做調整，有時候還要大改。我會更動場景和事件順序，有些場景則完全捨棄。到最後，我完全捨棄了七日大綱，把心力放在另一份以角色為主的大綱上，記錄書中出現的眾多小團體以及他們的行動。我這樣也不算不老實，因為大綱只是開工所需的鷹架；鷹架主要是幫助故事成形，如果幫不上忙就要重搭或拆掉。不同於傳說所言，大綱不是建築藍圖，是鷹架。

結構？

右側手寫表格：

	WEDNESDAY	THUR
towers that the ty plus	— Gray cops (close one comp) and put everyone in the comp closest to the bay. — Drogtford distribution day — New gray cops construction halts almost completely (rest of city fully gray) — Spy service have an inkling of what is going on	— Work and night — Spies a Spit as c — Gray Cap surfaces os for areas n
se cupation tion my ation g/Sintra	• Boat trip across bay, to Spit • Reveal of corpse islands • Met by Bosun, trip thru boats • Finch separated from Wyte • Stark + F. meet and exchange information + Towers "reveal" • Back at station, processing info • F. reads transcript, gab call from R. • Wyte's wife + F. files report • F. on roof, w/ photog (Kind read) • Comes home to find Bliss in his apartment… • Passes thru "door" w/ Bliss after struggle	• Aftermath • Learns way to fel catch up • Disastro there; U • Aftern • Anothe s • Sintra s • Go to ik • kidnap shore th • Conversa Blue • Stark a warning h
BLISS T & se, exact e asides	FINCH BROUGHT BEFORE STARK FINCH WITH RATHVEN FINCH SURPRISES BLISS??? — only issue is really how the day ends, and making sure Spit scene is dramatic enough to carry the day…	FINCH AM FINCH's W FINCH + U

（豎排）《芬奇》（二〇〇八）的草稿細節。

絕對不要忘記，大綱應該具有幾個條件：（1）呈現架構，包含寫書的必要資訊；（2）不需要的元素就別納入，也別採用會阻礙你或卡住創意的訊息；（3）符合你所寫的故事種類；（4）是有生命、會進化的有機文件，假使有必要，也能夠容納新的靈感、新的發現。◆

WEB

奇幻類作家的專屬問題

　　如果你的作品不是走寫實路線，剛才梅登提到的問題就得做些調整。運氣不錯的話，你所使用的奇幻元素和角色、情節難分難捨，沒必要從脈絡中抽離、解剖。但奇幻成分也可能具有一些獨立敘事元素的特色，所以還是有必要分開檢視。

　　以下是幾種可能需要自問的問題。與其說這些問題跟特定文類的修稿有關，倒不如說，對你的作家身分別具意義。

　　我想創作出哪一種想像故事？其實這是在問你「如何觀看世界？」更進一步，也可以說是追求瞭解自己的聲音和觀點。比方說，我剛開始寫作時，覺得自己多少算寫實派……第一批讀者給我回饋時，我就不這麼想了。他們回饋的，幾乎都是我的作品「很怪」、「超現實」。直到我接觸到這些讀者反應，我才明白就算故事中沒半點奇幻成分，自己的小說還是很卡夫卡。這項發現回過頭來影響我的改稿──不久之後，我發現連夢境都寫不下去，因為書中的現實已經太像夢境了。我還得留意，別讓作品中的超現實觀點動搖故事邏輯或角色塑造。另一個例子是這樣的，有一次我在工作坊上遇到一位作家，他認為自己寫的是類似格雷戈里·本福德（Gregory Benford）、賈斯汀娜·蘿布森（Justina Robson）那種硬科幻，但是同期成員一致認為他的作品介於 J·G·巴拉德和卡爾維諾之間。如果不知道自己的世界觀和聲音在紙上的效果，改稿會改得不盡理想，因為有些技巧和手法就是不符合特定形式的小說。

　　奇幻元素和情緒衝擊充分結合嗎？有必要如此嗎？奇幻作家常犯一個大忌，誤以為隨機出現什麼，讓讀者「感到驚奇」、「感到敬佩」，就能撐起重量。然而不管是哪種創作，通常需要吸引人的角色，讓讀者期待他們創造驚人的時刻。不然隨機出現什麼，都只是花招罷了。此外，角色有自己的旅程要走，到後來，結果可能跟奇幻元素無關。忙著耍花招、無視角色旅程會造成真正的危險──讀者可能會問，連作者都不擔心了，那我擔什麼心？

　　我是否讓奇幻元素過度飽和，導致故事受到衝擊或失去平衡？作者除了看不見情緒的影響，也可能過度吹捧奇幻元素，把故事壓得搖搖晃晃──換句話說，奇幻把室內氧氣都吸乾了，只剩下鑲滿巴洛克珠寶的醜怪巨獸遲緩行走，怪物也被過於豐盛的想像力給壓垮。有些故事類型的確必須使用上述誇張的寫法，不過要確定自己真的想這麼寫──也要確定讀者能有所收穫

右頁　傑洛米·澤爾法斯所繪製的獸群，乍看之下是在畫真實的動物，細看之後會發現有些不對勁──他們看起來很自然，卻非這個世界的生物。好的奇幻作品只需要扭轉幾個元素，製造幻覺，其他保持原狀，就能達到極大效果。然而，有些絕佳奇幻作品，卻讓你誤以為不正常才是正常。（你確定自己什麼都有看到嗎？）

（不能只有自己寫得爽）。凱薩琳・M・瓦倫特的《迷宮》示範了，過度誇大技法也能讓讀者接受：她的誇大，成為歌頌語言與神話的綿延情歌；每一句話都像尋寶遊戲，如能發現隱藏的含義就有收穫。

我是不是花太多力氣在「解決」或解釋奇幻元素？本書第三章討論過結尾，讀者並不一定要同時得到解釋兩種情況的圓滿答案。所以說，讀者可能喜歡看到角色旅程有個解釋（做了某個決定，或是危機開始變得棘手），但是奇幻的部分並未解釋清楚。或許，我們永遠都不會知道躲在盆栽後面的是什麼神祕生物，可是我們會從會說話企鵝的個人成長史、熬過黑幫毆打的經過，獲得足夠的圓滿感受。再說，想把所有奇幻相關的線都收好，會讓故事走向變得好猜或匠氣，例如行文中過度凸顯魔法，為了符合情節的要求，可能犧牲真正的角色行動。喬治・馬汀的《冰與火之歌》堪稱最成功的奇幻系列，書中魔法出現的次數其實比你想的還少。

我是不是寫了一個不需要奇幻元素的故事？把自己當成相對於「一般作家」的「奇幻作家」，後果就是沒來由地帶入某個奇幻元素，單純因為放進那個元素，你覺得比較自在。舉我自己的例子，我和妻子舉辦的工作坊中，有個作者寫了感人肺腑的父子故事。父親剛過世，疏離已久的兒子在葬禮上

附錄中的「千面〈李奧納多〉」練習與此主題有關。

丹尼爾·艾伯罕（Daniel Abraham），《夏日的身影》（A Shadow in Summer, Tor, 2006）—— 我非常在意寫得清不清楚，尤其第一次打草稿的時候，常以為已經暗示得很明顯的事情，讀者完全看不懂。最後我完全拋棄第一份稿子，從頭寫起第二份。

托比爾斯·S·巴可（Tobias S. Buckell），《浪子悍將》（Ragamuffin, Tor, 2007）—— 我搞不定這本書。三分之一我寫了三到四遍，每次寫初稿都想把調性和聲音弄對。一旦寫順，靈感自然勇出，初稿很快就完成。另一個棘手問題是：故事過半後，會出現新的角色及支線，去掉這些又很難寫，於是我又回到前一個版本。

傑西·波靈頓（Jesse Bullington），《世界的荒唐》（The Folly of the World, Orbit, 2012）—— 這本小說原本打算解釋心智狀態如何影響人類現實的感受。我遇到的主要障礙是，我在初期幾份草稿的重要關頭告訴讀者，所有的奇幻現象都真實發生過，而非出自某個心智狀態不太穩定的角色。後來我明白，那些奇幻層面若保有詮釋空間，作品會更有力道。於是我徹底檢查前三分之一的稿子，後頭則全部重寫，讓作品保持必要的模糊。

理查·嘉德利（Richard Kadrey），《地獄來的阿囉哈》（Aloha From Hell, HarperVoyager, 2011）—— 第一份草稿建立了架構，不過文字死氣沉沉。第二份草稿顧到技術問題，例如背景設定、情節重點等，對於點燃生命之火卻毫無幫助。寫到第三遍，我開始讓糖糖出場，本來她應該在續作裡主角有點曖昧。結果她一出現就讓所有事情都有生命力，動機變得更強，但只要有糖糖別的場景，冷峻的調性也變熱激了。

妮可·孔賀－史黛斯（Nicole Kornher-Stace），《渴望》（Desideria, Prime, 2008）—— 我寫了一百五十頁，因為太沒經驗，沒辦法處理這麼複雜的寫作計畫。三條故事線，包括十七世紀的背景，我寫到一半發現寫不下去。停筆好幾年，可以想見，後半部和前半部的敘事聲音不同，不只是我更瞭解角色的想法和動機。我也衝動新能拿捏小說的敘事聲音，雖然後半部的修改有限，前半部卻得回頭整個重寫。

J.M.麥可德莫（J.M. McDermott），《我們還是創子手的時候》（When We Were Executioners, Night Shade, 2011）—— 這本小說複雜且豐富，加上情緒化、印象化的夢境與情節，寫開頭、中段、結尾時，我必須在無情節夢境與有情節小說之間取心拿捏、花時間、費心力才能在兩者之間取得平衡。

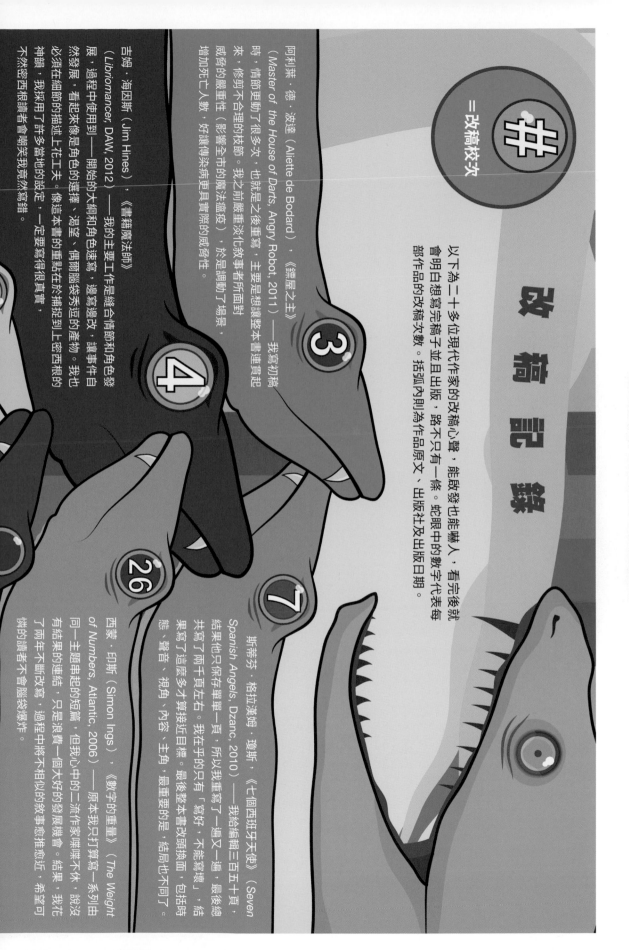

改稿記錄

井 三改稿校次

以下為二十多位現代作家的改稿心聲，能啟發也能嚇人。看完後就會明白想稿完稿子並且出版，路不只有一條。蛇眼中的數字代表每部作品的改稿次數。括弧內則為作品原文、出版社及出版日期。

[3] 阿利葉·德·波達（Aliette de Bodard），《鏢屋之主》（Master of the House of Darts, Angry Robot, 2011）——我寫初稿時，情節更動了很多次，也就是之後重篇，主要是想讓整本書連貫起來。修剪不合理的枝節。我之前版重淡化敘事者所面對的魔法瘟疫，於是調動了場景，增加死亡人數，好讓傳染病更具真實的威脅性。

[4] 吉姆·海因斯（Jim Hines），《書籍魔法師》（Libriomancer, DAW, 2012）——我的主要工作是縫合情節和角色發展，過程中使用到——開始的大綱和角色速寫，提當邊改，讓事件自然發展。看起來像是角色的選擇，渴望、偶爾腦袋突發奇想，必須在細節的描述上花工夫。像這本書的重點在於捕捉到上述西根的神韻，我採用了許多當地的設定，一定要寫得很真實，不然密西根讀者會懶笑我竟然寫錯。

[7] 斯蒂芬·格拉漢姆·瓊斯（Stephen Graham Jones），《七個西班牙天使》（Seven Spanish Angels, Dzanc, 2010）——我結編輯三百五十頁，結果他只保存單單一頁。我在乎的只有「寫好」，不能寫壞，最後總共寫了兩千頁才算接近目標。最後整本書改頭換面，包括時態、聲音、視角、內容、主角、最重要的是結局也不同了。

[26] 西蒙·印斯（Simon Ings），《數字的重量》（The Weight of Numbers, Atlantic, 2006）——原本我只打算寫一系列由同一主題串起的短篇，但我心中的三流作家喋喋不休，說沒有結果的連結。只是浪費，一個好的發展機會。結果我花了兩年不斷改篇，過程中將不相似的敘事意推愈近。結果一個傑的讀者不看腦袋會爆炸。

狄萊亞·薛曼（Delia Sherman）·《人魚女王的魔鏡》（The Magic Mirror of the Mermaid Queen, Viking, 2010）——情節手得過度複雜，機性情節而讓我很痛苦。我常常把不必要的場景，我要確認沒有這些場景，修稿主要在刪除下去，而且眾多角色都保有自己的情緒轉折。

彼得·史翹伯（Peter Straub）·《不可解》（Mystery, Dutton, 1989）——不得不承認，這本書其實想掙脫我一開始打算寫的方向。寫到後來，只好回頭刪削發狂、凶殘的變生子。多加一幅福爾摩斯類型的優秀老偵探。只有這樣做，才站得住腳。

傑佛瑞·湯瑪斯（Jeffrey Thomas）·《保健專員》（Health Agent, RDS Press, 2008）——主角在小說中段失業後，隨過有了轉折。我用一整個篇幅描述他是如何找到工廠的工作，然後愛上一位啞女士。我擔心這些反映我個人生活的經歷會污染這部作品。決定寫成另一本小說，再回頭把完成一本的外發展，維持我原先感想。情節緊繫完美的偵探驚悚故事。

凱琳·洛瓦基（Karin Lowachee）·《煤氣燈犬》（The Gaslight Dogs, Orbit, 2010）——主要人物的觀點我一直不清楚，寫了二十頁左右全部報廢，我決定必須添加另一個具有觀點的角色，充實主角群，寫到正稿時，歷史背景，加強反派角色，結局變得完全不同，情感更完整。

凱莉·沃恩（Carrie Vaughn）·《凱蒂的恐懼之屋》（Kitty's House of Horrors, Grand Central Publishing, 2010）——這是我第一次嘗試放入狂獸人類型，很清楚自己想要什麼，製造駭人體驗，不管主角群有多強壞人也強到一個極致。因此我有必要修改動作場景，建構較長，多層次的段落，每個動作都要刺激人制的動作，再刺激下一個動作。我還要所有東西看起來都很逼真、緊湊，創造最有臨場感的效果。

麗莎·圖托（Lisa Tuttle）·《精靈謎蹤》（The Mysteries, Bantam, 2005）——寫第一稿、第二稿，我想透過母女倆主角來說故事。寫得很痛苦。我嘗試改變觀點的寫法。第一人稱及貼近的第三人稱都用過。我嘗試對母女及其他自己的故事（查案的警察）來述說這對不同的寫法，但是行不通，再完全不一樣。後來我再寫這次（正稿）結果就賣出去了。後來編輯認為步調和結構有問題，又修改一遍。

帕梅拉·薩金特（Pamela Sargent）·《女人的海岸》（The Shore of Women, Crown, 1986）——我開始寫稿時，以為這只是從兩位主角之一的觀點發展而來的中篇，造並非中篇，唯有和另一人的觀點連結，故事才說得下去。所以重寫時，我添加、修改、加深了許多細節，把鬆散的線收攏，情節因此變得複雜，最後一次重寫則是為了埋伏筆，並修潤文字。

妮妮‧歐姆斯（Nene Ormes），《特別的人》（Särskild, Styxx Fantasy, 2012）——我在寫第二本書的綱要時，第一本書還有幾個地方要修改，後來我發現在調性方面、第二本書已經完成的部分和原先預想的不同，主要是在綱要階段就先入為主。之後，我掌握了角色聲音、情節的需要重寫幾次。結果竟然很接近一開始的綱要。

索菲婭‧薩曼塔（Sofia Samatar），《奧蘭德記的陌生人》（A Stranger in Olondria, Small Beer Press, 2013），寫轉折章節的經驗很痛苦，那一章有超自然的力量的碎片式來的人生。我想沿用前幾章建議我使用較懸念、破碎的現在式來敘述。後來編輯建議我寫出成果剪到那一章應該寫了十五次。

克絲汀‧凱瑟琳‧羅許（Kristine Kathryn Rusch），《下潛系列》（Diving Series, Pyr, 2012）——我寫作不按照順序，寫科幻題材尤其如此。之後再把場景整理成大綱的形式。最後一定要再確認前後沒有出入。所有的《下潛系列》都按照此模式（進行中的第四本也不例外）。這種模式的好處是我很多篇很好起始故事，壞處是只有一半派上用場。

T‧A‧普拉特（T.A. Pratt），《藥眠》（Poison Sleep, Bantam Spectra, 2008）——我在過去十四年來，各種層面都改寫過，包括更動字，卻因為基本架構有瑕疵。後來，我從第一頁重寫，全部沒變。心智狀態經歷轉換的角色觀點，只剩下我對本來開場篇，幾乎主角沒改變，我很難寫得既有說服力又不混亂，只好專注在戀愛漫身，找要的關係上，替之後的伏筆、懸疑、轉折取得平衡。

派崔克‧羅斯弗斯（Patrick Rothfuss），《風之名》（The Name of the Wind, DAW, 2007）——我把全稿看了起碼二十遍，細改字彙，增加場景、調整所有的劇情線、修改調性、速度、臂之章增加角色、支線，出稿子裡所有的「that」，移除多餘的，我還要找來超過一百位讀者試讀，跟他們談過之後，按照意見改稿。

伊恩‧麥克勞德（Ian MacLeod），《日光時代》（The Light Ages, Ace Books, 2003）——我通常從故事的可能開局切砌，可分成四個步驟：（1）為一個維多利亞時代晚期的龐大童話故事找到適合的氛圍和故事旅程；（2）發展適合的角色：（3）選進可行性的開場；（4）修改角色及氣氛直到來配合開場。最後一步會影響情節，直到結局。

凱拉·哈倫的〈實驗室〉（Laboratory, 2017）。要讓非真實的事物顯得真實，記憶是非常有力的工具。我少年住的屋子後院有個偌大的游泳池，在小說《伯恩》中出現，演變成一池翻騰著生技生物的泥淖——成為作品中不斷回溯的重要地點。這般帶有自傳色彩的核心，為奇幻場景帶來一種少見的情感共鳴。

回想起過往種種，痛苦的回憶浮上心頭。這個作者強勁結合了過去與現在、家庭和社群的主題，卻也寫到父親家中有女巫糾纏。可是跟故事一點關係都沒有，草率而單薄，跟角色間的豐富關係一比更顯薄弱。後來，那位作者坦承之前稿子裡並沒有女巫，後來才加進去，因為他覺得給奇幻工作坊的學員看非奇幻故事很奇怪。

我的想像力能發揮的都發揮了嗎？如果你想把情節的可能後果和角色等等想個明白，就需要退一步觀察自己做得是否**充分**，如果不夠，就看看能否再加把勁，在奇幻／超現實層面多下點工夫。這時可以問以下問題：「我是否嚴格堅守奇幻的規則／限定，或是力求描繪奇幻／未來的風貌？」以及：「主角透過我設定的奇幻元素行動，是不是太好混了一點？」

雖然我在這一節強調奇幻元素，改稿本身卻是為了測試**所有**的故事層面，並且還要層次井然。

要打幾次草稿，才能寫出完美的故事或小說？

要寫幾次就寫幾次。

系統性測試

改稿時，你是系統型，還是混沌型？如果你是一頭栽進去，拿著才寫一點點的初步筆記就開始重新整理小說或故事，那你大概屬於混沌型。你像瘋掉的獾一樣猛鑽挖洞，要讓故事活在心裡，這是最好的方式。即便如此，改稿時至少得考慮採用系統性方法的某些層面。挖洞時有了竅門，才不容易錯失重點（例如多汁螞蟻窩）。

以下是我設定的改稿三步驟；審初稿或二稿（或三稿）時請按步驟來，

測試範例

依適用的情況盡量遵守或別遵守——照你偏好的順序，才能消化成專屬於自己的方式，發揮最大效果。並非所有故事或小說都會用到所有步驟。此外，步驟一和步驟二為互生的關係，有時也能壓縮為同一個步驟。

步驟一：先寫故事，再列大綱

很多作家討厭寫作或寫小說時列大綱。他們的理解是，沒錯，寫作的確需要方向，可是知道得太清楚，寫起來就無趣了，而且大綱上列出來的項目讓人綁手綁腳。雖然我寫某些小說是真的有大綱（而且大綱有多種形式），但我寫的故事愈來愈長，最後才在有機的寫作過程中，摸索出長篇寫作之道。我覺得為了保持寫作自然（這是我寫故事時採用的方式），應該大膽跳進未知的領域。話雖如此，過去我還是會替每一本長篇列大綱：只是要等到寫完草稿才列。當時我列出自己寫了什麼，你可以模仿我的作法。哪裡少了根肋骨，哪裡就得動手術重建。哪裡長了第二條尾巴或第五條腿，可能就必須**截肢拿掉**。總之，先寫稿再列大綱，你反而會慢慢看清這隻小說生物的原形。

有時也必須保留第二條尾巴，畢竟跟故事推展有關。

這要怎麼做到？一個方法是透過以下指示檢查故事／長篇的結構：

- 列出每一個場景（如果小說或故事包含一種以上的觀點，附帶說明該場景的角色觀點為誰）。
- 列出每一個場景中的動作或行為——「檯面下」的不需列出（例如「弗瑞德把叉子插進危險鴨子的眼睛」、「弗瑞德昏倒」、「危險鴨子落跑」、「弗瑞德的寵物水豚君報警」）。
- 概述各場景時，必須傳達的訊息都要列出。
- 按照以上的安排發問，例如：
  - » 動作會產生後果嗎？（危險鴨子丟石頭，會打破窗戶，還是永遠沒人知道？）
  - » 書中的每個動作或行為都展現了真正的因果關係嗎？
  - » 場景中每個必要的場景或行為都充分發揮了嗎？
  - » 場景中是否有不必要的行動或行為，應轉放到其他段落另作安排？
  - » 有沒有什麼事件應該發生卻沒發生？
  - » 場景的開場及收場是否到位，達到我要的效果？
  - » 場景之間有真正的因果關係嗎？（換個方式問：進程穩健嗎？比方說，回憶場景是否寫錯地方，或是時間往前跳了三週，卻發現這樣會讓敘事出現驚人的斷層。）

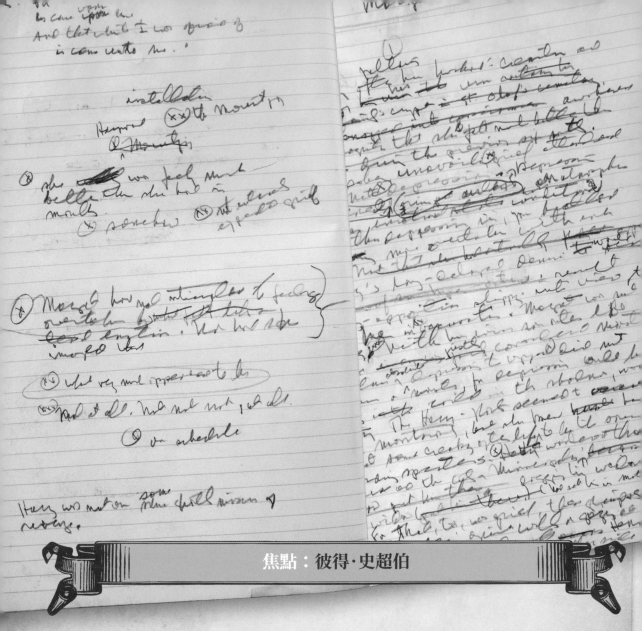

史超伯或許堪稱同世代超自然作家中最具影響力的一位。他的作品不落俗套，抗拒簡單的分類。不管是編纂全集或擔任《連接》（*Conjunctions*）雜誌編輯群的一員，都是極具影響力的重要人物。以下文章段落取自創作中的長篇小說，標題暫訂為《某種火焰》（*Some Kind of Fire*）

「以前我寫稿，一開始完全手寫，大概是這樣讓我覺得貼近素材。我喜歡大本的線裝筆記本，有畫線、標頁碼，由Boorum & Pease出品。雖然我現在很常用電腦開始寫作計畫，寫筆記還是讓我有種歸屬感。當然電腦有速度上的優勢，如果開工就用電腦，最後可以跳過輸入的步驟。我通常是一開始寫筆記本，寫個一百頁左右，之後自己輸入或念給別人聽打，再從電腦作業開始新計畫。寫筆記我都寫在右頁，改稿時會直接改在文字上，也會寫在左邊空白頁。左頁通常是要插入右邊段落的新增文字，X和XX標註插入位置。這個階段改稿改夠了，我就打字謄稿謄得清爽些……接著又馬上開始瘋狂地從頭來過。改壞的稿子我通常拿來當作參考依據。當然我會把所有新增的修改存到硬碟裡，然後從頭來過。每一頁都會改四到五次，有時多達十到十二次。◆◆

1

At 6:45 of the second morning following her husband's cremation and ~~the installation of his urn in the terrible one-man family crypt,~~ Margot Hayward Mountjoy awakened ~~to~~ the ~~recognition that she was~~ feeling better than she had in months.

A sober, unavailing, not entirely expected grief attended her, but not somehow ~~real~~ depression. Grim, airless depression, more an atmosphere than an emotional condition, she had actively feared. ~~You~~ breathed depression in, you breathed ~~it~~ out, increasingly overtaken with each cycle. Margot had not anticipated feeling overthrown by living emotion. Nor had she imagined that Harry's long-delayed demise would result in Harry-apparitions slipping into view to gaze at her in ~~what very much appeared to be~~ accusation. ~~Margot was not a monster. Not at all. Not not not, at all. Neither her inner nor outer life could properly be considered monstrous.~~ The failure of absolute depression to appear on schedule did not make her a monster, for depression could be lying coiled in the shadows, waiting ~~to ooze out.~~ The Harry-ghosts seemed to accuse her of monstrosity, but she knew herself, not some creaky afterlife, to be the source of these frowning specters. Harry was not on some ~~ghostly~~ mission of revenge. He wandered through the house ~~and~~ the city of Minneapolis ~~dogging his widow~~ because the widow had ~~set him in~~ motion.

For that, too, was grief, yesterday's glimpses of her husband leaning against walls or gazing at her, arm crossed over his chest, from a ~~half~~ empty sidewalk on the other side of Mount Curve. She called him up, and far more ~~attentive and~~ obedient than he had been ~~in~~ life, he came. Never in life, however, not once while still devouring ~~Scotch~~ whiskey,

史超伯草稿，攝影：凱爾・卡西迪。

寫作挑戰

徹底改稿，有時得把文字從現有脈絡中抽離。抽離成功，各校便改頭換面，效果類似左側伊維卡·史迪法諾維奇根據 J·J·葛蘭佛（J. J. Grandville）的作品繪製的插圖。選一則你認為行不通、棄置一旁的故事，再選出其中你仍喜歡的段落。設定改造目標，全然脫離故事目前的脈絡。比方說，替角色或場景設定寫幾個段落，儘管故事陣亡，但看起來還是很有趣。你要替這些段落想像出全新的情節、結構或角色，順著新的脈絡修改。不用一氣呵成，而是不疾不徐，少說經過三個獨立的改稿階段，每階段「都要有一部分改頭換面」。這樣除了能夠明白自己的改稿過程，或許還能讓某個版本借屍還魂，就算跟原來完全不像也無妨。

》 有沒有多餘的場景？（如果有一些場景什麼事也沒發生，這些「無事」的局面對角色或敘事有必要嗎？）

　　這種自問自答的檢查有何用處？最簡單的回答是，找出故事表面有沒有哪裡不清楚——由於作者說明不足，讀者看到會覺得卡卡的。有好幾次我回頭檢查作品，發現自己在動作或場景之間做了假設或跳躍，但無法合理解釋。在這過程中，我也找到機會補強原本看來健全、卻還有進步空間的元素。

　　列出大綱能否發揮效果，部分取決於故事類型，只不過就算是故事裡的超自然夢境，也需要某種邏輯——或許比傳統寫法還要更嚴謹。執行上述檢視作業，應該能從整個改稿過程中淘出各種寶貝。

步驟二：質詢角色

　　然而，檢查結構的功能有限。你還要檢視角色之間的互動，因為這也是某種意義上的情節。為達目標，你可以：

• 在紙上寫下角色的名字，繞成一個圓圈。

- 畫線連結彼此有關係的角色。
- 在關係線上寫下關係類別（如母子或朋友）。
- 仔細檢查跟他人毫無關係的角色，確認那在故事中是優點，而非弱點。思考有沒有哪些角色的關係是你還沒想到的，可能會如何改變敘事。
- 利用這份角色關係圖，再次檢查細分為行動與行為的場景。
- 檢視角色間的互動情況，自問以下幾個問題：
  » X 為什麼如此行動，如此反應？有其他反應的可能嗎？要是反應改變，會如何影響後來的敘事？
  » 如果 X 行動失敗，會帶來什麼後果？
  » 要是互不熟悉的人後來變熟，會發生什麼事？（譬如，要是在故事還沒開始前，主人翁就認識了反派呢？他們之前會發生什麼故事？這段過往如何影響敘事？）
  » 兩個（或多個）角色之間可能有你沒想到的共同過去嗎？或許會在這個場景中引發什麼後續言行？
- 從所有非觀點角色的角度概述故事情節。這些人對故事中的事件感想如何？他們的意見跟觀點人物差距多少？這些人又是如何看待主角？

　　你會發現這些測試有助於創造**深度、層次、連結**，也能使你看清故事中的角色是否顯得**太簡化**或**理所當然**。

　　有一次我辦工作坊時，將上述質詢法運用在主角默默吞下反派要求的某個場景。我問那篇文章的作者：「要是 X 拒絕 Y 呢？ X 拒絕，那樣不是比較符合 X 的作風嗎？拒絕後，故事走向會怎麼改變？」結果作者沒有想太多 X 拒絕的可能性；倘若真的拒絕，卻可以馬上扭轉拖拖拉拉的場景，徹底改頭換面，帶入更多潛文本，也更有戲。作者一開始寫 X 答應，根本只是本能反應，好讓自己往下一個及下下個場景邁進。

　　我再問對方第二個問題：「你確定在這一幕之前，X 跟 Y 不會已經認識了？」結果作者也從未想過這個可能性，但假使 X 認識 Y，角色發展的機會隨之增加，也能從根本改變故事的走向。經由這番檢視，作者發現 X 的情人和 Y 有關係，突然之間，沒什麼張力的兩人故事立刻多了立體感。

步驟三：段落編輯

　　寫作剛起步時，尤其需要以「機械性作法」一段段地編輯，這能大幅改善技法——你會慢慢看見作品中的聲音和風格躍然紙上，擺脫技術缺陷的包

角色關係圖：「葛蘭維爾公司的鬼魂」

故事類型的問題

—— 如果你的故事想挖掘葛蘭維爾公司背後的祕密，角色關係中還缺少什麼？
什麼重要，什麼不重要？

—— 如果故事著重描寫公司的某個員工，哪些訊息可作為背景資訊，哪些訊息
應該在一開始就凸顯？

—— 角色之間，或角色關係與世界之間的衝突，哪裡已有明顯的發展？

角色類型的問題

—— 有沒有哪些角色即便刪掉或結合，也不會破壞故事本身？

—— 哪個角色應該跟其他角色的關係更加緊密？目前的草稿中，有沒有哪個角色
應該與不認識的角色結識？

—— 哪些角色之間的摩擦直接與故事有關？

—— 如果仇恨值增加或減少，會發生什麼事？又會如何影響角色的背景故事？

還有
這些

不在場的角色

雖然葛蘭維爾公司的創立者伊莎貝
爾・史諾克五年前離奇失蹤，她依
然以某種方式發揮影響力？

配角

配角如何影響主角的社交圈？配角
是否擁有主角沒有的影響力，知道
主角不知道的訊息？

遺族

瑪麗蘇對父親的記憶，會不會影響
她的日常生活、行為或思考方式？

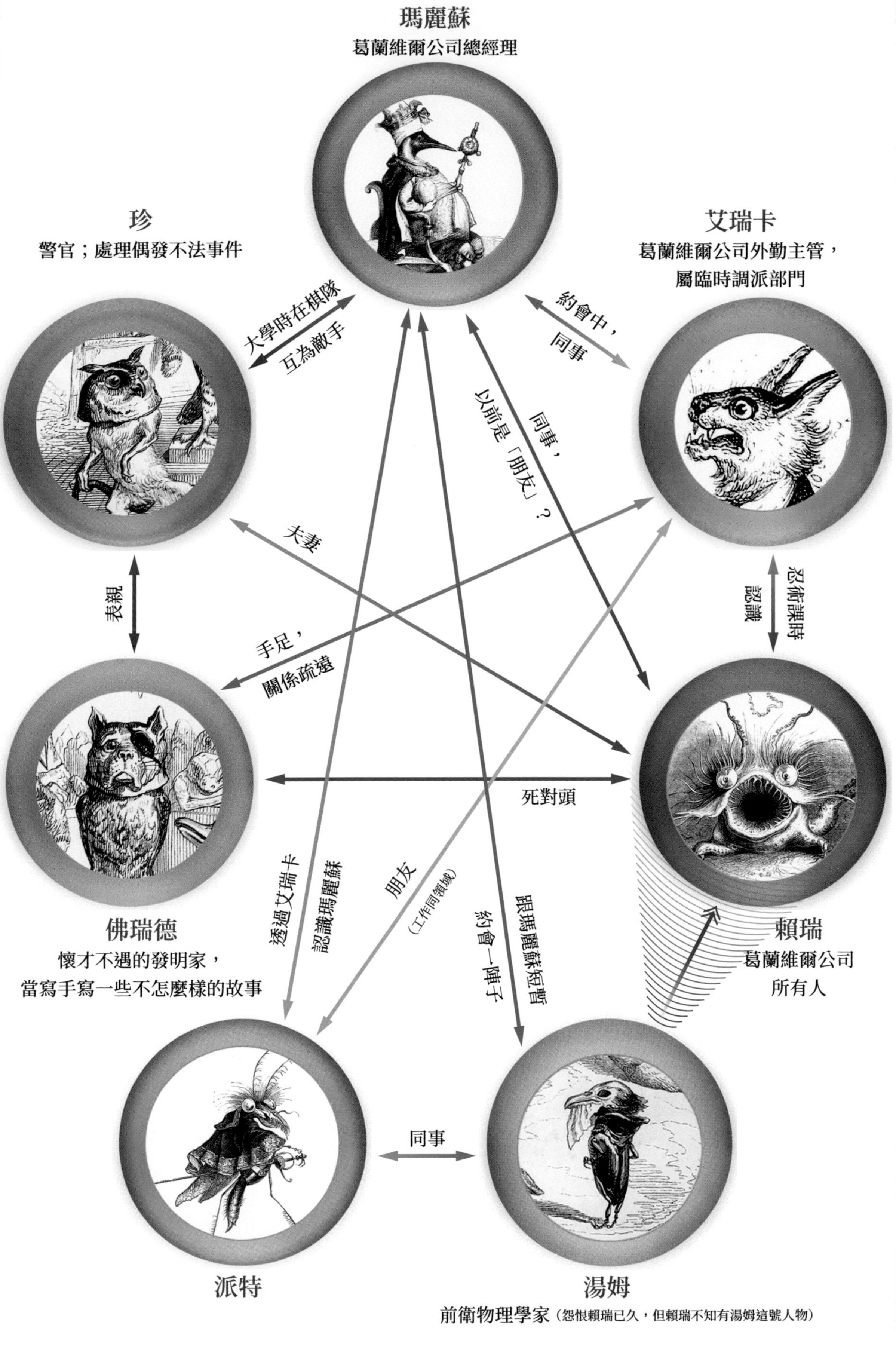

瑪麗蘇
葛蘭維爾公司總經理

珍
警官；處理偶發不法事件

艾瑞卡
葛蘭維爾公司外勤主管，
屬臨時調派部門

大學時在棋隊
互為敵手

約會中，
同事

以前是「朋友」？

同事，

夫妻

手足，
關係疏遠

表親

忍術課時
認識

佛瑞德
懷才不遇的發明家，
當寫手寫一些不怎麼樣的故事

死對頭

透過艾瑞卡
認識瑪麗蘇

朋友
（工作同領域）

跟瑪麗蘇短暫
約會一陣子

賴瑞
葛蘭維爾公司
所有人

派特

同事

湯姆

前衛物理學家（怨恨賴瑞已久，但賴瑞不知有湯姆這號人物）

袂。在寫作生涯初期，我發現自己風格繁複，使用太多對話標籤（她說、我說）。我會用不同顏色的筆圈出故事中所有的形容詞和副詞，包括「說得很興奮」這種修辭。接著我會在某次改稿時，專門刪除不必要的描述及對話標籤。隨著時間過去，在放大檢視、修剪贅語的機械過程中，我發現自己一開始就少用許多，最後就不再畫圈了。同樣的方法我也用在動詞、名詞、代名詞上，看看自己寫句子時措辭是否足夠強烈。有時我也會拉出對話或闡述的部分獨立檢視，改善問題——類似萊夫・葛羅斯曼在本章稍後所述。在某些檢視過程中，我會無情地檢視各個段落和句子，自問以下問題：

- 我能用更好或更有趣的方式改寫這個句子嗎？
- 這個句子在炫技嗎？應該表達得更直接嗎？
- 我用的是特定的細節，還是一筆帶過？（如果是後者，為何不詳細描述？）
- 這一句其實應該拆成兩句嗎？
- 這段刪掉有什麼損失嗎？
- 這個敘述段落是不是應該早一點出現並且縮短呢？

以上過程是否顯得太刻意或言之過簡？或許吧，這只是改稿過程中的一種範例。有時候機械性作業的好處不少，能讓你暫時甩開改稿時一直動腦的負擔。機械性作業能迸發火花，以全新的角度檢視故事。

謹記：改稿是自己的事

看到這裡你可能會想，「改稿＝吃苦耐勞」是我的信念。其實，潛意識需要意識規律地工作，才能找到前進的方向。

改稿很辛苦，重複性又高，但在過程中，你會以沉浸其中的方式扎扎實實學到何謂語言和敘事。改稿也需要一些理想的狀態，每個作家需要的都不一樣。有些改稿的一般概念確有其道理，例如完稿後得保持距離。初稿寫完後在抽屜裡放個幾週，通常就能達到保持距離的效果。改變原稿上的字體或調整版面，或許也有類似效果。如果你寫的是短篇小說，可以請朋友念給你聽。以上方法能讓你以全新的角度看待作品。

這裡提供另一個很有用的經驗談：不同層次的編輯作業最好分開；段落編輯這種浩大工程，與章節編輯非常不同。這種分開作業跟前文所提的**辨認**

WEB

其他作家的弱點

關於修改二三事

萊夫·葛羅斯曼著有《紐約時報》暢銷書《費洛瑞之書：魔法王者》（*The Magicians*）、《黃金七鑰》（*The Magician King*），亦為《時代》雜誌資深書評。

創作二十年來，寫得順手、長度夠、後來又不用重寫的寫作經驗，我記得只有一次。那段情節是故事人物化為大雁，飛往南極，大約一千字，堪稱我絕佳的作品之一，可是我從來不知道自己是怎麼寫出來的。那天我在咖啡店裡寫作，坐在沙發上，外頭很熱。那天我唯一確定的就是，除非我開始寫通曉人性的大雁，不然大雁根本不會回頭。寫完第一份草稿，果不其然，完全不能用。

我發現，作者的首要任務（而且這一點也不簡單）就是原諒；你一定要原諒自己寫出垃圾草稿。不管你要施展什麼赦免儀式，跟冷血神明禱告之類的，你都要赦免自己。唯有原諒自己，才能展開嚴肅的寫作工作；這份工作不是寫作，而是改稿。

其實我不但原諒自己把草稿寫壞，我甚至預期自己會寫壞。這是我最壞的打算。第一次打草稿我就打定主意，這稿子不是丟掉，就是希望自己受創的心靈在未來能夠平復，回頭彌補諸大缺失。無論如何，那都不是我現在需要擔心的事，填滿空白紙頭已經夠難了。我發現，期望不高有助於寫作。

如果期望一直偏低，對寫作幫助更大，至少能持續一陣。關於改稿，有部分是要知道**何時**不要改稿。寫得滿腔熱血時，總會忍不住馬上回頭讀，看著仍閃閃發亮、亮麗如新的文字，而且你還籠罩在最初的靈感魔咒之下。我不想叫你別回頭，但是你要小心：一、回頭浪費時間；二、用處不大。你在寫作第一回合要做的只有寫完草稿。必須保持往前的衝勁，別耽擱。要寫得像自己在看書那樣，又快又順。這樣想吧：當你騎著水上摩托車掠過海面，慢下來就會沉進充滿鯊魚的冰冷海水中。還有什麼比垃圾草稿還糟？就是從一開始就沒寫完的草稿。

事實上，我發現改稿和完稿的時間拖得愈長，就會改得愈好。如果能以量化呈現改稿效果，畫出等式，改稿效果與完稿時間有比例上的直接關係。換句話說，改稿時，慢郎中是你的好朋友。我的第三本小說《費洛瑞之書》（有大雁出場那一本）因為法律問題延後六個月出版。我的經紀人說已經寫得很好了。編輯和編輯的主管也這麼認為。延遲兩個月後，我回頭重讀，根本爛得要命。

我利用延遲的半年期間，重寫了兩遍，要是第一版直接印出來會怎樣，我想都不敢

想。莎娣·史密斯（Zadie Smith）曾經寫過：「後來我才知道，最適合改稿的心理狀態，是等到出書兩年後、文學節上台前的十分鐘。」聽來很悲傷，但很真實。

我所學到的教訓是盡量遠離原稿，愈久愈好，直到你跟原稿看不清彼此。這樣做的目的在於，回頭重讀時你才會變成陌生人，對作品一無所知，不會事先瞭解、甚至喜愛那本書。要成為會被書中內容嚇一跳的陌生人，最理想的方法就是利用大量時間稀釋。

當然，要成為陌生人還有其他方法。比方說你可以改字體。當初要是用電腦寫，可以印出來；如果是寫在紙上，就輸入電腦。不管你用什麼辦法，改稿時要把自己當成讀者，而非作者。好文章有種特性，雖然不是誰都寫得出來，但只要一看到，誰一眼都認得出來。你要運用每個人與生俱來、致命又精準的讀者直覺，而非不可靠的軟弱作家本能。

順帶一提，你跟草稿第一次團圓時，試膽時刻也會到來，這時你需要原諒。重看冷卻的文字，凝結得像油膩湯匙盛起的剩菜，這絕對不舒服。因為你腦中某處一定還留有原始靈感的殘影；靈感的影像促使你一開始坐下寫作。那幅景象中，有原始、激烈、愉快、優美、刺激、全新的成分，但是你的文字可能無法涵納上述所有成分，或許連邊都沾不上，還不到時候。沒有靈感能在首度接觸白紙時完全存活下來。這時你瞭解到，你深深背叛了自己的想像。理想與現實的差距，從來不曾如此遙遠。

也正是這種時刻，可以明顯區隔「作家」與「想當作家的人」。這時出現嚴格的篩選，有人誤會失望與絕望無藥可醫。你要敞開胸懷接受失敗，看清失敗代表的真相：靈感的魂魄還活著，埋在你心底某處的瓦礫堆下，但依然強健，生命跡象穩定，只要挖出來就好。

我通常會將改稿分成幾個校次，每個校次處理不同的事情。有時很簡單，像是記錄一個場景出現多少感官描寫。英文很適合描述視覺和聽覺，所以處理角色時，他們很容易變成只有眼睛和耳朵。我利用一整套改稿方法，確認自己全力描寫其他感官，如觸覺、味覺、嗅覺、冷熱、痛苦。我想確定自己知道故事中每個場景有什麼味道。

有時我會快速掃過文字，找找看哪裡「還沒決定」。故事中是什麼季節？哪一年？人物幾歲？什麼族裔？信什麼宗教？性傾向為何？姓什麼？大學念哪裡？父母是什麼樣的人？我告訴你，角色所在的宇宙是一片空白且平凡，你要下決心才會改變。要是不下決心，讀者也會發現，聞到猶豫不決的氣味。即便只是小角色，也需要你來定奪。他們的人格就跟主角一樣，既突出又奇怪，就算只在最後一段故事出來說個兩句話，也不能馬虎。

有時我也會為了步調而調整。寫小說特別困難，其中一個原因在於寫作速度和閱讀速度之間的差異所帶來的絕望。讀者看得飛快，要命得快。坐下狼吞虎嚥就是一萬字。寫作要慢多了，對多數作家而言，那至少要一週才寫得出來。意思是說，就算你弄得全身墨漬斑斑，這邊填個分號，那邊換個順序，或者苦思各種相近字斟酌的效果，你也要記得自己花半小時寫的句子，讀者三秒鐘就看過去了。

正因如此，讀者會注意到你看不見的地方。他們不但讀你的句子，還會看見該句所在段落的結構，那個章節的步調，以及全書的面貌。你以為半年沒讀的稿子就會變舊？在讀者心中是全新的。他們會腦補之前那一章和你現在寫的這一章的關係，這些內容你都要掌握。改稿的難處之一，就在於心中隨時要有全書這個複雜系統，全面掌握，同時又得專心雕琢一句話。聽起來有點玄，但你一定要做到，因為讀者做得到。

有時是沒辦法做到，但這就是作家和音樂家的差別。反正又不是表演，被盯著看。休息一天，隔天再回來修改，不用告訴任何人。

我寫完第一本足以自豪的小說時（其實是第三本，但也沒人在意），發現第一章整個寫錯。用作家的眼光來看覺得很好、夠好了，但以讀者的身分看，只想把書丟掉。連我都看不下去了，誰又看得下去？我確實耗費人生中的數月時光寫了又寫，最後還是全選、刪除，從頭來過。最後，小說的第一句，以時間順序而言，算是最後才寫。

福克納曾經打趣說：「別煩惱如何贏過當代作家或前輩，只要贏過自己就好了。」改稿就是這樣，要比之前的自己更好，追求更好是沒有盡頭的。學會原諒自己寫出爛文章之後，也要學會其他人並不會原諒你。作者可以很仁慈，但讀者根本是嗜血王八。要是讓讀者失望，他們永不原諒。◆➡

問題屬於不同階段，現在是為了執行解決辦法。以下舉幾個例子：

- 先解決你覺得最大的問題，解決之後對後面的敘事會有深遠影響。
- 第一次改稿時，可以先編輯台詞，下一輪再重新組合出問題的場景。
- 徹底追蹤某個角色的故事線或支線情節，編輯之後，再看看更改後會如何影響其他故事元素。
- 你可能將大半的編輯時間都花在開頭上，因為寫了三分之一才發現真正的主題，剩餘篇幅的改稿時間就比較不夠。
- 或許一開始就專注修改結局比較好，因為經歷幾校的改稿過程，寫到結局已經氣力用盡。

要是改稿毫無計畫，就會迷失在一片混亂中，不管是用筆改或電腦追蹤修訂，稿子都改得像初稿一般亂。

你想聽一個較少人知道的技巧嗎？改稿不應該用電腦。會講話的企鵝和我都對此深信不疑，幾乎當宗教信條一般奉行。我堅信改稿時，得**實際改在紙本上**，才能體會文字的重量。如果只是用螢幕看，很容易就手下留情，也很容易被網路分心。對我來說，要全心投入精密的編輯作業，最理想的方式是印出原稿，帶到咖啡店或是自然公園裡，心無旁騖，徹底沉浸於文字中。

不管採用何種方法，務必認真看待改稿。尤罕娜·西尼沙羅總喜歡講她同事的故事，那同事發表過一篇文章，表示自己不曾重寫過故事，這樣才不會「失去文字的新鮮感」。可是以她的角度，「所謂的『新鮮感』錯覺，其實是嘔心瀝血編輯作業的成果——俗爛的文字、老掉牙的比喻、理所當然的結局、不努力追求風格，這些錯誤都會在第一份草稿出現……我認為，仔細閱讀、大量重寫再重寫才是關鍵，才能製造出流動優美、新鮮、富有原創性的文字。」

伊恩·R·麥克勞德說過：「不論什麼年紀，想當作家的人似乎都沒瞭解到改稿過程必須極其混亂、毀滅性十足，明明應該看得更遠，卻卡在一行行的編輯作業中。」

希望你也學到，千萬不要把寫過的東西扔掉，就算之前的草稿和後來的差很多，也不要按下刪除鍵，也**絕對不要**因為行不通就把擱置中的故事捨棄。你不會知道海上漂流物和岸上漂流木有什麼用，也不會知道場景、描述和角色會在往後哪個故事中用上。隨便亂寫的〈傑克與感傷到可怕的關係〉中感傷的戀愛場景，可能在幾十年後復活，用在〈吉兒與皆大歡喜〉裡，效果竟然不錯。話語的轉折、片段的對話，你永遠想不到何時會派上用場。

不管你後來改稿時採用以上建議或另尋他法，目標應該都一致：不但要改善現在進行中的小說或故事，也要透過重複作業內化你的所學，讓下一個故事從開頭就完善。這個改良過程並非絕對的科學，反而像是前進後退：啟動、停止，走兩步跳到旁邊，再退一步，一陣旋轉暈眩狂舞般的領悟……再往旁邊走一步。不過隨著時間過去，改稿的某些區塊應該更加容易，因為這也是更瞭解寫作的那個自己的過程。伴隨瞭解而來的，是看清事物的能力。

小說台詞編輯範例

選對第一讀者

（多數）作家在改稿過程中起碼還會踏出另一步，因為他們會將草稿交予寫作坊或值得信任的頭一批讀者，所以改稿時可能會採納他人意見。一如第三章插圖上的「惡評之林」，我認為選對讀者很重要。以下是從我個人經驗歸納的重點，可別忘記：

- **多樣性**：我所謂的「多樣性」是真正的性別、文化多樣性——在這個網路時代，最好還要包括外國讀者。為什麼呢？儘管人都有共通之處，而文學的影響足以跨越地理疆界，但跨文化的國際讀者能讓你接觸到

不同的小說和人生觀念，進而影響原稿的元素。此規則也適用於男作家寫女角，反之亦然。以下讀者也可納入考量：（1）喜愛各種小說，而非獨鍾你寫的這種小說的讀者；（2）非作家的讀者；（3）寫作經驗不等的讀者。你需要非作家讀者，因為你的讀者應該是普羅大眾，你不是只寫給作家看。非作家讀者看你的作品，觀點可能很不一樣。此外，你也要小心是不是只有同儕或寫作經驗比你少的人看過你的作品。你一定要找寫作經驗比你豐富的讀者。這就好比打網球，比賽要打得愈來愈好才會進步；批評作品也是一樣。

- **限定數量**：同一個故事不需要給二十人讀。一般說來，除非你意志堅定、自信爆棚，不然聽取太多意見會導致你寫出「各方妥協」的版本，想要採納大多數的建議，即使這些意見只是思考角度迥異而已。其實，你只需要大約十五人的第一讀者群，再從中選出五到七人來讀一篇故事或小說，這樣意見涵蓋面向應該足夠（如果你有好好挑選）。我替自己的小說《長鳴》選了太多第一讀者。這本小說很獨特，帶點實驗性質，結果眾人反應很發散。如果要我重新篩選，我不會再選喜歡實驗小說的讀者，因為以個人層面而言，他們想要我拋棄任何可能的傳統敘事，放手採用實驗手法──那並非我的寫作本意。

- **分析與同理**：在理想情況下，你希望找到的讀者，不是很會講具說服力的分析性意見，就是不致在瑣碎的細節上糾結，甚至能同理你的寫

〈大魚吃小魚吃大魚〉（Big Fish Eat Little Fish Eat Big Fish, 2012），莫莉・克萊伯普。消化他人對自己的小說或故事的評論時，謹記別被太多第一讀者搞糊塗了。是你要吃掉他們的意見，不是讓意見吃掉你。

頭 號 讀 者 幻 獸—生 人 勿 近

文法偵錯黃鼠狼，文法偵錯黃鼠狼，看到任何芝麻小錯就拆解句子，完全不管電腦會自動校正拼字和文法。黃鼠狼隨身攜帶六枝偵錯鉛筆準備出招，無視作品中的重大問題，看見你逗點標錯就把你當戰犯戳死。

笑笑魚，討厭所有慘事，文學作品尤其不能出現。千萬不能讓狗狗出場，結果卻踩到香蕉皮摔死。笑笑魚會抱怨一卡車：「你就不能寫點快樂的東西嗎？」連想像出來的貧窮、戰爭、搶劫都會弄哭笑笑魚，牠只想看到快樂的人一直快樂。要是順牠的意，笑笑魚會一筆抹殺作品中所有寫實逼真或令人不悅的部分。

雙面阿鏡，只想要你寫牠自己體驗到的世界，還要你的故事反映牠的生活。其實對阿鏡來說，你和你的故事根本不存在，阿鏡看故事只會看見牠自己，連牠腳上的鞋子也只顧著探索自己。可是在此同時，阿鏡卻會辯稱：「我這樣做不是為了自己，是為了你的作品著想！」

愁苦烏賊，盡己所能，把作品行文的元素都詮釋為「哀傷」、「哥德式浪漫」，或者說出「我好喜歡這一幕堆疊出的層層腐敗」之類的話。記得跟牠見面要穿黑色，不然會被抗議。更別忘了所有作品都已死亡，世界末日即將到來。幹嘛還拿稿子給烏賊看呢？！牠只會吐黑色苦水啊。

作意圖。要是有讀者不斷拿自己的程序來評判你的作品，又想改成自己的版本，就不該在讀者群裡待太久。不過有時候，你信賴的第一讀者也不適合特定書籍，因為他們特別缺乏某種同理能力。有一次，我不得不捨棄某個讀者的意見，因為他顯然對婚姻有些成見，波及他分析故事中不尋常關係的能力。

- **專家**：有時你寫的小說或故事需要特定的觀點或經驗，就得尋求一、兩位新讀者為你把關。比如凱琳‧洛瓦基在寫《戰爭之子》（*Warchild*）時，把書送給一群人指教，其中一位曾經從軍，因為那本書處理到戰爭和創傷症候群。聽過那位讀者的分析後，她確定自己的寫作方向無誤。「他說他深信我真的當過兵，還會武術，不只是細節寫對，整個故事的思考態度及細微處也很到位。」

- **拒絕連打強心針**：永遠喜愛你的作品的讀者對你沒有用處，只會幫你打強心針，不善於分析時，打得更凶。打打強心針沒什麼不好——大家都知道我要是把稿子寄給某人，就只是想要討拍……但你要認清自己是因為這樣才把稿子寄去。

- **疲乏期**：有些一開始很有用的讀者，到後來都免不了失去價值。隨著時間過去，他們變得太過熟悉你的作品，沒辦法保持適當距離，提供有效的批評。要是你真的找到連續好幾年都能提供有效建議的讀者，你得採取必要措施，確保他們未來一直很健康。不要讓這人去跳傘、高空彈跳或是參加西班牙鬥牛狂奔（我很幸運我有兩位這樣的讀者，其中一位是我的妻子安）。

　　除了跟個別讀者合作，你也可以考慮加入寫作團體或工作坊。對於順便批評作品的工作坊，我一直抱持著懷疑態度（以後也會懷疑下去）。從社交層面看來，由於創作圈很艱苦，寫作者通常都習於獨處，寫作團體能讓作者得到可貴的情感支持與肯定。但寫作團體的存在也鼓勵作家不斷去工作坊創作，這種想法對作家的成長很傷。寫作剛起步時，選擇性地參加寫作坊和零星的寫作課程，對作家很受用。但到了一定程度，就得把輔助輪拆下。大多數長期寫作坊往往會磨平作家的個人特性，特定的集體概念甚至會隨著時間固定下來。更糟的是，工作坊成員都內建了偵錯系統，沒錯也要找錯。

　　我不是說你應該停止學習，而是寫到後來，只有你才能仲裁自己是否充分表達了獨特的視角。

可能需要投胎重來的故事魚

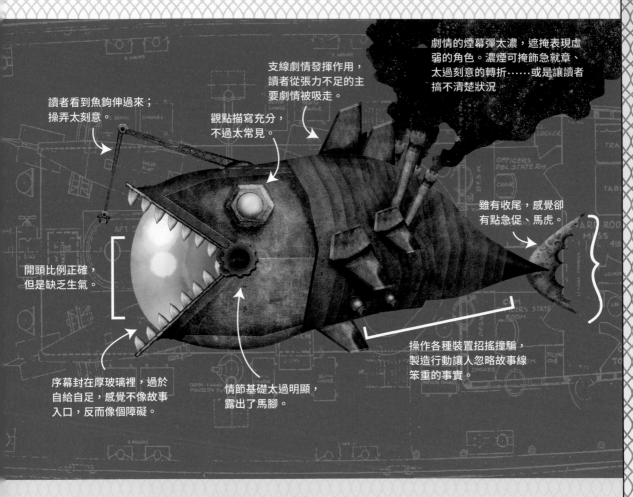

讀者看到魚鉤伸過來；
操弄太刻意。

支線劇情發揮作用，
讀者從張力不足的主
要劇情被吸走。

觀點描寫充分，
不過太常見。

劇情的煙幕彈太濃，遮掩表現虛
弱的角色。濃煙可掩飾急就章、
太過刻意的轉折……或是讓讀者
搞不清楚狀況。

雖有收尾，感覺卻
有點急促、馬虎。

開頭比例正確，
但是缺乏生氣。

操作各種裝置招搖撞騙，
製造行動讓人忽略故事線
笨重的事實。

序幕封在厚玻璃裡，過於
自給自足，感覺不像故事
入口，反而像個障礙。

情節基礎太過明顯，
露出了馬腳。

種類： 機 械 魚

- 手法按部就班，作者意圖變得太過明顯，讓讀者無法進入狀況。

- 讀者不覺得有趣，反而感到被操控。

- 過了開頭之後，角色變得索然無味；動機薄弱，人物行為多半只是為了推進情節，或是讓
  主角的行動更順利。

- 後半部的場景像在趕戲，或者看不出有何區隔；相似性太高，是因為缺乏想像力，或者讀
  者根本不在乎角色。

- 整隻機械魚充滿設計缺陷，該藏在故事裡、隱微不見的卻暴露在外，只能吃力地往前游。
  整個故事為了簡單的任務並往前推進，用力過猛。

惡魔代言人

寫實驗小說的話，一開始就
屁股對著讀者倒著寫，不失
為出奇制勝。

惡魔代言人

規規矩矩地寫，不一定
會有規規矩矩的結局。

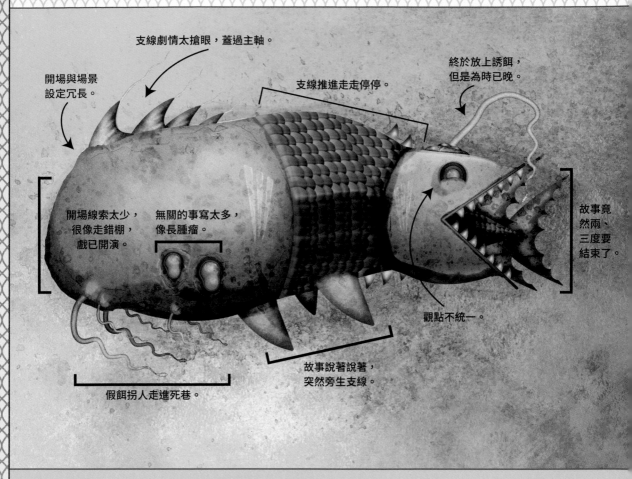

支線劇情太搶眼，蓋過主軸。

開場與場景
設定冗長。

支線推進走走停停。

終於放上誘餌，
但是為時已晚。

開場線索太少，
很像走錯棚，
戲已開演。

無關的事寫太多，
像長腫瘤。

故事竟
然兩、
三度要
結束了。

觀點不統一。

假餌拐人走進死巷。

故事說著說著，
突然旁生支線。

種類：頭尾顛倒魚

- 魚游錯方向，根本不知道要往哪去。
- 故事開頭沒有特定焦點，或者缺乏吸引人的重點。
- 故事元素彼此間不和諧，或是比例不對。
- 整體的結構和形式不合讀者胃口。
- 觀點不統一，讀者有時貼近主角，有時疏遠。
- 到了結局，其他無關的訊息和支線劇情被塞進故事魚的肚子裡。

注意：有些小說從結尾開始，讀到結尾才是開頭，例如馬丁・艾米斯的《時間箭》
（*Time's Arrow*），不過這跟不小心倒著游的故事魚不一樣。

讀者回響大和解

幫倒忙的評語會毀掉故事，或是讓人展開無謂的追尋。假使評語跟寫作意圖不貼合，可以虛心接受，但要勇敢無視。別讓一般的經驗談破壞自己的看法。

——黛瑟琳娜‧波斯科維奇

第一讀者或工作坊夥伴的評語，你都怎麼消化？還在發展自己的敘事聲音和風格時，尤其要以系統化的方式處理評語。為什麼？這樣才能將評語的功能最大化，在不失去有用訊息的前提下，去除無關、甚至有害的評語。

以下是我覺得有用的方法。

- 閱讀吸收所有意見，不管你一開始覺得有多荒謬。簡言之，拒絕任何意見前，要能夠先內化。
- 逐條思索各項批評後，挑出**比較**適合自己小說的。仔細想過之後，列出最能點出作品優缺點**兩面**的意見。再藉此做大方向的修訂。
- 進一步作業前，確定自己清楚小說或故事的走向（主題是什麼？你想要怎樣達到目的？），這一步甚至可參考前述的結構／角色測試。
- 列出符合故事走向的特定意見。
- 列出不符合故事走向的特定意見。
- 向自己解釋為什麼不採用與故事走向相左的批評（比方說，「這意見不適用，因為我的小說又不是要寫雙龍決戰，反而跟說話企鵝和持槍女子間的友誼較有關係。」或「第一讀者根本不知道小說時間設定在近未來，我可是在第一段就寫出日期了；這些修改都沒法採用。」）
- 利用其餘的批評來修改故事。

以上的系統性方法能讓你最大化批評的功效，如同老練的屠夫，不浪費死豬身上一丁點肉末。

找到自己的路

凱倫・喬伊・富勒最著名的是她處理科幻、奇幻作品的手法，細膩卻有力。著有《莎拉・康納利》（*Sarah Canary*）、《甜心的季節》（*The Sweetheart Season*）、暢銷作《珍・奧斯汀讀書會》（*The Jane Austen Book Club*）。選集《沒看見的，與其他故事》（*What I Didn't See and Other Stories*）曾贏得世界奇幻獎。

有好幾年時間，我都寫出爛故事。寫的時候就知道很爛，但我竟然無所謂。我邊寫邊學，後來行文、步調、對話、場景、角色方面都明顯進步，連我自己都看得出來，十分開心。然後我進入跟之前寫爛故事時期一樣漫長的撞牆期，修完明顯錯誤後，故事仍一蹶不振，只是沒人說得出所以然。**那讓我很焦躁。**

這問題似乎總是發生在結局。寫著寫著一切都很順利，因為行文、步調、對話都進步了；直到收尾處，大家才意會，本來喜歡這個故事，看到後來就不喜歡了。**這故事需要修改。**寫作團體的夥伴這麼告訴我，好像這麼說就有用似的。**妳要改得更好。**

故事結局與我之間的僵局，在某天下午突然消解了；當時我正在聽美國桂冠詩人羅伯特・哈斯（Robert Hass）講解要如何幫詩收尾。他那場演講涵蓋的層面很廣，講授高明，充滿風格獨具的迷人故事。他提到要寫自己相信的結局，還要接受矛盾——想說「不」時，也要放進一些「好」，反之亦然。他提到同一個故事有多種讀法，也提到人需要發覺世界中的形狀與含義是既感人又詼諧。

那天我得到的啟示無法整理成理論。在我坐下聽詩人演講時，替之前兩個寫壞的故事想到兩個不同的結局。回家後，我把結局改掉，同時又想到第三個故事的結局。換了新結局的三個新故事，後來變成我第一批出版面銷售的故事。

現在要我明確解釋那天的領悟，我也只能說到這地步。我發現自己不相信神一般的作家，連頤指氣使的作家也不相信。

我寫故事時，不只告訴讀者發生了什麼事，還告訴他們要如何去理解、感覺，以及這一切代表什麼含義。我在故事中沒替讀者保留發表意見或反應的空間，反而把他們帶到愈來愈窄的隧道，因為我在潛意識認定故事應該工整。

工整的故事可以很美好。讀者喜歡工整故事的技巧、高明、優美無瑕，讀來有如製作精巧的物件。譬如妻子剪下頭髮賣錢給丈夫買錶鍊，而丈夫也賣了手錶給她買梳子。這故事就寫得很美。

要是工整的故事寫得不精巧，其中的人為操弄就不會成為優點，反而是致命傷，而且工整的故事通常寫不好。顯然我的也是如此。

現實裡的故事（不論是哪一種）一團混亂，故事也需要混亂（模糊性、不確定性、不可依賴性），才顯得真實。不是每個細節都能工工整整滿足作者需求。我寫的工整故事，結局連我都不相信，因為我相信的其實是混亂。

我們認為童年是充滿魔幻想法的時光。大概一歲半，小孩就開始編織想像世界，玩角色扮演，想像自己擁有超能力。我記得自己扮演過政治家大衛・克拉克（Davy Crockett）、三劍客的主角達太安（d'Artagnan）、蒙面俠蘇洛（Zorro）、神槍手安妮・歐克麗（Annie Oakley）、太空飛鼠（Mighty Mouse）。我學

《大草原之家》（*Little House on the Prairie*）中的蘿拉刺繡，也模仿《夏綠蒂的網》（*Charlotte's Web*）的芬兒跟動物說話。我想像過自己是狗（邊境牧羊犬），是馬（五花馬），是為法國抵抗運動效命的間諜，是為路易斯和克拉克帶路的印第安嚮導。八歲時，我已經死而復生許多次，身上插滿箭，布滿彈孔，還被雪球手榴彈炸飛。

但後來我以為最真實的部分，反而成了最奇幻的劇情。小時候，我以為維持世界運作的是有能、理智又善良的大人。我如此相信了很長一段時間，連我知道聖誕老人不存在之後，還一直相信著。

後來，這個信念就和鐵達尼號一樣沉沒了（我小時候也想像自己搭過鐵達尼）。維持世界運作的是蠢蛋和瘋子，其中有些人真蠢，有些人真瘋，可是他們統統很有錢。我滿喜歡這個世界，大致來說算喜歡，但我一點也不喜歡維持世界運作的人。

現在，真實世界沒那麼讓我滿懷怒氣了，卻更令我困擾，它似乎漸漸消逝了。依賴性、可預測性、合理性——所有童年風景的衡量標準，現在都化為一陣煙。

甘迺迪總統遇刺時我十三歲。那個年紀，聽聽官方版本的報告就已足夠，只是對於官方說法的信任很快就被北部灣事件摧毀了。不過北部灣事件只是謊言，謊言到頭來總會強化真相，而非推翻真相。另一方面，甘迺迪遇刺對我來說成了象徵性事件，象徵令人更不安的事實——故事的版本，不管是已經說過或想像出來的，都不能替報導出來的事實自圓其說。

現在我們學到不要相信什麼？

1）中立的觀察者：觀察必定帶有認知偏見。愈來愈多人發現在極端情況下，目擊證詞並不可靠。但許多人因此被處死，實在駭人。

2）記憶：聽完詩人談話的隔天，他告訴我們，當他在後續報導中看到自己的談話，他

嚇了一大跳。所以我前頭的敘述完全有可能是潛意識在編造謊言，這也不是第一次了。在記憶形成的那一刻，詮釋的過程已然展開，扭曲也已成形。如果你告訴別人你記得什麼，會扭曲得更加劇烈，就如同我講述自己如何受到詩人感召的情況。

更何況記憶的植入、修改、刪除實在簡單得可悲。可以對別人的記憶動手，竄改自己的更容易。我們一直這麼做，甚至察覺不到。

3）身分：剛才已經幫記憶打折扣，現在要說「你根本不存在」。你就是「你」這個整體，不是單一的存在，而是互相依存的無數生物的集合，包含細菌、寄生蟲、昆蟲。要是你相信加大聖塔芭芭拉分校的凱文・萊佛提（Kevin Lafferty）的研究，你的行為基本上是被貓身上的一種寄生蟲所控制（當然你可以完全不信，只是不信正好讓寄生蟲稱心如意）。

4）性格：現今的心理研究顯示，人類行為只受到性格的一小部分影響，小到驚人。我們反而會高度回應環境中的細微變化。這麼說來，我們跟馬很像，只是沒那麼有天分。

5）現今心理研究——

6）算了，各種科學研究會說話：二〇〇五年，史丹佛大學的約翰・尤安尼迪斯（John Ioannidis）發表〈為何發表的研究發現多為造假〉，文中探討選擇性報告，以及生醫研究欠缺再現性的問題。加大聖塔芭芭拉分校的強納生・史顧樂（Jonathan Schooler）因為「衰退現象」獲得關注。此現象時常發生在數據扎實、研究方法完善的實驗中，要是實驗反覆操作，之前發現的結果會隨著時間愈來愈少出現。

以上說法可解釋為「人就是會犯錯」，可是有一些無法解釋。事實上，更像是這個世界充滿各種噪音，我們卻誤以為那是有意義的結果。只不過因為能證明一件事，我們就以為自己完全明白了。

說了這麼多，我只是想表達，我不在故

事中運用模糊性，作為文學裝置或後現代伎倆，不是閃避作家的責任。我使用模糊性只是想承認，我們自以為知道的事情都沉在一片廣大的未知之海下，永遠不會知道。我想承認我對這個人所居住的世界有多無知。

我也想要處理一個矛盾——語言這個工具不精準也不充分，連我們自以為瞭解的小事都無法表達，但我只能用語言來述說這一切。

此外，我想在故事中寫一些不能用文字呈現、無法言喻的事情。

現在我會寫混亂的故事了，故事中的人物（包含我和讀者）什麼也不懂，什麼也說不清楚。我把這些不懂及說不清當作自己的負面空間，搭建這個空間就和創造故事元素一樣小心翼翼。我要找的不只是模糊性，還要是能運作、具有功能的模糊性。這也算一種矛盾。

我腦海中一直有讀者。我會考慮目前要讓讀者得知什麼，也特別注意別太早破哏，還有讀者永遠不會知道的事情。負面空間存放著我無法言喻的事物，也是我保留給讀者的空間。我很清楚我刻意保留了什麼，但我也歡迎讀者找到別的東西，確實也常常找到。

有些讀者不喜歡我保留太多空間，看不慣我的故事。對這些讀者，我感到抱歉。我知道自己要求很多，但我發誓這樣做絕不是為了裝可愛、裝聰明、逃避責任、反應遲鈍，或是故意刁難。

我寫這些故事，只是因為我們住在一個混亂吵鬧、永遠無法理解的世界。這並非抱怨，我竟然覺得這樣的世界沒什麼不好。◆➤

別殘害靈感幼苗

改稿很像寫作（或許也很像人生），需要平衡。也就是說，你很有可能修改過頭，殘害了讓故事新鮮有趣的生命力。要是只在段落的細枝末節擺擺弄弄，不明白自己為何修改，也不懂如何調動語句更臻完美，你很有可能已經到達再改也沒用的地步了。

隨著時間過去，你會領悟何時該放過小說，或者說，何時小說該放過你。然而，剛開始寫作，特別得跟自己妥協，接受令人不安的事實：寫壞一、兩個故事也沒關係（我彷彿可以聽見充滿恐懼的尖叫，警報大作）。如果真的想當作家，故事是寫不完的。有時也要接受自己有可能解剖了自己的故事，改稿時重新組裝卻一路出錯，故事再也無法復活。事實上，世界太不耐煩，我們又太執著想確認自己所寫的東西都有價值——確認到頭來一定有成品交出去，最終刊登出來。如果你看長遠一點，只要你有能耐成為作家，寫作生涯少說有四、五十年，以短期來說，最重要的是持續改進寫作技巧。你需要

羽化

故事已死
故事不死

為死去點子

新故事裡住著舊故事的鬼，在作者腦中陰魂不散。

如願以償的新故事離開水中，羽化成仙。

舊故事的遺留物

手

備用心臟

使「模糊的故事」成形

適用於「無心的故事」

也可以多加幾隻手……

死去的故事分解，
肉身腐化，
靈感魂飛魄散，
萬物皆滅。

故事化為骨骸，
在作者腦中
沉澱下來。

時間過去，
骨骸浮出作者
停滯不動的腦海。

故事死了就是死了。節哀順變。

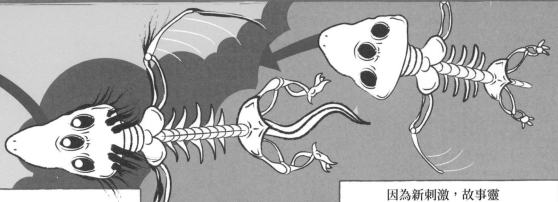

因為新刺激，故事靈
感開始再度結合……

新故事捨棄原有其他
枝幹，再添新枝，只
殘存一絲過往風貌。

你
那
永遠
不滅
四散的軀體……

惡魔代言人
• 不過有些故事死了，
真的就是死了。

懶惰的作家總算得到另一個線索……

某個故事靈感突然出現或靈光一閃，掀起過去的骨骸。
鯊魚也帶走了其他寫壞的故事殘骸。

往事已矣，嗚呼哀哉，鮮有人聞。

盡早瞭解，達到何種寫作效果，才能讓故事如夜鶯般飛翔，但慢慢累積無用的錯誤會讓你寫出咕咕噥噥、不知所云的故事，偷偷穿過廚房地板朝你前進，就像我寫實驗故事《蒼蠅》（*The Fly*）那樣。

盡量不要殘害靈感的火花，但也要知道還會有其他火花再次點燃，一次又一次。

搗亂龍 將所有有用的建議埋藏在二十頁冗長的批評中，註釋尤其冗長。當牠闡釋你的作品時，你要非常努力才能挖出稍微有用的東西，還得無視自己心中冒出「這不是我寫的」的強烈反感。這傢伙糾纏不休，把論文當小說寫，而且在自己腦中縈繞不去。

寫到崩潰　　寫到累垮

寫作練習

附 錄

特別演出
真實的比喻鴨子
騎公雞的豪豬
在教室裡教書的魟魚老師
獨輪推車裡的鹿（牠沒事）

親愛的讀者，

附錄部分是《神奇之書》修訂版的靈魂與心臟。我們在修訂後的附錄新增了五十多頁，把結構及主題改得更為鮮明，選擇收錄呼應主要章節的主題。

「故事觀點」的部分有重大變革，新增集體創意、漫畫靈感、概念藝術實驗。全新的**「結構冒險」**從第四章「敘事設計」借課，根據奇瑪曼達‧恩格茲‧阿迪契（Chimamanda Ngozi Adichie）的熱門小說《美國史蹟》（*Americanah,* 2013），拆解結構、提出問題、找到解方；另外也討論馬溫‧皮克的經典作《歌門鬼城》三部曲（1946-1959）中「午夜之血」動作場景改編的可能性；並且解剖華倫‧艾利斯（Warren Ellis）的反托邦小說《正常》（*Normal,* 2016）的開場，好讓讀者學個夠。

最後感覺有點老調重彈的，是生態小說和大量使用地景描寫的可能性，不論是氣候變遷主題的直接運用，還是間接提及。在此前提下，**「生態探索」**討論我的小說《滅絕》改編電影的經驗；從「地球宏觀」的角度，描寫具有層次感的紐約上州白鹿奇案；最後一個部分討論如何跳脫傳統敘事，應該能大力推你一把，自行探索這個領域。這個部分讓你思考當代的寫作議題，可能是（1）適合創作的強大主題；（2）不太可能立刻解決的障礙。在**「額外練習」**處，還有全新的篇幅教你寫怪獸，將五感推到新境界，幫助你討論生態創作。

希望你會喜歡新增的篇幅，感謝所有讓本書擴充版得以問世的各位讀者。

——獻上愛與感謝，傑夫‧凡德米爾

實境遊戲與寫作

凱琳‧提德貝克

瑞典作家凱琳‧提德貝克寫作《加格納什》（*Jagannath*）系列故事，曾獲得威廉‧克勞佛獎（William L. Crawford Award），並入圍小詹姆斯‧提普奇文學獎決選。第一本小說《阿瑪特加》（*Amatka*）由瑞典最大出版社於二〇一七年出版。

實況遊戲（LARP）為 Live-Action Role-Playing 的縮寫，代表「實況角色扮演遊戲」（下稱「實況遊戲），不過定義不太嚴格，指的是參加者以肢體行動扮演角色，集體即興說故事。下文的觀點源自北歐國家的實況遊戲傳統。此外，這種角色扮演說故事，完全與地窖、惡龍、打打殺殺之類的無關，反而更具備角色與說故事的性質。

> "LARPing gives you a 360-degree immersion, and you can really sink into that other person's mind."
>
> 「實況遊戲三百六十度的全面體驗，讓你完全沉浸在他人腦海中。」

實況遊戲的形式跟故事一樣多元。最常見的典型實況遊戲是「在後院用橡膠劍互刺」，也可以是將二戰潛水艇重新布置為太空船，或在全黑的劇院裡，只用膠帶在地上標示房間和家具的位置，連續演出四十八小時的心理劇。有些實況遊戲只是演好玩的，有些則是藝術實驗、政治宣言。有些則富教育意義，例如透過互動教授高中歷史。其他實況遊戲則混合了多項藝術活動，例如即興版《哈姆雷特》，觀眾有機會演出宮廷貴族，而部分情節透過電影片段呈現。

有些實況遊戲讓人自由出戲、脫離角色，有些則會嚴禁出戲。不管演員投入的程度高低，多數人都需耗費相當力氣，演出全新的另一種現實。

要創作實況遊戲相關小說，可透過遊戲的內外觀點。觀點內是角色的體驗和表演，角色活動能促使幻象形成，例如寫信給另一個角色、說故事、寫一首歌、看報紙。以上總稱為「敘事性元素」（diegetic）。反過來說，觀點外則稱為「非敘事元素」，也就是演員們本身對遊戲的瞭解。非敘事元素，包含描述世界和背景故事的手冊、角色概述及遊戲地圖。以第三人稱替角色寫故事，也可算作非敘事元素。

創作（非）敘事元素的作品和藝術是絕佳的創造力練習，不但能幫助實況遊戲的集體藝術創作，也能替其他計畫鋪路，甚至能讓你突破寫作障礙，解決其他寫作問題。

我創作實況遊戲已經十年了。有些作為商業用途（為教學或藝術計畫而寫的故事）；有些則是純粹寫好玩，當作藝術創作或說故事實驗。對我來說，實況遊戲故事的開頭就像角色扮演桌遊。玩完一輪不過癮，還想繼續探索角色，於是為他們的人生大事編了小故事。很快地，我就加入當代奇幻實況遊戲計畫，當角色開發員。我們寫了十頁的角色計畫，用文字和插圖記錄角色的人生：有小事、內心獨白、詩、圖畫，甚至亂掰星座。

　　另一個計畫大致上是以娥蘇拉·勒瑰恩一些短篇描述的文明架構為依據。這個文明有四個階段的婚姻，角色分成不同的家庭，透過戲劇練習和群組說故事來

發展戲分。一開始沒有任何角色，要先玩類似「一二三木頭人」的遊戲起頭：讓兩個參加者面對面，姿勢隨便擺，問他們：現在發生什麼事？你們兩個的關係是什麼？十分鐘後，他們會想出一些事情，譬如兩人是兄妹，以及彼此的童年。之後對調身分，還會挖出更多家族故事，最後才能夠走動，以角色的身分對話。

　　第三個實況遊戲例子，主題為一九七〇年代的通勤者。參加者只知道三行關於角色的訊息，剩下要靠自己挖。我們利用「你記得……」之類的問話建立角色關係和歷史。A問B：「你記得我們以前在那個廣場上抗議，你還……」話不說完，讓對方接話肯定或否認。人家可能會說：「記得！我對警察丟石頭，被抓去關。」也可能會說：「我不記得，你記錯人了。」但這樣通常就沒戲了，說「記得」比較好玩，說「記得，但……」也玩得下去。藉由集體疏通記憶的過程，全體成員建立自己的身分、彼此的關係，並發現遊戲的用意。

　　有件怪事是這樣的，我常遇到寫作瓶頸，但是為實況遊戲寫作或說故事時**完**

依據提德貝克的故事〈誰是艾維·佩孔？〉（Who Is Arivd Pekon?）改編的短片拍攝留影及劇照。

全不會。在我幾乎不費吹灰之力替實況遊戲創造角色、遊戲相關情節或整個故事線時，自己的寫作計畫就會枯萎。為什麼會這樣？獨立面對自己的故事，負擔應該很沉重，寫出好故事的責任全部壓在你身上。跟其他人一起創造故事能減輕重量。創作過程中有其他人參與，會走到前所未見、大開眼界的境界。

所有形式的角色扮演都能讓作家收穫豐富。規畫一個角色，就能創造出一個世界，邀請別人加入。如果選擇參加遊戲，可以訓練自己征服故事中的虛構面，變成自己的真實；你也會學到接受自己的創作衝動，將他人的意見放進自己的藝術中化為己用。利用角色扮演這個絕佳機會，可以躲在別人的身體裡，從不同角度活生生地體驗世界。光是假裝**看見**自己的角色還不夠，**假扮**成他們，馬上就會深入他們的內心世界。

實況遊戲這種三百六十度的全面性體驗，讓你完全沉浸在他人腦海中。再加上以他人身分親身體驗這個世界會帶來誘惑感，與他人即興演出能讓你腦筋特別靈活，而且當角色的感受及心智狀態蔓延到你身上時，你會突如其來感受到情緒的衝擊。更棒的是，有其他人在場代表你沒有控制故事全場，這會逼迫你捨棄平常的習慣（如果你真的願意捨棄）。

角色扮演和實況遊戲所使用的說故事技巧，對作家而言極為受用：你能逐漸瞭解自己的角色、建構的世界，也能擺脫寫作瓶頸。如果你覺得角色無趣，或不確定他們到底想要什麼，你可以抓一個朋友來進行上述的遊戲練習。或者讓實況遊戲夥伴把你當成故事中的角色進行訪問。你還可用角色的身分寫日記，打扮成角色的模樣，嘗試模仿他的言行舉止。進入角色的腦中是好事，但在扮演和過度入戲之間要保持平衡。

要是你的故事設定在異世界，不妨利用實況遊戲規畫者所使用的提升遊戲經驗技巧。你的異世界中有報紙嗎？寫一段報導看看。那個世界中的文學傳統是什麼？你可以假裝是名作家，寫首詩或著作中的段落。擬一份購物清單，講爛笑話，列出時下流行的髒話。

角色扮演和即興演出，在支持文學寫作的創意過程中是一種有氧練習。你不妨加入實況遊戲，實際去玩玩，也可以加入即興劇場團體，或者自己規畫。你可以講各種類型的故事，任憑故事發展。這一切對你的大腦而言，或許是前所未有最刺激的練習，讓你在高度有趣的地方生活並創作，是最大的回饋。

啊！

閃電！
睡覺！
閃電！

哎唷，
不是這樣
演的…

誰是艾維·佩孔？

吃完午餐，塞可拉克絲小姐的燈又開始閃爍了。艾維遲疑地接起電話。

「你好。」聽筒傳來塞可拉克絲小姐平板的聲音。

「妳想要接到哪裡？」艾維問。

「請幫我轉接甲蟲王。」

「明白。」艾維說完後按下靜音鍵，驚恐地看著科妮莉亞。她正忙著接另一通電話，案九九七〇的安德柏女士，便皺眉揮手趕他。他只好回頭處理塞可拉克絲。

「小姐，我恐怕沒法幫妳轉接給『你好』，我的小蜂蛹。」話說到一半，一陣窸窸窣窣聲竟從他嘴巴冒出來。

二〇〇二年我參加《哈姆雷特》改編的前衛實況遊戲時，開始想到〈誰是艾維·佩孔？〉這個故事。當時，遊戲背景設定為一九三〇年代丹麥艾辛諾爾堡的地下碉堡，遊戲本身十分精緻，玩家完全身歷其境。遊戲區有三座老舊的野外電話，可以打到「轉接台」，指定不在遊戲中的角色接聽。這個接聽系統用處很大，能讓玩家接收情節訊息，推動故事前進（挪威進攻了！），或讓玩家跟自己的母親、朋友對話，提供他們另一個層次的體驗。第一階段我自己下去玩；第二階段我去當接線生，打給玩家說明劇情，或是假扮成他們想通話的人物，還要記錄誰在什麼時候說了什麼，真的很有趣。隔天我醒來想到，如果現實中有轉接台，不知會怎樣？我寫的故事後來改編成短片，由波蘭知名演員演出。電影拍攝劇照如 284 頁所示。

提德貝克的實況遊戲練習：角色轉換

其實這不太像練習，比較像是「方法」。練習寫作時假裝自己是別人，可以突破寫作障礙，打破窠臼。團體合作練習最有趣，不需要搬演全套角色，只是提供一個機會，跳脫一般的思考方式。作法如下：首先在紙條上寫名字（有些名字得是異性），攤成一堆。再做另一堆職業的紙條，第三堆做人格特質（例如害羞／進取／生性浪漫）。之後抽名字、職業、兩種個性，這就是你的新角色。看起來是不是很空洞？別擔心，腦袋會自動填補空白，這是人腦的特性。抽完後做個簡單的寫作練習：建議從自動書寫開始，或回答提示問題。不要想像這個角色會寫什麼，只要**假裝**自己是那個人。

如果很難進入角色，請別人把你當成那個角色進行訪談。這樣大腦又會開始腦補。如果你只有一個人，可以寫那個角色的自我介紹或日記。

這個練習可以複雜，也可以很簡單，看你要怎麼玩，而且想怎樣運用都可以。要玩得成功，只要注意一點：尊重實驗精神——真誠對待角色，誠心做功課。嘲諷心態會毀掉遊戲體驗。

GEORGE R. R. MARTIN
喬治・馬汀
談寫作

　　曾經四度榮獲雨果獎的喬治・馬汀，是當代最知名的奇幻作家之一。過去四十年來，他創作電視劇本，推出頗具代表性作品，例如〈沙王〉（Sandkings）、〈梨形人〉（The Pear-Shaped Man）。不過在他的作品之中，最出名的還是奇幻冒險系列《冰與火之歌》，暢銷數百萬冊，改編為 HBO 影集。此系列靈感來自薔薇戰爭，由於角色塑造生動，就算故事線複雜，也不會看不下去，讓人一讀上癮，欲罷不能。在電話訪談中，我請馬汀談談，哪些寫作技巧對他的成功事業幫助最大。

你的草稿一般都是什麼模樣？

　　我沒有所謂「正常」的草稿，都是一邊往下寫，一邊大量重寫。我早上起床第一件事就是重看前一天或上週寫的東西。每次重讀幾乎都會再改一點、修飾一點；不管喜不喜歡都會修改。當然過程中，很多只是改錯字或修飾不妥的文字，不過有時也會改得更徹底，大改結構。重寫對我而言是一個持續性的過程，我不是那種往前衝，寫完草稿、回頭改，再寫一個版本的類型。

你寫小說的時候，情節改變的幅度如何？會不會常常寫到後來，故事的發展讓你也很意外？

　　我覺得沒有很大的改變。其實也要看小說啦。我認為寫冰與火的時候，節奏把握得非常好，就跟原本計畫的一樣，沒有繞遠路。雖說在實際寫作過程中，會發現有很多條路可以走，對我來說那就是寫作的樂趣之一，是一路走來會發現的東西。如果回頭看我早期的作品，或許有更多大幅的更動。寫《熾熱之夢》（Fevre Dream）時，我就做了重大的改變。

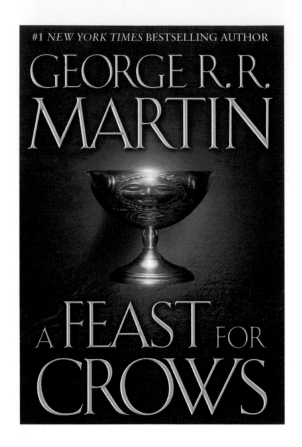

那本小說做了哪些更動？

我原本的結局是來場汽船對決，烈夢號重回河道中，加入納切茲號和勞勃號的知名競賽。後來我才明白這樣沒有意義，會把書中世界帶進另一段歷史，因為那是一場公開的重大賽事，再考慮到汽船的實際年限，到後來根本無法競賽。最後我只好說：「不行，之前想到這裡，的確很有趣，但……行不通。」書中還是可以看到這個概念的殘骸，轉化為馬許的夢想。讀過之後，你可以說原來設計的情節會更有血有肉。但我認為我後來選擇的結局更強，自然也更實際。

你說自己的寫作過程中也有「暗巷死路」。那對作家來說重要性在哪裡？

我認為這跟作家的個性有關。我常說作家有兩種：一種是建築師；一種是園丁。建築師一開始把什麼都設定好，就像真的在蓋房子。真的建築師蓋房子，會知道要蓋多少間房間，每間要多大，管線怎麼鋪，屋頂要用什麼材質。他知道每樣東西的尺寸，連牆壁哪裡有插座都清楚。釘子還沒打下去，地基還沒開挖，藍圖還沒確定之前，他什麼都明白了。有些作家的創作就像這樣。

至於園丁，只是挖個洞，丟種子下去，用血汗澆灌，看之後長出什麼。之後的成果不見得是隨機出現，畢竟園丁也很清楚自己丟了什麼種子；是橡木實還是南瓜，他心裡有數。如果之後沒有意料之外的靈感刺激，結什麼果，他大概知道。

我想在寫作方面，大概沒有太多純粹的建築師或園丁，大部分作家都介於兩者之間，只是傾向其中一種。我個人比較偏向園丁那邊。

年輕剛出道時，你就知道自己是園丁類型嗎？寫到卡關時會不會很挫折？

我沒有想過其他寫作方式，不過在寫作初期的確有很多故事沒有結局，或者只有開頭。我寫了開場，繼續寫了一、兩頁，甚至十頁，結果卻卡住或是拐錯彎。我只好把故事放進抽屜，去寫其他故事。這種寫一半的故事很多，我想這是年輕作家的必經之路。海萊因有四條寫作準則：第一條是「一定要寫」，第二條則是「一定要寫完」。許多年輕作家不知怎地，寫啊寫就卡住了，或者寫到歪掉，從來沒把故事寫完。海萊因說得對，一定要克服這種困境。關於這點，我想自己是大致克服了，但不能說已經完全克服。

那麼來談談營造場景。你很會切換場景，創造最大的張力。就你來說，要達到最佳效果，只是場景長短的問題嗎？

　　我認為不只是場景長短的問題，雖然說長短也很有關係。做電視這行就會學到，而且你想一直繼續在電視圈工作的話，就要利用景跟景之間的暫停來塑造節目架構，因為你得設想故事什麼時候該停下來，總不能讓觀眾在停下來時轉台。比方說有節目是四段，有的是五段，有的是四段加預告之類的。結構或許稍有不同，但是都會暫停。

　　話說回來，什麼是暫停？可能是吊人胃口，故意停下來。這當然很好用，效果強大，但是不能每一章都這樣結束。暫停就是讓動作停下來，希望之後把觀眾或讀者拉回來看後續發展。所謂的後續，可能是帶入新元素或有趣的新角色，也可能是一章結尾的轉折。有時候，即便只是對話中的一句酸話，也能帶來意料之外的發展，顯露角色不為人知的一面，或來個大反轉。總之，暫停有很多種，你會希望所有章節最後都能以某種暫停作結；你希望讀者看完提利昂那一章，會急著再看一章他的故事。當然不能立刻讓讀者如意，要先給他們看一章艾莉亞，或一章丹妮莉絲或瓊恩‧雪諾才行。

　　這些章節也應該這樣收尾。看一章丹妮莉絲，想再看一章。當然讀者沒辦法得償所願，因為書不能這樣寫，於是又回到同樣的過程。但我得說，這種過程並不輕鬆，有時

候運作起來並不順暢。要幫這一章收尾了，故事卻有點破碎難以收攏。這時就要想到底該怎麼暫停。跟敘事順序有關嗎？需要調整順序嗎？但也不能做得太刻意。就是因為這樣，我才會重寫，調整結構，反覆思考。初期幾版的草稿暫停功能較弱，改稿時我就會抓出來。這很不容易，但值得費神去做，因為能助你達到讓讀者廢寢忘食的效果。

《冰與火之歌》影集有沒有哪裡特別誇大，讓你想回頭調整小說情節？

　　我很滿意書的內容，不太覺得有哪裡需要調整。影集的確多了一些厲害場景，比如第一季布蘭和獵狗在黑水河邊，或是勞勃、瑟曦在討論結婚的場景，書中都沒有，可能是我的觀點結構很嚴謹，而上述場景都沒有

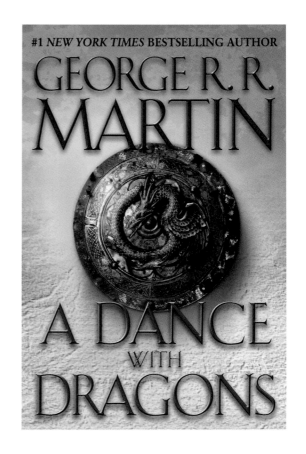

原來的觀點角色可去描寫。要納入他們的角度，就得放棄我自己的觀點結構，不然就得修改、添加勞勃或獵狗的視角，但這些更動我都不想做。我不想為了一個場景，特地從某角色的觀點去寫，之後再也不回到他身上。因此，書中每個角色觀點都有存在的理由，這樣的角色已經很多了，我不想多寫。

有沒有什麼是你不想特別分神去寫的？

我不覺得有什麼特別的類別是我不想寫的，像是「我不想寫跳舞場景」。要看場景或作品的性質，還有你到底想表達什麼。比如說，戰爭場景也可以很無聊。

我在寫第一部《權力遊戲》遇到一個狀況：短時間內發生三場戰役，我的問題是「要不要三場都寫出來？」這樣得花上很多頁，描寫戰士砍來砍去，馬匹叫來叫去，箭飛來飛去，像是「他劍一揮，另一個人刺中他的盾牌」。這些都不壞，還能添加效果，但我真要寫這麼多嗎？我決定採取其他寫法。

我用上列方式描寫了第一場戰役；第二場卻只用了一半的力氣，從未參戰的角色觀點描寫。她站在山丘上俯瞰戰情，其實也看不到什麼，但她能用耳朵聽。讀者只能用聽覺去感受，沒什麼視覺線索，感覺像置身事外，而非親身體驗。到了第三場戰役，我安排傳令兵回來報告戰況。

我也可以三場戰役都大寫特寫，但是間隔太近，我覺得自己會寫到鬼打牆。反正我採取不同寫法。那我以後還會這樣寫嗎？不一定。有些事最好寫得隱約，有些適合誇大。這些你都要自己決定。寫每個場景都要自問：「這需要特別描寫，還是不用？」

同樣的問題也發生在旅行描寫上。奇幻小說的地形描寫特別重要，而書中主角通常也會長途旅行。描寫時要瞬間移動嗎？好哇，有人上馬，騎到城堡，時間跳到四週後；這人跳下馬背，已經來到另一塊領土終點的另一座城堡。你也可以仔細描寫旅程的每一天，發生什麼事，角色在想什麼，體驗到什麼。其實也要看旅途上發生什麼事：角色遇到什麼人、學到什麼教訓，路上都在想什麼。

你的故事線可以充滿肢體動作，也可以沒什麼動作，可是你就要設定場景，呈現那個國度的地貌，同時探索角色的內心世界。我在《與龍共舞》中描寫提利昂的旅程時，就採取這樣的策略。有他在的場景發生了許多重大事件，然而，他遇到其他人時也發生了不少事，讓讀者對這些人有個底，大概知道他面臨巨大的痛苦掙扎。

設定和描述為什麼重要？

我確實認為描述對奇幻文學很重要，起碼奇幻史詩很需要描述。我看書是為了體驗他人的經驗。我要作者帶我離開自己的身體，離開此地，去其他地方，不管是古羅馬、現代芝加哥或其他想像王國都好——我想要感官上的刺激，想要聽到其他聲音，品嘗其他食物，聞聞其他城市的味道，還想知道所有正在發生的事情，這樣才會產生身歷其境的感受。身為讀者，這就是我所追求的；身為作家，我當然要努力達到這個境界。

設定在奇幻文學中分量吃重，偉大的奇幻作品不只有強大的角色，也有傑出的設定。例如傑克‧凡斯（Jack Vance）的《瀕死的地球》（*The Dying Earth*），我知道你

也喜歡他。我們都喜歡他的角色，包括變化多端的魔法師、巫師，加上其他高明的伎倆，但很多人看他的書是為了書中的世界，因為設定很棒。從中土世界、羅勃·霍華德（Robert Howard）的海波瑞恩時代（Hyborian Age），到我書中的維斯特洛，書中世界非常重要。我認為很多奇幻作品的敗筆往往也在此。書中世界沒什麼記憶點或特別之處。

界。這個版本的海報賣得最好；這幅中土世界地圖、這塊土地也成了一個角色，成為書中的靈魂。再看看之後出的托爾金桌曆，也都有書中描述的地點，例如米納斯提力斯、莫瑞亞礦坑、羅斯洛立安（羅瑞森林）。這些地點一說出來，你腦中就浮現畫面。你看見米納斯提力斯，就好像在藝術品上看見巴黎或紐約那樣，已經有既定的印象。

哈德良長城的風景一角。

現在回頭看看托爾金，真的很有趣，他一直是我的偶像。記得他第一次流行起來，是在一九六〇年代，那時我念大學。每個人都在看托爾金，所有大學生都有「Frodo Lives」（與佛羅多同在）的徽章或其他小東西，宿舍牆壁上都會掛海報；我室友就有一張。海報上畫的不是書中角色，而是中土世

你說過造訪哈德良長城的經驗，能幫助你描寫書中的北方長城。真實體驗對於奇幻設定具有什麼重要性呢？

我造訪當地是一九八一年的事情，超過十年之後，我才用上這次經驗。因為當地的氛圍，那次造訪的感覺我永遠記得。那時我和作家麗莎·圖托一起在英格蘭和蘇格蘭旅

行，最後終於來到哈德良長城；我們之前就想去那裡了。到達時我記得是十月或十一月某日的傍晚，都快入夜了，其他旅客都準備離開。太陽也要下山了，開始降溫，天色轉黑。觀光巴士都開走了。

我們爬到城牆上，盡情享受。黑暗逐漸擴大，冬日冷風颳來，我們站在城牆上，感受那股孤寂。我站在那裡，想像自己是來自義大利的羅馬軍團士兵，或是來自非洲迦太基、中東安提阿的傭兵，被派駐到那裡，守衛世界盡頭，看著遙遠的山丘、樹林，不知有什麼躲在裡面要傷害你，也不知自己到底在守護什麼。想到這裡，我不禁打了陣哆嗦，過了這麼多年都沒忘掉，最後在寫《權力遊戲》時，終於派上用場。

第五部《與龍共舞》有一幕讓我覺得特別有渲染力——提利昂划船，沿著惡水順流而下，河岸兩旁都是廢墟，還有怪事發生。不知道你可不可以就這一幕說點什麼？

我一直特別喜歡河流；坐船在河上順流而下，感覺就很酷。看那河岸消失在身後，

冬天
要來了——
哇!!!

不知下次河道轉彎時會遇見什麼，很神祕也很刺激，我想要抓住這種感覺。我也想要塑造出當地的歷史素材，以及以後或許用得到的背景故事。以上這些，我在之前的書中都埋下了伏筆，現在的提利昂就身歷其中了。

迷霧、歷史、詛咒塑造出這場景的受傷感。發生了很多事；表面之下有黑吃黑。即便提利昂在抵抗些什麼，也慢慢想通了一些事，漸漸有了眉目。後來也出現石民（灰鱗病的受害者），我想深入研究這種病。

我看了很多歷史書籍和歷史小說。史實中讓我驚訝的是，我們的歷史有很大程度是被黑死病、老鼠、跳蚤等傳染病原所影響；這些瘟疫在特定時刻橫掃歐亞，對歷史的影響比我們所知還要深遠，卻很少在奇幻小說中提及。在很多奇幻小說裡，好像都沒人生病；他們明明不知道微生物、細菌等病原體，醫藥發展也相當原始，於是這些就形成了問題。這一切都在那個章節發揮了作用。

這一幕挺怪的，不過我很喜歡。我很愛奇幻之中的怪異成分，只是有時候人家也會說，怪異成分太多會讓讀者失去興趣。你有這樣想過嗎？

我當然會注意這點。寫《冰與火之歌》系列時，我一直打算開頭幾乎不要有奇幻成分，傳統奇幻的那種，之後才要慢慢帶入，這樣書中的魔法和奇異分量才能逐漸堆疊。就算等我寫到這系列的結局，還是奇幻比例相當低的作品，不如很多其他奇幻作家所寫的儀式魔法類型，從開頭就有很多妖術、巫術、咒語。

我就是覺得這類小說的吸引人程度，

不如魔法含量低的作品。回頭來說托爾金，儘管他書中有精靈、各種族類，以及使用魔法的痕跡（比如甘道夫是巫師），卻不會真的看到甘道夫使用咒語，也沒有超級厲害的魔法武器，只是跟其他人一樣揮劍賣命。書中很多人用的傳奇名劍都有名字，但其實沒什麼特殊功能，只會在半獸人出現時發出藍光。從這點處理看來，托爾金滿高明的。

你的意思是，魔法可能成為被用爛的特效？

我會這樣想，理由之一是我對魔法的看法：如果書中要用到魔法，一定要看起來「有魔性」。魔法是超自然的存在，不遵守自然的法則，也不遵守人類所瞭解的各種法則。這讓人有點害怕，也是種讓人無法瞭解的存在。魔法應該要永遠保有自己的神祕感和些許危險性。雖然我知道很多奇幻作家投入大量時間發明魔法系統：「我的世界中，魔法運作的方式就是這樣，規則又是這樣那樣。」

魔法不該有系統。在本質上，這只會將魔法貶低為偽科學，好像魔法有規則，如果用多少蠑螈眼睛、處女血液就能煉丹。可能可以，可能不行。我個人比較主張，有些魔法是無法真正掌握的。魔法有其危險性，沒有完全被人瞭解；要讓超自然的存在保持神祕和危險性，而不是讓它變成偽科學。

你曾經說過，要與不像自己的角色產生共鳴，是一個同理的過程。如果從一個與你不同的筆下人物的觀點書寫，需要知道什麼角色背景？

其實要看角色性質。有些需要很多背景故事，有些不太需要。我覺得大概沒有什麼

鐵則。傑克‧凡斯在這一點做得很好。每次看他的故事，都覺得裡面的角色是真人，連小角色都讓我這麼覺得。

要是書中人物走進客棧，你就知道客棧主人會出現，就算只出現兩頁，也是絕對的存在。不管主人是笨蛋或調皮鬼，都有自己的生活要過。他不知道自己是活在大故事中的小角色，而是活在客棧主人自己的故事中。我一直把這一點放在心上，每當有小角色出場，即使只出現一幕，也有自己的要事、自己的想法，也就是說，他不是為了出場而出場。不知道這樣會不會讓角色更顯真實，不過看起來很有用。

但是要寫跟作者本人不像的角色，的確是個挑戰，不用懷疑。寫奇幻、科幻小說，總免不了要寫那種角色。如果我寫跟自己一模一樣的角色，就會寫出一堆在紐澤西藍領家庭出生、成長的團塊世代。其實也沒什麼不好，這種角色我也真的寫過。可是我還想寫國王、外星人、太空船艦長諸如此類，一些我永遠不可能成為的角色。

不管我寫誰，我想我採取的寫法都是以共同的人性為出發點。事實上，儘管人跟人之間有很多不同點，基本上都還是人，有相同的基礎動機。不管我寫的是男人、女人、巨人、矮人、老人、年輕人，都有共通的人性。他們的相同點比相異之處還要多。記住這點，一定會寫得很好。

有沒有什麼例子，是因為想不到角色的特別之處，所以寫到卡住？

有些情況下，要寫自己真的不知道的事情，就得問問可能瞭解的人。我想這種經驗

發生在我寫第一部珊莎初經
來潮時。這的確是件大事，但
我身為男性，並沒有這種經
驗。初經這一幕很重要。珊
莎知道自己被當作人質，要
與喬佛里成婚，只是這件事
因為她還小而擱置。初經來
之後，她就不是小孩了。在
書中的中世紀背景，並沒有
青少年這種觀念，童年結束
便直接進入成年——對女孩
而言，是月經開始或所謂「開
花」之後。珊莎的經期開始，
代表她能結婚和行房了，那
是書中人物的性成熟標準。

　　為了寫經期，我跟很多
女性談論這話題，因為這不
是我坐下來就會跟朋友聊到
的話題。我跟她們說：「好，
我想問一件事，可能有點尷
尬。初經是什麼感覺？會害
怕嗎？還是就默默忍耐？身
體會有什麼感覺？妳當時有
什麼感覺？」當然不是所有

人都能自在談論，不過有些人可以。我學到
很多，後來就用在那個場景裡。如果你要寫
的場景跟某種從未有過的重要經驗有關，就
得這樣做。

你覺得寫作初期，最弱的是哪一環？

　　好萊塢的工作經驗磨練我的對話寫作技
巧，這點最明顯。影視寫作，尤其是節目腳
本，你寫的東西會成真，也會聽見演員排練、

實際說出口，很快就能知道什麼樣的對話有
戲，什麼對話沒戲。要是你聽見演員說台詞
時，某句話說得很彆扭、很不像話，或是有
太多詮釋空間，你馬上就會知道了。

　　我認為電視圈的工作經驗也提升了我的
結構概念；就是我之前提過的暫停。

**作者在自己寫作相關領域的閱讀量，有多重
要呢？**

〈他們並不孤單〉（They Weren't Alone），繪圖：查理・維斯
（《劍刃風暴》（*A Storm of Swords*）第一部，限定版，2002）。

己是覺得，先瞭解那個領域的前輩做過什麼會比較好。

我記得之前在賓州克拉里恩（Clarion）寫作坊，或是後來移師西部的同名工作坊教學，都會鼓勵學生大量閱讀科幻／奇幻作品。記得第一次教課時，我發的閱讀清單列了傑出科幻作家必看的五十本好書；可能也不算偉大作品，只是必看而已。有些還寫得滿爛的，只是在這個類型的寫作歷史占有某種重要性。我會這麼做是因為教著教著，我很快就發現許多學生從沒看過這些作家的作品。我提到一些經典故事或小說時，他們都眼神呆滯，這樣不太好。

你還記得剛開始寫作時，聽過什麼非常糟的建議嗎？

我記得最初開始寫作時，有個編輯退我的稿，說我應該改寫哥德風一陣子，我會學到很多。我不覺得那個建議很有用。不過一般而言，我不認為自己會收到什麼很糟的建議。總有幾個特定故事收到的建議不大好，不然就是編輯、製作人、電視台想要你修改不該改的故事，這時候一定要堅持。有時，人會放棄堅持，尤其是年輕作家，因為他們想要出版作品，也不想自己難搞的名聲傳出去。這完全是人性，沒人想被說難搞。但話說回來，印在書上的可是你的名字。

其實這有點像雙面刃。如果進入該領域之前，閱讀量不夠多，可能會犯一些低級錯誤。當然有時候主流作家跨行寫奇幻／科幻時，也會犯這種錯，用一些二十年前就出現過的概念。反過來說，有時候這些門外漢反而能帶出不同的觀看方式。他們未必熟知慣用比喻、刻板印象之類的，比較不可能重複俗套，有時能做出很新鮮、原創性高又有趣的東西。當然你可以不同意這個邏輯。我自

協同建構世界
集體說故事帶來的好處

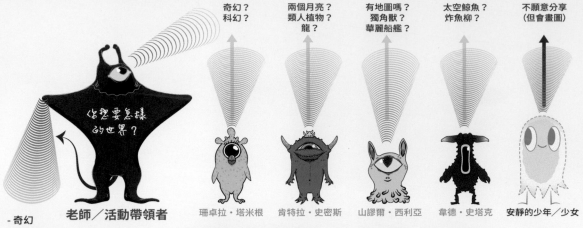

奇幻？
科幻？

兩個月亮？
類人植物？
龍？

有地圖嗎？
獨角獸？
華麗船艦？

太空鯨魚？
炸魚柳？

不願意分享
(但會畫圖)

你想要怎樣
的世界？

老師／活動帶領者　　珊卓拉·塔米根　　肯特拉·史密斯　　山謬爾·西利亞　　韋德·史塔克　　安靜的少年／少女

- 奇幻
- 龍
- 華麗船艦
- 獨角獸
- 土撥鼠
- 遙遠的森林

「我覺得世界上某個遙遠角落有一座森林，到處是魔法生物史納克……」

+ 可能會有
土撥鼠
魔藥

1　**開始：**學生和活動帶領者腦力激盪，決定架空世界的大方向，包含地圖、基本類型、科技發展程度，可能會產生什麼樣的國家或社會。此時也要定下規矩，方便後續討論以及表達不同見解，更需要訂定未來兩週的目標。每個學生都會得到一樣實際的物品，此物品得出現在他們創造的世界裡。

「我怕生又怕東怕西，但下定決心往前衝！」這個創作者冒險推入團體動能，相信自己的概念、想像力、熱情、寫作倫理、團隊精神。

HI！

「協同建構」世界為南卡羅來納州沃佛德（Wofford）大學的青少年非寫實／奇幻寫作營。我在這裡擔任共同指導十年了，相信這種帶領集體說故事的方式，對所有寫作者都具有實際作用。事實上，《神奇之書》有許多章節都在這個寫作營測試過（不過證據顯示，令人意外的是這裡的老師不像魟魚，而是魔法土撥鼠）。以下概論和本書世界觀的章節合併閱讀，能詳細解說集體說故事的重要性。

——傑夫·凡德米爾

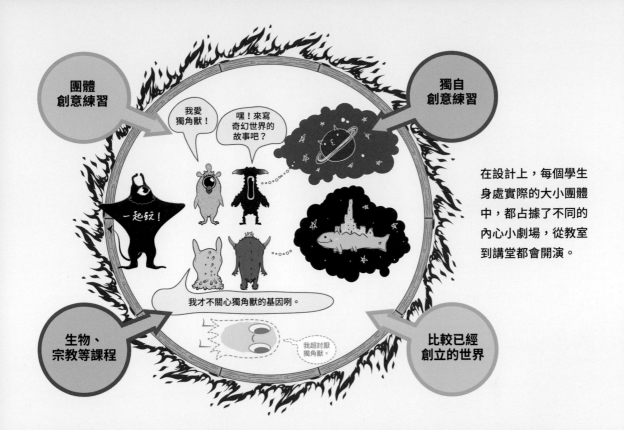

在設計上，每個學生身處實際的大小團體中，都占據了不同的內心小劇場，從教室到講堂都會開演。

2 **勘查與探索：**不管是寫科幻、奇幻、類似地球的設定，或其他奇奇怪怪的故事都好，起始基本規則訂好別動，團體中所有人持續添加重大元素，同時聆聽特定領域專家授課，或是聽客座作家講解自己的書中世界。無論是團體中、小組裡、自己一人練習，都能發揮探索的效力。一人練習是為了幫助學生寫設定，但主要還是為了訓練他們說故事。

概論

傑洛米・L・C・瓊斯（Jeremy L. C. Jones）身兼多職，是教師、作家、編輯，也是協同建構世界的創建者暨共同指導者。接下來，他會以個人觀點切入，深入介紹這個寫作營。

　　有些創意人士喜愛寫作時獨立、甚至寂寞的本質，不過就算是喜愛孤獨的人，挑戰自己的舒適度，改變寫作流程，也能得到好處。和一群擁有不同專業知識的作家共同打造想像世界，能學習到什麼？協同建構世界就是在探索這件事。

　　把協同建構世界稱作創意寫作營隊，是因為創作作品是最終目標。但這裡也是營造世界觀的寫作營及青少年智庫，刺激青少年解決問題，培養領導技巧。這裡有很多學生喜歡畫遊戲、做遊戲。這裡的生活節奏會操爆每個人的左右腦，對規律派及雜亂派寫作者都很適用。

　　活動過程中，可能會出現混亂或複雜的局面，不過創意本身就很混亂。創造有趣的世界、寫虛構作品時，誰會講求效率？研習最後，必須正式發表自己創造的世界，這能幫助學生瞭解何謂寫故事的精髓：腦中幻想的世界能移到紙上嗎？在這個營隊則是，這個世界能搬到發表會上嗎？

　　說到寫作流程，我們跟一般寫作課不同的地方是，容許學生發揮具個人意義的設定。這裡的

3 **合併元素：** 更多特定的世界元素成為關注重點，包括氣候、動植物、政府、歷史上的關鍵時刻。進一步的討論、深思，可能重新檢視、推翻之前已有共識的構想，因為不再適用。學員從寫作練習及同儕互動中獲得靈感，世界觀於是漸漸退居故事觀之後。學員開始對某些元素產生特定感受，最後在故事中開花結果。

寫作設定對每個學生都具有個人意義，但不會強過他們其他的作品。如此一來，學生會覺得比較舒適，心中尖銳的審查聲音也會因此閉嘴。這對作品有限、才剛起步的學生尤其重要。團體這方面的互動良好，連內向的學生也比較敢開口，討論自己正在建構的場景，而且不會妨礙他們寫完故事。

寫作營結束時，學生必須用影片呈現自己的世界，繳交故事，並和專業作家會談，聽取評論。評論會讚許可行之處，也會提出需要注意的部分，這讓學生專注在幾個特定的範圍，逐漸進步。

就算小組只有三、四人，也能透過集體說故事學到不少。過程中可能需要一個人負責帶活動，但帶領者就不參與世界或故事的創造。整個流程也能稍加濃縮，針對幾項基本元素事先取得共識。無論如何，重點在於：創意發想應該是慷慨、開放的，不論寫作者的年齡、經驗多寡，都能在集體合作、共同建構世界時，激發想像的魔力。

一位教師的教學實務觀點

賈桂琳・吉特林（Jackelyn Gitlin）以優等成績畢業於華盛頓大學，曾獲得二〇一五年馬里蘭州新進教師獎。她曾經參加協同建構世界寫作營，後來回來參與課程與活動規畫。

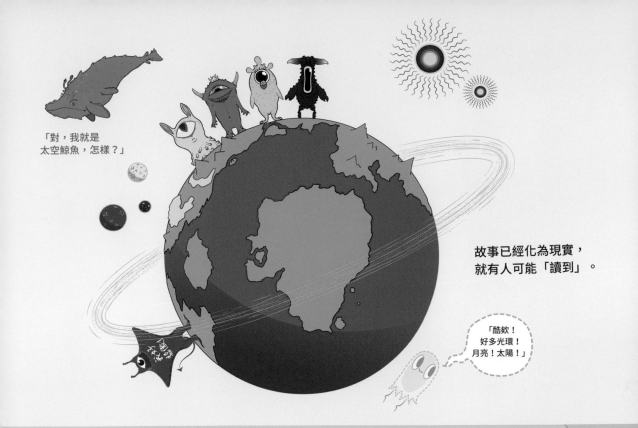

「對，我就是
太空鯨魚，怎樣？」

故事已經化為現實，
就有人可能「讀到」。

「酷欸！
好多光環！
月亮！太陽！」

4 **集體意見整合：**多數意見符合特定世界的規則邏輯，整合在一起。不太合理的意見則退回給提出者，交由他們個人使用。跟整體沒有共鳴的元素，放到遙遠的角落，還是能讓某個學生寫成故事。後續還有整合和統一的步驟，決定哪些事物即使不說清楚，也不會妨礙故事發展。

　　在協同建構世界寫作營，非常重要的是，有人對自己的想法滿懷熱情，你的說一句話或做一件事，就能啟發別人。隨便哪個學生脫口而出的想法，都可以在其他學生的腦海中發展出十五個想法，推進團體或個人的進展。編制愈小，討論時愈可能坦承，因此我們這裡每組平均十人。班上要是有三十五人，開口說話、表達反對意見可能都很可怕。不過就算組裡只有十人，要是有師生以不尊重的態度否定某個想法，就可能失去一位學員。自己的想法遭到貶低會很心痛，成人一定要注意這點，跟年輕人講話尤其要留意。

　　協同建構世界教學重視的是包容、在意、尊重學生的創意生命。在這裡，絕對不會聽到任何一個老師、講者、作家、編輯說寫作或建構世界時不可以做什麼。這是純粹的「放手做」信念；就我所知，其他地方不夠強調這一點。在學校或其他的寫作營，動不動就會提出批評（不管有沒有建設性），因為那些地方的目標是「學習」，而非體驗這一路上的創作探險。

　　評論是必要的，這樣學生才會進步，但協同建構世界先讓學生發揮創意、放手寫，鼓勵他們揮灑。學生最後才會得知評論，而且評論的重點在於「進步」及「鼓勵」，而非文法是否精準、風格是否完美。所以我還在這裡學習時，這一切對我才會那麼重要。多年來，我一直回來，也是因為我有能力提供學生這方面的協助。

5 **發表：**小組準備跟同學報告自己創造的世界，預演過後，在嚴格的時間限制下用清楚的方式搬演。因為有時限壓力，小組成員要決定哪裡最精華，什麼傳達方式最有效（透過文字、念白、圖像）。創新的說故事方式，能帶出創作的發展機會，找到世界中哪一部分學員最感興趣。

　　另外，也要勇於讓一切失控。我一直提醒學生，主宰世界的就是他們自己，尤其是有人質疑我們創造的**現實**世界的物理或自然法則無法套用時，可以用他們想要的方式讓事物運作。我還提醒，既然那是**他們**創造的世界，問一些奇怪的問題，也會對應到絕妙的答案。例如「那個世界的海水為什麼是甜的？」回答「深海生物的副產品讓海變甜」或「神恩賜的魔法能源讓海變甜」，這就是好答案。

　　此外要好好注意學生的心理情況和外在表現。跳跳舞休息一下，讓他們畫畫、放空一會（內向的學生可能會需要！）。如果你覺得時間不夠用，建構世界的速度不夠快，寫作產出也不夠快，很可能是學生需要充電了。用健康的方式趕上進度，完成計畫，會學到很多東西。學習本該如此。

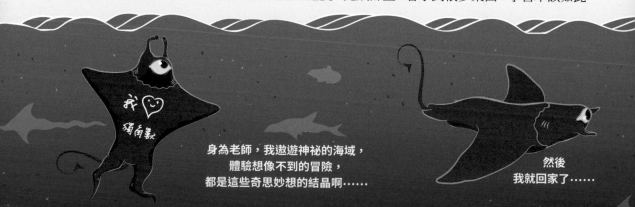

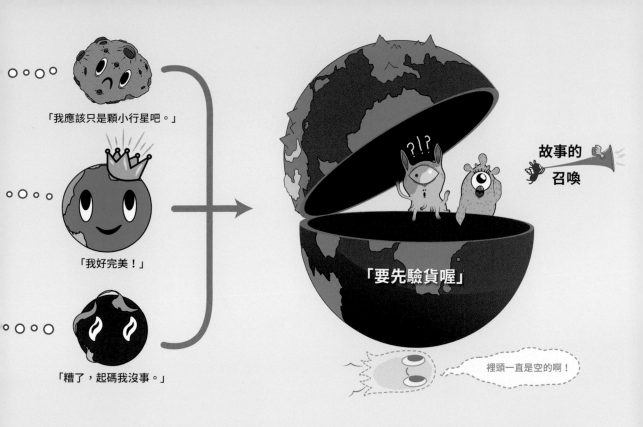

「我應該只是顆小行星吧。」

「我好完美！」

「糟了，起碼我沒事。」

「要先驗貨喔」

故事的召喚

裡頭一直是空的啊！

6 **回響：**其他小組學員及專業創意人士提出具建設性的批評。他們會提問，挑出哪些元素富有生命力，哪些則顯得不太具體。之後，各組再審閱意見表，留下有用的意見，修補故事或是做較大的調整；要解決故事創作的問題時，這些意見尤其管用。到這個階段，多數學生已經轉往故事創作了。

改變，轉換形態，
變得更加豐富，身體疲勞，
但精神奕奕……

……但是有一部分的我永遠留在他們的
世界裡了……他們也還在我的世界裡。

第二週：故事創作

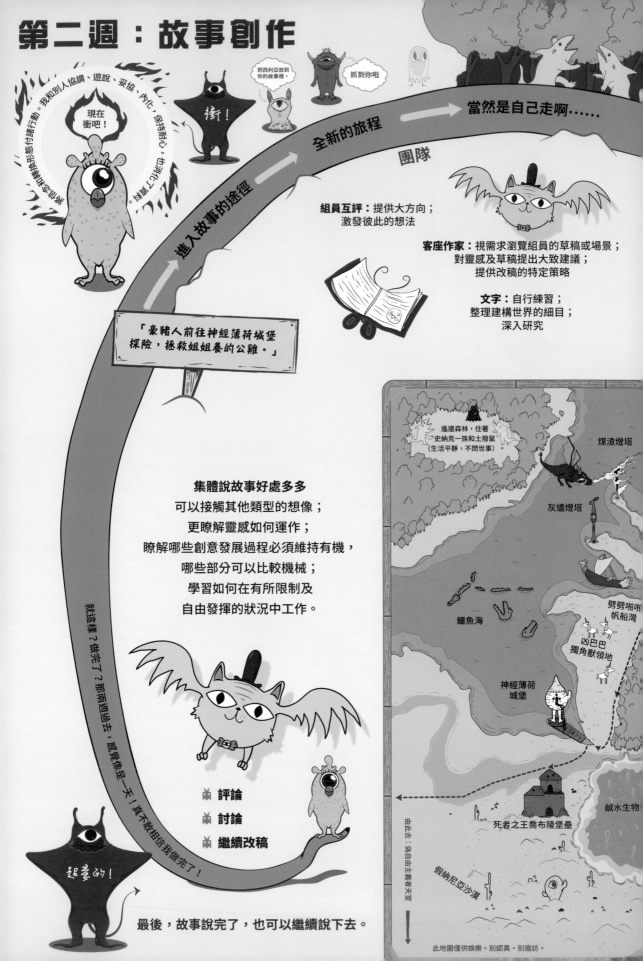

衝！

現在衝吧！

讓意念轉換形態形諸行動。我和別人協調、遊說、妥協、內化，保持耐心，也消化了過程。

把西利亞放到你的故事裡。

抓到你啦

全新的旅程

當然是自己走啊......

團隊

進入故事的途徑

組員互評：提供大方向；
激發彼此的想法

客座作家：視需求瀏覽組員的草稿或場景；
對靈感及草稿提出大致建議；
提供改稿的特定策略

文字：自行練習；
整理建構世界的細目；
深入研究

「豪豬人前往神經薄荷城堡
探險，拯救姐姐養的公雞。」

集體說故事好處多多
可以接觸其他類型的想像；
更瞭解靈感如何運作；
瞭解哪些創意發展過程必須維持有機，
哪些部分可以比較機械；
學習如何在有所限制及
自由發揮的狀況中工作。

就這樣？做完了？那兩週過去，感覺像是一天！真不敢相信我做完了！

超爽的！

✳ 評論
✳ 討論
✳ 繼續改稿

最後，故事說完了，也可以繼續說下去。

遙遠森林，住著
史納克一族和土撥鼠
（生活平靜，不問世事）。

煤渣燈塔

灰燼燈塔

鱷魚海

劈劈啪啦
帆船灣

凶巴巴
獨角獸領地

神經薄荷
城堡

鹹水生物

死者之王喬布陵堡壘

由此去：給自由主義者天堂

假納尼亞沙漠

此地圖僅供娛樂。別認真。別造訪。

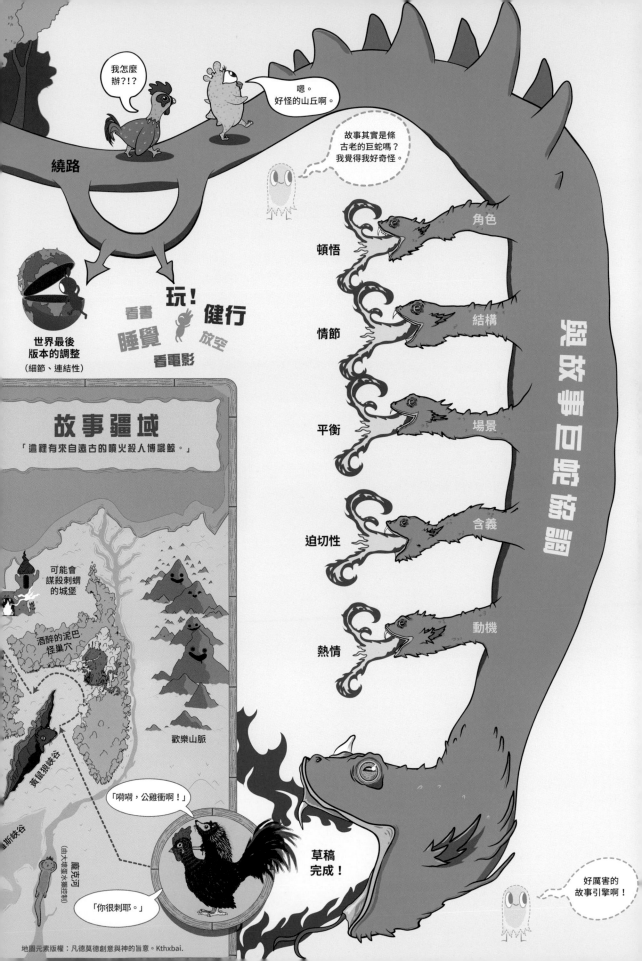

尋找「鴨子」：
概念藝術與你
羅西·溫伯格

羅西·溫伯格（Rosie Weinberg）是藝術家，以麻州劍橋為基地，持有建築師執照，畢業於倫敦大學政經學院環境政策與經濟學系，為耶魯大學建築學院碩士。溫伯格的作品為功能性藝術品（functional object），藉由觀者互動開啟功能。她的雕塑、穿戴式裝置、教學計畫，皆以各形各色的形式展出，場合包括波士頓時裝週、惠特尼美術館、林肯中心戶外藝術節。現於劍橋專為年輕人開設的創新學校新觀點發展工作室（Studio Development at NuVu）擔任主任與教練。

　　書面文字和口說話語只是表達想法的一種方式，包括語言在媒體、電影、書籍上的應用。物品同樣能表達想法。我所進行的概念式藝術，試圖透過物品質疑老舊套路，翻轉既定概念。我喜歡挑戰既定概念、現有認知，也喜歡讓看不見的東西浮出表面——例如被隱匿的歷史、不明顯的界線、未來淹水氾濫的模糊可能性。我的作品希望人可以跨出思考的步伐，暫時跳脫現實。我透過裝置藝術、協同創作和學生作品，探索設計如何用以傳達觀者能夠體會到的複雜概念，而不是只能被動解讀（例如標示）。我大學專攻經濟與環境政策，卻愈念愈沮喪：經濟誘因與個人行為相左時，要如何才能正面地影響個人行為？比方說，如果油價低，要如何說服別人買省油車？我希望自己的作品能刺激對話，帶來改變的可能性。以下提供一些策略，幫助你開發能在作品中強化概念的物品。

這個作品計畫結合多種不相關的常見物品，如鴨子、漂浮裝置、混凝土，（展覽時）要求觀眾跳脫框架，拼湊眼前物品的意義。

作品計畫展開的時間是在颶風桑迪肆虐過後，當時許多地圖標示出風災過後海平面上升的範圍，顯示到了二〇五〇年，一塊波士頓新開發地區有淹沒之虞。我想做類似日本津波石（tsunami stones）的雕像，標示將來淹水的可能高度。為了讓觀眾錯愕，我不想用告示或都會地景中常見的標誌，反而觀察多種水上漂浮物，想辦法來個翻轉。例如沒有底部的救生艇、拖著短鏈的浮標、水管製成的游泳浮力棒，以及需要充氣的混凝土漂浮裝置。最終我選用最後這一樣，還結合了最讓人開心的漂浮裝置——兒童用橡皮鴨。

鴨子這種動物用途很多，翻轉了人類加諸其上的概念。由荷蘭雕刻家／藝術家弗洛倫泰因‧霍夫曼（Florentijn Hofman）製作的「黃色小鴨」是隻巨大的漂浮橡膠鴨，造訪世界各地的港口。在波士頓的公共花園，能見到繪本《讓路給小鴨子》（*Make Way for Ducklings*）中的鴨子雕像。世界上有超過三十座城市，使用二戰時期的水陸兩棲載重車（DUKW，又稱鴨子船）載送遊客。我念建築時，讀到《向拉斯維加斯學習》（*Learning from Las Vegas*）這本書，由丹尼斯‧史考特‧布朗（Denise Scott Brown）、史帝文‧伊澤諾（Steven Izenour）、羅伯特‧文丘里（Robert Venturi）合著，書中將某些建築物稱為「鴨子」，從外觀就能看出建物用途。為什麼有這麼多人把這些物品當成「鴨子」呢？關於鴨子的概念如下：有特定外型，水陸兩棲，能在水上漂浮，也在陸上走路，有羽毛，會呱呱叫。以上這些特質，不管是獨立或合併使用，都能創造出「鴨的本質」。以下練習可以幫助我們瞭解人們對特定物品的既定概念，要如何利用這些概念當作開發計畫的基礎。

暖身：以下是我最喜歡的兩種讓大腦跳脫框架的暖身練習。

暖身練習 1：「異口同聲」：創意發想的來源有很多種，例如以全新方式結合兩種固定說法，而「異口同聲」的玩法正好能夠體現。網站（www.saythesamething. com）說明如下：「你和朋友都隨便說出一個詞，接著再輪流說出這兩個詞之間的『中介詞』；如果兩人說出一樣的詞，就算勝利。如果不一樣，就從剛才的兩個詞語中再想一個中介詞。」我和朋友泰爾的戰況如圖所示：

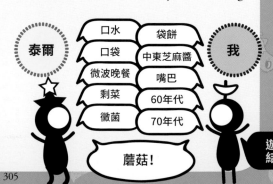

暖身練習 2：這個練習的靈感來自喬伊‧保羅‧吉爾福特（Joy Paul Guilford）的另類用途測驗（Alternative Uses Task, 1967）。這項練習能讓你集中腦力，應付手邊主要任務的發散式思考。任何創意構思過程都需要發散式思考。創意發想時，若能早點開始發散式思考，能幫助你跳脫一開始想到的事情。到了某個時間點，一定要切換到聚斂式思考，才能縮小範圍找出最佳想法，但現階段要盡可能提出愈多想法愈好。這稱為「概念形成」（ideating）。現在這個練習中，受試者要從六種家用品（如磚塊、叉子、雜誌）挖掘出其他用途，愈多愈好。去找六項家用品，拿出紙筆，每一樣思考一分鐘。

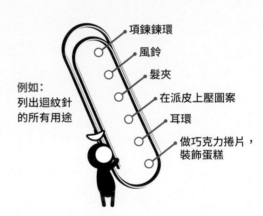

例如：
列出迴紋針的所有用途

- 項鍊鍊環
- 風鈴
- 髮夾
- 在派皮上壓圖案
- 耳環
- 做巧克力捲片，裝飾蛋糕

主要練習：這個練習可以讓你跳脫對物品的成見。跳脫之後，你會質疑物品的本質，並找出它們的精髓。建築研究所的第二個學期我念得很痛苦，當時的研究目標是房屋。後來，我才發現自己有個大問題：我無法跳脫自己以為的「房屋」概念，我認為從小住到大、有著山形牆結構的才是房子。這個練習需要以下物品：紙筆、膠帶、紙箱、數樣文具。把你想在寫作中呈現的主題或概念打碎。

假設你的主題是大自然從人類手中奪回環境主導權。故事中出現了機車和椅子，你想要賦予這兩件物品和主題相關的面向，好增加主題張力，首先你要探討物品的本質精髓。光是從機車或椅子出發，創意上很難有重新詮釋的空間。

接下來，努力想想主題的不同面向。列出所有跟主題相關的一切，例如：

- 停車場的植物從裂縫中生長出來
- 設置在樹上、被樹皮包覆的標誌
- 披覆建築物的常春藤
- 長在石頭上的地衣

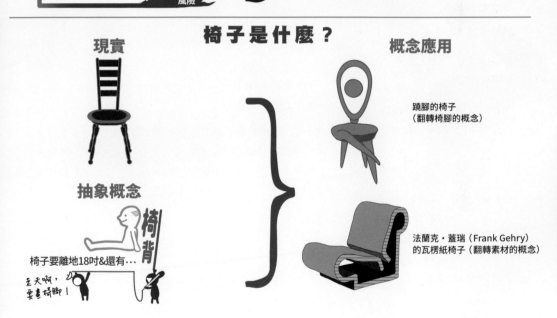

機車是什麼？

現實

概念應用

強風地區的機車
（無論被吹翻到哪一面，
都能繼續前進）

抽象概念

好玩

機車

汽車

風險

危險恐龍出沒地區的機車
（配有全角度的致命齒輪）

椅子是什麼？

現實

概念應用

蹺腳的椅子
（翻轉椅腳的概念）

抽象概念

椅背

椅子要離地18吋&還有…

老天啊，
要畫椅腳！

法蘭克・蓋瑞（Frank Gehry）
的瓦楞紙椅子（翻轉素材的概念）

把使用中的概念（大自然奪回環境主導權）應用到椅子和機車的要素。例如，某停車場的裂縫中長出了植物，穿梭於停車場中的機車會是什麼模樣？或許你會想像這輛機車的車殼破了一個大洞，露出內部結構。跟主題有關的每一個面向，都要延伸出至少三個想法。畫個草圖，拿給朋友看。跟他們解釋自己的概念，問問看哪一個效果最好。運用以上素材，小規模地打造這樣物件。寫作時也一樣，要持續如此發想。

西奧・埃爾斯沃思論漫畫與有機的衝動

　　西奧・埃爾斯沃思的奇妙漫畫與木雕作品曾於洛杉磯的巨型機器人畫廊（Giant Robot）展出，並由J・J・亞伯拉罕（J.J. Abrams）等人收購。他的創作獲得《紐約時報》好評，獲頒林德・沃德圖像小說獎（Lynd Ward Graphic Novel Prize）。紐約插畫協會（Society of Illustrators）在《最佳美國漫畫》（Best American Comics）及《年度卡通》（Cartoon Annual）推出他的作品專題。

不需要文字和需要文字的故事，這兩者要如何區分？

　　《驅魔》（An Exorcism）是我第一篇沒有文字的長篇漫畫。靈感來自一場噩夢。我站在一條步道上，步道把一處詭異之地一分為二。很快地，我發現那處詭異之地原來是人腦，步道則是左、右腦之間的分界線（胼胝體）。左方和右方的地平線上出現了兩支軍隊，衝向分界線，朝彼此激烈衝撞，彷彿用中古世紀領土糾紛的解決方式，爭奪胼胝體的掌控權。大腦竟然會自己攻擊自己，讓我備受困擾。後來，我很著迷於把夢境記錄的漫畫當成某種神話意味的數學等式，和我的噩夢同步，隨著創作推進，解決或改變我的噩夢（一種驅魔）。由於夢境本身沒有聲音和文字，感覺這個漫畫也得悄然無聲。

　　《能力》（Capacity）則是超過三百頁的作品，文字非常多。雖然是不一樣的閱讀體驗，但是創作目標和《驅魔》有很多相近處。我想要利用夢的邏輯及意識流繪畫，在自己的心理障礙和限制中找出一條路，解放自己的想像力，同時不讓自己發瘋。我想透過自己的藝術，將潛意識當成生物看待。在這過程中，文字扮演著吃重的角色。要是沒有文字帶我看清作品不斷呈現的奇怪邏輯，我根本找不到收尾的方式。

你覺得自己每一幅木雕作品，都有故事可說嗎？

　　我覺得自己每一件木雕作品都有一個敘事，但不一定是線性發展。這些作品更像是從我的想像力誕生出來，有多種不同的詮釋方式。我有許多木雕很像圖騰，類似有著多重面向的角色，體內還包含其他角色、其他場景。這些作品的目的通常很模糊，但還算正面。我會替每件作品取名，不過通常僅止於此，不會多洩漏什麼。作品應該要以謎團的方式存在於世界上。我在創作漫畫之餘，可以透過木雕巧妙平衡，創作漫畫讓我過度思考。

你是怎麼學習，才到達現在這個境界？怎樣才能變得更好？

　　我沒去學校正式學畫，而是青少年時發現，順著意識流亂畫，能讓我的思考更清楚，有空間揮灑，用比較自然的方式運作。我很享受讓手進入自動繪畫模式的過程，沒有大腦的控制。如果繪畫像是替潛意識裡的東西顯影，就能讓大腦看見令人驚喜的新東西。這跟「腦中浮現畫面，再指揮手在紙上作畫」不一樣。

如果要給任何類型的創作新手建議，你想說什麼呢？

　　我要鼓勵他們跟著自然的創作直覺走，真正接受意識與想像之間神祕、個人性的關聯。要做出真正富有原創性的作品，創作者要把自己的技巧打造成一艘船，讓受眾上船，開進他們自己的世界。在此同時，創作者也要盡可能跳脫框架，突破自己的能力限制，離開常見而安全的區域。這種平衡不好取得，但我想創作者若能抓住一開始的創作衝動、好好把握的話，作品能帶給個人充分的安慰，就算其他人不懂也無妨。最重要的是保持下去，不論遭遇什麼波折，總會有收穫。

故事發生的「場景」在特倫頓某一間編髮沙龍，大量的記憶重現，包括之前在美國的生活經驗、奈及利亞的回憶，也提供許多機會描寫當前的種族、文化……這些都與歐賓茲的英國經驗並置，作為對照。

前景：編髮沙龍

倫敦背景

第一部分

第1章與第2章

（伊芙梅露和歐賓茲透過電子郵件重新聯絡上：提出交往的重大問題。）

第二部分

第3章到第22章

（略微提及伊芙梅露的現況，主要描寫她在奈及利亞與歐賓茲一起成長的過往。）

第三部分

第23章到第30章

（主要描寫人在倫敦的歐賓茲，追求生涯目標時受到了阻礙。）

楔子

倒敘法： 從後來的事講起

使得歐賓茲 更加疏遠伊芙梅露

第1章 伊芙梅露；建立她的視角與敘事本位。

第2章 歐賓茲的視角，同時建立他的敘事重要性，但讀者已經先接受了伊芙梅露的視角。

第1章設定的背景提供伊芙梅露的基本資料，第2章則設定歐賓茲的背景。讀者想把角色摸清楚，於是繼續往下看。

除了**第4章**，都是伊芙梅露的視角。

第2章+第4章 採取歐賓茲的視角，確立他會重複出現，同時建立節奏。

有些章節（如**第7章**）以歐賓茲為中心展開，所以他的存在感強烈，即使第二部分第4章以後，沒有一章採取他的視角。

從歐賓茲的視角描寫他在倫敦的生活。

解釋他與伊芙梅露疏遠的部分原因。

與伊芙梅露在美國的生活形成文化對比，同時讓讀者更瞭解歐賓茲的個性與目標。

奇瑪曼達·恩格茲·阿迪契

《

編髮沙龍的實際描述減少，變得更具有象徵意義／潛在含義；讀者透過細微線索知道身在何處，不太需要實際提醒。

篇幅較短，作為轉換。

歐賓茲和伊芙梅露在奈及利亞的經驗對照；與設在英美的背景故事形成對比。

編髮沙龍	傳統的奈及利亞／美國	奈及利亞

第四部分

第31章到第41章

（許多設在美國的背景跟伊芙梅露的工作、男女關係有關。）

第五＋六部分

第42章
第43章

（兩人重逢前的時刻，愈來愈吸引人。）

第七部分

第44章到第55章
（結局）

（提出問題的解套、關係和解、幸福。）

第31章 詳細描述黑人女性的髮型，暗示了編髮沙龍的存在。

第41章 再度以編髮沙龍為主要背景，讓讀者知道故事回到當下，大部分的回憶都複習完了。

第四部分 補完伊芙梅露的美國生活細節，沒有提到奈及利亞的回憶，合理化她返鄉與歐賓茲重逢的必要。

第42章 為歐賓茲的視角，強調伊芙梅露再度占據他的思緒，也希望她會回來。

第43章 為伊芙梅露的視角，顯示她的期待與些微憂慮。

這兩章使人愈來愈期待小說的中心問題得到解決，也就是兩位主角關係最終的命運。

除了**第54章**，皆為伊芙梅露的視角，再度確立她的敘事地位，也代表她要面對「新局」。

然而，歐賓茲那一章篇幅很長、很複雜。

小說結局提出的解套辦法讓讀者感到滿意，也留下一些未解的疑問，讓人感受到，真實世界不是兩人能插手的。

彼此穿插的場景，達到最大張力

　　奇瑪曼達・恩格茲・阿迪契（Chimamanda Ngozi Adichie）所著的主流文學小說《美國史蹟》（*Americanah*），品質絕佳，富有娛樂性質，也高明示範了描寫文化議題時，該如何利用特定細節與不同層次來達到效果。書中兩個角色間複雜的男女關係，加上美、英、奈及利亞的背景，讓本書成為角色觀點交錯的絕妙寫作榜樣。書中兩位主角伊芙梅露（Ifemelu）和歐賓茲（Obinza）是來自奈及利亞的青梅竹馬，但伊芙梅露為學業赴美，於是這對靈魂伴侶分手，各走各的路。《美國史蹟》刻畫主角們從青少年到成人的歷程，來來回回切換兩人觀點。

　　對讀者有所幫助的，是審視《美國史蹟》分成七部分的結構，看觀點穿插技巧如何撐起可能發展沉悶的故事。需謹記在心的是，如果阿迪契對角色不投入，如果她沒有辦法在角色上投注吸引人的明確細節，讓角色感覺像真人，那麼使用什麼結構都沒有效果。話說回來，阿迪契對於結構和穿插的決策，讓兩位主角的故事張力達到最高。

　　以下呈現的是《美國史蹟》書中每一部分的摘要，加上數點分析，包括每個部分的角色觀點切換及相關要點。本書先前提過，分析故事中的特定元素時，你會發現各元素之間的互連性對創作者來說，就是不能考量單一元素。

　　寫作練習：看完以下分析，審視前頁圖表，再想想相同的結構可以如何賦予靜態地點（如編髮沙龍）生命力，並且運用在情節和角色塑造上。要寫特定主題和經驗、打造自己的寫作結構時，需要什麼元素？試著已經完成的小說草稿或構想描繪結構。如果是小說初稿，重新架構會如何改變小說焦點？哪些改變會如何妨礙或幫助你構思？

　　注意：以下分析將提及情節。

（第1章與第2章）：

　　第 1 章從伊芙梅露的觀點出發，地點位於紐澤西的特倫頓（Trenton）的造型沙龍，另一部分則從歐賓茲的觀點出發，地點是奈及利亞的拉哥斯（Lagos）。

▶ 阿迪契讓第 1 章從伊芙梅露的觀點開始，所以《美國史蹟》的故事其實就是伊芙梅露的故事。

▶ 不過第 2 章從歐賓茲的觀點出發，確立他在故事中的分量。

▶ 第 1 章奠定了伊芙梅露的人生基調，第 2 章對歐賓茲來說也具有同樣功能——作者這樣處理帶出重大的問題，讓人想一直看下去找答案：伊芙梅露和歐賓茲最後會復合嗎？這問題雖然單純，卻很有力、夠吸引人，也能引起共鳴，讓阿迪契有足夠時間慢慢發展複雜的議題和局面。

- 這裡的地點設定在事件發生當下的編髮沙龍（直到第 41 章，伊芙梅露才離開這裡），也讓阿迪契爭取到時間（等於篇幅）探索兩位主角的人生。
- 編髮沙龍成為一個場景，所有的回憶在倒敘中產生了意義：不只是伊芙梅露在奈及利亞的童年、少女回憶，還有她在美國的經驗。因此，以上所有回憶都同樣立體，奈及利亞的回憶不一定要包含在美國經驗之中才能出現。編髮沙龍作為場景，也能夠製造顧客和工作人員的對話，內容往往與種族、文化有關，能夠為小說其他的場景點題並製造效果。

（第3章到第22章）：

　　除了第 4 章，都是伊芙梅露的視角，故事地點顯然位於美國，卻是透過事件發生當下（編髮沙龍）的場景來間接呈現。然而，這部分有許多章節出現過去的記憶閃現。有些事情雖然發生在美國，卻指向伊芙梅露在奈及利亞的早期生活（回想到一半會退出小劇場，重返編髮沙龍及當下的活動）。第 4 章是歐賓茲的視角，地點在拉哥斯。有些章節採取伊芙梅露的視角，但這些章節中，歐賓茲才是主角，如第 7 章。

- 第 3 章採取伊芙梅露的視角，第 4 章則是歐賓茲的視角，這樣的穿插對讀者而言值得注意：第 1 章和第 3 章是伊芙梅露的故事，第 2 章和第 4 章是歐賓茲的故事。兩人的生命是交織在一起的；之後也會讀到兩人視角穿插出現。歐賓茲視角只出現在第 2 章，篇幅不夠，阿迪契需要再寫一章來確立節奏，確定立場。
- 第一部分讓讀者認為後續章節會輪流以兩人的視角呈現，於是第二部分這樣處理並不突兀（包含之後的第七部分）。
- 一旦設定第 1、3 章是伊芙梅露的視角，第 2、4 章是歐賓茲的視角，其餘章節皆為伊芙梅露的視角，讓讀者認定《美國史蹟》是伊芙梅露的故事，不過因為前面建立這樣的順序，讀者也預期之後會讀到歐賓茲視角的章節。
- 伊芙梅露在其他章節的視角給了歐賓茲揮灑的空間；她回憶兩人在奈及利亞的關係，加重了他的分量。在第 7 章，雖然場景是從伊芙梅露眼中看出去，歐賓茲才是主角。

（第23章到第30章）：

　　因此，阿迪契不需要切回歐賓茲的視角，也能讓他出場，達到強烈的效果。所有章節皆採取歐賓茲的視角，仔細描述他在英國求學、工作，想出人頭地的過程。

- 讀者藉此跳脫從伊芙梅露的視角出發的意見與地點，也發現在《美國史蹟》這個故事裡，還有一個自給自足的故事。
- 在第三部分，歐賓茲離伊芙梅露更遠，他要處理自己的問題。讀者從他的角度出發，更清楚兩人逐漸疏遠的理由。加上之前從伊芙梅露視角吸收到的訊息，創造出更為複雜而立體的景象，在讀者心中產生情感共鳴。

▶ 歐賓茲在英國的場景，也對比了伊芙梅露在美國的經驗。全書在第二部分所建構的面向，到了第三部分突然發展出類似卻相當不同的走向，形成額外的共鳴，以及溝通與溝通不良之處。

▶ 將第二與第四部分區隔開來，也表示後者的重點會與前者不同（雖然一開始感覺不出來）。

▶ 第三部分結束時，歐賓茲回到拉哥斯，可是並未透露他抵達之後的遭遇（這些「後續」事件發生的時間都早於伊芙梅露前往編髮沙龍的當下）。歐賓茲的部分收尾收得很突然，替他不順的旅英生涯畫上句點，並且填補了第二部分幾乎僅有的伊芙梅露視角無法涵蓋之處，賦予讀者某種滿足感。《美國史蹟》的故事並非線性前進，不是藉由明確地描寫當下來取得效果，因此這種收尾（即使也是開始）的感覺很重要，如此讀者才會有某種收穫感。

▶ 第三部分也讓讀者停留在情節展開處，想知道「接下來會發生什麼事」，能推進敘事（看完第一及第二部分，我們大概知道歐賓茲發生了什麼事，卻僅知片面）。

（第31章到第41章）：

　　所有章節皆為伊芙梅露的視角，且更加著重她在美國的生活，關於奈及利亞的回憶變少。在第 41 章結尾，伊芙梅露離開編髮沙龍。很令人玩味的一點是，第 31 章在創造效果時，採取的方法是大量描述黑人女性的頭髮，幾乎沒有提到編髮沙龍的場景。不過說到頭髮，自然是影射了編髮沙龍的設定。這種效果運用到極致，可讓你明白本書第 158 頁所說的，重回某個場景時，之前同一場景的描述不需再重複。

▶ 正當讀者看完歐賓茲在第三部分的生活，心中有點定見時。到了第四部分，又看到伊芙梅露在美國的感情問題解決了，她與歐賓茲疏遠。也就是說，第三部分交代了歐賓茲這個角色，藉此讓讀者準備好接受答案，第三和第四部分都是為此答案而寫的。只是第三部分是歐賓茲的視角，而第四部分全為伊芙梅露的視角。

▶ 讀者停留在歐賓茲的視角一段時間，第四部分重回伊芙梅露的視角，能喘口氣，也想更瞭解她。如果第三部分省略不寫，第四部分乍看之下或許就「無異於」第二部分了。

▶ 由於第三部分移到歐賓茲的視角，讀者看伊芙梅露及第四部分事件的方式，與第三部分被省略或調到第四部分後面的狀況，至少會有些許不同。

▶ 寫到這裡，阿迪契一直聚焦在兩人是否會復合的單純問題；這問題牽連到此時浮出檯面的另一個問題：伊芙梅露會回奈及利亞嗎？

▶ 第 41 章再度帶出編髮沙龍的背景，讓讀者回到故事當下──這也是一種推進，帶讀者進入小說最後一部分，重大問題在這裡得以了結。伊芙梅露離開編髮沙龍之後可能會遇到各種情況，因為時間又回到當下，要面對未知的未來。離開編髮沙龍這個單純舉動，隱藏著巨大的戲劇張力。

▶ 全書發展到這裡，編髮沙龍中複雜的互動，以及伊芙梅露複雜的人生事件（再加上作者切換兩種視角的手法），對許多讀者而言，這部小說要問的已經不是兩人是否復合，

而是「伊芙梅露可以組合她迥然不同的人生事件、體驗，創造出讓自己滿意且有意義的人生嗎？」這就是偉大小說的高明之處：先用一個問題牽制讀者，姑且給他們一個答案，讀下去的同時拋出更多複雜的問題，迫使讀者進一步探問。

（第42章與第43章）：

這兩個部分應該一起討論，所以一併寫在這裡。第 42 章採取歐賓茲的視角，第 43 章則是伊芙梅露的視角，這兩章具有轉換功能。伊芙梅露還在美國，即將回到奈及利亞與歐賓茲相逢。

▶ 採取歐賓茲視角的第 42 章，刻畫出他心中依然想著伊芙梅露，希望她終究會回到奈及利亞（也投射出讀者的希望）。讀者再度從他的角度看事情，與伊芙梅露的視角相輔相成。要是歐賓茲沒有在第五部分出場，對讀者而言就是損失。

▶ 採取伊芙梅露視角的第 43 章，側重的是期待與惶恐的心情；她正面臨人生的轉捩點，有必要用獨立一章（獨立的一部分）來捕捉此時的張力和重要性。這是兩人重逢前張力攀升的時刻；因此，阿迪契有餘裕創作任何她想要的場景，高調或低調描寫都可以，反正讀者會自己嚇自己。

▶ 這兩章各自表述，分屬不同的部分，乍看之下沒有必要（為什麼不合併寫在第五部分？），事實上卻是替兩人之後的重逢埋下伏筆。兩章分開寫也暗示兩個角色的個人特質——作為獨立個體的完整性，但不討論兩人之間的關係。所以這兩章才會獨立於其他章節，自成一章，但相鄰出現。

（第44章到第55章）：

這些章節都發生在奈及利亞，除了第 54 章為歐賓茲視角以外，其餘皆為伊芙梅露視角。第七部分緊緊掐住兩人之間的問題不放，並提供解套方式。

▶ 此部分主要採取伊芙梅露的視角，再度確認本書為伊芙梅露的故事。

▶ 從讀者的角度考量，伊芙梅露從美國回來，她對拉哥斯的觀察比歐賓茲的更有用，因為讀者已經熟悉歐賓茲的視角，而且有些事情對他而言太過自然，不會注意，也不會對此發言（儘管他的觀點已受英國生活經驗的影響）。

▶ 即便採取歐賓茲視角的只有一章，卻具有重要性且篇幅頗長，超過一般章節的分量。

▶ 雖然兩位主角都回到奈及利亞了，第 54 章的事件卻沒有與其他伊芙梅露章節的事件重疊，反而填補了未說的細節，提供必要的見解。

▶ 既然本書第二章採取歐賓茲的視角，倒數第二章又回到他的觀點也很合理，這種對稱性很討喜，能讓全書結束在伊芙梅露的視角。

到了結尾，阿迪契使用的錯綜複雜結構，乾淨利落切換兩個觀點的手法，創造令人滿意的解決方式，呼應主題。阿迪契的寫作策略以各種方式連結所有的場景和經驗，讀者看完後情緒得以昇華，也產生樂趣。

1—開始跟蹤

2—第一次「下手」

《歌門鬼城》：廚子VS.佛雷「午夜之血」動作場景

5—正面對決（蜘蛛廳堂）

6—白熱化

3—第一次目擊

4—追逐

哥德經典《歌門鬼城》三部曲中，佛雷與廚子這兩個配角
的打鬥戲對小說情節有很大的後續影響。兩人來回交戰，
命運逆轉，廚子最後的慘烈結局讓這一幕成為經典場景。
但這一幕只能是打鬥戲，還有其他發展的可能嗎？

7—毀滅性結局

要是將同樣的節奏和進程拿去寫晚宴場景，會怎麼樣？如果安排廚子和佛雷坐下來吃晚餐，唇槍舌劍，會是什麼情況？能套用同樣的進程嗎？

記住以下示範，找一個晚宴或非動作場景，把節奏和進程「轉換成」動作。哪些部分沒有辦法轉換？哪些最容易轉換？有哪些特質是所有場景都適用，哪些不是？

打鬥戲能變成晚宴場景嗎？

以下為可能的轉換方式。

1. 佛雷在桌子底下咕噥了一句怨言。

2. 廚子罵他，打斷他的抱怨。

3. 廚子往桌子底下看，指著他笑。

4. 廚子扒糞式地揭露佛雷不跟朋友說的祕密。

5. 佛雷將話題導向廚子的食譜，挖洞給廚子跳。

6. 廚子發現自己跳進坑裡，轉而批評佛雷工作表現差勁。

7. 但佛雷集中火力要討論廚子的菜餚，其他人也加入對話。

8. 廚子退下陣來，因為他發現佛雷知道他的食譜祕方──貓！佛雷獲勝！

廚子發瘋了。

親愛的小鬼們，一定要記得：

- 對話可以對人類心理造成真正的傷害。
- 講話一來一往也可以模擬肢體上的你來我往。
- 言語能夠傳達出實體性，化為現實。
- 人會因為自以為被侮辱而莽撞行動。

進階練習：請觀看奧森・威爾斯（Orson Welles）的電影《夜半鐘聲》
（ *Chimes at Midnight* ）著名的戰爭場景，拆解成個別的節奏段落，再
轉換成完全不同的文字創作。

《歌門鬼城》系列詳情請看170-171頁。

NORMAL?

(正常嗎?)

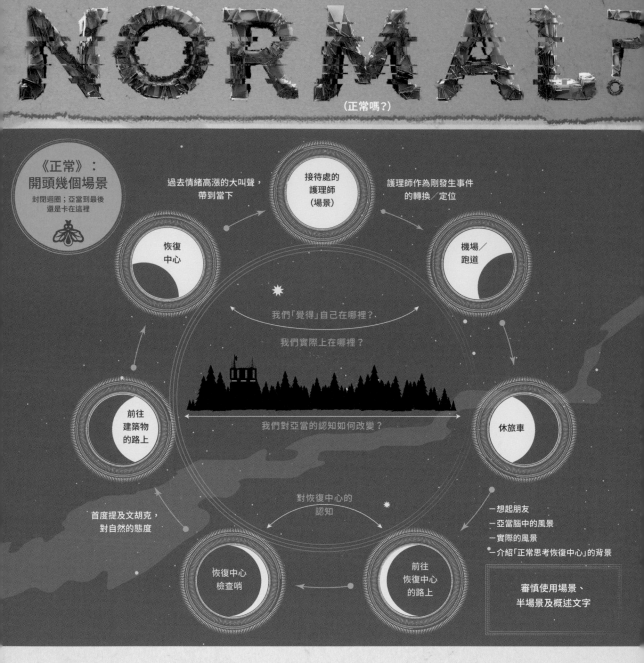

《正常》:
開頭幾個場景
封閉迴圈;亞當到最後
還是卡在這裡

過去情緒高漲的大叫聲,
帶到當下

接待處的
護理師
(場景)

護理師作為剛發生事件
的轉換/定位

恢復
中心

機場/
跑道

我們「覺得」自己在哪裡?

我們實際上在哪裡?

前往
建築物
的路上

我們對亞當的認知如何改變?

休旅車

首度提及文胡克,
對自然的態度

對恢復中心的
認知

—想起朋友
—亞當腦中的風景
—實際的風景
—介紹「正常思考恢復中心」的背景

恢復中心
檢查哨

前往
恢復中心
的路上

審慎使用場景、
半場景及概述文字

　　漫畫家兼小說家華倫・艾利斯很有本事,能透過作品窺看未來。他的小說《正常》(*Normal*)不但漂亮呈現他的預測未來能力,也是開場要如何寫的優秀範例。接下來,我們要深入幾個場景,一步步分析,說明這些場景是如何建立,以及背後原理。

　　《正常》這本書在說什麼?「預知型決策者」亞當・迪爾登(Adam Dearden),抵達奧勒岡荒野的「正常思考恢復中心」,治療「深淵凝視」這種疾病——在氣候變遷、世界大戰、潛在炸彈攻擊事件快要發生時,即使對未來抱持正面思考,腦力也會不堪負荷,出現「深淵凝視」的症狀。預知型決策者會思考地球工程、智慧城市等方式,免除人類末日的到來。然而,在恢復中心靜養的也有「選擇性預測者」,他們是另有目的的未來學家,淨想著發生地緣政治波動、無人機戰事,讓他們的客戶準備好接受人類末日。

　　迪爾登只想消除腦中的念頭,回歸寧靜。這時卻有病人突然消失,身後什麼也沒留下,只留下一堆蟲子。工作人員接受調查;全體人員受到監視。事情變得愈來愈迷離,迪爾登揭開了一個致命的陰謀,使他開始懷疑自己的核心原則,而且威脅的不只是他的心智。

**第1景：
恢復中心
接待處**

- 教授與護理師在接待處爭執。
  ○ 立刻產生威脅／衝突，雖然有點滑稽。
  ○ 立刻有場景補充足夠的線索。
  ○ 出現第一個暴力行為或姿態。
- 亞當·迪爾登出場的時候，已經看到前一景，而且和接待他的護理師互動。
  ○ 在第1景失蹤好幾頁。
  ○ 為什麼？因為說也奇怪，他在自己的人生中缺席／失蹤了。

**第2景：
亞當·迪爾登
前往恢復中心
的路程**

- 機場跑道，遇見護理師（定位），服用鎮靜劑。
- 被塞進休旅車載走。
  ○ 見到不真實的風景（比喻他的病況）。
  ○ 真實的風景（「遭冰雹敲擊」／途經的鎮名）。
- 想起一位決定隱居的朋友。
  ○ 為什麼需要想起這個朋友？
  ○ 偽善與相似處。
- 從記憶中跳出「奇岩」地名（前述旅程的最後一處）。
  ○ 真正進入荒野。
  ○ 出現半場景之後，有更多的概略描述。
- 抵達正常思考實驗森林恢復中心。
  ○ 提供「正常小鎮」的訊息。
  ○ 一切都是玩真的；亞當可能回不去了（亞當的病況之謎）。

- 檢查哨。
  ○ 與其他保全互動（保全看電視劇《牧野風雲》代表「更為單純」的時代）。
  ○ 保全不太認真，暗示這裡並非一般恢復中心。
- 駛過「漫長曲折的車道」。
  ○ 樹——他記不得這些樹名，就只是樹。
  ○ 他幾近輕蔑——看不起自己，還是自然？
  ○ 第一次提到文胡克：「……自從文胡克之後，所有通訊似乎都充滿危險」（頁10）。
- 抵達複合車站。
  ○ 很粗暴的馬蹄型結構，疊加超現代裝置。
  ○ 被拉到車外，大叫（代表之前不舒適），與之前的疏遠／疏離形成強烈對比。

**第3景：
回到護理師所
在的接待處**

- 非常接近第2景的切入點，只是開場有點重複。
- 車程結束後的情緒持續著（大叫），亞當哭泣，失去意識。

問題

- 假使作者從前往恢復中心的車程寫起，會怎樣？
- 一開始就提到文胡克，會怎樣？
- 用接待處開場，只用一段就講完車程，會怎樣？
- 故事開始得再晚一點，從亞當被送進房間說起，會怎樣？

自行寫一個開場，要符合自己的敘事風格和方式，再與作者的比較。

分析開場結構

延伸閱讀：本書以《芬奇》為範例討論開場的章節。

- 故事需要時間與空間來交代訊息，但仍安排了（實際）動作的發生和角色發展。

- 作者想在開場用出乎意料的短場景來抓住讀者注意力，丟出中心問題：什麼是恢復中心？為什麼亞當要去？接下來會怎樣？

- 後續場景不顯得突兀，是因為才剛發生，並非較早之前的記憶重現，而且作者換場也很順暢。

- 層層推進的實際路程，呼應讀者瞭解角色與恢復中心運作的合理過程。

- 開場步調適中，並不過快（過急）或過慢，是透過仔細的調節：切換場景、半場景、比例恰當的概述文字。

- 亞當到了恢復中心之後，沒有馬上切換到下一場景，而是回到護理師與中心病人的場景，讓讀者看到接下來發生什麼事；因此，下一個場景不會顯得太過突兀：比方說，讀者早就知道這一景幾乎緊貼著前一景。

（小說《正常》，華倫・艾利斯 著）
書封設計：夏綠蒂・史崔克（Charlotte Strick）
與佩德羅・阿爾麥達（Pedro Almeida）

- 作者利用後續場景充分回答，滿足讀者一開始的好奇；按照預期，情節發展下去會引發更多懸疑，勾引讀者讀下去。

第4景：
與萊拉・雀倫
在戶外的
塑膠桌旁

- 先說重點：恢復中心被描述得很可怕，跟亞當說話的女人很神祕。

- 描述萊拉・雀倫，包含她生命中弄丟的所有儀器（稍後作者會在亞當的房間場景補充）。

- 提供雀倫身分的細節。

- 恢復中心的治療流程。

- 「深淵凝視」（首度出現陳腔濫調？尼采的「深淵也回望你」）。

- 鏡頭拉遠，看到「大部分的桌子都有人坐」。接著描述鏡頭拉遠後看到的前後景象，結合隨後出現的前景（桌邊的人）。

- 正值線索變得破碎的時候插進來：背景出現神祕人物（另一個新元素）「……喔，他啊，坐在別桌」。

- 獲知哪裡有攝影機、哪裡沒有的重要資訊（第一次「欺騙」？）。

- 雀倫給他重要的建議（「我在這裡的任務已經完成了」）。

- 雀倫釋出「善意」時，亞當的情緒反應／時機。

- 亞當的情緒時機被拆解、打亂、污染，因為克拉夫（Clough）提到不同面向的雀倫，動搖了亞當的印象，讓原本相信她很真誠的亞當產生懷疑。「她不跟人接觸，是因為她以前吃過一個人。」
  - 「從亞當身後傳來說話的聲音。」這句的效果比想像中還要好，因為聲音不會憑空出現。
  - 「大部分桌子都有人坐。」這句話不只與外界環境產生對比，還具有轉換功能，讓亞當身後傳來的聲音產生意外、但並非嚇死人的效果。

- 克拉夫與雀倫的對立，包含口角與肢體的衝突。

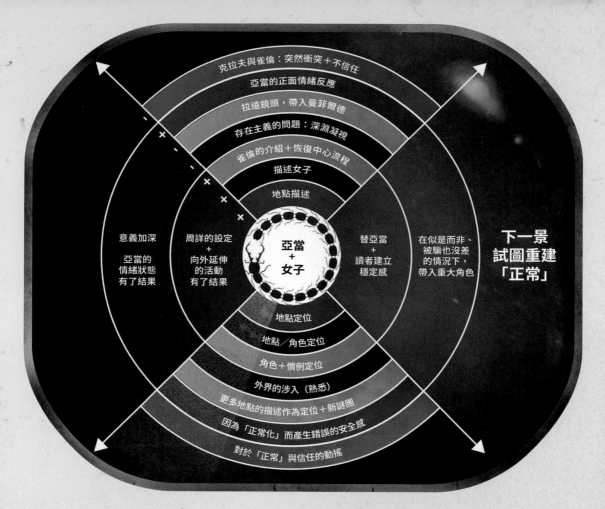

○ 讓人更疑惑不知該相信誰。

○ 暴力情勢愈見高漲（丟杯子）。

● 護理師狄克森存在的必要。

○ 勸架並帶走亞倫。

○ 提醒該看醫生了。

○ 之後還會出現，並非免洗的角色。

○ 恰好可以結束這一景。

問題

● 這一景的「動作」訊息如何？

● 這一景是如何讓讀者找到定位，
也迷失方向？

● 這一景達成怎樣的敘事平衡？

將第4景的分析用在你寫壞的作品場
景中。這裡用到的技巧是如何創造
張力、意外、呼應？

觀察

● 要產生複雜的文字效果，有賴「基礎設定」的建
立，寫出設定並不難，達成效果比較難。

○ 通篇都要清楚傳達訊息，開頭尤其如此。

○ 通篇都要組織（或架構）明確，不論是場景、
分段，還是整體故事的歷程皆如此。

○ 通篇都要把細節（每一句都要寫清楚）及重點
交代清楚。

● 設定要做好，意外和張力的效果有一部分來自妥
當的設定。

● 可以利用讀者的期待製造文字間的律動。

● 要讓讀者感受到文字律動且不無聊，得混用各種
戲劇化場景。

● 混用概述文字和半場景並達到平衡，會讓讀者保
持閱讀的興趣。

● 要寫反常的狀態，要先讓讀者知道什
麼是正常。

《滅絕》的滅絕
小說改編電影（內有大量劇透）

自傳、靈感、轉變

我在第一章稍微提到自己的小說《滅絕》，經過幾次轉變——小說翻譯成幾十種語言，還刺激粉絲產出各種藝術與敘事二創，後來再由派拉蒙電影公司改編為電影，由亞力克斯・嘉蘭（Alex Garland）執導，主要演員有吉娜・羅德里奎（Gina Rodriguez）、泰莎・湯普森（Tessa Thompson）及奧斯卡・伊薩克（Oscar Isaac）。這次改編是很特別的機會，讓我經歷極私密材料轉換為超公開展演的過程，也讓我們瞭解說故事是怎麼一回事。

小說中的探險隊成員包括生物學家、心理學家、勘查員，他們前往一處三十年來藏於隱形界線之後、奇異而原始的未知區探險。未知區發生了怪事，祕密機構南境（Southern Reach）先前派出的探險計畫，都無法找出事發原因。這次的探險會成功嗎？某座燈塔及神祕的隧道塔（牆上有活生生的文字）和謎底有什麼關聯？

這些作品對我來說非常個人，但是不過短短幾年，本系列觸及的大眾愈來愈多。為什麼？首先，因為《遺落南境》三部曲寫得很模糊，讀者容易將自己的想像帶進小說裡，遠遠超過一般狀況。讀者對角色和書中場景的解讀，已經大幅偏離我的原意，卻饒富趣味，有時很有創意。再來，關於未知區的二創種類多到嚇死人，於是我的作品開始轉換成其他載體。甚至有人根據隧道塔裡的文字，自創活體字母。

攝影：萊克・凱立昂（Riko Carrion）

派拉蒙翻拍《滅絕》時，我的自傳小說已經不是我的了——這種不得不，正好說明了敘事的決策過程。不過要瞭解這些改編背後的意義，有必要先瞭解《滅絕》的由來。

親身經歷的環境

讀者可能不知道這本書帶有自傳色彩，只覺得讀起來發自內心。每個人在創作中使用個人性素材的過程大不相同，我在《遺落南境》三部曲運用的材料如下：

- **與動物的經歷**：我曾經從鱷魚背上跳過，我想到可以把這件事當成寫作材料，後來也真的寫進三部曲中。在山道上遇到佛羅里達黑豹，產生無助感（要是被吃掉我也沒辦法），則是我為了三部曲《接納》（*Acceptance*）捏造的概略感受，並非真實事件。但真的曾經有野豬從大老遠開始追趕我，我也看過海豚在漲潮時來海邊的淡水運河吃魚。兩次經驗都很超現實也很誇張，可以在《滅絕》中創造真實的效果。

- **童年在大自然裡的回憶**：小時候我在珊瑚礁上迷失方向，跟著發光的海星才回到岸上。後來，我們在佛州的根茲維爾（Gainesville）租房子，後院的廢棄游泳池裡真是生機勃勃。這些時刻的生動記憶轉化成書中生物學家的性格，塑造栩栩如生、無法假造的特質。

- **工作經驗**：我跟二部曲《權威》（*Authority*）的某個角色一樣，接收了某人的工作桌，結果在抽屜裡發現死老鼠。就如書中情節，也有人問過我「想不想看怪房間」。我還經歷過類似《蒼蠅王》（*Lord of the Flies*）的中階管理情況，上面的人很堅持「魚從頭開始爛」（上梁不正、下梁歪），因為那是公司元老傳承下來的智慧。

- **日常事件**：小事情，大靈感。寫《權威》時，有一天我上了自己的車，看到擋風玻璃內側有一隻被打扁的蚊子。我不記得自己打過蚊子，開始想像書中主角遇到相同狀況，他會用適合小說的偏執風格幻想有人上過他的車。

- **促發「事件」**：有時候要狠一點才能找到靈感。有一次我寫某個場景卡住，無法想像那一幕有個角色要偷溜進另一人家裡，我就在自家後院鬼鬼祟祟……潛進家裡。我絕對不建議採取任何非法行為，不過闖進自己家裡、記下那次經驗，幫助我寫出那一幕。

馬修‧瑞佛特（Matthew Revert）獻給未知區的黑色幽默祭酒，點出一個嚴肅面向：強烈的在地感與真實結合，是三部曲成功的主因。

將個人經驗轉為創作的祕訣

不管你有什麼樣的人生經驗，都可以想辦法應用在小說創作上，不但會讓故事更有力道，也能讓故事變得更好看。身邊所有事物都有潛力發展成故事，只要你願意接受各種可能性。只需記得：

模糊小說與事實的界線：某位《遺落南境》三部曲的讀者，把隧道塔中的文字寫在照片中的觀景平台上；平台旁的這座燈塔啟發了我寫《滅絕》。

- 不一定要用誇張的經驗或細節——可以很微小，但依然有趣。我在工作坊裡見過一位滑雪專家和一位修鞋專家，他們都把自己的專業知識和熱情轉化成精細又有趣的細節，用在故事裡。用五頁的篇幅描寫滑雪活動的事前準備，張力不輸給驚悚小說。

- 做功課雖然有幫助，但在安全的前提下，盡量親身體驗，以獲取細節（有一次我被嚴厲譴責，因為我竟然建議作者為了一個枯井的場景，真的下到井裡；我現在依然堅持己見）。

- 如果無法想像背景地點，可以套用熟悉的環境，室內室外都可以。這樣一來，角色在空間裡的活動也看得更清楚。

- 利用方法演技，以不尋常的方式進入角色腦中。想辦法成為角色，進入角色的情緒，做出跟角色一樣的反應（如果安全的話）。

- 寫作時，確認自己能接收到周圍的細節。心思被故事盤據是很強烈的經驗——彷彿用腦袋舉重，當你集中腦力解決創作「問題」時，你已經對周遭環境開放，讓環境來幫助你創作。

我的靈感只是《滅絕》演化的一部分。接下來是小說改編電影的過程，有趣的不只是兩種藝術媒介之間的轉換，也包含世界觀不同的創作者所下的決定。

將小說改編成電影

小說《滅絕》原本的意圖如下：（1）讓讀者從一開始就陷入奇怪的情況裡；（2）大加重視不可思議的情節，以推翻多重的超自然與科幻文學手法；（3）從未知區的本質探討生態主題；（4）替生物學家創造出非傳統的人格特質，她與丈夫的關係反映出她在人世間的膠著狀態。

改編成電影，導演反而提供觀眾未知區以外的現實世界定位，也描繪出較傳統、會跟人世交流的生物學家。這樣的處理方式，誘拐讀者從熟悉的層面舒適地進入狀況，再慢慢帶進奇異

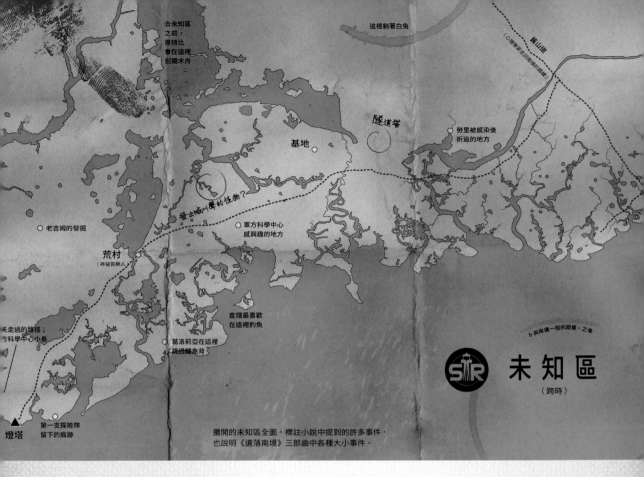

去未知區
之前，
惠特比
會在這裡
划獨木舟

這裡躺著白兔

嵐山道
（心理學家走回海濱的路線）

隧道塔

基地

勞里被感染後
折返的地方

發出嚎叫聲的怪物？

老吉姆的發掘

軍方科學中心
感興趣的地方

荒村
（神祕苦蘚人）

查理最喜歡
在這裡釣魚

基洛莉亞在這裡
跳過鱷魚背

b 與探邊一般的距離，之後

夫走過的路徑；
勻科學中心小島

S.R. 未知區
（跨時）

第一支探險隊
留下的痕跡

燈塔

攤開的未知區全圖，標註小說中提到的許多事件，
也說明《遺落南境》三部曲中各種大小事件。

的元素，但日誌山及隧道塔牆上的文字都被改動，因為這兩點都無法帶來強烈的觀影經驗。

此外，導演選擇著重書中奇特的轉變及雙生元素，降低了環境議題的重要性。在三部曲中，我將未知區和書中的南境專制作風**結合**，解釋《滅絕》建立的謎團；導演則是用一部片自圓其說，去掉不合理的邏輯，讓敘事更合理。他坦承這樣做，是因為拍片有拍片的需求，但也呈現了不同於原著小說的人類面向。

看到這裡，或許你會想到幾個跟說故事和轉換藝術形式有關的問題，例如哪些改變不需多做解釋，你也會懂；要是由你將小說改編成電影，你會怎麼改；甚至要是你來寫《滅絕》，會有什麼不同？讓我們先回到說故事的個人層面。拿出一份寫好的故事草稿，如果要改編成一部好看的電影，需要做哪些改變，列出來吧（可參考第 167 頁關於電影的章節）。

- 哪些改變絕對必要？
- 哪些元素應該保留不動？
- 是不是有許多種改編方式？
- 用電影的角度來思考這個故事，能幫助你找到改稿靈感嗎？
- 假裝要把作品改編成電影，你看待角色的方式是否不同？

最後，看完下一頁的圖解之後，你關於改編的想法是否又變了？

電影

《滅絕》

（挺身對抗，坐下等死）

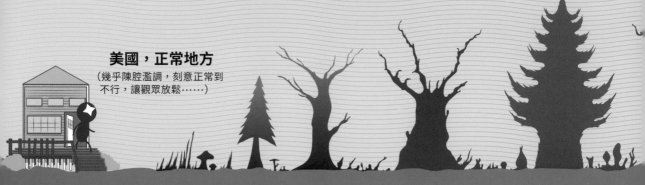

美國，正常地方
（幾乎陳腔濫調，刻意正常到
不行，讓觀眾放鬆……）

電影手法

* 景觀＝起初為平淡的植物，轉為瘋狂的變種
* 音樂＝起初隱隱約約，後來擾亂人心
* 現代科技＝取代日誌和過時的祕密情報組織建構
* 「另一個我」主題＝發展得更多，取代環境議題
* 動物＝更為戲劇化，更具侵略性

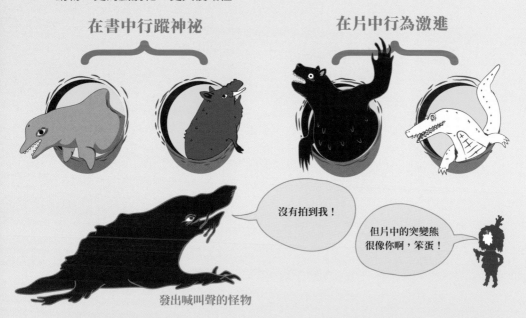

在書中行蹤神祕　　　　在片中行為激進

沒有拍到我！

但片中的突變熊
很像你啊，笨蛋！

發出喊叫聲的怪物

* 任何一種動物取代另一種動物時，有可能不帶進相異的文化和社會心理層面嗎？
* 不屬於北佛羅里達的動植物被放入片中，會創造某種共通性或是其他正面價值嗎？
（此舉會改變故事核心嗎？）

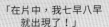

「在片中，我七早八早就出現了！」

不正常的未知區

（奇異成分的描寫更為直接，結局幾幕比小說還更超現實，符合視覺傳媒的特性）

其他活動

- 你會怎麼改編《滅絕》？畫出結構，這結構有助於你看清自己是怎樣的作家？
- 大致描述一個《滅絕》原著和電影中都沒出現、但出現了也不奇怪的場景。
- 選一本角色內在世界豐富、對話很少的小說，在保留原作精神的條件下，將其中一部分改編為劇本。

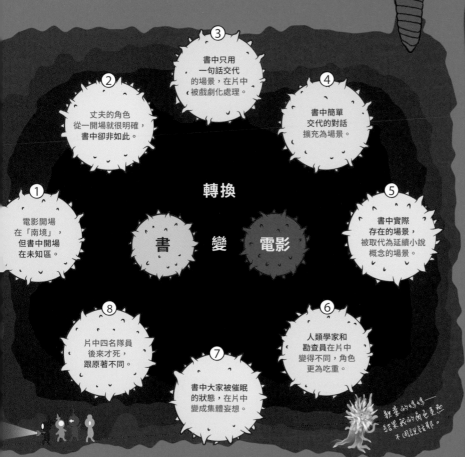

我覺得潛在含義變了！

天啊。真的變了。隧道塔被放到燈塔底下，整個大改耶！

潛在含義？潛在含義在哪裡？根本小事一件。但爬行者還是留下比較好。

去他的作者和導演！竟然沒讓我「滅絕」，哼！

轉換　書變電影

1. 電影開場在「南境」，但書中開場在未知區。
2. 丈夫的角色從一開場就很明確，書中卻非如此。
3. 書中只用一句話交代的場景，在片中被戲劇化處理。
4. 書中簡單交代的對話擴充為場景。
5. 書中實際存在的場景，被取代為延續小說概念的場景。
6. 人類學家和勘查員在片中變得不同，角色更為吃重。
7. 書中大家被催眠的狀態，在片中變成集體妄想。
8. 片中四名隊員後來才死，跟原著不同。

白鹿風土研究計畫

提摩西・莫頓（Timothy Morton）跟其他哲學家不同，他提出「宏觀如地球的生命」（life at Earth magnitude）（亦稱為地質時間），以及「暗黑生態學」（dark ecologies）的概念。後者指的是，「自然」其實並不自然，反而與人類活動（文化）糾纏，且「地方」實為多層面交織的地域概念，「過去的層理」相當吃重，儘管人類的記憶通常很短暫。討論莫頓的概念時，可參考另一術語「風土條件」（terroir）。風土條件一詞通常出現在紅酒釀造業，包括土壤、地形、氣候元素的分析（後續附錄從不同角度解讀生態敘事時，還會再提到風土）。

多數小說（傳統、以角色為基礎的當代小說）沒辦法找到新的方式，傳達地方的複雜度，以及流過地景的渺渺時間，因此失去呈現世界真實顆粒感的機會。在目前這個時代，制度和意識形態往往想要加快腳步藏匿歷史，同時還要面對全球暖化的威脅。對此，我們必須要用更好的方式觀看世界，傳達我們對周圍環境的真實理解，同時承認人類所知有其極限。

在這前提下，「風土」和「宏觀如地球的生命」與創作有何關聯？深入探究某種地域特性，將如何幫助創作者改善說故事的技巧？

舉例來說，紐約上州的手指湖區有座荒廢的陸軍基地，裡頭有一群白鹿。該地從一九四一年起被隔離，避免白鹿與其他鹿群混種，讓族群擴大。三百隻白鹿的棲地約一萬畝，和四百隻棕鹿共生。這些白鹿並非白子，而是隱性基因讓牠們長出白色毛髮，由於欠缺適當的保護色，很容易被天敵發現。這塊棲地的外圍漸漸容許一些開發案，建立了州立監獄及少年中途之家，不過白鹿倒是未來茫茫。

以下資訊來自手指湖區的專家，看完之後你將更瞭解白鹿的棲地和習性。動手做這個部分最後的練習之前，先想想如何將這些資料轉化成敘事。

提升作品中的地域性，只會增添故事中真實的細節嗎？還是也會產生其他作用？

「這裡的地貌被單一農作物主導，白鹿保留區看來就像相對原始的小島。雖然有些地段沒畫進保留區，預定作為混合森林生態系統，不過有很大一部分依舊保持溫帶灌叢群落的樣貌。這裡的植被結構有利培養穩健的昆蟲多樣性。從石蛃目到缺翅目應有盡有。原本沒有壁蝨，直到十五年前才開始出沒，現在每一片葉子底下都躲著這種蟲，每年都有新的傳染病，讓當地人很抓狂，引發急性寄生蟲幻想症。」
——艾瑞克・史密斯（Erik A. Smith）博士，昆蟲學家、農業生態學家（紐約威拉德）

「很有季節特色的不光是我們餐廳的特選素材，員工也會散發季節感。在我們這裡工作的人對當地的使命感很強，與附近的自然環境連結深刻。大家來這裡不只為了賺錢，也有故事要說，想要改變世界。這些人幫助我們建立了地方歸屬感，不僅對餐廳重要，地方上也需要這種感覺。」
——蘇珊・艾特威爾（Susan Atvell），Kindred Fare 餐廳老闆（紐約日內弗）

「白鹿附近住著彼此間八竿子打不著關係的鄰居。棲地一邊有阿米許教徒的農莊，一邊是開放打獵的國家公園。季節到了，白鹿應該能直擊棕鹿親戚被射殺吧。白鹿棲地南邊有高度警戒的監獄，監禁的囚徒看得見白鹿三三兩兩漫遊著。再往北邊是收容機構，裡面有殘障／身心受創／犯罪的孩童。白鹿棲地附近都是人類中被排擠、被放逐、被拋棄的特例。不知牠們是怎麼看我們的？」
——梅蘭妮・康羅依—戈德曼（Melanie Conroy-Goldman），小說家、教授（赫伯特和威廉史密斯學院；紐約日內弗 & 伊薩卡）

「春末，一團團紫色的有鬚鳶尾花開在 96A 道路的圍欄後，開那麼多是因為白鹿會吃花，並在周圍排泄。但這種鳶尾花是混種，本身不結子，卻繁殖得到處都是。根莖類的鳶尾花究竟是怎麼散播出去，我也想不通。」
——關恩・林（Gwynne S. Lim），植物學家、理學碩士（紐約威拉德）

保留區

沉積層

人類學

考古學

生物學

植物學

地質學

歷史學

政治學

心理學

社會學

當地生態學家的報告

% 現實 x % 想像 = ?

從飛機窗戶往下看，白鹿棲息地是個平扁的綠色橢圓形，出現在西紐約州的破碎地形之間，緊連著農地與冰川湖泊，位於不規則的國家森林地北端。不同於在較大區域中自由自在漫遊的鹿群，白鹿被困在延綿幾英里的圍欄內，一旁還有廢棄彈藥庫和高警戒監獄。之前管理林地的軍人為白鹿毛色讚嘆不已，並且推動牠們近親交配，鼓勵獵殺棕鹿，禁止軍人射殺白鹿——但純白的毛色讓白鹿漸趨稀少，數千年來，牠們是狼群及貓科動物最顯眼的獵物。

從車窗看出去，白鹿棲息地一眼晃過，混合了復育的農田、從未消失的小塊落葉林、看不見的累世污染。白鹿與棕鹿不同之處，只在於隱性基因造成毛色差異，也有可能在林地邊緣、交界處、環境的轉換處覓食，那裡的先驅種大力繁殖，比藏身林中的白鹿更能忍受嚴苛而不穩定的條件。

圍欄內，要進入白鹿棲息地，必須穿過失修軍用道路的鐵絲網。白鹿的牧場散落著一叢叢山楂，長滿矮樹叢的空地點綴著香蒲池塘和零星的糖楓樹林。白鹿食用低矮的早

期演替植物種群、田野中柔軟的草類，秋天則吃山毛櫸的果實和櫟實。林子裡有披著地衣的岩石、珊瑚菇、北部灰蠑螈、原生小型哺乳類。像繩子般低垂或高爬的，是野葡萄的藤蔓和毒藤。番茄天蛾幼蟲和豆金龜將森林植物的光合能量轉換為一塊塊帶花邊的小布片。地面富含鈣質的落葉，由馬陸和蚯蚓製作成堆肥，使土壤肥沃。糖楓樹頂則有鳴禽和松鼠收集材料築巢。肯戴亞（Kendaia）村的農地周邊曾經長滿最古老的樹種，一九四○年代卻因為二戰陸軍機廠的工程而廢村。

——梅根・布朗（Meghan Brown）博士，研究過渡環境的生態學家，赫伯特和威廉史密斯學院生物系（紐約日內弗）

來手指湖
賽狗打門

Catch us at
the FINGER LAKES

卡由加湖

日內弗

赫伯特和威廉史密斯學院
Kindred Fare 餐廳

塞內卡
陸軍基地

威拉德

奧瓦斯科湖

梅耶蒸餾
酒莊

塞內卡湖

來看白鹿！

克由
卡湖

伊薩卡

「我曾經離家一次。那時我以為自己需要看新的風景，需要新的生活步調，結果差點活不下去。並不是外面的噪音、稠密人口、看不到夜晚的天空讓我適應不良，而是我看不到田野，看不到田裡的矮灌木籬、特定種類的蝗蟲，還有黎明照亮的胡桃樹。我想念溪流和峽谷切過石灰岩的景觀，想念湖景。想念小雨過後，空氣散發乾涸已久、終得濕潤的泥土味。我的家族在奧維德耕種已經超過兩百年，五代人在這裡種什麼、吃什麼，喝溪水、泉水，為了活命拚命耕種。從人血可以蒸餾出一個地方啊。不用說，最後我回來了，我發現自己就是要做蒸餾酒（什麼都可蒸餾！）。我用自家農作物蒸餾烈酒──伏特加、琴酒、威士忌。這樣的恩賜美酒與土地相連，值得被需要、被愛、融為一體。我有強烈的推廣意願。每次我做蒸餾酒，讓當地人喝下飽含酒莊辛勞釀造的酒，我就知道他們以後會回來。這裡的人一定會回來。」

──喬瑟夫・梅耶（Joseph E. Myer），梅耶酒莊負責人／釀造師（紐約奧維德）

深入瞭解地方與情勢，並加以應用

　　你自行創作的白鹿計畫的敘事引子如下：出自不明原因，有人目擊塞內卡的白鹿出現在保留區外面。目擊情況的描寫可從稀鬆平常，逐漸升溫為奇幻或匪夷所思的程度。

　　白鹿目擊事件可作為推進故事的「動作－反應」因果連鎖。就算只是某人平淡的目擊經驗，也可能讓當事者想起在記憶中凝結的另一人。在月光瀲灧下遇見白鹿，可能就此改變某人的人生，導致意外發生，讓人心臟病發，讓人想要射殺或捕捉白鹿，也有人是為了雜誌報導而前往當地。

　　發展的可能性無窮無盡。以上只是一些想法，也並非最好的。你可以把「這一步」當作基本單位，由此發展下去。如果把這發展成團體創作計畫，內容要包含好幾組「目擊檔案」。顯而易見，團體寫作方式也是無窮無盡。要記錄目擊事件，可用目擊者訪談逐字稿、第三人稱記錄、詩作，照片及說明文字也可以。

　　接下來，你的下一個任務是擴充前因後果，創造更多的故事發展，甚至讓因為目擊白鹿而彼此接觸的人生命交織在一起。

一邊摸索故事發展的可能性，你可以根據白鹿棲地、目擊地點的研究結果，穿插當地的生態、地質、文化、物理、宗教等「沉積地層」資訊。同時參考超自然現象目擊者的真實描述，甚至探討具有相當規模的自然事件是如何改變當事者的生命，再將以上心得用於白鹿計畫中。

1. 研究──每一位成員負責不同的主題，收集資料供每位組員使用。
2. 最初的概念化──每人提出不同的「目擊」事件，共同討論，避免在動筆前寫出重複的概念。
3. 創作──每人負責撰寫特定的目擊事件，涵蓋事件本身的描述和複雜的延伸創作（要短，所謂的「創作」可以是各種敘事方式，必要時也可以寫詩）。

翻到附錄的協同建構世界段落，看看集體創作「風土計畫」會是什麼狀況，你們要如何深入探索白鹿的內在和外在世界。這時可參考西蒙·沙瑪（Simon Schama）的《風景與記憶》（*Landscape and Memory*），會很有用。地貌描寫與當地人的發言，自然與你的研究結果有關。他們的發言只提供了表面訊息，還是代表故事即將開始，內含獨特的世界觀？這時白鹿已經成為一則神話了嗎？

皇家花鹿鹿
據說只喝月光

即便是看似無關的作品，如納博科夫的《扭曲的邪惡》也有佳句，以各種巧妙的方式，將史前事件編織進當代場景。其他小說如喬恩·麥格雷戈（Jon McGregor）的《十三號水庫》（*Reservoir 13*），緩慢描寫時間在地貌上的移動過程，將此作為說故事的主要元素；這是「完全符合風土條件」的處理方式。深入認識一片土地，可豐富自己的創作，認識當代最重要的議題，否則那只是存在於地質學家腦中的地震頻傳之地。

你可以聚焦討論白鹿被困的「問題」，是如何在人類心中積壓已久、產生衝突，並尋求解套方式。當地民眾的發言顯示他們投注許多心力，思考白鹿帶來的兩難。例如危機就是轉機、從資源到發展觀光業，思考的範圍很廣。每一種思考都可能將白鹿變為一則神話。我有個想法，跟自己正在寫的故事有關，就畫在這一頁上，我其實想要看見白鹿解放自己。

你也可以反過來好好思考，有些人就是看不見白鹿——他們是不是完全不去想白鹿的事，也不管牠們的下場和棲地會如何。沒有反應，也是一種反應。譬如我在現實生活中認識一位鳥類學家，他住在伊薩卡外圍，替遷徙中跌落地面的棕櫚鬼鴞綁腳環，也會計算地區道路上的兩棲動物死亡率。他對白鹿的看法，你真的明白嗎？他的野生動物藝術家妻子又是怎麼想？

最後，不管你真的完成了這個計畫，或僅是讀過這一段而已，請將你在白鹿計畫中學到的應用在對你具有個人意義的地方。首先要確認是有限定範圍的土地，一開始先列出能吸引人或產生關注的當地元素，或者外人通常會忽略的事情。你的個人連結如何自動產生敘事？你要拉開多遠的距離，才能用外人的眼光看待這一切？這個計畫一定能使你更瞭解自己，瞭解你的創作，以及「宏觀如地球的生命」。

跳脫傳統

的敘事處理方式

繪圖：凱拉·海倫（Kayla Harren）

在這個時代，推動環境議題時通常也會牽扯到社會正義，推動過程會讓某些創作類型滅絕，也會讓曾經看似認真的創作變得好像在逃避責任。這是因為那些創作者忽略事實，接受文化和社會中陳舊的既有觀點、態度，更因為氣候變遷遮蔽了某些作家的視線，看不見日常生活的問題和難處。就算有人自認事不關己，避談戰爭與生態災難，這些人的世界也已經與過往不同。

與這種創作斷層交纏的是一種需求，試圖找出「烏托邦」、「反托邦」的新定義，才能讓創作持續與生活相關，並且不失去意義。我們要自問，現代社會是不是有什麼讓我們誤以為能開創黃金時代的元素，其實是阻礙，還會讓我們退步。要進一步瞭解我在說什麼，可以研究矽谷企業與社群媒體在隱私、超人主義和其他議題的本質矛盾。也可以回頭看看智慧型手機的零件如何製成。要是小說家表示不用替生態系統煩惱，反正瀕臨絕種動物可以 3D

列印，這又代表什麼？以上言論，都反映了在基本事實以外的敘事立場與意識形態。

外星人來看地球小說，會發現小說經常省略或是我們忽視的幾項事實：（1）吃肉等於讓全球暖化惡化；（2）從一九七〇年代算起，陸地上的野生生物已被人類殺掉一半；（3）汽車是有史以來效率最差的運輸工具之一，但若是徹底改為無人車，大家就會覺得汽車還不錯；（4）有害而過時的採獵與農業傳統依然根深柢固；（5）瓶裝水的容器和內容物皆為高度政治的產物，與地球的改變大有關係，儘管眾人認為這很無聊或與政治無關。

其實還有很多「看不見」的議題——那都是生命與妥協的艱難算式。你會覺得我太嚴苛嗎？想反駁我所說的事實嗎？你知道以上議題都會影響你作品中的現實環境、基本假設嗎？好，或許不會有影響。但如果你寫故事不先思考以上問題，又怎麼知道不會產生影響？而且要如何區分角色的意見和自己的意見呢？

〈片段〉（Segments, 2012），喬安娜·畢透（Joanna Bittle）

莉迪亞‧約克娜薇琪（Lidia Yuknavitch）的小說《喬安之書》
（*The Book of Joan*, 2017）融合了實體與形而上的元素。

安妮卡‧易（Anicka Yi）用細菌做出毛筆筆觸（2015）。

既然科幻小說中的未來，在某些層面已經成為此刻的現實，就算你寫無涉未來發展的故事，也會受到科技影響。當代現實主義者的小說，極可能在很短的時間內顯得過時或古老，就跟二十世紀初的火星人運河科幻小說一樣。

這時代儘管怪異，在記錄與評論當代現況時也會迸發創意。以下幾個想法和文章能幫助你發想。要注意的是，「跳脫傳統」不代表要採用「實驗形式」。有時小說中的概念愈激進，實驗形式要降得愈低，因為對多數讀者而言，奇怪成分的比例太高會造成閱讀障礙（如果你在意創品中要留空間給讀者）。

動物：如果我們終於讓故事中的動物生命變得如現實中一樣複雜、重要，而不是只把牠們擬人化，或對牠們展現自我感覺良好的同情，讓作品中的動物扮演物件、道具的功能，還有其他的表現方式？就我個人經驗看來，作家會為了寫科幻作品徹底研究物理等主題，但提到動物的相關規範和習性，卻顯示出對近二十年來動物行為研究的無知。對於某些作家，動物是隱形的，只能以網路眼圖（meme）或老掉牙民間故事的濫情方式呈現。

生物效率：要是作品用不同過往的方式強調正面價值，卻摒棄傳統硬科技，作為策略改善的範例，或是由於資源稀少，在愈來愈小的空間中，根據可能窮途末路的方法或意識形態做出複製品……於是，我們不論意識的影響力，開始以亞原子的微小尺度，在作品中談論來自自然界、仿生學的效率，認為這些技術都比人類科技來得更有邏輯、更精密。這樣下去

利尼亞·斯泰爾泰（Linnea Sterte）的《腐爛的過程》
（*Stages of Rot*, 2017），逆轉了生物法則。

傑西·雅各（Jesse Jacobs）的漫畫《狩獵蜜月之旅》
（*Safari Honeymoon*, 2014）畫出生物暴動的超現實面。

會怎樣呢？

無生命物件或物質：如果將無生命的物質賦予生命（實際上或比喻上），為作品注入更多顆粒感，尋找人類以外的觀點，會怎麼樣呢？湯姆·麥卡錫（Tom McCarthy）在《沙丁魚之島》（*Satin Island*）中把石油比喻為活物，雷札·內加勒斯坦尼（Reza Negarestani）在《風暴之書》（*Cyclonopedia*）之中，明顯刻畫出我們對化石燃料的依賴與連結。

非人的生命週期：如果以動物的身體結構及生命週期作為傳統故事的架構，會如何？比如荒謬主義者史戴潘·查普曼（Stepan Chapman）的漫畫畫出腦吸蟲疾病的問題（Postal Carrier's Brain Fluke Syndrome）呈現超現實的一面。雪莉·傑克森的《盲鰻》（*Hagfish*）帶出地球上的罕見生物，在寫作過程中創造精彩的故事。

戰爭作為一種生態災難：假使在虛構作品中，戰爭的樣貌不再「只是」後果慘烈的人類衝突，而是令人費解的自然生態史呢？二戰時期的森林作戰，會用迫擊炮或飛彈瞄準樹冠轟炸樹木，讓樹下的士兵斃命。要如何改變敘事中的「植物」，才能對應到當代研究的植物智能，以及植物被刺激產生的複雜反應？以上現象如何穿插在有人類出現的部分？

新形態的故事也不需要顯得悲慘或超級嚴肅。在幽默與輕浮之間，還是有差別的；積極厭世或異想天開也不同於過時或過於無知的厭世。

美國萊斯大學人文學院的能源與環境研

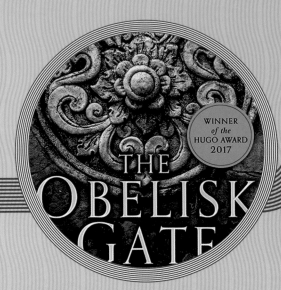

雨果獎作家傑米辛（N.K. Jemisin）的「破碎地球」三部曲（2015-2017），以「地球的宏觀角度」重新詮釋奇幻文類。

安德斯・尼爾森（Anders Nilsen）的《大哉問》（2011）用自然界的奇異故事對人類世界發難。

究中心主任多明尼克・博耶（Dominic Boyer）說：「氣候變遷這話題所牽涉的情緒相當淺薄。人只要不是太冷漠，通常會有恐懼、憤怒、歉疚、悲傷等主要情緒。讓我感到憤怒的是，那樣淺薄的情緒原來就是一種防衛機制。氣候變遷宛如噩夢一場，必須痛苦熬過去，但過程實在太煎熬，所以沒辦法相信那是事實。我們需要擴充行動時的情緒深度，才能接受氣候變遷就是我們的**此刻**，也是我們的**未來**。我們要在氣候變遷的議題裡挖出黑色幽默的一面，能夠跟眼前的世界更加緊密貼合。如果一直提醒自己，『恐懼也伴隨著歡樂和笑聲』，會比較容易接受現況，進而改變行動。」

　　本章節介紹的創作者，在虛構文學或藝術作品中，找到跳脫傳統、往往複雜卻又能引發共鳴的方式，直指我們的困境核心。尤罕內斯・海登（Johannes Heldén）的《天文生態學》（*Astroecology*）帶著實驗性質，拼貼圖像與文字一併呈現對宇宙的好奇與探究生態的意願。相同的手法也見於昆坦・安娜・維克斯沃（Quintan Ana Wikswo）的《漂浮的希望帶我們到遠方》（*The Hope of Floating Has Carried Us*

This Far），此作帶著社會正義的關懷，層層深入瞭解歷史與地貌。奧斯・博格（Aase Berg）的詩集《暗物質》（*Dark Matter*）以黑暗、觸覺的手法，描述未來被毀滅的星球，讀起來像霍華德・菲利普斯・洛夫克拉夫特（Howard Phillips Lovecraft）的科幻恐怖作品加上異形電影。具有相同趣味、但讀來有點令人抗拒的人體描述，是莉迪亞・約克娜薇琪（Lidia Yuknavitch）的作品；這種混搭替生態敘事搭建新的路徑。

　　上述的寫作方式都展現出完整的情緒面向，大致上也摒棄了「希望」與「絕望」的兩極化論述，才能發展出不得不說的獨特故事。

　　提摩西・莫頓（Timothy Morton）的《人類》（*Humankind*）一書中觀點極有價值，檢討資本主義與馬克思主義對待環境的方式，過程中點出可和自然與文化建立的新關係，也跟故事產生新的關聯。安德斯・尼爾森（Anders Nilsen）的圖像史詩小說《大哉問》（*Big Questions*）運用震撼而奇妙的手法，讓蛇類與鳥類評論人類的行為，也藉此點出周遭世界的陌生特質。Ｎ・Ｋ・傑米辛（N.K. Jemisin）用

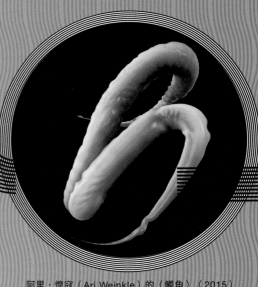

莫頓（Timothy Morton）所著的《人類》（2017）
提出超越現有意識形態、文化與自然間的激進新關係。

阿里·懷寇（Ari Weinkle）的〈觸角〉（2015）
用活生生的字母實驗，探索生物世界的溝通與藝術。

完全不同的互補方式，在獲得雨果獎的「破碎地球」三部曲（Broken Earth）中提出大哉問，透過奇幻的設定，深入研究極端氣候的衝擊和地質的影響，於是「宏觀如地球的生命」有了不同面貌。最後，阿里·懷寇（Ari Weinkle）的藝術作品〈觸角〉（Feelers），利用令人不舒服的活生生字母增加字母的觸感，強迫讀者重新評估自己如何被詞語感染和改變。

生物學家兼藝術家的喬安娜·畢透（Joanna Bittle）的作品〈片段〉（Segments）出現在前幾頁下方，也透過非傳統的方式，有效地模糊了藝術與科學的邊界。她表示：「〈片段〉代表一種藝術表達物件。一開始的靈感來自我想像中亟欲深入探索的熱帶風情。我開始在自己的工作室（一個合成空間）種食肉植物，那是最接近動植物混種的生物了。後來這件作品很快納入許多過去和現在我想串連的物種。所以我一直增加種類和畫布，從中心擴散出去。作品中有生物墊、毛氈苔、蟲子、燒焦的鋸棕櫚漿果、海百合、頭足綱動物、羊齒蕨。這幅畫的形式屬於實驗性質，糅合了時間與空間，既是牆上看起來像水平線的窗戶，也像在

看電影。我當時也在看阿根廷小說家阿多弗·畢歐伊·卡薩雷斯（Adolfo Bioy Casares）的《莫雷爾的發明》（*The Invention of Morel*），思考失去方向感的經驗，以及自然界是如何讓我們失去方向。」

我喜歡古生物學家史蒂芬·古爾德（Stephen Jay Gould）所說的：「人是說故事的動物，無法接受日常生活的平凡。」故事可以讓複雜的科學主題變得更平易近人，故事也會讓人疑惑，失去信心。古爾德研究伯吉斯頁岩（Burgess Shale）上早期無脊椎古生物學的作品特別吸引我，因為在那裡發現的奇妙生命形態為生物學家打開了潘朵拉的盒子。時間磨滅了這些物種，後來發現的蹤跡還有很多空白需要填補，尚有問題等待解答。化石不會「幫自己說話」。這些空白是不可知的空間；對我來說，藝術為的就是探索這些不可知的空間，以及不可預料之事。因此，我作為一個藝術家在三個空間或三個時區裡活動，便是我個人的科學實踐：（1）田野調查；（2）每天的工作室生活；（3）畫廊或藝術館（不一定按照以上順序，有時三者融合，同時進行）。

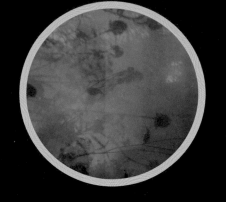

「壓力出了變化，有什麼碎了，可能是潛水者的肺，或殼內有氣室的鸚鵡螺潛得太深。傳來一陣震動……」
——昆坦·安娜·維克斯沃

「我將化身為鳥的形體，包裹著羽毛，上方永遠有一顆苦澀的星星，照亮發光臉龐的航道。」
——奧斯·博格（Aase Berg）

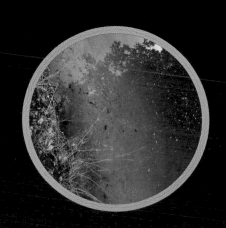

「發問，物理的法則就會失效。風吹裂信號，燃燒完畢的星渣緩慢降落到地上。」
——尤罕內斯·海登

試想
如果創造出沉浸式的創作體驗，
讓我們體會到支撐這個世界的
稀祕奇蹟，
那會是怎麼樣的成就？

設計：保羅‧戴爾肯（Pablo Delcan, 2014）

每一種腐敗的過程。
每一種動物足跡、昆蟲足跡、
飄在空中的花粉，都赤裸裸呈現。
彷彿來到外星球。
震撼。迷惑。
或許會呈現全新、更好的真相。

奪胎換骨 & 限制

— 找出眼前的故事

有時最好的故事來自他人的靈感，你可以將以下練習套用至各種文本，重點在於內化你所讀的文字，看出文章不同層次的脈絡、讀懂文本。做這項練習需要刪掉別人的文字，反正吃掉同行的文字不犯法，而且你會拿捏分寸。

> 不然就是生吞活剝了！

開始前，先將下一頁的選文影印幾份，仔細閱讀。以下每一條都是獨立的練習。

- **挖掘其他故事：** 把不需要的字句畫掉，變成一個新故事的新場景。要是新故事只剩一段開放性段落，也沒關係。
- **挖掘其他調性：** 把不需要的字句畫掉，創造出文字的新氛圍或質感。刪字以後的結果是微弱，還是激烈？這些改變會如何影響讀者觀感？
- **挖掘其他步調：** 把不需要的字句畫掉，加快步調，但情節依舊合理。
- **挖掘其他聲音：** 以第三人稱改寫。哪些細節需要刪除，哪些細節一定要添加？重寫的觀點會如何影響讀者跟角色的距離感？
- **瞭解怪物：** 從反派角度寫另一個版本的故事，還要富有同情心（應該很難）。
- **探索文字重量：** 重寫原文，不可以用「了」，也不能改變句子的意思或結構。改寫之後看起來如何？什麼樣的改變比原文效果更好？（做這項練習時要是大聲咒罵，就連「有」也不准用。）
- **文字糾結：** 一字一字將文章重新輸入電腦時，你想把哪些字改掉？可以想像作家寫這篇故事的模樣嗎？他改稿時是如何修改句子和段落，才寫出最終完稿？
- **用自己的話詮釋：** 單憑記憶重新輸入故事，用自己的話再現故事的活力。比較原稿和自己的版本，你有哪些遣詞用字比原文好，有哪些比原文差？

鄰室傳來的男人談話聲陪伴了我一陣子。一開始，我時不時對他們大喊，但後來我發現自己的回聲竟然會穿過長廊，實在令人不快，而且似乎迴盪在一旁建物的左翼，再從另一端的破窗傳回來，聽來像是變了個人。我一下子就放棄參與對話，決定努力保持清醒。

清醒不容易；為什麼我要在加掃老爹餐廳吃生菜沙拉呢？早知道就不吃了。吃了好想睡覺，可是又必須保持清醒。知道自己能睡著、敢睡著，其實不是件壞事，但為了科學的求證精神，我絕對不能睡。然而，睡眠從未如此令人神往，我會突然睡著大概五十幾次，然後驚醒過來。

現在我清醒了——徹底清醒。想要爬起來大叫，身體卻像鉛一樣，舌頭麻木，眼睛幾乎無法轉動。燈滅了，絕對滅了。

四周愈來愈黑；壁紙花紋逐漸被逼近的夜色吞噬。每一條神經都傳來刺痛麻木感，右手臂從大腿滑到身旁卻沒有感覺，也舉不起來，可憐地晃來晃去。腦中傳來微弱而尖銳的嗡嗡聲，像九月山丘上傳來的蟬鳴。夜，很快降臨。

沒錯，就要來了。那東西逐漸讓我癱瘓、麻木我的身體和心智。身體機能像死了一般。如果我還能掌握心智和意識，或許還能保持安全，但我掌握得了嗎？沉默使我狂亂恐懼，加上逐漸深沉的黑暗、緩緩蔓延的麻木感，這一切我有辦法抵抗嗎？

終於來了。現在我的身體完全死透，再也無法移動眼睛，只能死死盯著原本是門的地方，現在只是愈來愈黑。全然的夜晚：燈籠最後一線光芒已然消失。我坐著等待；心智依然清明，可是這種情況還會持續多久？恐懼令人驚恐得徹底，忍耐也該有個極限。

世界末日開始了。天鵝絨般的黑，浮現兩顆白色眼珠，混濁、閃爍，又小又遠，噁心的眼神像是噩夢中的眼神。可是眼神中片片的白色光芒比我的描述文字還要美麗，從外圈往內移動，消失在中心，彷彿環狀隧道中永不消失的蛋白石微光。就算我能移開視線，也辦不到：我的眼神貪婪吞噬眼前那又可怕又美麗的東西，它慢慢變大，死盯著逼近我，而且愈來愈美，一片片的白色光芒迅速掃進刺眼的漩渦中。

宛如醜陋而決然前進的死亡火車頭，無以名狀的恐懼張開雙眼，腫脹、怒睜，直逼我面前，碩大而駭人，我感到臉上緩慢拂過冰冷潮濕的氣息，規律前進，將我捲進一團惡氣、一陣停屍間的死寂氛圍中。

恐懼往往伴隨著身體反應，但這無以名狀的東西出現，我只是感到全然驚恐，怕得一塌糊塗。這場漫長而詭異的噩夢把我嚇瘋了。我想大叫，想發出聲響，嘗試一次又一次，但身體徹底死去。眼睛貼著我，轉動得很快，就像火焰閃動。身邊籠罩著死的氣息，宛如置身深海。

忽然間，一張又冰又濕、烏賊般的嘴，湊到我的嘴邊。恐懼抽走我的生命，但顫動膠狀物抖著牠巨大的皺褶咻地把我纏住。那時意志又回來了，我隨著那團包覆自己的無名死寂而蜷曲。

我究竟在抵抗什麼呢？手臂垂落下來，身上的重量太重，把我變成了冰塊。時間一刻一刻過去，冰冷膠狀物長出新皺摺包住我，我彷彿要被巨人壓垮。我努力齜牙咧嘴，抽離那封住我的嘴的東西，但就算成功，得以呼吸一口氣，在我能大叫之前，那一團潮濕的東西又把我的臉蓋住。就這樣戰鬥了幾小時吧，我抱著必死的心情戰鬥，襯著比任何聲音都難以承受的寂靜，瘋狂地戰鬥。戰到我覺得最終的死亡就在手中，一生記憶像潮水般淹沒我，戰到我再也無力將臉移開那地獄來的夢魘。

節錄自〈王子街252號〉
（No. 252 Rue M. le Prince, 1895），
勞夫・亞當斯・克蘭
（Ralph Adams Cram）。

借屍還魂：
童話翻案
「不要太在意小細節……」

「那碗粥從來不是重點」…

童話故事比我們想像的還要多元。有些故事像火車頭猛衝，目的在發掘「後續事件」。其他故事則讓我們明白，說書人的巧思和風格對故事的成功不可或缺。在以下三點提示中擇一，寫一個故事，動腦想出更多情節轉折和其他變化。你寫的版本是更幽默，還是更嚴肅？結局會有所不同嗎？你需要超越現有結局嗎？可以在網路上搜尋「folktale database」（童話資料庫），比較你的版本和現有版本。

1.農夫的貓（請發展情節）：農夫的妻子過世之後，每年冬天山怪都會來摧毀他家，吃光他所有的牲畜。某年，行腳小販從一窩「特別」的小貓挑了一隻給農夫。隔年冬天，山怪發現農夫家多出一隻小動物。山怪頭目問：「這是什麼？可以吃嗎？」農夫回答：「這是我的貓。我養貓是為了抓老鼠，不然老鼠會吃光牲畜的飼料，你們就沒肉可吃了。」於是山怪沒把「貓」吃掉，不過那隻貓其實是隻小熊，愈長愈大。每年冬天，山怪都會問可不可以吃牠，而農夫都會巧妙地阻止山怪。到了第四年牠長成大熊，就把山怪趕跑，永遠不敢回來。

2.狐狸與洞裡的刺蝟（請發展說故事方式）：一隻狐狸突襲雞窩後的隔天，遇到一隻刺蝟。刺蝟不相信狐狸信手拈來想吃就吃，於是自鳴得意的狐狸拜託刺蝟跟自己回家瞧瞧。結果，他們在路上掉進農夫挖的洞穴。刺蝟假裝生病，狐狸看到牠嘔吐覺得很噁心，便把刺蝟從洞裡扔出去。之後刺蝟趴在洞口，承認剛才只是演戲。狐狸拜託牠幫忙，刺蝟便說：「不是說自己絕頂聰明嗎？想不到辦法喔？」但刺蝟最後還是很好心地教狐狸裝死。農夫不想要狐狸屍體在陷阱裡發臭，就把牠跟垃圾一起丟掉。狐狸因此脫逃，從此跟刺蝟成為最好的朋友。

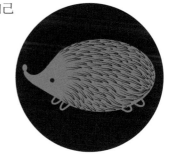

3.黑暗母豬與牧羊女（可能需要發展說故事技巧）：某年夏天，年輕的牧羊女被某種鬼怪「黑暗母豬」纏上了。母豬會待在牧羊女放羊處附近的森林裡，盯著她瞧。到了晚上，母豬都守在她的小木屋外面。牧羊女想要嫁人時，追求她的年輕人卻被經常出現的母豬搞得很尷尬。「如果沒搞清楚母豬為什麼糾纏妳，把牠趕走，我們就不能結婚。這母豬一直晃來晃去，小孩要怎麼生活？」於是，牧羊女經歷多番嘗試和智取，終於把母豬趕跑。最後兩人成婚，生了許多小孩。

因果關係：
獨輪推車裡的鹿、斷指，以及你亂七八糟的朋友

前因　　　　　　　　　當下　　　　　　　　後果

1.

2.

3.

怎麼會這樣呢？

設計一個說得通的情況，讓讀者從鹿看到斷指，再看到朋友。

到底要去哪裡？

設計一個說得通的情況，讓讀者從朋友看到斷指，再看到鹿。

每一張照片至少要寫三段，解釋為什麼會發生圖片中的情況，圖中發生了什麼事，圖中所有人之後會遇到什麼情況，時間分為：（a）馬上發生（幾小時或一天後）；（b）一個月後發生；（c）一年之後發生。再依照描述，看看自己是否能從過去、現在、未來描述三張圖片依序發生了什麼事，順時跟逆時都要寫。給朋友看以上圖片，看圖說故事，測試寫作結果。朋友覺得說得通嗎？他們相信角色動機嗎？以因果關係而言，你的故事有幾分成功？

建立歷史：
每件事都與個人有關

選一張圖，
最好是你覺得
最神祕的那一張。

A 第一步

選一張圖或圖中某個元素，插入發展中的故事，增添新脈絡以便融入。替新元素寫一、兩段文字，要能影響主角。之後再來歸納，出現新元素會如何影響後續的故事？

B 第一步

選一張圖，你覺得那張圖想表達什麼？寫二到四段文字，製造一種「偽歷史感」。把這當作是白描練習，而非從角色的觀點描寫。讀起來應該要像非虛構文字。

A、B 兩個
練習擇一。

其實就是
撒一大堆謊。

將真實轉化為虛構，就是替想像力找到說故事途徑的基礎步驟。

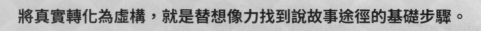

······ 每件事都能成為故事

為什麼我要有人味！

添加、刪減真實物品的人味，可以讓想像力大躍進。如果你的創作中通常沒什麼人味，以下練習可以幫助你找到增添人味的方式。

A 第二步

將圖中情境編進自己的成長背景中。想像那張圖其實多少跟自己的過去有關，圖中的時代或事件對你具有重要性，可能還影響到你的朋友、家人，影響方式或許很輕微。再寫三到五段文字，替這段新的過往填補真實的生活細節（跟朋友述說這段捏造的往事，看看自己能說得多好，或許對你有幫助）。

第三步

將成品加在自己故事的現有角色身上（不是第一步的故事），記得修改脈絡和細節的本質，才能和故事角色連貫。

第四步（可不做）

抽出步驟一到三之中你所寫的元素，看看有什麼新的故事靈感。

B 第二步

發展出地方、人物、物品的複雜情節。替這張圖延伸歷史，展現不同時代的脈絡。拍照前後幾十年發生的事情會有什麼不同？有什麼層次和矛盾堆積起來又被撕裂？誰被歷史遺忘，誰被記住？記得還是要以非寫實筆法處理。

第三步

將自己帶入圖中情境，從文中選一段切入寫一篇文章，用第一人稱，前言後語要連貫。更動細節，才會符合第二步所寫，變動的細節必須跟個人有關，文中的你是你，也不是你。

不准分心！混蛋，好好工作！

現成物，也就是由你賦予全新意義，跳脫物品在現實中原本脈絡的圖片或東西，可能成為想像力的豐富燃料。

觸覺體驗大進擊！
（六個獨立迷你練習）

找一個不是食物也沒有毒的物品，嘗嘗味道。什麼都能嘗。有必要也可以舔舔小石頭，再用一段文字描述口感。

出門走走，看到什麼都摸兩下，收集體驗到的觸感，但危險的不要摸（例如牛頭㹴）。選擇一、兩種感受用在進行中的作品裡。

壁虎的觸覺敏銳驚人。試著想像觸覺是如何壓倒性地勝過其他感官，從壁虎的視角寫一段文字。

經過購物中心時，用鼻子聞聞看，甚或用心看：不用眼睛、免強一點，兩句話描述最特別的的味道。既定的味道來描述。

去人潮眾多的地方，細分耳聞的不同對話，記錄下來並掌握語調，說話重點等等。

觀察壁虎一段時間。找出一項令你意外的獨特行為，寫下來。之後去雨中狂奔吧。沒有為什麼，跑就對了。

你可以嘗到
第三隻眼看到的光亮嗎？

探索五感以外
的感知世界

繪圖：
喬安娜・畢透

人類藝術一向被我們特有的能力限制所左右，包含建立在陸地上的遺產，以及乏善可陳的五感。

不過，我們可以試圖超越人類的感官極限，像是利用類似回聲定位作為語言，最後可能會大刀闊斧，創造出全新的敘事風格。

比如說，從空中飛行的角度描述所看到的，就有可能是一個垂直而非水平的世界。

就讓我們來認識一下章魚這種動物：這是一種高度演化的頭足綱生物，牠們不只是頭部有神經，連觸角上也有。換句話說，章魚擁有所謂「分散的腦」。但實際上，擁有這種分散的腦，會如何影響章魚「感知」這個世界的方式？

隨時改變身體顏色以偽裝藏身的能力，也會影響牠的世界觀嗎？另外，章魚除了嘴，全身都沒有骨頭，這又會如何影響認知呢？

描述某種人類社會，能夠像章魚般變色偽裝。

寫一段快閃故事，描述自己逃離水族箱的過程。再從章魚的角度，重寫一次。

選一種生物徹底研究。然後假裝自己是那樣生物，向某個無從得知自己感受的人類讀者，描述自己的一天。

擬一份民間故事大綱，假設你的讀者是章魚、海豚或蝙蝠，要讓牠們有所共鳴。

奇幻怪獸 & 你：

什麼是「獸性」，又要如何描寫？

從很久以前開始，就有一些人喜歡「獸性」一詞，這裡的「獸性」不帶有「醜陋」、「可怕」、「病態」等意。有些人遇到極度悲慘的蛞蝓、醜到越界的蟾蜍、巨大無比的甲蟲時，不會感到退縮，反而很得意地發出讚嘆。創作時，描寫一般性的獸性很容易，能滿足畫分「我們」與「他們」的需求。事實上，帶有非人性質的獸性介於奇異絕美與誘人危險之間，不管怎麼挖掘還是不可知，周圍由黑暗包圍著（當然獸性有時候**的確**非常駭人）。

我們學到的是，作品中的獸性具有象徵意義，但象徵需要潛在含義才能存在。如果潛在含義說得太明白，作品可能會變成寓言故事，**或**整個寫壞看起來像人體器官暴露在外。這樣很可惜，因為奇幻和古怪作品的力量，有一部分就來自作品中創造的獨特怪獸——這些怪獸在作品世界中具有獨一無二的外表，管他有什麼潛在含義。

在這項練習中，仔細觀察上圖由哈利·波格西恩（Harry Bogosian）繪製的怪獸。任選一隻，回答以下問題：

- ❧ 這隻怪獸的靈感來源，可能是現實世界中何種動、植物？
- ❧ 怪獸的生命週期或習性，會影響牠給別人的觀感嗎？
- ❧ 怪獸的體型大小，會影響他人對牠的觀感嗎？
- ❧ 怪獸有什麼特殊能力？有什麼民間故事可能提到牠的存在？怪獸知道自己的神話地位嗎？

繪圖：哈利・波格西恩，2017

　　你所選的怪獸與上圖其他怪獸有任何關聯嗎？牠們是敵是友？還是比敵友更複雜的關係？

　　這隻怪獸會跟牠們揭露什麼祕密？會隱瞞什麼不說？

　　回答時要提出更多跟這隻怪獸（怪獸 A）相關的細節，如名字、外觀、生命週期、習性、日常生活、盟友、敵人。如果卡住了，想想現實生活中有哪些動物的屬性會讓你嫌惡、反感（讓你驚呼或害怕，但不會引發真正的恐懼）？

　　接著，從哈利・波格西恩的圖像中挑選另一隻怪獸（怪獸 B），想像牠打亂了怪獸 A 的生態系統，或是讓牠不知所措。你對怪獸 B 一無所知，只知道牠擾亂了怪獸 A 與附近人類聚落和平共存的狀態。

　　從旁觀者或中立的角度，寫一則民間故事或報告，說明怪獸 A 與怪獸 B 之間是如何產生衝突，以及人類聚落如何受到波及。

　　從怪獸 A、B 的角度評論自己的報告並下註解，要完全從兩方的觀點看事情。

　　從怪獸 A 的視角改寫故事。

　　從怪獸 B 的視角改寫故事，藉此機會將怪獸 B 寫成牠自己故事的英雄。

　　故事中哪些部分加強了社會與人類文化的傳統概念？哪些違反了傳統價值？在哪些方面，怪獸**在客觀上**要負責任？在什麼情況下，所謂的「負責」只是看事情角度的問題？花心思創造這些怪獸之後，你覺得自己的寫作如何受益？

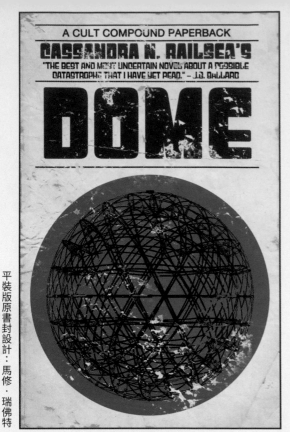

A CULT COMPOUND PAPERBACK

CASSANDRA N. RAILSEA'S

"THE BEST AND MOST UNCERTAIN NOVEL ABOUT A POSSIBLE DATASTROPHE THAT I HAVE YET READ." – J.G. BALLARD

DOME

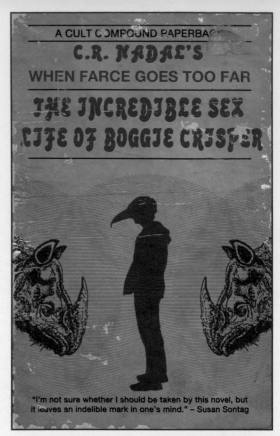

A CULT COMPOUND PAPERBACK

C.R. NADAL'S

WHEN FARCE GOES TOO FAR

THE INCREDIBLE SEX LIFE OF BOGGIE CRISPER

"I'm not sure whether I should be taken by this novel, but it leaves an indelible mark in one's mind." – Susan Sontag

《圓頂》（*Dome*, 1968）：「災難小說」系列尾聲的作品，與J‧G‧巴拉德的作品具有共通特質，卻更為溫暖、更富同理心。書中的工程師珊卓拉‧納達爾意圖防範環境浩劫的到來，精彩的場景中不乏作者對堅強女角的描寫。

《博啟‧克里斯波了不起的性生活》（*The Incredible Sex Life of Boggie Crisper*, 1971）：瑞爾西化身納達爾，推出性愛嘲諷喜劇。藉由三級片劇院老闆博啟‧克里斯波的荒誕性生活，凸顯性別歧視的態度和新式自由。風格果斷有力，卻帶有黑色幽默，趣味十足。

《圓頂》練習：簡單概述情節，想像小說中的張力場景並寫下來。寫作過程中留意與瑞爾西相關的特別之處，例如風格有時冷靜客觀，有時卻也溫暖而有力。不要回歸自己平常的風格，也不要變成仿作。想像自己**就是**作者，有什麼是她會寫而你不會寫的？為了增添複雜性，假設工程師這個角色就是作家的另一個自己。

《博啟‧克里斯波了不起的性生活》練習：想像這本書有一系列的荒誕冒險，通常發生在酒吧或派對上。寫一段書中場景，用發春到發蠢、半幽默的方式描寫。別忘了瑞爾西用筆名寫作且調整風格，這樣納達爾會特別注意什麼？不管你是否認可克里斯波的行為，他總該是自己世界中的主角。話雖如此，你還是要仔細描寫他的內心戲，衝撞他對事件的解讀。

舊書店出清大拍賣，你無意中發現一本平裝書，出版社為「異教複合體」（Cult Compound），聽也沒聽過。好奇心發作的你繼續挖寶，又找到兩本同一家出版社的出版品，一本書的作者是卡珊卓拉‧N‧瑞爾西，另外兩本是C‧R‧納達爾。可是一看版權頁，三本書的作者都是瑞爾西。書本外觀極殘破，有很多頁面缺漏。但你實在太喜歡，還是都買下。後來你上網查這兩位作家，沒什麼結果。好奇心更旺盛的你，開始讀那兩本小說，很快就如催眠般入迷。某天早上你坐在電腦前，出於某種衝動，你開始寫起消失章節中的場景。

乏人問津的卡珊卓拉‧N‧瑞爾西小說

下定決心踏出舒適圈……

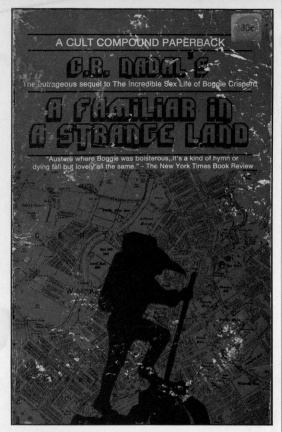

 上包含的文字：

A CULT COMPOUND PAPERBACK

C.R. NADAL'S
The outrageous sequel to The Incredible Sex Life of Boggie Crisperd

A FAMILIAR IN A STRANGE LAND

"Austere where Boggie was boisterous, it's a kind of hymn or dying fall but lovely all the same." - The New York Times Book Review

《異地同情》（*A Familiar in a Strange Land*, 1973）：時間設定在《博啟·克里斯波了不起的性生活》的十五年後，充滿輓歌般的憑弔之情。博啟拿著賣掉戲院的錢寂寞過活，更顯清儉，和狗兒搬進了小公寓。一椿搶案後，他決定重溫捨棄已久的過往，尋找久未聯絡的朋友。

《異地同情》練習：第二本書的博啟受了傷、獲得了經驗。前作的幽默在此也多了苦笑和自我解嘲的成分。寫一個場景，地點和《博》的練習相同，但是只保留幾個同樣的角色。別忘了博啟在這一幕見到很久沒聯絡的朋友（已經不是朋友？）。實際設定或許有些變動；博啟見到他們後詮釋方式自然也不同。

瑞爾西練習：用自己的風格和第三人稱，替瑞爾西的私人生活任寫一個場景。利用右欄的訊息，並且在文中提及她的寫作。這一段要寫得很個人，有需要請參考第一章。

《博啟·克里斯波了不起的性生活》和《異地同情》的練習，請使用第三人稱。《圓頂》的練習用哪一個人稱都可以。

　　卡珊卓拉·N·瑞爾西（1944-1989）成長於明尼蘇達州鄉間，一九五六年父母於車禍中喪生之後，遷居紐約市。從此，瑞爾西由作風波希米亞的舅舅、舅媽扶養長大，並受到他們鼓勵，發展寫作嗜好。一九六三年，《村聲》雜誌（*The Village Voice*）為新秀主題採訪瑞爾西，她表示：「我早期的寫作，通常是為了解釋我的父母為何而死。」不過「解釋世界如何運作」也在她的作品占有同樣分量，幾乎所有作品中，都能見到她對社會中政治與文化基礎的敏銳觀察。

　　一九六〇年代大致說來是瑞爾西的和樂年代。她在文學圈小有名氣——有編輯和知名作家出席的宴會上，她反應機智快人快語。替她建立起名聲的，則是三本遭人低估的小說：《演員要準備》（*An Actor Prepares*, 1962）、《球狀根莖》（*The Rhizome Sphere*, 1963）、《吉爾伽美什的崛起》（*Gilgamesh Rises*, 1964）。其後，六〇年代中晚期發表的六部災難小說使她一飛沖天，但她的出版社「異教複合體」太不會行銷，銷售一路下滑。

　　一九六四年，瑞爾西與查理·提普（Charles Tipper）結婚。查理又高又帥，喜歡看她的小說，是名結構工程師，家有恆產，還加入菁英小圈圈，他的世界對瑞爾西而言完全不同。打從一開始，她便極度厭惡參加「只有政客的浮誇聚會，還必須說些場面話」；說這話的是她朋友——作家詹姆斯·沙利斯（James Sallis）。這段婚姻只維持了五年，瑞爾西就提出離婚，表示兩人有「無法跨越的分歧」，儘管謠傳紛紜，說查理一直在外招搖。瑞爾西有許多朋友都認為她最後兩本小說的主角「博啟」，其實就是帶有諷刺意味的逆轉版查理。

　　對她的作品分析最一致有力的文學評論家，當屬批評家馬修·錢尼。他在個人部落格上寫道：「她所設想的教訓意味精煉程度之高，無法放入任何有跡可循的市場定位之中，導致作品沒沒無聞，不過現代人較能找到切入點，體認到她世界觀之中的軟性顛覆。很少人知道她以本名發表的作品中，竟然預言到往後雷根當上總統（《演員要準備》）、網路崛起（《球狀根莖》）、美軍入侵伊拉克（《吉爾伽美什的崛起》）。」錢尼主張：「然而，瑞爾西真正的價值並非洞察真切的預言，而是她能透過大致頗為有趣的情節，描繪日常所見的社會壓力，卻不落入嘲諷模仿或說教派頭的地步。」

　　一九七〇年代的瑞爾西因憂鬱症停筆，引發病症的原因在於銷售停滯和激進左派抨擊她「話說得不夠直接」，在錢尼眼中，後者根本「扭曲事實到變態的地步」。一九八〇年代，大眾依舊無視她的存在。一九八九年三月一日，她死於酒精中毒。身無分文、遭人遺忘的她，於布魯克林的小公寓過世。

千面

〈李奧納多〉

以下為短篇〈李奧納多〉的各種摘要。本篇作者為二十世紀經典作家納博科夫。用自己的方式重寫，可以幫助你檢視自己寫作的多種面向。如果你的作品中經常出現奇幻或超自然元素，這項練習倒是一個特殊的機會：創作時不要讓那些元素出現。剛入門的作家太常使用奇幻元素，只不過是為了「逃避困境」，或來一場煙火亂炸般的收尾——「你看有龍耶！」這練習不能使出魔幻手段。先再完成練習，再去讀〈李奧納多〉。

設定

歐洲某處不知名大城市的中下層集合住宅，地點很差（這故事中，你能改動的只有地點）。

時間

一九三〇年代至今皆可。

角色

「古斯塔夫」─搬家工人、大塊頭。

「安東尼」── 古斯塔夫的弟弟，身材瘦弱，待業中。

「喬安娜」── 古斯塔夫的女友，有種愛交際的感覺。

「羅曼」── 新鄰居，不愛交際，裝扮無懈可擊（會穿雙排釦外套之類的），房間電燈整晚不關。身材清瘦，走路慢得奇怪。

古斯塔夫和安東尼都有點粗魯、活像惡棍，讓人懷疑在從事不法勾當。這裡的人名跟故事有些出入，為的是幫助你跳脫原有情境。

注意：可以改變角色性別和種族，但是不能更改情節。

情節

- 羅曼搬進來。兩兄弟一天到晚在社區裡晃來晃去，無法忍受羅曼不與人交際。
- 兩兄弟以拜訪新鄰居的名義去打擾羅曼。古斯塔夫軟硬兼施鬧著玩，強迫羅曼以高價跟他買無用的玩意。
- 羅曼還是沒有接受他們，幾乎可說是無視他們，讓兩兄弟愈來愈生氣。
- 情況逐漸增溫。安東尼在古斯塔夫的慫恿下，半夜去羅曼家敲門；燈熄滅，但是羅曼沒有應門。又有一次，兩兄弟在樓梯上推擠他，打掉他的帽子。
- 沒有事情能讓羅曼逐步敞開心胸。於是兩兄弟逼他跟他們及喬安娜一起去喝酒。喬安娜和羅曼調情，古斯塔夫則把他灌醉。有那麼一刻，羅曼就要跟他們變得一樣，結果又縮回了自己的殼裡。
- 到這時候，兩兄弟已經走火入魔，尤其是古斯塔夫。他們變本加厲，設計了許多折磨，羅曼都承受下來。
- 喬安娜在古斯塔夫的慫恿下，說服羅曼帶她去看電影。
- 之後兩人在巷子裡走著。兩兄弟去堵羅曼，古斯塔夫問他跟別人的女朋友在幹嘛。
- 古斯塔夫不相信羅曼的回覆，便拿刀捅他，放他等死。
- 羅曼死亡後，他們終於搞清楚他都在屋子裡做什麼、工作是什麼。詳情要透露多少、其中本質又如何，都由你來決定。

觀點

從兩兄弟視角出發的有限全知觀點。要寫得好像你目睹了這一切，卻只能透過兩兄弟發聲。而你也不知道羅曼在想什麼。如果你想要，也可從兩兄弟中選一人或從喬安娜的角度切入。

文長

約六千到九千字。

重點

- 使用五感描寫，讓設定顯得**真切**，同時能讓角色和動機變得寫實、傳神。
- 「不能」使用任何科幻、奇幻元素；唯一可讓你「發揮」的只有故事的地點和時間。
- 以上情節重點的**細節**可以更動（例如把帽子打掉的細節就可以改，也應該改。或者喝酒的地方可以換掉）。不過基本情節（神祕陌生人出現，兩兄弟打擾他，被陌生人無視，情節升溫、升溫、再升溫，死亡）絕不能更動。
- 故事必須包含一系列場景，由轉場文字帶動。
- 場景中可以，甚至應該出現對話，但是不能超過描述文字的分量。
- 如果通篇故事大半都是對話，這個練習算是失敗。你的故事主要應該靠敘事推動。
- 調性和動機由你決定，盡量讓故事變成自己的風格。
- 寫完故事之後，請上本書網站瞭解為什麼這個練習能發揮作用，也請思考現成的故事架構會如何幫助或妨礙寫作。

奇幻

作家的進化過程

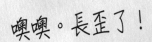

> 噢噢。長歪了！

> 噢噢。好可愛喔！

新手

作品不完整

老是寫不完

角色一天到晚跳崖

想不出新點子

過度熱愛副詞
與壯烈宣言

感到無助，看著別人
發表的垃圾說：
「總有一天我會
寫得比這更好。」

半生不熟

每種可能都試一點

毫不控制

現在至少能完成
一個故事

缺乏美感上的協調

自我／自信瘋狂躍動，
為此感到無助

發現故事常老調重彈，
非常挫敗

發現自己有
獸性也很自在

開始看起來正常點

中高級

逐漸能掌握並發揮特色

雖能掌握，有時也會出錯

比較清楚何謂風格／聲音，
知道效果的好壞

能夠更持續、專注地工作

厭惡副詞和壯烈宣言

感到無助，卻對未來
產生模糊的自信，
被人拒絕再也不會高興

進階

沉穩，有能力做出複雜的效果

已建立有效率的工作習慣

寫到震驚癱軟，
不是因為寫法稀少，
反而是因為寫法太多

除非為了效果，否則鮮少
使用陳腐用法或刻板印象

對於副詞和壯烈宣言感到矛盾

感到既無助又自信；
明白寫作的挑戰永無止境

作者／繪者小傳

紐時暢銷作家傑夫．凡德米爾，
寫作資歷超過三十年，曾發表數百篇短篇
故事、出版書籍十餘冊，也曾獲得星雲獎、雪莉．
傑克森獎、世界奇幻獎的肯定。他曾於麻省理工、德
保羅大學（DePaul）、古根漢美術館、國會圖書館發表演
說。近期新作「遺落南境」三部曲和《伯恩》已譯成三十五
種以上的語言，並由派拉蒙電影公司買下電影版權，將小說
《滅絕》改編拍攝，於二〇一八年上映。非虛構作品散見於《紐
時書評》、《洛杉磯時報》等媒體。此外，也在專為青少年開設的
科幻寫作坊「協同建構世界」擔任共同指導者，現與妻子安（曾獲
雨果獎的編輯）居於佛羅里達的塔拉哈西（Tallahassee）。

傑洛米．澤爾法斯十五歲時過度閱讀漫畫，開始對藝術和設計產生興趣，連帶開
始喜歡創作可愛的小怪獸，也在當地學校牆上塗鴉。多年來，在拉斯維加斯地區擔任童軍，
並參與當地的設計活動，第一次曝光是透過脫軌藝術社群。啟發他的有特定種類的普普藝術，也
有超平設計（superflat）、文創產業，以及他所在地區——莫哈維沙漠（Mojave Desert）。不弄自己的計
畫時，就會看見他猛讀書。澤爾法斯最出名的作品是替曲奇法拉格線上出版社設計的書籍封面，線條
創新大膽，以及為瑞典作家凱琳．提德貝克第一本英語短篇集《加格納什》設計的封面。

謝詞

感謝大衛．凱旋（David Cashion）和艾布拉姆斯（Abrams）出版社同仁對本書有信心。感謝妻子安
這段期間在營運、行政、創意方面的協助。感謝經紀人莎莉．哈定（Sally Harding）。還要感謝
馬修．錢尼擔任本書教學部分的顧問。感謝我的第一批讀者，你知道我在說你。最後，由衷
感謝曾經貢獻的各位。因為有你，這本書變得更加豐富。

傑洛米．澤爾法斯的致謝詞：謝謝我的母親琳達（Linda）不停歇的支持，以及阿姨喬治安
（Georganne）的幫忙和建議；傑西（Jessey）、莉亞（Leah）、達倫（Darren），你們是最棒的
家人，還要謝謝我的奶奶、外婆和其他親戚。感謝羅斯（Russ）、奈特（Nate）、安卓（An-
gel）、亞當（Adam）的耐心。

感謝沃佛德（Wofford）暑期營隊的督導提姆．史密茲（Tim Schmitz）提供了許多想法。感謝本
書專屬藝術家傑洛米．澤爾法斯、駐家編輯安．凡德米爾、指導者奈吉．包爾斯（Nike Powers）
、羅勃．瑞迪克（Robert Redick）、喬瑟夫．史派維（Joseph Spivey）。

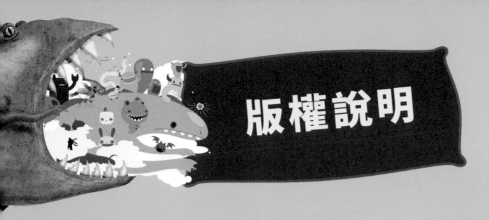

版權說明

the "Language and Worldbuilding" diagram on pages 218-219 copyright © 2018 by Monica Valentinelli; floating city copyright © 2009 by Aeron Alfrey; photo of Catherynne M. Valente copyright © 2012 by Beth Gwinn; photo of the Barcelona Casa Batllo facade copyright © by Depositphotos.com/Tono Balaguer SL; "Mansa Musa" copyright © 2001 by Leo and Diane Dillon; "The Valley of Osrung" copyright © Dave Senior/Gollancz; sketch for "The Valley of Osrung" copyright © 2010 by Joe Abercrombie; "Ice Land" copyright © 2013 by Sam Van Olffen; photo of St. Mark's National Wildlife refuge copyright © 2007 by Ann VanderMeer; "A Dream of Apples" copyright © 1999 by Charles Vess; photo of Charles Yu copyright © 2010 by Michelle Jue; "Bird-Leaf" copyright © 2013 by Ivica Stevanovic; "Hole" copyright © 2009 by Ben Tolman; "Clever Foxes" copyright © 2017 by Kayla Harren; "The Dream Lands" copyright © 2011 by Jason Thompson; "Mormeck Mountain" copyright © 2011 by Mo Ali.

CHAPTER 7: "Finch Outline" copyright © 2008 by Jeff VanderMeer; "Laboratory" copyright © 2017 by Kayla Harren; Peter Straub revision pages copyright © 2012-13 by Peter Straub; Peter Straub manuscript photographs copyright © 2013 by Kyle Cassidy; "Transformation Writing Challenge" copyright © 2013 by Ivica Stevanovic; J. J. Grandville illustrations from the 1800s used for "The Ghosts of Grandville" diagram; photo of Lev Grossman copyright © 2011 by Mathieu Bourgois; "Big Fish Eat Little Fish Eat Big Fish" copyright © 2012 by Molly Crabapple; photo of Karen Joy Fowler copyright © 2011 by Brett Hall Jones.

APPENDIX: All illustrations and depictions of Jeff VanderMeer's diagrams copyright © 2013 and 2018 by Jeremy Zerfoss; *LARP Essay*—Photo of Karin Tidbeck copyright © 2012 by Nene Ormes; "LARP participants" photo copyright © 2005 by Karin Tidbeck; production photos and final film stills from the "Who Is Arvid Pekon?" movie copyright © 2012 by Patrick Eriksson. *George R.R. Martin Interview*—Photo of Hadrian's Wall copyright © by Depositphotos.com/Juliane Jacobs; The Shared Worlds founder's perspective, copyright © 2018 by Jeremy L.C. Jones, and the Shared Worlds teacher's perspective, copyright © 2018 by Jacquelyn Gitlin; "They Weren't Alone" copyright © 2002 by Charles Vess.

Writing Exercises: "Theo Ellsworth on Comics and the Creative Impulse/Hand with Pen on Page," text and art copyright © 2018 Theo Ellsworth; Normal book cover copyright © 2016 by Farrar, Straus and Giroux (used by permission of the publisher); Two photos of North Florida wilderness on Annihilation feature title page copyright © 2017 by Riko Carrion; Southern Reach Forgotten Coast Reserve whiskey bottle copyright © 2014 by Matthew Revert (text copyright © 2014 VanderMeer Creative, Inc.); "Dead Astronauts" (dead and alive versions) copyright © 2017 by Kayla Harren; "Segments" copyright © 2012 by Joanna Bittle; The Book of Joan book cover copyright © 2017 by Canongate (design by Rafaela Romaya and illustration by Florian Schommer; used by permission of the publisher); copyright © 2015 Artforum, March 2015; "Portfolio: Anicka Yi," by Michelle Kuo, photography Joerg Lohse (image courtesy Anicka Yi and 47 Canal, New York); Detail from Stages of Rot copyright © 2017 Linnea Sterte; Safari Honeymoon cover copyright © 2014 Jesse Jacobs; The Obelisk Gate book cover copyright © Hachette Book Group, used by permission, with cover design by Wendy Chan and cover photo copyright © Shutterstock; "Change in pressure" image copyright © 2015 by Quintan Ana Wikso from her book The Hope of Floating Has Carried Us This Far; Dark Matter book cover copyright © 2013, reprinted by permission of Black Ocean; "Laws of physics" image copyright © 2016 by Johannes Heldén from his book Astroecology; Big Questions cover detail copyright © 2015 by Anders Nilsen, courtesy of Drawn & Quarterly; Humankind book cover copyright © 2017 by Anne Jordan, used by permission of Verso Books; Feelers living alphabet

examples copyright © 2015 by Ari Weinkle; Area X artwork (plant to owl) copyright © 2014 by Pablo Delcan; "Cause and Effect": "Deer Barrow" photo copyright © 2012 by Leila Ghobril, "Green Finger" photo copyright © 2011 by Tessa Kum, "Your Messed-Up Friends" photograph featuring Nathan Bias, Russ Swart, Jeremy Zerfoss, Adam Bias copyright © 2012 by Angel Rodriguez; Miguel Januário's Lisbon graffiti photo copyright © 2013 by Mariana Tavares; Paulette Werger in her studio copyright © 2006 by Ann VanderMeer; Glacier Lake, copyright © by Depositphotos.com/Christopher Meder; Cassandra Railsea book covers copyright © 2013 by Matthew Revert; "Rabbit God" copyright © 2013 by Ivica Stevanovic; Gecko leg, copyright © by Depositphotos.com/Eric Isselée; "Nerves of the Orbit" (octopus) copyright © 2014 by Joanna Bittle; "Fantastical Monsters" art copyright © 2017 by Harry Bogosian.

***

All main text, writing exercises, instructional diagrams, photographs, and instructional captions in the Appendix of this expanded edition of Wonderbook copyright © 2013 and 2018 by VanderMeer Creative, Inc., except for the exceptions listed below. The intellectual property copyrighted to VanderMeer Creative, Inc., includes all aspects of the Week 2: Writing diagram for the Shared Worlds feature (the manta ray teacher and Chateau Peppermint Bonkers, etc.) and the flying nectar deer from "The White Deer Terroir Project".

Spotlight feature extended quotes copyright © 2013 to the respective contributors: David Anthony Durham, Scott Eagle, Stant Litore, Nnedi Okorafor, and Peter Straub. Most other quotes are taken from interviews conducted exclusively for Wonderbook, with some quotes taken from interviews I conducted for blog features. Extended quote from the fiction of Amos Tutuola used by permission of Amos Tutuola's estate. Extended quote from David Madden's Revising Fiction used by permission of the author. Some short quotes translated by Gio Clairval. Essay features and appendix features commissioned for this book are copyright © 2013 to the respective contributors: Joe Abercrombie, Desirina Boskovich, Matthew Cheney, Michael Cisco, Rikki Ducornet, Karen Joy Fowler, Lev Grossman, Karen Lord, Nick Mamatas, George R. R. Martin, Kim Stanley Robinson, Karin Tidbeck, and Charles Yu. The following essays are reprints: "Writing The Other" copyright © 2011 by Lauren Beukes, first published on the World SF Blog; "The Beginning of American Gods" copyright © 2001 by Neil Gaiman, first published in a longer form as "Books Have Sexes; Or to Be More Precise, Books Have Genders" at Powells.com; "A Message About Messages" copyright © 2005 by Ursula K. Le Guin, first published by CBC Magazine; "What Everyone Knows" copyright © 2012 by Catherynne M. Valente, first published on the blog of Charles Stross as part of a post entitled "Operating Narrative Machinery: Thoughts on Writing Pt 3." Part of that Valente guest post also appears as an extended quote on page 154. "Let's Find the 'Duck," copyright © 2018 by Rosie Weinberg. Respective micro text contributions for "The White Deer Terroir Project" are copyright © 2017 to the following individuals: Susan Atwell, Meghan Brown, Melanie Conroy-Hamilton, Alexander Kerai, Gwynne S. Lim, Joseph E. Myer, and Erik A. Smith.

波夫金小鳥的肚裡裝滿了《神奇之書》，興高采烈地出發，勇往直前。

名詞對照表（依英文字母順序排列）
科幻文學的演進（頁xii-xiii圖表）

人名

A. Boucher, Ed.　A・布查（編輯）
A. E. Van Vogt　A・E・凡・沃格特
A. Merritt　A・梅里特
A. Robia　A・羅比亞
Alastair Reynolds　阿拉斯泰爾・雷諾茲
Aldous Huxley　阿道斯・赫胥黎
Alfred Bester　阿爾弗雷德・貝斯特
Algis Budrys　奧基斯・巴崔斯
Alice Sheldon（本名愛麗絲・雪洛登）
Ambrose Bierce　安布魯斯・畢爾斯
Ann Radcliffe　安・雷德克利夫
Anne Rice　安・萊斯
Anthony Burgess　安東尼・伯吉斯
Aristophanes　阿里斯托芬
Arthur C. Clarke　亞瑟・克拉克
Arthur Conan Doyle　亞瑟・柯南・道爾
Arthur Machen　亞瑟・梅琴
August Derleth　奧古斯・德雷斯
Barry Malzberg　貝瑞・馬爾茲堡
Bram Stoker　布拉姆・斯托克
Brian Aldiss　布萊恩・艾迪斯
Bruce Bethke　布魯斯・貝斯克
Bruce Sterling　布魯斯・斯特林
Bug Jack Barron　竊聽傑克・巴倫
Burroughs　威廉・布洛斯
C. Brontë　夏綠蒂・勃朗特
C. Flammarion　卡米伊・弗拉馬利翁
C. I. Defontenay　C・I・達封德奈
C. J. Cherryh　卡羅琳・雀利
C. L. Moore　C・L・摩爾
C. M. Kornbluth　C・M・科恩布盧斯
C.S. Lewis　C・S・路易斯
Carl Sagan　卡爾・薩根
Charles Stross　查爾斯・斯特羅斯
Chas. Brockden Brown　查爾斯・布羅克登・布朗
Clark Ashton Smith　克拉克・艾許頓・史密斯
Clifford Simak　克里佛德・西馬克
Clifton+Rhylick　馬克・克里夫頓、法蘭克・萊里克（合寫）
Colin Wilson　柯林・威爾遜
Connie Willis　康妮・威利斯
Cousin de Grainville　庫奘・德・葛蘭維爾
Cyrano de Bergerac　大鼻子情聖
Daniel Defoe　丹尼爾・笛福
Daniel Keyes　丹尼爾・凱斯
Dante　但丁
Darwin　達爾文
David Brin　大衛・布林
David Lindsay　大衛・林賽
Douglas Adams　道格拉斯・亞當斯
Dr. Polidori　波利道利醫師

E. Bronte　艾蜜莉・勃朗特
E. Bulwer-Lytton　愛德華・鮑沃爾—利頓
E. E. (Doc) Smith　愛德華・艾默・史密斯
E. M. Forster　E・M・佛斯特
E. R. Eddison　艾立克・洛克・艾丁生
E. Souvestre　艾彌爾・梭維斯特
E. T. A. Hoffmann　霍夫曼
ED. Bellamy　愛德華・貝拉米
Edgar Allan Poe　愛倫坡
Edgar Rice Burroughs　愛德加・萊斯・巴勒斯
Edgar Wallace　埃德加・華萊士
Edmund Burke　埃德蒙・柏克
Edmund Hamilton　艾德蒙・漢彌爾頓
Edward Ellis　愛德華・艾里斯
Edward Everett Hale　艾德華・艾弗列特・黑爾
Edwin Abbott　愛德溫・艾勃特
Erasmus　伊拉斯莫斯
F. Godwin　弗朗西斯・戈德温
Felix Bodin　費利克斯・博丹
Francis Bacon　法蘭西斯・培根
Francis Stevens　法蘭西斯・史蒂芬斯
Frank Herbert　法蘭克・赫伯特
Franz Kafka　法蘭茲・卡夫卡
Fredrik Pohl　弗雷德里克・波爾
Fritz Leiber　弗里茨・雷柏
G.T. Chesney　喬治・湯姆金・切斯尼
Garrett P. Serviss　嘉瑞特・P・瑟維斯
Gene Wolfe　吉恩・沃爾夫
George Orwell　喬治・歐威爾
George Tucker　喬治・塔克
Georges Melies　喬治・梅里哀
Goethe　歌德
Gordon Dickson　戈登・迪克森
Greg Bear　葛瑞格・貝爾
Greg Egan　格雷格・伊根
Gregory Benford　格雷戈里・本福德
H. I. Gold, Ed.　H・I・苟德（編輯）
H. P. Lovecraft　H・P・洛夫克拉夫特
H. Rider Haggard　亨利・萊德・海格德
H.G. Wells　H・G・威爾斯
Hal Clement　哈爾・克萊門特
Haldeman　喬・海德曼
Harlan Ellison, Ed.　哈蘭・艾里森（編輯）
Harrington　哈林頓
Harry Harrison　哈利・哈里森
Henry Kuttner　亨利・克特納
Herman Melville　赫曼・維爾梅爾
Horace Walpole　霍勒斯・沃波爾
Howard Pyle　霍華・派爾
Hugo Gernsback　雨果・根斯巴克
Iain M. Banks　伊恩・班克斯
Ibn Al-Nafis　伊本・納菲斯

Ira Levin　艾拉‧雷文

Isaac Asimov　以撒‧艾西莫夫

J. Fenimore Cooper　J‧費尼摩‧庫柏

J. G. Ballard　J‧G‧巴拉德

J. J. Astor　約翰‧雅各‧艾斯特

J. R. R. Tolkien　托爾金

Jack London　傑克‧倫敦

Jack Vance　傑克‧凡斯

Jack Williamson　傑克‧威廉森

James Blish　詹姆斯‧布利什

James Hogg　詹姆斯‧霍格

James MacPherson　詹姆斯‧麥佛森

James Tiptree Jr.　小詹姆斯‧提普奇

Jan Potocki　揚‧波托茨基

Jane C. Loudon　珍‧C‧羅登

J-H Rosy Aine　J‧H‧羅斯尼‧安

Jm. M. Rymer　詹姆斯‧萊默

Joan Vinge　瓊安‧文綺

Joe Haldeman　喬‧海德曼

Joe McDevitt　傑克‧麥戴維

Johannes Kepler　克卜勒

John Brunner　約翰‧布魯納

John Bunyan　約翰‧班揚

John Milton　約翰‧米爾頓

John Shirley　約翰‧雪莉

John Steinbeck　約翰‧史坦貝克

John Varley　約翰‧瓦利

John W. Campell　約翰‧坎貝爾

John Wyndham　約翰‧溫德姆

Jonathan Swift　強納森‧斯威夫特

Jorge Luis Borges　波赫士

Jules Verne　儒勒‧凡爾納

Karel Capek　卡雷爾‧恰佩克

Ken Macleod　肯‧麥克勞德

Kim Stanley Robison　金姆‧史丹利‧羅賓遜

Kline　奧蒂斯‧阿德爾伯特‧克里因

Kurd Lasswitz　庫爾德‧拉斯維茨

Kurt Vonnegut　柯特‧馮內果

L. Frank Baum　法蘭克‧包姆

L. P. Senarens　L‧P‧西納倫

L. Ron Hubbard　L‧羅恩‧賀伯特

L. S. Mercier　路易‧薩巴斯欽‧梅西耶

L. Sprague de Camp　史普拉格‧德‧坎普

Larry Niven　拉瑞‧尼文

Leigh Brackett　雷‧布拉克特

Lester del Rey　萊斯特‧德爾瑞

Lin Carter　林‧卡特

Lois McMaster Bujold　路易絲‧麥克麥斯特‧布喬特

Lord Byron　拜倫

Lucian　琉善

Ludvig Holberg　路德維希‧霍爾堡

M. Cavendish　瑪格麗特‧柯芬蒂詩

M. Moorcock　麥克‧摩考克

M. Moorcock, Ed.　M‧摩考克（編輯）

M. P. Shieil　馬修‧費普斯‧希爾

Margaret Atwood　瑪格麗特‧愛特伍

Mark Twain　馬克‧吐溫

Mary Shelley　瑪麗‧雪萊

Matthew Lewis　馬修‧盧易斯

Melincourt　梅林柯特

Mervyn Peake　馬溫‧皮克

Michael Chabon　麥可‧謝朋

Michael Crichton　麥可‧克萊頓

Murray Leinster　穆雷‧倫斯特

Nathaniel Hawthorne　納撒尼爾‧霍桑

Neal Stephenson　尼爾‧史蒂文森

Nevil Shute　內維爾‧舒特

Niven + Pournelle　尼文與普爾內勒（合著）

Norman Spinrad　諾曼‧史賓拉德

Octavia Butler　奧塔維亞‧布特勒

Olaf Stapledon　歐拉夫‧史塔普里頓

Orson Scott Card　歐森‧史考特‧卡德

Oscar Wilder　王爾德

Ovid　奧維德

P. Greg　珀西‧格雷格

Pat Cadigan　帕特‧卡蒂甘

Paul Anderson　保羅‧安德森

Percy B. Shelley　雪萊

Philip Jose Farmer　菲利普‧何塞‧法默

Philip K. Dick　菲利普‧K‧迪克

Plato　柏拉圖

R. Jefferies　理查‧吉富理

Rabelais　拉伯雷

Rafael Sabatini　拉斐爾‧薩巴蒂尼

Ray Bradbury　雷‧布萊伯利

Regina Maria Roche　雷吉娜‧瑪麗亞‧羅奇

Robert A. Heinlein　羅伯特‧A‧海萊恩

Robert Bloch　羅伯特‧布洛克

Robert Charles Wilson　羅伯特‧查爾斯‧威爾森

Robert Ervin Howard　勞勃‧歐文‧霍華德

Robert Louis Stevenson　羅勃‧路易斯‧史蒂文生

Robert Sheckley　羅伯特‧謝克里

Robert Silverberg　羅伯特‧席維伯格

Robert T. Howard　勞勃‧霍華

Robert WM. Cole　羅勃‧威廉‧柯爾

Robert Anton Wilson　羅伯特‧安頓‧威爾森

Roger Zelazny　羅傑‧澤拉茲尼

Rudy Rucker　魯迪‧拉克

S. Coleridge　柯立茲

S. Le Fanu　約瑟夫‧雪利登‧勒芬紐

S. Tysot de Patot　賽門‧提梭‧德‧帕托

Saki　薩奇（本名H. H. Munro，赫克托‧休‧芒羅）

Samuel Beckett　山謬爾‧貝克特

Samuel Butler　塞繆爾‧巴特勒

Samuel Delany　山謬爾‧德雷尼

Samuel Madden　山謬爾‧梅登

Shirley Jackson　雪莉‧傑克森

Sir Walter Scott　華特‧史考特爵士

Spielberg　史蒂芬‧史匹伯

Stanislaw Lem　史坦尼斯勞‧萊姆

Stephen Baxter　史蒂芬‧巴科斯特

Stephen King　史蒂芬‧金

T. H. White　T‧H‧懷特

Tennessee Williams　田納西‧威廉斯

Confession of an English Opium Eater
一個英國鴉片吸食者的自白

Conquest of Planets of Apes　征服猩球

Consolidator　拼裝機

Contact　接觸未來

Count of Monte Cristo　基督山恩仇記

Crash　超速性追緝

Cryptonomicon　密碼寶典

Ct. Yankee in King Arthur's Court　誤闖亞瑟王宮

Cthulhu Mythos　克蘇魯神話

Damnation Alley　小街的毀滅

Dangerous Visions　危險幻覺

Dark City　極光追殺令

Darker than You Think　潛在的異族

Darwin's Radio　末日之生

Deep Impact　彗星撞地球

Deep Space Nine　銀河前哨

Diamond Age　鑽石年代

Die Automate　自動機器

Do Android Dream of Electric Sheep
機器人會夢見電子羊嗎？

Doctor Who until 1989　超時空奇俠（1989年收播）

Doomsday Book　末日之書

Dorian Gray　格雷的畫像

Down below Station　深潛站

Downward to Earth　地下深處

Dr. Jekyll+Mr. Hyde　化身博士

Dracula　德古拉

Dune Series　沙丘魔堡系列

Dune　沙丘魔堡

E.T.　E.T.

Earth: Final Conflict　絕地大反攻

Earthman's Burden　地球人的負擔

Eclipse　月食

Edison's Conquest of Mars　愛迪生的火星征服記

Elric　艾爾瑞克

Empire Strikes Back　帝國大反擊

Empires of the Moon　月球旅行記

Ender's Game　戰爭遊戲

Eon　永世

Eraserhead　橡皮頭

Erewhon　埃瑞璜

Escape from N.Y.　紐約大逃亡

Escape from the P.O.A　脫逃猩球

Eternal Sunshine of the Spotless Mind　王牌冤家

Fahrenheit 451　華氏四百五十一度

Falling Free　自由落下

Fantastic Journey　侵略者

Fantastic Voyage　聯合縮小軍

Farscape　遙遠星際

Faust　浮士德

Final Program　最終程序

Firefly　螢火蟲

First and Last Men　最後與最初的人類

First Men in the Moon　最早登上月球的人

Flash Gordon　閃電俠高登

Flatland: A Romance in Many Dimensions　平面國

Flowers for Algernon　獻給阿爾吉儂的花束

Forbidden Planet　禁忌星球

Foundation's Edge　基地邊緣

Frank Reade Jr. and His Steam Wonder
法蘭克‧黎德二世與他的蒸汽機奇觀

Frankenstein (Karloff)　科學怪人
（1931年鮑里斯‧卡洛夫演出的版本）

Freejack　雷霆穿梭人

Freiland　自由之地

From the Earth to the Moon　從地球到月球

Fury　憤怒

Futurama　飛出個未來

Galaxy Magazine end　《銀河》雜誌停刊

Gargantua　高康大（巨人傳）

Gateway　衝出黑暗天

Gattaca　千鈞一髮

Genetic General (Dorsai!)　基因將軍（多塞！）

Ghost in the Shell　攻殼機動隊

Gilgamesh　吉爾伽美什

Glass House　玻璃屋

Goblin Tower　哥布林塔

Godzilla　酷斯拉

Gormenghast　歌門鬼城

Grimm's Fairy Tales　格林童話

Gulliver's Travels　格列佛遊記

Harry Potter　哈利波特

Haunting of Hill House　鬼入侵

Headcrush　頭腦崩潰

Hot House　溫室

House on the Borderland　邊界之屋

Houston, Houston　休士頓，休士頓

I Am Legend　我是傳奇

I, Robot　我，機器人

Icaro-menippus　天空中人

Illuminatus　光明會三部曲

Independence Day　ID4星際終結者

Indiana Jones　印第安那‧瓊斯

Invaders from the Mars　火星人入侵記

Invaders　入侵者

Invasion of 1910　一九一〇年入侵

Invasion of the Body Snatcher　天外魔花（1956）

Invisible Man　隱形人（1933）

I-Robot　機械公敵

Island of Dr. Moreau　莫若醫生的荒島

Islands in the Net　網路島

Ivanhoe　撒克遜英雄傳

Jane Eyre　簡愛

Japan Anime Explosion on TV and Film　日本影視動畫

Jetsons　傑森一家

John Carter of Mars Series　異星戰場系列

Johnny Nmemonic　捍衛機密

Journey Beyond Tomorrow　探索未來的旅程

Journey to the Center of the Earth　地心歷險記

Jurassic Park　侏羅紀公園

Kiln People　窯人

Kindred　血緣

King Arthur　亞瑟王

King Kong　金剛
King Solomon's Mine　所羅門王的寶藏
L'an 2440　西元二四四〇年
La Pluralité Des Mondes Habités　居住世界的複數性
Land of the Giants　巨人家園
Lathe of Heaven　天機
Lawn Mower Man　未來終結者
Le Dernier Homme　最後一人
Le Monde Tel Qu'il Sera　未來世界應如是
Le Mort de la Terre　地球之死
Le Morte d'Artur　亞瑟之死
Left Hand of Darkness　黑暗的左手
Logan's Run　攔截時空禁區
Looking Backward　回顧
Lord Dunsany　唐珊尼爵士
Lord of the Rings　魔戒
Lost Horizon　消失的地平線／西藏桃源
Lost in Space　太空歷險記
Lost Worlds　失落世界
Lucifer's Hammer　撒旦之錘
Mad Max　瘋狂麥斯
Malory　托馬斯‧馬洛禮
Man in the High Castle　高堡奇人
Man Plus　超標人
Man who Fell to Earth　天外來客
Martian Chronicels　火星記事
Matrix I, II, III　駭客任務1, 2, 3
Max Headroom　雙面麥斯
Mega Man　洛克人
Megazone 23　無限地帶23
Memoirs of the 20th Century　二十世紀回憶錄
Men in Black　MIB星際戰警
Men into Space　進入太空的人
Men Like Gods　神一樣的人
Metamorphosis　變形記
Metropolis　大都會
Micromegas　微型巨人
Midwich Cuckoos　密威治的怪人
Mighty Joe Young　巨猩喬揚（1949）
Mimsy Were the Borograves
敏西就是伯洛戈夫（電影神祕寶盒）
Mind Players　玩腦者
Minority Report　關鍵報告
Mission of Gravity　重力使命
Mission to Mars　火星任務
Modern Horror Genre　現代恐怖小說
Moon is a Harsh Mistress　怒月
Moon of Mutiny　喋血月球
More than Human　超級人
Mork & Mindy　莫克和明迪
Moving Mars　移動火星
Munseys-Argosy　《芒西》－《大船》雜誌
My Favorite Martian　火星叔叔馬丁
Naked Lunch　裸體午餐
Narnia Stories　納尼亞傳奇
Nausicaa　風之谷
Neuromancer　神經喚術士

New Conan Stories　新‧蠻王柯南系列
New Sun 2　新日之書
New Twilight Zone　新陰陽魔界
New Worlds Magazine　《新世界》科幻雜誌
News from Nowhere　烏有鄉消息
Newton's Wake　牛頓的覺醒
Nibelungenlied　尼伯龍根之歌
Non Stop　不停
Nova　新星
Occurrence at Owl Creek Bridge　梟河橋記事
Odd John　怪異的約翰
Off on a Comet　太陽系歷險記
Old New Land　新故鄉
Omega Man　最後一人
On the Beach　在海邊
On Two Planets　雙星記
Out of the Silent Planet　來自寂靜的星球
Outland　九霄雲外
Paladin of Souls　靈魂騎士
Pantagruel　龐大固埃（巨人傳）
Paradise Lost　失樂園
Pattern Recognition　模式辨認
Pellucidar-At the Earth's Core　地底世界系列：地心記
Permutation City　置換城市
Perry Rhodan Magazine　《佩利羅丹》雜誌
Plan 9 from Outer Space　外太空第九號計畫
Planet of Peril　苦難星球
Planet of the Apes　猩球崛起
Planets of the Apes
浩劫餘生（1968年舊版，新版為2001年的決戰猩球）
Player of Games　遊戲玩家
Powers　覺醒之力
Predator　終極戰士：掠奪者
Prisoners of Gravity　地心引力
Project UFO　天外來客
Prometheus Unbound　解禁的普羅米修斯
Psycho　驚魂記（後改編為同名電影）
Puppet Masters　異形人偶師
Quantum Leap　時空怪客
Quatermass Experiment　夸特馬斯實驗
R. U. R.-Rossum's Univerasal Robots　羅梭的萬能工人
Rainbows End　彩虹盡頭
Ralph 124 C41+: A Romance of the Year 2660
雷爾夫124C 41+：2660年羅曼史
Red Mars　紅色火星
Rendezvous With Rama　拉瑪任務
Return of the Jedi　絕地大反攻
Revelation series　啟示系列
Rime of the Ancient Mariner　古舟子詠
Ringworld　環形世界
Road Warrior　衝鋒飛車隊
Robin Hood　羅賓漢
Robinson Crusoe　魯賓遜漂流記
Robocop　機器戰警
Rogue Moon　野蠻月球
Rogue Queen　野蠻女王
Rollerball　極速風暴

Rosemary's Baby　失嬰記
Runaway Skyscraper　失控的摩天大樓
S. F. Theater　科幻劇場
Sailor Moon　美少女戰士
Sanders of The River　桑德斯的河畔
Scaramouche　美人如玉劍如虹
Schismatrix　分裂陣式
Screwfly Solution　滅蠅
Sea Kings of Mars　火星上的海王
Sea Quest DSV　深海巡弋
Search for Spock　石破天驚
Seeker　探尋者
Sherlock Holmes　夏洛克‧福爾摩斯
She　洞窟女王
Silent Running　魂斷天外天
Sirens of Titan　泰坦星的海妖
Six Million Dollar Man　無敵金剛
Skylark and Lensman Series　雲雀和透鏡人系列
Slan　史蘭族
Slaughterhouse Five　第五號屠宰場
Sliders　旅行者
Snow Crash　潰雪
Snow Queen　雪地之后
Software　軟件
Solaris　索拉力星
Something is Out There　有個東西在那裡（迷你影集）
Somnium　夢
Soylent Green　超世紀諜殺案
Space Above and Beyond　宇宙之外
Space Battleship Yamato　宇宙戰艦大和號
Space Vampires　宇宙天魔
Speaker for the Dead　亡靈代言人
Spin Trilogy　時間迴旋三部曲
Stand on Zanzibar　航向桑吉巴
Star Gate　星際奇兵
Star ou Psi de Cassiopeia　星星或來自仙后座的Psi
Star Rover　魂遊
Star Trek: The Final Frontier　星際爭霸戰：終極先鋒
Star Trek Nemesis　星艦迷航記X：星戰啟示錄
Star Trek: Next Generation　銀河飛龍
Star Trek: Voyager　星際爭霸戰：重返地球
Star Wars E.P. 1　星際大戰首部曲：威脅潛伏
Star Wars-Effect　星戰特效
Star Wars　星際大戰
Stargate: SG-1　星際奇兵：SG-1
Starmaker　星星製造者
Stars My Destination　群星，我的歸宿
Starship Troopers　星艦戰將
Startider Rising　星球漲潮
Startrek the Movie　星艦迷航記電影
Startrek　星艦迷航記
Steam Man of the Prairies　大草原的蒸汽人
Strange Days　21世紀的前一天
Stranger in a Strange Land　異人異地
String of Pearls　一串珍珠
Sublime + Beautiful　崇高與美
Sweeney Todd　瘋狂理髮師

Sword in the Stone　石中劍
Tactics of Conquest　征服的技巧
Tales of Tomorrow　明天的故事科幻影集
Tarzan　泰山
Tau Zero　光速邊疆
Tehanu　地海孤雛
Terminator　魔鬼終結者
Terminator 2　魔鬼終結者2
The 20th Century War　二十世紀戰爭
The Baroque Cycle　巴洛克全集
The Big Time　大時代
The Birds　鳥
The Black Hole　黑洞（1979）
The Blob　幽浮魔點
The Brick Moon　磚月
The Castle Spectre　城堡幽靈
The Childe Cycle　柴爾德集成
The City of the Sun　太陽城
The Clouds　雲
The Coming Race　陰謀論
The Crystal World　水晶世界
The Day of the Triffids　三尖樹的時代（又稱食人樹）
The Day The Earth Stood Still　當地球停止轉動
The Demolished Man　被毀滅的人
The Difference Engine　差分機
The Fall of the House of Usher　亞夏家的沒落
The Fifth Element　第五元素
The Fly　變蠅人（1958年舊版）
The Forever Peace　永遠的和平
The Forever War　永世之戰
The Foundation Trilogy　基地三部曲
The Gaea Trilogy　蓋亞三部曲
The Girl Who Leaped Through Time　跳躍吧！時空少女
The Golem　泥偶高林
The Great War in England in 1897　一八九七英國戰火
The Hitchhiker's Guide to Galaxy　銀河便車指南
The Handmaid's Tale　使女的故事
The Hobbit　哈比人歷險記
The Hunchback of Notre Dame　鐘樓怪人
The Invisible Man　隱形人
The Italian　義大利人
The Land that Time Forgot　恐龍之島
The Last Castle　最後的城堡
The Last Man　最後一人
The Legend of Space　空間的傳說
The Legend of the Centuries　世紀傳說
The Long Tomorrow　漫長的明天
The Lost World　失落的世界
The Machine Stops　機器停止運轉
The Man in the Moon　月球上的人
The Man who Evolved　進化的人
The Manuscript found in Saragossa　薩拉戈薩的手稿
The Martian Chronicles　火星記事
The Metal Monster　金屬怪物
The Mightiest Machine　最強大的機器
The Monk　修士
The Moon Pool　月池

The Moonstone　月光石
The Mummy! - A Tale of 22 Century
木乃伊——二十二世紀傳奇
The Mysteries of Udolpho　烏多佛的祕密
The New Atlantis　新亞特蘭提斯
The Night Gallery　夜間畫廊
The Night Land　黑夜之地
The Outer Limits　奇幻人間
The Pit and the Pendulum　陷阱與鐘擺
The Pilgrim's Progress　天路歷程
The Poems of Ossian　奧西恩詩集
The Prisoner　密諜
The Private Memoirs + Confessions of a Justified Sinner
一個清白罪人的懺悔錄
The Purple Cloud　紫雲
The Republic　共和國
The Shape of Things to Come　未來事物的面貌
The Sleeper Awakes　當睡眠者醒來
The Space Merchants　太空商人
The Stepford Wives　超完美嬌妻
The Strand Magazine　《海濱》雜誌
The Struggle for Empire　帝國的掙扎
The Tempest　暴風雨
The Thing From Another World　怪人
The Time Machine　時光機器
The Time Ships　時光飛船
The Time Tunnel　時間隧道
The Twilight Zone　陰陽魔界
The Vacuum Diagrams　真空圖
The Vampyre　吸血鬼
The Vor Game　貴族們的遊戲
The Wanderer　放浪星球
The Weapon Makers　武器製造者
The World of Null-A　無理世界
The Worm of Ouroboros　歐魯勃洛斯之蟲
Them　他者（1954）
Theologus Autodidactus　卡米爾先知傳記專著
They Would Rather be Right　他們希望自己沒錯
Things to Come　即將發生（1936）
This Immortal　不朽
Three Impostors　三個冒名頂替者
Three Musketeers　三劍客
Through a Glass Darkly　猶在鏡中
Thunder Dome　衝鋒飛車隊續集
Time of Changes　改變的時間
Time out of Joint　時間脫軌
Timescape　時空
To Say Nothing of the Dog　更不用說狗了
To Your Scattered Bodies　走向你們散落的身體
Total Recall　攔截記憶碼
Tron　創：光速戰記
True History　信史
True Names　真名實姓
Twelve Monkeys　未來總動員
Twenty Thousand Leagues Under the Sea　海底兩萬哩
Uncle Silas　西拉斯叔叔
Underground Travels of Niels Klim　克里姆地下之行

Undiscoverd Country　星艦迷航記VI：邁入未來
Uplift War　激戰
Use of Weapons　武器浮生錄
Utopia　烏托邦
Varney the Vampire (Feast of Blood)　吸血鬼瓦涅爵士
Vathek　瓦泰克
Videodrome　錄影帶謀殺案
Village of the Damned
魔童村／準午前十時（改編自密威治的怪人）
Voyage Home　搶救未來
Voyage to Arcturus　航向大角星
Voyage to the Bottom of the Sea　海底漫遊
Voyage to the Moon　月球之旅
Voyages et adventures de J. Masse
傑克‧馬西的旅程與冒險
Wall-E　瓦力
War of the Worlds　世界大戰
War with the Newts　山椒魚戰爭
Water World　水世界
Way Station　神祕的中繼站
We　我們
Weird Tales Magazine　怪談誌
Wetware　濕件
When War Came　戰爭來臨時
Wieland　威蘭德
Wild Seed　野種
Wild Wild West　狂野西部
Wizard of Lumeria　雷姆利亞的巫師
Wizard of Oz Books　綠野仙蹤系列
World in the Moon　月球上的世界
Wrath of Khan　星戰大怒吼
Wuthering Heights　咆哮山莊
X-Files　X檔案
Yellow Danger　黃禍
Yiddish Policemen's Union　消逝的六芒星

其他

"Science fiction deals with improbable possibilities, fantasy with plausible impossibilities."—Miriam Allen deFord
「幾乎不可能的幻想交由科學實現，看似合理的不可能事物由奇幻解釋。」——梅麗安‧愛倫‧德福特
1st movie of Frankenstein Thos. Edison
第一部科學怪人電影（愛迪生片場）
49 Magazines　四十九本雜誌
8 Magazines　八本雜誌
Adventure Dominant　冒險類型主導
Alternate Histories and Predictions　或然歷史以及預測
Amazing Mag. Ends　《驚奇故事雜誌》休刊
Ancient Pantheons　古老眾神
And 64 other novels　以及其餘六十四本小說
animism　萬物有靈論
anti-rational　反理性
art　藝術
Asimov's Magazine
艾西莫夫的雜誌（《艾西莫夫科幻小說》）

Astounding Mag. Becomes Analog
《驚愕》科幻雜誌轉為《類比》科幻雜誌

By P. A. + GD　保羅‧安德森與戈登‧迪克森合著

Begin Decline　漸走下坡

Campbell Rules　坎伯的天下

Classic Period　經典時期

Coin terms　新創詞彙

counter-Enlightenment　反啟蒙

Crime-mystery　犯罪推理

Cyber Punk　網路叛客

Cyberspace　網路空間

Detective Story　偵探小說

Dime Novels+Magazines　廉價小說＋雜誌

Editor Hugo Found Amazing Stories
編輯雨果‧根斯巴克創刊《驚奇故事雜誌》

English Romantic Poets　英國浪漫詩人

Exploration　探索

Fantasy Adventure　奇幻冒險

Fantasy Genre　奇幻文類

fear and wonder　恐懼與驚奇

Film　電影

First S. F. Novel　第一本科幻小說

First True S. F.　第一篇真正科幻作品

Folk Culture　民間文化

Form Dominant　形式主導

Future War Novels　未來戰爭小說

Golden Age　黃金時期

Hard　硬派科幻小說

Historical Romance　歷史小說

Hugo Births　雨果‧根斯巴克誕生

In the Gothic Tradition　哥德傳統

Influential to Almost, But not Quite S. F.
下列作者幾乎多少影響了科幻文學

Inspires Utopian Communities　啟發烏托邦寫作

Le Roman de l'Avenir　未來小說

Legend　傳說

Low Brow　庸俗

Mag of F+SF End　《奇幻與科幻雜誌》停刊

Magazine of Fantasy + Science Fiction　奇幻＋科幻雜誌

Mainstream Styles　主流風格

Model for the Byronic Hero　拜倫式英雄之典範

Modern S. F. Genre　現代科幻文類

mythology　神話

New Popular Entertainment Media　大眾娛樂新媒介

New Publishing Media　新書種

New Space Opera　新太空劇

New Wave　新潮流

New World Exploration　探索新世界

Observation　觀察

Orson Wells Radio Broadcast　歐森‧威爾斯的電台廣播

Paperback Novels　平裝書

Penny Dreadfuls　廉價恐怖小說

Perry Rhodan Mag. Still publishing　《佩利羅丹》雜誌仍出刊

philosophy　哲學

Pre-scientific imagination　前科學時代的想像

pre-sicence fiction　前科幻文學

Publisher: Arkham House　阿爾坎出版社

Pulp Magazine　低俗雜誌

rationalism　理性主義

Religion Dianetics　戴尼提教

Rockets+Rayguns　火箭＋雷射槍

Romantic Movement　浪漫運動

S. F. Becomes "speculative fiction"　科幻轉為「推想小說」

Science　科學

Science Adventure　科學冒險

Science Dominant　科學主導

Science Fiction Writer Creates Scientology...persists
創立山達基（目前仍存在）的科幻作家

Social criticism　社會評論

Sociology Dominant　社會主題主導

Soft　軟性科幻小說

Space Invader Game　太空侵略者電玩

Space Opera　太空劇

Spam　垃圾郵件

speculation　推想

Star Wars Dominant　星際大戰主導

Steam Punk　蒸汽龐克

Sturm and Drang　狂飆突進運動

Supernatural　超自然

Superstition　迷信

Sword+Sorcery　劍與魔法

Technology　科技

Television　電視

The Enlightenment　啟蒙

The Gothic Novel　哥德小說

The History of Science Fiction　科幻文學的演進

The Lovecraft Circle　洛夫克拉夫特的文學小圈圈

The Modern Short Story　現代短篇小說

utopias　各種烏托邦

War of the Worlds　世界大戰

Westerns (Bunkhouse Gothic)　西部冒險（西部式哥德文學）

World War I Comes　一戰開打

LOCUS

LOCUS